長編小説

炎《ひ》と氷

新堂冬樹

祥伝社文庫

目次

［1］

濃霧のように立ち籠《こ》める紫煙。あちこちから飛び交《か》う歓声と怒号。実況アナウンサーの絶叫を撒《ま》き散らす、テーブル上の小型携帯テレビ。

丸めた競馬新聞を振り回し馬番を連呼する不動産会社勤務の篠田《しのだ》、アイスコーヒーのストローを食いちぎらんばかりに嚙《か》み締める印刷会社勤務の橋本《はしもと》、立ち上がり、騎手に罵声《ばせい》を飛ばすピンサロ経営者の上島《うえしま》、胸前で掌《てのひら》を重ね合わせ祈るような視線を画面に送る中学校教師の三輪《みわ》――どいつもこいつも、瞼《まぶた》をカッと見開き、第四コーナーを回り直線を向く十六頭のサラブレッドを食い入るようにみつめていた。

八月。第一土曜日。新潟競馬第六レース。サラブレッド二歳の新馬戦。芝、千六百メートル。

WINS渋谷《しぶや》から徒歩五分の位置にある喫茶店、オアシス。世羅《せら》は、いつもの席――店内を入って右手、最奥の四人用のテーブルをふたつ繋《つな》ぎ合わせた壁際のソファに腰を下ろし、アドレナリンを撒き散らす債務者達に蔑視《べっし》を注いでいた。

そう、各々《おのおの》の夢を運ぶサラブレッドに声援を送る四人は、世羅が経営する競馬金融、七《しち》福《ふく》ローンの債務者だった。

競馬金融とは、その名の通り馬券購入者を対象とした闇金融だ。

融資金額の上限は五万。返済期日は、債務者がレースに勝てばその場で馬券を換金して即回収。負ければ、土曜開催に貸した債務者が翌週の木曜日、日曜開催に貸した債務者が翌週の金曜日までを期日とする。

レースに勝っても負けても利息は五割。故に、融資を受けた直後のレースで勝った債務者は、僅《わず》か数分後に返済することから、分五《フンゴ》と呼ばれる恐ろしい利率になる。

レースに負けた債務者はなぜに翌週の木曜日や金曜日が期日かといえば、週末までもつれ込ませないためだ。

週末――土日は、中央競馬の開催日だ。

競馬狂の欠点は、手もとにある金をすべてレースに注ぎ込んでしまうこと。土日を返済日にしてしまえば、必死に掻《か》き集めた七福ローンの返済金をレースで溶かしてしまう恐れがあるからだ。

集客法は、場外馬券場の近辺の電話ボックスやマークシート置き場などにチラシを貼《は》り、また、置くだけ。あとは、まりえにチラシ撒きをやらせるくらいだ。

サラ金のように、高い広告費を払ってスポーツ新聞に載《の》せる必要はない。

七福ローンが相手にする客は、競馬狂。競馬にかぎらずギャンブルは、嵌《は》まれば嵌まるほどプラスよりマイナスを生み出す。トータルで賭《か》け手が胴元に勝つ可能性は皆無《かいむ》に等しい――つまり、七福ローンの顧客は万年金欠状態というわけだ。

もともと、一般の金貸しの申込客でも、金の使い途《みち》の御三家はギャンブル、酒、女だ。その御三家の中で、最も金回りが忙しいギャンブルにどっぷりと浸《つ》かっている愚か者を、世羅はカモとして選んだ。

『カツラダイシンが抜け出したっ、大外からフジノタケマルオーっ、最内《さいうち》からモノグライザーっ。三頭並んだっ、三頭並んだっ』

「いいぞっ、三番、三番っ、三番っ！」、「ほれっ、行けっ、行けーっ」、「六番っ、なにしてるっ、こらっ、馬鹿！」、「差せ、差せっ、差せぇーっ」。

最高潮に達する実況アナウンサーの絶叫、店内の客と債務者達の歓声と怒号に甲高《かんだか》い電子音が割って入った。

世羅は、右手に携帯電話、左手にビールのグラスを持ち、画面の中のサラブレッドのゼッケンを追った。

『あのぅ、お金を借りたいんですが……』

疫病神《やくびょうがみ》に取り憑《つ》かれたような、覇気《はき》のない声。オアシスに入って僅か三十分の間で、五人目の申し込み。うち四人は、小型携帯テレビを囲み口角沫《こうかくあわ》を飛ばしている。WINS渋谷へと続く並木《なみき》通りでまりえが撒くチラシは効果覿面《てきめん》だった。

「いくら、ほしかとや?」

腹に響く九州弁で、世羅は訊《たず》ねた。熊本から上京して五年。どうしても、軟弱で気取り済ました東京弁に馴染《なじ》めなかった。

『十万ほどでいいんですが』

「馬鹿かっ、ぬしゃっ。ぬしんごたるゴミに、十万も貸せるわけがなかろうがっ!」

世羅の怒声に、周囲の客の凝結《ぎょうけつ》した視線が集まった。カウンターの奥のマスター兼オーナー——痩《や》せ細った躰《からだ》に葉巻髭《ひげ》が不釣合な須藤《すどう》は、涼《すず》しい顔でグラスを磨《みが》いていた。

世羅が、競馬金融を始めて五年。最初のうちは、後楽園《こうらくえん》、新宿《しんじゅく》、銀座《ぎんざ》、錦糸町《きんしちょう》と、場外馬券場があるところなら場所を問わずに週替わりで営業していた。

だが、場所を転々としていれば、リピーターが生まれない。暴利を貪《むさぼ》る高利貸しといえども、リピーターは必要だ。

五割の利息と承知の上でも継続的に金を借りる馬鹿を、いかに多く抱えているかどうかで懐《ふところ》具合が違ってくる。

故に、三年前から、世羅は営業の場を渋谷と決めた。同時に、場外馬券場から近い喫茶店を事務所の代わりとするために物色した。

世羅は、事務所を構えていない。その場のレースに注ぎ込む金を必要とする客を、いちいち事務所に足を運ばせていたら商売にならないし、また、客を管理するにも効率が悪い。

なにより、事務所を構えるには金がかかる。

世羅にとって、金は己《おのれ》の血肉。金を失うことは、身を引き裂かれる思い。故に、ギャンブルに金を注ぎ込む者の気持ちなど、一生かかってもわかりはしない。

オアシスに眼をつけた世羅は、須藤に月三万で契約を持ちかけた。須藤は、店内で暴力沙汰《ざた》を起こさないことを条件に、ふたつ返事で承諾した。

三万の使用料以外に、毎週土日に平均して六十人前後の客をオアシスに運ぶという条件は、須藤にとっても悪くない話だった。

むろん、世羅にとっても、事務所を借りれば毎月の家賃、光熱費に二十万前後の金がかかることを考えると、月々僅か三万で、クーラーと冷たいビール付きの事務所を使用できるなど願ってもない話だ。

当然、世羅が飲むビール代は客持ちだ。

『あ、あの、ぬ、ぬしって、なんですか？』

申込客が、怖々《こわごわ》と訊ねた。

「お前のことたいっ。ちょっと、待っとれ」

世羅は携帯電話を保留にし、小型携帯テレビに視線をやった。

電光掲示板に浮かぶ馬番——一着、3番、二着、8番。

世羅は、視線を二着までで止めた。この四人は、みな、単勝と馬番連勝の馬券しか買っていない。

世羅は、テーブル上に並べられた四人の馬券に眼をやった。

ピンサロ経営者の上島が立ち上がり、右腕を突き上げ雄叫《おたけ》びを上げた。

上島以外の三人は、すべて外れ。プリントアウトしたオッズ表。上島が買った馬番連勝の3－8のオッズは、約十分前の時点で三十二倍ジャスト。賭け金は四千円。配当は十二万八千円。融資額の五万円に五割の利息——七万五千円は、楽々回収できる。

「それで、いま、どこにおるとや？」

『渋谷の場外馬券場の二階売り場にいます』

「馬券場ば出て並木通りば渋谷駅方面に向かうと、右手にオアシスって喫茶店があるけん」

「頼むばい」

一方的に言い残し、世羅は携帯電話の終了ボタンを押した。

世羅は、外れ馬券を恨《うら》めしげに睨《にら》む篠田の隣——加茂《かも》に上島の当たり馬券を渡した。

「行ってきます。おい、行くぞ」

加茂が席を立ち、上島を促《うなが》した――ガニ股歩きで出口へと向かった。

百八十センチ、八十キロの肉体を派手なダブルスーツに包んだ加茂と視線が合うと、店内の客は弾《はじ》かれたように俯《うつむ》いた。

無理もない。威圧的な体軀《たいく》と服装に加えて、剃《そ》り落とした眉《まゆ》、パンチパーマ、口髭といった極悪顔の加茂は、とても堅気《かたぎ》にはみえない。

が、他人《ひと》のことは言えない。百九十センチ、百二十キロの熊並みの巨漢。つるつるに剃り上げたスキンヘッドにひしゃげた鼻、見据《みす》えた相手が表情を失う三白眼。魁偉《かいい》な自分の風貌は、加茂以上に極悪だ。

四年前。加茂とは、ある不良債務者の切り取りの現場でバッティングしたのが最初の出会いだった。

夕方、世羅は、七福ローンへの返済を一日滞《とどこお》っていた家電販売店勤務の小崎《おざき》という男のアパート近くの路上に駐車したメルセデスの車内で、網を張っていた。

張り込んでから約四時間後。すっかり陽も落ち静まり返った住宅街に、きょろきょろと周囲に首を巡《めぐ》らす挙動不審の男――小崎が現れた。

世羅がメルセデスを小崎に向けて発進させたそのとき、路地から一台の車が物凄《ものすご》い勢いで飛び出してきた。

瞬時に悟った。小崎を張っていたのは、自分だけではないことを。

二台の車は、小崎を挟《はさ》む格好で停車した。世羅はふたりの配下を引き連れメルセデスを飛び降りた。商売敵《がたき》も三人。

――ぬしら、なんや!?

――てめえこそ、どこのもんだ!?　うらっ！

世羅は、三人の中で一番ガタイがよくコワモテの男――加茂に詰め寄った。加茂も負けじと、巻き舌を返してきた。

世羅は、加茂の外見、醸《かも》し出す雰囲気、口調から、己と同じ金貸しの匂いを嗅《か》ぎ取った。それも、サラ金業者ではなく、闇金業者の剣呑《けんのん》な匂い。

――七福ローンのもんたいっ。小崎は、俺らんとこの金ば踏み倒した。だけん、切り取りにきたったい。

――あ!?　七福ローン？　聞かねえな。切り取りにきたのは、こっちも同じだ。このおっさんはウチで三十万摘《つま》んで、一回目の返済から飛びやがって、四日間もなしのつぶてだったんだよっ。お前《まえ》んとこ、いくら貸してんだよ？

配下の眼もあるのだろうが、加茂は自分を眼前にしても一歩も退《ひ》かなかった。その屈強な体軀といい迫力満点の風貌といい、東京の金貸しにしてはなかなかのものだった。

だが、体軀も風貌も、自分に比べれば横綱と関脇の開きがあった。

なにより、加茂の言葉を耳にした瞬間に、世羅は眼前の三人が己の敵ではないことを知った。

四日間もなしのつぶて。加茂はそう言った。信じられなかった。仮にも闇金業者が、フケてもいない男を四日間も泳がせていることに。これが熊本ならば、笑い者になりおまんまの食い上げだ。

――五万たい。

――は⁉　五万だと？　ウチの債権は三十万だ。そんなゴミみてえな債権は、俺らのあとに回収しろやっ。

――ぬしゃ、喧嘩《けんか》ば売っとるとや？

世羅は、腹の底に響き渡る低音で言うと、加茂を睨みつけた。加茂も、負けじと睨み返してきた。互いの配下も、熱《いき》り立っていた。

怒声と罵声を飛ばし合う六人の獣《けもの》に囲まれた小崎は、顔色を失っていた。

――だったら、なんだってんだ⁉　お？　怪我《けが》をしねえうちに、とっとと田舎《いなか》に……。

最後まで、言わせなかった。世羅は、スキンヘッドを加茂の顔面に叩《たた》きつけた。額《ひたい》に伝わる、鼻骨と前歯が砕《くだ》ける感触。腰砕《くだ》けになる加茂――スーツの襟首《えりくび》を摑《つか》み、膝《ひざ》を着かせなかった。

襟首を摑んだまま、二発、三発、四発と頭突きを浴びせた。加茂は、血塗《まみ》れの顔で白目を剝《む》いていた。世羅は、制止に入った己と加茂の四人の配下を見境《みさかい》なく殴り倒した。キレたときの世羅は、敵味方の区別がつかなくなってしまう。

世羅の犠牲になった五人は、ヒグマに打ちのめされた猟犬のようにアスファルトで痙攣《けいれん》していた。

世羅は、五人を置き去りにし、小崎をメルセデスのリアシートに放り込み、その場をあとにした。

相手だけでなく、仲間にさえ暴力を振るい生ゴミのように捨てる世羅の凶暴さと非情さを眼にした小崎が、必死に五万を搔き集めたのは言うまでもなかった。

世羅に叩きのめされた七福ローンの社員ふたりは、その後、姿を消した。その気になればすぐにみつけることはできたが、敢《あ》えて、あとを追わなかった。

有能な部下であれば草の根わけてでも捜し出すだろうが、ふたりは使えない奴らだった。無能なカスにガソリン代をかけるくらいならば、その金を客に貸しつけたほうが遥《はる》かにましだ。

数日後、営業用の世羅の携帯電話に加茂から連絡が入った。バックのヤクザでも出してくるつもりなのかと思ったが、違った。

加茂は、いま勤めている闇金融を辞めて七福ローンへの入社を希望した。

自分より強い人間がいるのに、でかい顔して切り取りなんてやってられない――それが、加茂の言いぶんだった。

単純だが、加茂の言葉は真理だった。

金貸しの世界は、力関係がすべてだ。借りるほうも、怖い店――切り取りが厳しい店を最優先に支払う。

加茂が金貸しを続ける以上、ふたたび、七福ローンと切り取り現場でバッティングする可能性がある。そうなったとき、加茂は身を退かざるを得ない。

金貸しにとって、眼前にいる獲物を持ち去られるのを指をくわえてみていることほど屈《くつ》辱《じょく》的なことはない。

とくに闇金融の連中は、己のとこは一番怖いという自負がある。

ほかの店はどうであれ、己のとこは必ず返せ――債務者にも、そう植えつけている。

そうでなければ、パンク寸前の多重債務者相手の商売などできはしない。夜逃げ、自己破産予備軍の多重債務者に金を貸し回収するということは、女誑《たら》しの部屋に女房を送り込み無傷で取り戻すようなものだ。

女房の旦那がコワモテのヤクザなら、いくら下半身に人格のない女誑しでも手を出すことはしないだろう。が、旦那がナメられていたら、その女房が餌食《えじき》になるのは間違いない。

加茂は、一番であるために二番になることを決意した――世羅の軍門に下ることイコール、闇金融の世界で一番になることを悟った。

七福ローンの尻持《ケツ》ちは、関東最大手の川柳《せんりゅう》会の二次団体である矢切《やぎり》組だ。矢切組と言えば、暴対法で牙を抜かれた組織が多い中で、いまでも、司法の眼を恐れぬ武闘派集団だ。

十四、五年前に、我が物顔で歌舞伎《かぶき》町を闊歩《かっぽ》していた中国の流氓《リユウマン》と些細《ささい》なことで喧嘩になったのがきっかけで、矢切組の組員三十人が相手のボスをさらって木刀で撲殺した事件は記憶に新しい。

他の闇金業者が七福ローンを恐れるのは、背後に控える矢切組の存在が大きいのはたしかだが、それだけが理由ではない。矢切組の組員顔負けの世羅の武勇伝は枚挙にいとまがなく、同業者に一目も二目も置かれている。

が、当時の七福ローンは発足したばかりで、加茂がその存在を知らなかったように、いまほど名を馳《は》せてはいなかった。

世羅は、闇金世界を牛耳《ぎゅうじ》る足がかりとして、有能な片腕を探しているときだった。加茂は、自分には及ばないが、逃げ出したふたりの社員よりも使える。しかも、加茂の店の顧客も手に入る。

金貸しの性《さが》で、ほんの僅かでもリスクのある話には乗らない世羅も、七福ローンに加茂を受け入れることに異存はなかった。

「あと、一万だけ、一万だけでいいですから、貸してくださいっ。お願いしますっ」

不動産会社勤務の篠田が、額をテーブルに擦《こす》りつけるように懇願《こんがん》した。

篠田は、第六レースの負けで、七福ローンから借りた五万のすべてをスッた。篠田だけではなく、ガックリと首をうなだれる橋本、テレビの画面を未練がましい眼でみつめる三輪もおケラだ。

「馬鹿なこつば言うなっ。何遍《なんべん》やっても、そぎゃんへたくそな予想で当たるわけがなかろうもん」

世羅は、最後のビールを飲み干し、ゲップ交じりに言った。

「そこをなんとか……お願いしますっ。第七レースのスノーホワイトには、絶対の自信があるんですっ。前走では五着に負けてますが、それは、三コーナーで前の馬がよれて進路を失ったのが原因で、あれがなければ、二馬身は突き抜けていましたっ。前日調教のタイムも坂路で馬なりのまま50・4の好タイムを弾き出してますし、前走のアクシデントのおかげで、単勝オッズも十倍を超《こ》えてるんです。一万賭けたら十万以上になるし、お宅様への借金もお返しできますから。私を、信用してくださいっ」

篠田が、血走った眼で世羅に訴えた。

なになにしたならば、金が入る――多重債務者の常套句《じょうとうく》。彼、彼女らの常套句は、実現したためしがない。

捕《と》らぬ狸《たぬき》のなんとやら――成功者と言われる人間は、金を手にして初めて物を言うものだ。

世羅が、これまでの経験で培《つちか》った鉄則。

追加融資――追い貸しで、馬券を取った者はいない。

「おっさんさぁ、たしか、十六の娘がいたよね？」

世羅の隣。金髪のオールバック。病的に生白い顔。ぶよぶよに太った躰。眼の下に貼りつく色濃い隈《くま》。白目の中を不規則に泳ぐ黒目――オアシスに入ってからずっと、携帯電話に内蔵されているブロックゲームをやっていた志村《しむら》が、口角を卑しく吊《つ》り上げ初めて口を開いた。

志村の前のテーブルには、ストローの挿さった濃褐色の小瓶《こびん》が置かれていた。濃褐色の小瓶――「咳止液」。志村が、風邪《かぜ》をひいているというわけではない。

志村が七福ローンに入社したのは、加茂より二年遅い二年前。当時の志村は、八王子《はちおうじ》のキャバレーのボーイをやっていた。そのキャバレーの経営者は、七福ローンの債務者だった。

ある日、世羅が加茂とともにキャバレーで女の胸をまさぐっていたとき、店内で喧嘩が始まった。いや、喧嘩というより、風体《ふうてい》の悪い男が痩せこけた男に馬乗りになり一方的に殴っていた。

殴っている男はキャバレーの常連客、殴られている男はボーイの志村だった。

その頃の志村は、いまより二十キロは痩せていた。あとから経営者に聞いた話で、志村がシンナーの常習者であることと、常連客の溜《た》まったツケを請求したことが喧嘩の原因であることを知った。

屈強な躰を持つ常連客が荒事《あらごと》に馴れているだろうことは、殴りかたをみてわかった。たいする志村は、防戦一方だった。

世羅が、調子に乗る常連客を懲《こ》らしめてやろうと腰を上げかけたとき、店内の空気を悲鳴が切り裂いた。

悲鳴の主──常連客の太腿《ふともも》に、下からアイスピックを突き立てる志村。

形勢は完全に逆転した。岩のように変形した顔を狂気に歪《ゆが》ませゆらりと立ち上がった志村が、のたうち回る常連客の血塗れの太腿にアイスピックを滅多無尽《めったむじん》に刺した。

──あんた、だめだよ……ツケは払わなくっちゃあ、なあ……店のコのおっぱい揉《も》んだじゃん、まんこ触《さわ》ったじゃん、なあ、払えよぉ……払えよぉ……。

呪文のように同じ言葉を繰り返しながら常連客の太腿にアイスピックを振り下ろす志村

の常軌《じょうき》を逸《いっ》した行動に、自分の横で事の成り行きを見守っていた加茂が顔色を失ってい
た。
常連客は、泣きじゃくりつつ財布を志村の顔前に差し出した。
あいつはモノになる。世羅は、七福ローンの債務者である経営者に志村をくれないかと
持ちかけた。
経営者は、厄介《やっかい》払いができると、ふたつ返事でOKした。クビにする口実を探していた
が、怖くて切り出せなかったという。
たしかに、志村のようなイカれた男は、並の経営者では扱えない。
が、自分は違う。熊本にいた頃には、シンナーで脳髄が溶け出したような奴や、シャブ
による錯乱で己を白ギツネの化身《けしん》だと思い込んでいるような奴を、切り取りの際に利用し
たものだ。
シャブ中やシンナー中は、扱いかたによっては優秀な取り立て屋になる。
イッた眼、もつれる呂律《ろれつ》、異常なまでに青白い顔、理解不能な言動――ただそこにいる
だけで、不良債務者達は身の危険を感じ、素直に金を払う。
もちろん、シャブ中やシンナー中を従わせるための調教は必要だ。
軍用犬は、ターゲットにたいしてはどれだけ凶暴でも構わないが、飼い主に牙を剝くよ
うではただの狂犬だ。

キャバレーでの一件も、運よく動脈を逸《そ》れたからよかったようなものの、もし殺していたら志村はいま頃檻《おり》の中だ。

世羅は、切り取りの際に暴力は厭《いと》わない。だが、それは金を回収するための暴力であり、無鉄砲な暴力ではない。

債務者を殺すのはまずい。債務者が死んではならない、という意味ではない。

自殺、事故死、病死ならば、生命保険や葬儀の香典でいくらでも回収できる。しかし、自らが殺してしまったら――殺人犯となったら、当然、金を取り立てる権利を失う。故に、暴走を食い止めるための調教が必要というわけだ。

志村の場合は、ある禁句があった。

頭がおかしい、などの類《たぐ》いの言葉を吐かれると、狂気のボタンがオンになってしまう。人間、痛いところを衝《つ》かれたときにムキになったり逆上するのは、正常者でも異常者でも同じだ。

キャバレーで一方的に殴られていた志村が反撃に転じたきっかけも、常連客が口走ったイカれ野郎、というひと言だったらしい。

禁句を口にしなければ志村は暴発しないが、それだけでは不足だ。傍若無人《ぼうじゃくぶじん》な高利貸しとはいえ、ビジネスである以上、最低限のルールは必要だ。

出社時間の厳守、無断欠勤はしない、自分の指示に従う、金をちょろまかさない、シンナーの禁止。

それらを守らせるために、世羅は志村のイカれた頭を利用した。

志村は、己のことを百獣の王ライオンの生まれ変わりだと信じていた。なにを根拠にそう思い込んだのかは知らないが、とにかく、志村は己の前世はサバンナを駆け巡るライオンだと信じて疑わない。髪を金髪に染めているのも、そのためだった。

そこで世羅は、一計を案じた。志村に、ライオンよりもアフリカ象のほうが強く、自分は、そのアフリカ象の生まれ変わりだと信じ込ませた。

まったく馬鹿馬鹿しい話だが、馬鹿と心を通わせるには、自分も馬鹿になるしかない。

――まったまたぁ～。社長、冗談が好きなんだからぁ。教えてあげましょう。アフリカ象は草食動物でしょ？　肉食獣のライオンには歯が立ちませんよ。ライオンと唯一いい勝負をすると言われているトラだって、適当な獲物がいないときはインド象を倒しているんですよ？

単純にアフリカ象のほうがライオンよりもでかいという理由で適当に言ったものの、志村は意外にも動物に関する知識が豊富で簡単には丸め込めなかった。

志村を意のままに操るには、ライオンよりアフリカ象が強いということをどうしても証明しなければならなかった。

世羅は、インターネットでライオンとアフリカ象に関して検索した。驚くべきことに、動物最強はなにか？　というくだらないサイトは数百にも上った。

世羅は、ダウンロードした画像――木の枝にひっかかったライオンの屍《しかばね》の写真をプリントアウトし、志村に突きつけた。

――これは、アフリカ象の鼻に巻きつけられて投げ飛ばされたライオンの死体の写真たい。お前、ライオンの生まれ変わりなら、木に登れんことは知っとるよな？　木に登れんライオンが、十数メートルの高さの枝に引っかかる理由は、ひとつしかなかたい。

――で、でも、トラはインド象を……。

――アフリカ象の体重は六トンから七トンで、インド象の体重は三トンから四トン。おまけに、インド象の小さか牙に比べて、アフリカ象の牙は倍以上ある。だけん、トラがインド象ば倒したからって、ライオンがアフリカ象より強いって証拠にはならんとたい。

動物関連のサイトで仕入れた情報と写真を武器に、世羅は志村に理詰めで説明した。

その後三日間、志村はショックのためかひと言も口を利《き》かなかった。

――社長は、だから躰が大きいんですね。ライオンが一番じゃないのは悔《くや》しいけど、俺、社長の言うことなら、なんだって従いますよ。

四日目の朝、出社した志村は吹っ切れたように言った。

自分をアフリカ象の生まれ変わりと信じた志村は、その言葉通りに、以降二年間、金をちょろまかすこともなく、無遅刻、無欠勤を続けている。

一番の難関だったシンナーの禁止も、咳止液を代わりとすることで解決した。咳止液は、大量に飲むと中枢神経が麻痺する作用がある。当然躰には悪いが、シンナーを吸っているよりはましだ。

ただ、咳止液には糖分が含まれているので、シンナーを常習していた頃の痩せ具合が嘘のように、志村の躰はぶくぶくと太った。


「たしかに娘はいますが、それがなにか？」

篠田の不安げな声が、世羅の回想を遮断した。

「華菜《かな》ちゃんって言ったよね？　第七レース、そんなに自信があるならさぁ、もし外れたら、華菜ちゃんを一晩貸してもらうよ」

ファイルを手に取った志村が、篠田の申込用紙をニヤついた顔でみながら言った。

「ど、どういう意味ですか⁉」

篠田が、気色《けしき》ばんだ。

「だから、そのスノーなんとかっていう馬が一着になれなかったら、俺が華菜ちゃんのまんこにちんぽを突っ込むってことだよ。女をひと晩貸せって言ったら、おまんこしかないじゃん。そんなこともわからないの？　頭悪いね、おっさん」

篠田に呆《あき》れたような視線を投げ、志村が咳止液をストローで啜《すす》った。

正面のテーブル――サラリーマンふうのふたり連れの客が、こちらをみながら露骨に眉をひそめた。

「あんた達、なにみてんの？」

言って、志村が両手をテーブルにつき、顔を前に突き出し、大きく口を開けて歯を剝き出しにし嗄《しわが》れ声で唸《うな》った。慌《あわ》てて、ふたり連れの客が視線を逸らした。

ライオンの、威嚇《いかく》のつもりなのだろう。

娘の件もライオンのまね事も、脅《おど》しや冗談ではなく至って本気だ。

月日を重ねるごとに、志村の壊れ具合は進行している。構わなかった。完全なスクラップになれば、捨てればいいだけの話。

「なっ……」

篠田が絶句した。闇金業者が口にする恫喝《どうかつ》の類いは、九十パーセント以上はハッタリだ。数年前、社員が債務者にたいし、腎臓を抜くぞ、と脅して問題になった大手街金融の事件は記憶に新しい。

が、脅したほうも脅されたほうも、まさか本当に腎臓を抜く、抜かれると思ってはいない。

ハッタリは、大手で借りているような債務者程度になら効果的だが、五割の利息で借りるような最底辺の債務者には通用しない。怖がったふりをして、心で舌を出しているのが落ちだ。

が、志村の言葉は、そこらの高利貸しには免疫ができている海千山千の篠田でさえも聞き流すことはできない。

なぜなら、この狂人ならば有言実行をするであろうことが伝わるからだ。

その証拠に、娘の件と無関係の橋本と三輪も、地蔵のように凝《こ》り固まり表情を失っていた。

微《かす》かな刺激で爆発するニトログリセリンのような危険人物をスカウトして調教したのも、このリアリティのためだ。

ニトログリセリンはたしかに危険物だが、扱いかたひとつで、狭心症の特効薬にもなるのだ。

「なっ……じゃないよ。さっきまでの自信はどうしたのさ？　絶対に一着になるって言ってたじゃん。おっさんの言うとおりだったら、俺が華菜ちゃんのまんこにちんぽ突っ込むこともないわけだし。でしょ？　どうしたの？　顔色悪いよ？」

弄《もてあそ》んでいるわけでも、駆け引きしているわけでもない。あくまでも、志村は本気だ。

無邪気な子供のように、思いを素直に口にしているだけ。

「も、もう、これで失礼します。一万の話は、なかったことにしてください」

己が注文したコーラ代の四百五十円をテーブルに置き、そそくさと篠田が腰を上げた。

橋本がアイスコーヒー代の四百円、三輪がジンジャーエール代の五百円を置き、篠田に続いた。どの顔もこの顔も、恐怖と嫌悪《けんお》にひきつり、歪んでいた。

「お前らの期日は、来週の木曜日の午後二時たい。ここに、金ば持ってこい。俺は、三十分前にはここにおるけん。一分でも過ぎたら、容赦なく取り立てば始めるけんね。よかか？　金の都合《つごう》ができんかったら、ほかの闇金で借りるなりどっかから盗んででも持ってこい。ウチは、借用書の額面ば払ってもろうたら、どぎゃん金でも構わん。金に、きれいも汚なかもなか。わかったや!?」

ドスの利いた世羅の九州弁に、三人が揃《そろ》って頷《うなず》いた。志村は、ふたたび携帯電話のブロックゲームに没頭していた。

「おい、ちょっと待たんね」

世羅は、踵《きびす》を返しかけた三人に声をかけ、グローブのような掌を上下に動かした。

「財布ば貸せ」

「え……どうして……です？」

困惑顔の橋本が、恐る恐る訊ねた。残るふたり、篠田と三輪も一様に疑問符を顔に貼りつけている。

「ごちゃごちゃ言わんと、はよ、財布ば出さんやっ」

三人が、弾かれたように財布を世羅に差し出した。世羅は、それぞれの財布の中身――

所持金を確認した。

篠田が八百九十一円、橋本が七百六十三円、三輪が五百五円。

まさに、電車代しかないというやつだった。

世羅は、各々の財布から五百円を抜いた。

「俺のビール代六百円に、社員のアイスコーヒー代四百円とオレンジジュース代の五百円ば合わせた千五百円ば貰《もら》っとくけん」

「そんな……電車代が、なくなってしまいますよ」

三輪が、唇《くちびる》をわななかせて言った。三輪の家は桜新町《さくらしんまち》。渋谷駅から田園都市線で一本だが、五円では話にならない。

「だったら、歩けばよかたい。さ、俺は忙しかけん、はよ帰れ」

世羅はにべもなく言うと、野良猫を追い払うように片手を振った。

たとえ百二十円の缶ジュース代であっても、世羅は客に払わせたことだろう。世羅にとっては、一円も一万円も、大事な金に変わりない。

言葉を呑《の》み込み、三輪が踵を返した。信じられないといった表情で眼を見開いていた篠田と橋本も、諦《あきら》めたようにため息を吐《つ》き、三輪のあとに続いた。

☆

三人と入れ替わるように、加茂とまりえが現れた。

水色のキャミソールタイプのワンピースの胸もとから零《こぼ》れ出さんばかりの乳房に、卑猥《ひわい》な流線を描くヒップラインに、ミニスカートの裾《すそ》から伸びる肉づきのいい太腿に注がれる店内の客達の視線を愉《たの》しむように、腰をくねらせながら世羅のもとに歩み寄るまりえ。

「あ〜涼しいぃ〜。ねえ、世羅ちゃん、もう、チラシ撒き終わっていいでしょう？」

世羅の正面に腰を下ろしたまりえが、鼻にかかった声で訊ねた。

「馬鹿が。仕事んときは、名前で呼ぶなって言うとるだろうが？」

世羅は、まりえを睨みつけて言った。

「だってぇ、いま、ゴミいないじゃん」

七福ローンでは、債務者のことをゴミと呼んでいる。

「いまさっき申し込みの電話が入ったけん、もうすぐくるとたい。それに、ここにおる誰がゴミになるかわからんだろうが？」

世羅は声を潜《ひそ》め、店内を見渡した。

債務者の眼前《まえ》では、世羅は己を社長と呼ばせている。債務者に名前を聞かせたくないのは、警察にチクられないためだ。

故に、客に渡す名刺にも携帯電話の番号しか刷《す》ってはいない。その携帯電話にしても、番号から自分のあとを追えないプリペイド式の使い捨てを使用していた。

七福ローンは、利息も、切り取りも半端《はんぱ》ではない——いつ、債務者が警察に垂れ込んでも不思議ではない。

しかし、債務者の被害届を受けても、事務所もなく、名前もわからなければ、警察も動きようがない。

万が一、警察にオアシスに踏み込まれても、馬券場で顔を合わせる競馬仲間で、時々、金の貸し借りをすると言い張ればいい。

当然、債務者は否定するが、世羅が金融業者だと立証できる証拠はなにもない。ようするに、互いの主張は水掛け論になり、平行線を辿《たど》るというわけだ。

警察からすれば、出資法違反に問うには、世羅が金貸しであることを証明するなにか、貸金業の登録票や、借用書のストックなどの動かぬ物証を押さえなければならない。

が、東京都貸金業協会に問い合わせても、七福ローンの名前も世羅の名前もなければ、頼みの綱の借用書も、契約後すぐにオアシスのオーナーの須藤に預けているので、みつかりはしない。

問題は、チラシに記載された社名と携帯番号。だが、営業用の携帯電話さえ処理すれば、七福ローンと自分の結びつきを立証できる術《すべ》はない。

債務者に渡している名刺に刷られた携帯番号は、チラシに記載された携帯番号とは別――つまり、世羅は営業用と債務者用の二本の携帯電話を使い分けていた。

残るは、無登録営業――潜りの金貸しの線で叩くしかないが、それにしても、世羅が商売として利息を取り、不特定多数の人間に金を貸しているという事実を突き止めなければならないことに変わりはない。

須藤が口を割《わ》れば厄介だが、まず、その心配はない。十年も二十年も自分を牢屋にぶち込めるのならば話は別だが、出資法違反も無登録営業も、たいていは三百万以下の罰金刑で解決する。

自分の怖さを誰よりも知っている須藤が、己の身の危険も顧《かえり》みずに謳《うた》うことはありえない。

かぎりなく黒に近い灰色でも、証拠がなければ警察は動けないのだ。もともと、警察は民事には腰が重い組織だ。つけ加えれば、世間が思っているほど債務者の訴えに親身になってはくれない。

警察からしても、五割などという馬鹿げた利息で借りた金を競馬に突っ込むような債務者は、ゴミ以外の何者でもないのだから。

「ごめん。ね、お願ぁい。暑くて、日射病になっちゃうよ」

小首を傾《かし》げて媚《こ》びるまりえ。周囲の客達の視線は、まだ、まりえに注がれていた。

無理もない。

フェロモンが衣服を纏《まと》ったような破廉恥《はれんち》なボディライン、プラチナブロンドに染めたロングヘア、蠱惑《こわく》的な切れ長の瞳、つんと尖《とが》った鼻、扇情的な濡れた唇——たいていの男は、まりえの小悪魔的な魅力の虜《とりこ》となる。

七福ローンに入社する以前《まえ》のまりえは、六本木《ろっぽんぎ》のキャバクラに勤めていた。指名率ナンバーワンのまりえを眼にして、世羅も虜になったうちのひとりだった。

だが、そこらの男と違い、世羅は店に通い詰め、まりえに貢《みつ》ぐようなまねはしなかった。ギャンブル同様に、世羅が、水商売や風俗の女に金を使うことはありえない。

そもそも、そのキャバクラに行ったのも、七福ローンで融資した債務者が二百三十倍の超万馬券を的中させ、お礼に、ということで招待されたのだった。

債務者が万馬券で手にした配当金は百八十四万。そこから元金に利息を含めた六万円を引いた百七十八万を、世羅は己の金のようにキャバクラ嬢にバラ撒いた。

他人《ひと》の金なら、百万が一千万であっても腹は痛まない。

債務者は、普段は絶対に縁のない綺麗《きれい》どころのキャバクラ嬢に囲まれ、図に乗って一気飲みを繰り返し、早々に酔い潰《つぶ》れていた。

さながらハーレム状態の世羅の横に、金の匂いに敏感なまりえがぴたりと寄り添い離れようとしなかった。

金払いのいい上客《カモ》を逃《のが》してなるものか、とでも思っていたのだろう。

だが、カモはまりえだった――ミイラ取りが、ミイラになった。

閉店後、酔い潰れた債務者を店内に置き去りにした世羅は、まりえをホテルへと誘った。まりえは、ふたつ返事で誘いに乗った。

懐には、債務者の配当金がまだ五十万弱残っていた。債務者には、全部キャバクラで使ったと言えばいい。ボックスソファで高鼾《たかいびき》をかいていた債務者にわかりはしない。

ホテルに入った世羅は、一晩中まりえの豊満な肉体を貪った。あらゆる体位で、まりえを攻めまくった。世羅は、その巨体に見劣りしない道具を持ち、しかも、セックスに関しては絶倫だった。

抜かずの七番勝負――午前一時から八時までの七時間、まりえは数かぎりないエクスタシーの海に溺《おぼ》れ、最後には、白目を剝いて失神した。

その日を限りに、世羅は店に顔を出さなかった。債務者から騙《だま》し取った金で通うこともできたが、目的を果たした女のために、たとえ一円でも使う気にはなれなかった。

三日後、世羅の携帯電話にまりえから、会いたい、と連絡があった。営業でないのは、自宅マンションにきてほしい、の言葉でわかった。

まりえは、完全に世羅の肉棒の虜になっていた。

既《す》にまりえに興味を失っていた世羅は、にべもなく断るつもりだったが、思い直した。歩くセックスシンボルのまりえにチラシを撒かせたら、いい客寄せパンダになる。どの道、チラシ撒きのバイトに金を払うのならば、小汚ないおっさんより魅力的な若い女のほうがいいに決まっている。それに、ヤリたいときにいつでもヤレる。まりえクラスの女なら、ソープに行けば三、四万は飛ぶ。

世羅の脳内の電卓が、まりえを雇《やと》えと囁《ささや》いた。

問題は、まりえが承諾するかどうか。キャバクラ嬢でいたら、月に百万近くは稼《かせ》げる。七福ローンでも、加茂や志村のように貸し出しから切り取りまでこなせれば三十万は払えるが、チラシ撒きは十万と決まっていた。

極上の女も小汚ないおっさんも、チラシ撒きはチラシ撒き。ほんの僅かでも、色をつけるつもりはなかった。

世羅の心配は、杞憂《きゆう》に終わった。条件つきながら、まりえは、収入がほぼ十分の一になる職場への転職を受け入れた。

条件はふたつ。

ひとつは、いままでのマンションの家賃が払えなくなるので、世羅の自宅に住まわせてもらうこと。そしてもうひとつは、一日一回はセックスしてくれること。

世羅に、異存はなかった。同棲すれば家政婦代わりにもなるし、精力の捌《は》け口にもなる。いずれはまりえの肉体に飽《あ》きて義理セックスになるだろうが、底無しの精力を持つ自分にとっては、寝る以前《まえ》に歯を磨く程度の労力に過ぎない。

因《ちな》みに、まりえと契約した半年間で、世羅は一日たりとも夜の務めを怠《おこた》っていない。

「なんば甘えたこつば言うとるとや。まだ最終レースまで六レースも残っとる。少し休んだら、チラシ撒きに行ってこい」

「もう、人使い荒いんだからぁ」

舌足《た》らずの口調——まりえが、胸を強調するように腕組みをし、頬《ほお》を膨《ふく》らませ世羅を睨みつけた。

さすがにキャバクラで男を誑《たぶら》かしていただけあり、まりえは、どんな表情や仕草《しぐさ》をすれば己が魅力的にみえるかのツボを心得ている。

世羅の隣に座った加茂が、口髭を蓄えた鼻の下をだらりと伸ばし、まりえの腕の中で盛り上がった白い膨らみに舐《な》めるような視線を這《は》わせていた。

志村はと言えば、まりえがきたことにも気づかずに、携帯電話に向かってぶつぶつと毒づきながら、ブロックゲームに夢中になっていた。

「あたりまえたい。ウチは、土日が勝負だけんね」

吐き捨てるように言うと、世羅は、ショートホープをくわえた。

ライターを取り出そうとした加茂の手の動きよりはやく、ゲームに夢中になっていたはずの志村が、弾かれたようにデュポンの炎を差し出した。

世羅の煙草《たばこ》に火をつけることを、志村は己の役目として誰にも譲らない。一度、加茂のライターの火を貰ったときに、志村は丸一日ふて腐《くさ》れていた。

理由はわからない。また、知りたいとも思わない。咳止液とシンナーで脳みそが溶けた男の行動を論理づけしようとするのは無意味なことだ。

土日が勝負――そう、競馬客を対象にした七福ローンの申し込みは、週末の二日に集中する。

一般の闇金融の一週間を通した集客数と同様の人数を、土日の中央競馬の開催時に集めなければならない。

一般の闇金融の、スポーツ紙の三行広告やチラシをみて申し込む客は一日平均十人程度。たいして、一開催のうちに七福ローンに申し込む客は約三十人――土日の開催で六十人。

一週間のトータルとして考えれば、一般の闇金融とほぼ同じ客数を集めることができるが、それは、まりえがきちんとチラシを撒いたらの話だ。

電話ボックスやマークシート置き場にチラシをただ撒くのと、まりえが競馬客に直接手渡すのとでは集客率が違う。まりえのフェロモンに骨抜きになった債務者予備軍が、そのままオアシスに直行、というケースも多いのだ。

「わかったわ。そのか・わ・り……ね？」

まりえが、潤《うる》む瞳を世羅に向け、意味ありげに言った。

まりえの濡れた視線の意味──夜の報酬。

「わかったわかった。ちゃんと客ば引っ張ってくれれば、たっぷりとかわいがってやるけん」

世羅は、ショートホープのまったりとした紫煙を鼻孔から漏《も》らしつつ言った。横目で盗みみた加茂の股間が、こんもりと膨らんでいた。

「おい、いやらしか想像ばしとらんと、上島の金ば出さんや」

「あ……す、すいません」

耳朶《みみたぶ》までまっ赤に紅潮させた加茂が、慌ててダブルスーツの内ポケットから茶封筒を抜き出し、世羅に手渡した。

茶封筒の中身──福沢諭吉《ふくざわゆきち》が七枚に新渡戸稲造《にとべいなぞう》が一枚。上島への融資金額は五万円。僅か一分数十秒のレースで、二万五千円の儲《もう》け。

この快感は、普通の闇金融では味わえない。

「上島は、どげんしたとね？」

札を戻した茶封筒をクロコダイルのアタッシェケースにしまいつつ、世羅は訊ねた。アタッシェケースには、常に五百万の種銭《たねせん》が入っている。

「残った金で、もう一勝負していくみたいです」

「馬鹿な男ばい」

世羅は、心でほくそ笑んだ。

上島の的中馬券の配当は十二万八千円。七福ローンに支払った七万五千円を差し引くと五万三千円。二、三レースで溶かし、ふたたび借りに現れるだろうことは眼にみえている。

「いらっしゃいませ」

自動ドアの開く音と須藤の声が交錯した。出入り口に佇《たたず》む四十絡《がら》みの七三髪の男が、きょろきょろと店内に落ち着きのない視線を巡らせていた。

さっきの、電話の男に違いない。世羅は、丸太のような右腕を上げた。世羅の姿を認めた男の顔が、瞬時に強張《こわば》った。

「七福ローンの方でしょうか?」

怖々と歩を進めた男が、歩調同様に怖々と訊ねた。

「そぎゃんたい、ま、座れ。なんか注文するや?」

「あ、アイスコーヒーをお願いします」

男が、うわずった声で言った。

「私、行ってくるね」

まりえが、大きめのショルダーバッグを肩にかけ席を立った。すかさず加茂が、ジュラルミンのアタッシェケースの上蓋《うわぶた》を開いた。

このアタッシェケースには現金ではなく、チラシが詰められている。

「お願いします」

加茂が、輪ゴムで括《くく》ったひと束百枚のチラシを三束、まりえに手渡した。

加茂は、己よりふたつ下の二十二歳のまりえに敬語を使う。ヤクザ世界で言えば、歳は下でも姐《あね》さんを敬《うやま》わなければならないのと同じだ。

「じゃあ、社長、約束忘れないでね」

まりえがウインクを投げ、小走りに出入り口へと駆けた。世羅は視線を、まりえの弾む尻肉から眼前の男へと移した。

「まず、これば書け。マスター。アイスコーヒーば三つとビールばひとつ頼むばい」

男に申込用紙を差し出しながら、世羅は須藤に注文した。自分、加茂、志村の飲み物の代金は、もちろん男に払わせるつもりだった。

世羅は、申込用紙に記入する男の容姿を、壺の真贋《しんがん》を見極める古物商の観察力でみつめた。

定規《じょうぎ》を使ったような規則正しい角張った文字は、男の几帳面《きちょうめん》な性格を表している。それは、糊《のり》の利《き》いたワイシャツと、一糸乱れぬ七三分けの髪形も裏づけていた。

グレイのシングルスーツと左腕に巻かれた黒革の腕時計は、地味だが物はよさそうだった。男は少なくとも、七福ローンの債務者によくいるような、衣服に使う金があるなら馬券に注ぎ込むギャンブル狂とは一線を画《かく》していた。

世羅は、申込用紙に書き込まれた男の繊細《せんさい》な文字を眼で追った。

男の名は赤星光彦《あかほしみつひこ》。歳は四十四歳。住まいは品川《しながわ》区東五反田《ひがしごたんだ》。住居形態は分譲マンション。名義は義父。同居者は母と妻と中学生の息子がひとり。勤務先は大帝《たいてい》銀行赤坂《あかさか》支店。役職は融資課長。年収は一千二百万。

赤星のボールペンを持つ手が、両親、兄弟、親戚、友人、職場の上司、同僚《どうりょう》、妻の実家などの名前、自宅電話番号と携帯番号、住所の記入欄に移った瞬間に小刻みに震え始めた。

肉親や知人のデータを数多く取るのは、切り取りの際の保険の意味と債務者にプレッシャーをかける意味があった。

申込用紙を覗きみていた世羅の脳内で、疑問符がむくむくと肥大した。

男――赤星は、世羅の経験上で言うと、闇金融を利用するようなタイプとは違う。

それは、大帝銀行という大手都市銀行の融資課長を務めていることが理由でも、年収一千二百万の高給を取っていることが理由でもない。

大企業で高給を取っている社員が、高利の金に手を出すのは珍しくもない。現に、七福ローンの債務者にも、一部上場企業に勤める年収一千万以上のエリートサラリーマンが大勢いる。

が、彼らに共通しているのは、競馬狂、ということだった。どれだけ多額の給料を貰っていても、ギャンブルに溺れているかぎり金は貯まらない。

高給取りだからといって、競馬の予想がうまいとはかぎらない。むしろ、資金力に物を言わせて雑な予想をする輩《やから》が多く、負けが込み始めて給料を使い果たしてサラ金に手を出す、というパターンが多い。

しかし、赤星とそれらのエリートサラリーマンの大きな違いは、彼が競馬をやらないだろうこと、少なくとも競馬狂ではないだろうことだった。

赤星が競馬に興味がないのは、まもなく発走となる第七レースの競走馬が、輪乗りしてゲートインするのを待つ様子を映す、テーブル上の小型携帯テレビのモニターを一度も見ようとしないことでわかる。

たまたまそのレースの馬券を買ってなくても、高利の金を借りるほどに身を持ち崩《くず》した競馬狂であれば、予想だけはしているものだ。しかも、赤星は競馬新聞さえ手にしていない。

ならば、競艇、競輪、麻雀《マージャン》、パチンコ、ポーカーなどの、ほかのギャンブルに注ぎ込んでいるのか？

が、もしそうであれば、場外馬券場にいるのはおかしい。真のギャンブル狂は、たまに浮気をすることがあっても、たいていは己のフィールドで勝負する。

残るは女関係だが、まりえの淫猥《いんわい》な肉体に眼もくれなかったことを考えると、その線も低い。

小型携帯テレビから漏れる、第七レース発走のファンファーレ。店内の客の視線が、カウンターに集まった。カウンターの端には、世羅の小型携帯テレビではなく店のテレビが設置されていた。

ボールペンで申込用紙に乾《かわ》いた音を刻む赤星は、相変わらずレースを気にしているふうはなかった。

「お待たせしました」

「これで、よろしいでしょうか？」

須藤が飲み物を運んでくるのとほとんど同時に、赤星が申込用紙を書き終えた。

世羅は、ショートホープを灰皿に捻《ひね》り潰《つぶ》し、運ばれてきたばかりのビールをグラスに注いだ。

他社借入欄に記載された社名と件数を眼にした世羅は、グラスを持つ手を宙に止めた。

借入件数は三件で三十万。そのすべてが闇金融。それ自体に問題はない。

銀行員の場合は、職業柄、他の金融機関での借金にひどく慎重《しんちょう》になる。銀行も金貸しであることに変わりなく、当然、融資の際には情報機関を使って申込人の借入状況を調査する。

各金融機関が調査に使用する情報機関は、銀行や銀行系のクレジットカードが全国銀行個人信用情報センター、略称JBA、サラ金がジャパンデータバンク、略称JDB、信販会社がクレジットインフォメーションセンター、略称CICとなっている。

ひと昔前までは、それぞれの情報機関同士が情報交換することはありえなかった。が、近年は、銀行によってはサラ金やクレジットの情報を取るようになったが故に、銀行員は借入データを入力する大手に手を出さず、闇金融のドアを叩くというわけだ。

銀行という組織は徹底した減点方式を採用しており、他の金融機関での借金――それもサラ金で借りていることが判明すれば、まず、出世は無理だ。

その点、闇金融ならばJDBに加盟していないため、借入情報が銀行に漏れることはありえない。だからこそ、その気になれば低利息の信販やサラ金でいくらでも借りられるにもかかわらず、目の玉が飛び出るような高利の金に手を出してしまうのだ。

よって、エリート行員の赤星が闇金融を利用していることに疑問はない。

問題なのは、その三件の利息。三件とも、十日で四割。三十万の元金が生み出す三件の利息は、十日で十二万――一ヵ月で元金を上回る三十六万を支払っていることになる。

五割の暴利を貪る自分が言うのもおかしな話だが、四割の利息というのは、闇金融の中でもかなり高利の部類に入る。いまどきトイチはないにしても、せいぜいトニ、高くてもトサンが一般的だ。

世羅が不審に思うのは、情報漏洩《ろうえい》を恐れて闇金融で借りるのは仕方がないにしても、なぜに赤星が四割の利息の闇金融ばかりを選んでいるのか、ということだった。

大手都市銀行勤務の金看板に、サラ金、信販の利用がゼロとなれば、日本中の闇金融は諸手《もろて》を挙げて歓迎することだろう。赤星が、闇金融選びに困ることはなにもない。

利息の計算には長《た》けているはずの銀行員が、しかも、貸しつけの専門である融資課長が、よりによって高い闇金融ばかりに手を出す理由――答えは、ひとつしかなかった。

実況アナウンサーのボルテージが上がった。場内の熱気と興奮が、テレビ越しに伝わった。オアシスの店内にも、競馬場に負けないくらいの歓声、怒声、悲鳴が渦巻いていた。

まもなくして、歓声、怒声、悲鳴が、歓喜の叫びと落胆のため息に変わった。

第七レースが終わったのは、テレビをみなくともわかった。因みに、実況アナウンサーが連呼していた馬名は、篠田が眼を充血させて勝利を訴えていたスノーホワイトなる馬ではなかった。

篠田がもし追加融資を受けていたならば、華菜という高校生の娘は志村の餌食になっていたことだろう。

「ぬしゃ、ほかにも借りとるだろうが？」

世羅は赤星の双眼を見据えつつ、興奮冷めやらぬ店内の空気を震わせるドスの利いた低音で訊ねた。

赤星の黒目が、ノーフレイムの眼鏡の奥で不規則に泳いだ。

確信した――赤星が摘んでいる闇金融は、三件だけではない。

「え？　わ、私はこの三件しか――」

「嘘ば吐《つ》くんじゃなかっ！」

世羅は、怒声とともにビールのグラスの底をテーブルに叩きつけた。飛び散るビールの泡――赤星の軽量の躰が、椅子《いす》の上で弾んだ。

「こっちは、ぬしの情報ば摑んどるとたい。ちょっと待っとれ」

言って、世羅は携帯電話を取り出し、まりえの番号を押した。

『もしもしぃ？』

「七福ローンのもんばってん、照会ばよかね？」

『はいは～い』

おどけ口調のまりえ――申込客の正確な借入件数を知るために、世羅はよく、まりえを相手に芝居を打つ。

「名は赤星光彦。生年月日は、昭和三十二年九月二日」

世羅の行動を凝視していた赤星の顔がみるみるいろを失い、表情筋が強張った。

「あ、心配せんでもよかばい。いま調べてもらっとるデータは闇金が寄り集まって作った内々のもんだけん、銀行にバレることはなか。ぬしが借りとる闇金の件数と金額が、出てくるだけたい」

世羅は、携帯電話の送話口を掌で押さえ赤星に言った。

ハッタリ——そんな情報網はない。せいぜい、交流のある闇金業者同士で情報交換をするか、名簿屋から仕入れた闇金融の顧客リストで調べるだけだ。

が、赤星に関してはその時間さえなかった。

『今夜、何時頃になりそうなの？　家に帰ったら、すぐしようね？』

「あ、そぎゃんあるとね。わかったばい。じゃ、また」

まりえの甘ったるい鼻声を聞き流し、世羅は終了ボタンを押した——険《けわ》しい眼つきで、赤星の漂白剤に浸《ひた》されたような白っぽい顔を睨《ね》めつけた。

「ぬしに、最後のチャンスばやる。俺が借入件数と金額ば訊くけん、正確な数字ば答えろ。もし、俺が電話で聞いた数字とぬしの口から出た数字に少しでも違いがあったら、金は貸さんばいっ」

闇金融からの借り入れは、たとえＪＤＢに加盟していてもわからない。脅しとハッタリで真実を聞き出す以外に術《すべ》はない。

「十一件で二百万ありますっ。すいませんでしたっ」

赤星が、額をテーブルに擦りつけるようにして叫んだ。

「はぁ？　十一件で二百万だとぉ⁉　てめえっ、八件もサバ読みやがって！　ナメてんのかっ、うらぁ！」

加茂が腰を上げ、赤星の胸ぐらを摑んだ。周囲の客の怯《おび》えと好奇の視線が集まった。須藤は、相変わらずみてみぬふりを決め込んでいた。

「すいません……正直に言ってしまったら、貸して頂《いただ》けないと思いまして……」

「だからって、三十万が二百万はないだろうがよ⁉　二百万はよっ！」

「もう、よか。座れっ」

目尻を裂き狂犬のように吠《ほ》え立てる加茂を、世羅は制した。憤怒《ふんぬ》に唇を震わせつつ、渋《しぶ》々《しぶ》と加茂が腰を下ろした。

「ほら」

ブロックゲームから不意に顔を上げた志村が、ズルズルと音を立てて飲んでいた咳止液を赤星に差し出した。

「半分しか残ってないけど、飲んでいいよ」

「え……？」

困惑顔に疑問符を貼りつけ、赤星が自分をみた。自分にも、志村の行動の意味はわからない、というよりも、意味などないのだろう。

ただ、志村の無意味な行動が、場合によっては加茂の脅しよりも効果的なこともある。

「本当は咳止めなんだけど、ふわぁ〜って、いい気分になれるよ。俺って本当はライオンなんだけど、これやっているときは日向《ひなた》ぼっこしてる猫になるんだ」

咳止液の小瓶を焦点の合わない黒目でみつめながら、志村が言った。

赤星の下瞼《まぶた》の皮膚が、ヒクヒクと痙攣した。この志村のイカれ具合を眼にした客は、ある決意をする。

ここだけは、絶対に遅れてはならない、と。

「ほらぁ、遠慮しないでいいから飲みなってば」

幼子のように無邪気な笑顔――志村は、意地悪で咳止液を勧めているわけではない。親切で勧めているのだ。

「じゃ、じゃあ、頂きます」

赤星が、無理に愛想笑いを拵《こしら》え、咳止液を受け取りストローに口をつけた。

「どう? プリンのシロップみたいで、おいしいでしょ?」

赤星の顔を覗き込み、志村が訊ねた。

「え、ええ。とっても」

顔面をひきつらせ、赤星が言った。加茂が、呆れたように小さく首を振った。

陰では志村を味噌糞《みそくそ》にけなしている加茂も、本人の眼前《まえ》では罵詈雑言《ばりぞうごん》を口にしたことはない。志村がキレたときの異常さを、加茂は自分とともに八王子のキャバレーで目撃している。

志村は志村で、ボスである自分が眼にかけている加茂のことを一目置いている。たとえれば、見慣れぬ雄《おす》ライオンが縄張り近くでうろちょろしているような感じなのだろう。互いが互いの領域に踏み込まない――踏み込めないという微妙な空気が、ふたりの間には流れていた。

赤星が咳止液を飲み干したのを見届けた志村は、満足そうに頷き、スーツの内ポケットから新しい咳止液の小瓶を取り出した――ストローを挿し、ふたたびブロックゲームを始めた。

「なんで、こぎゃん借りたとや？　ぬしは、ギャンブルばやるタイプじゃなか。もう、へたな嘘は吐くなよ」

ビールを立て続けに二杯飲み干し、世羅は訊ねた。

闇金融だけで二百万も摘んでいたら、平均二割の利息として月に百二十万の利息になる。いくら一千二百万の高給取りでも、これでは追いつかない。

「お恥ずかしい話ですが、お客様に融資したお金を使い込みまして……」

「使い込んだって、どういうこつね？」

「そのお客様は繊維工場を営んでいる方で、当行とは十年来のつき合いでした。三ヵ月前に、内装工事の名目で八百万の融資を実行した日の夜に、お客様から会社に呼び出され、ある相談を受けたんです。八百万を預けるから、なにか儲かる方法はないかと。利益分の三十パーセントを私にキックバックしてくれると。魔が差したんでしょうね。私は、証券会社に勤める友人に連絡を取り、その旨《むね》を話しました。友人は、青天井間違いなしの上昇気流のベンチャー企業はどうかと勧めてきました。その企業をA社としましょう。私は、友人の言うことだからと、A社の調査もろくにしないで翌日には株券を購入しました。もうおわかりでしょうけど、A社の株価は青天井どころか暴落の一途《いっと》を辿り、投資金額を大きく割ってしまったんです。株券を購入して二ヵ月後、お客様から連絡があり、不渡り手形を掴まされたので、預けた八百万を至急返却してほしいと。私は動転しました。その頃、投資金額は百万にまで減っていました。お客様に、そんなことを言えるはずがありません。私は、不足分の七百万を用立てる必要に迫られました。私の貯金を切り崩し五百万はなんとかしましたが、それでも、二百万足りませんでした。そこで、悩みに悩んだ結果、闇金融さんに手を出したという次第です」

赤星が、大きくため息を吐き、首をうなだれた。

ギャンブル狂でもない赤星が、なぜに闇金地獄に嵌まったかの疑問は氷解したが、すぐに新たな疑問が涌《わ》き上がった。

「ばってん、話ば持ちかけてきたとは客のほうだろうが？　なんで、ぬしが貯金はたいたり借金してまでひとりで被《かぶ》らんといかんとや？」

「たしかに、あなた様がおっしゃるとおりなのですが、話が公《おおやけ》になって困るのは私です。お客様に融資したお金をバックマージンを貰うために株に突っ込んだなんて会社に知れたら、私はクビです。そうなったらもちろん退職金も出ませんし、年老いた母や、妻と息子を路頭に迷わせることになります」

新たな疑問も氷解した。

世羅は、腕を組み、テーブル上に置かれた大帝銀行の行員証明書を睨みつつ思案に暮れた。

赤星は闇金融の利息の支払いだけで、給与額を超《こ》える出費を強《し》いられている。本来なら、金融業者への支払いが給与額をオーバーしている申込客は門前払いだ。

だが、赤星は腐っても鯛《たい》――この上客を、逃したくはなかった。

「あの……大変申し上げにくいことなんですが、怒らないで聞いてもらえますか？」

赤星が、怖々と訊ねた。

「なんね？」

「闇金融さんを一本化する二百万を、貸しては頂けないでしょうか？」

世羅は、思わずビールに噎《む》せた。加茂も眼が点になり、あんぐりと口を開いていた。

「ぬし、自分でなんば言いよっとかわかっとるとね⁉ 電話じゃ、十万て言うとっただろうが？ ウチは、その十万も貸せんとに、二百万も出すわけがなかろうが！」

「それは、重々わかっております。じつを言うと、最後に借りた闇金融さんの五万で、午前中、馬券を買っていたんです。三日後の火曜日には、二社の利息ぶんの十万を作らなければなりません。最初は、その十万をお借りしようと思ったのですが、それから三日後には、六万の利息の期日がきます。このままでは、利息を返すために借りることを繰り返し、どんどん借金が増えて行くばかりです。だから、生まれて初めてギャンブルに手を出しました。五万の元手でいくらかでも利息に充《あ》てられるお金が作れればいいと思って……。いままでは、期日に遅れないようにとなんとか頑張ってきました。でも、もう、限界です。万が一利息が滞ってしまえば、闇金融さんが銀行に乗り込んで、私はクビです。どうか、どうか……相談に乗ってください、お願いします……」

赤星の疲弊《ひへい》と睡眠不足で赤くなったのだろう充血した眼から、大粒の涙がボロボロと零れ落ちた。

午前中に勝負した五万円ぶんの馬券が、紙屑《かみくず》と化しただろうことは聞くまでもなかった。

「馬鹿かっ、てめえは！ 十万の利息も払えねえ奴に、二百万も貸せるわきゃねえだろうがっ」

加茂が口髭を震わせ、怒声を飛ばした。

「その点は、大丈夫です。先月、退職金を担保に行内融資を申請しました。もちろん、闇金融さんへの支払いだなんて言ってません。リビングルームの改装という名目で、三百万の融資が認められました。ですが、実行日は五日後の木曜日なんです。それでは、三日後の二社の期日に間に合いません。これを、ご確認ください」

洟《はな》を啜り、赤星がスーツの内ポケットから書類を取り出した。

世羅は、A4サイズの書類――大帝銀行発行の、融資の承諾書に眼を通した。

振込実行予定日は八月八日。振込金額は三百万。書類には、赤星の言葉を裏づける日付と金額が並んでいた。

「社長。これ、偽造かもしれませんよ？」

横から書類を覗き込んでいた加茂が、懐疑心丸出しの声音《こわね》で言った。

たしかに、詐欺師の手にかかれば私文書の偽造程度なら朝飯前だ。

「偽造なんかじゃありません。信用して頂けないのなら、月曜日に私が融資部の人間に電話をしますから、それを聞いてもらっても構いません。融資は、その電話のあとで結構ですから」

自信満々に、赤星が言った。言われるまでもなく、もし赤星に二百万を融資するのならそうするつもりだった。

「だったら、なんで期日を待ってもらえねえんだよ!? 二社の期日は火曜だろ? 二日後に三百万が入るのが間違いねえなら、待ってくれるだろうよ? お?」

加茂が、片眉を下げたガン垂れ顔で赤星に詰問した。

加茂の言いぶんは正しく聞こえるが、まだまだ、彼は闇金業者の心理というものをわかっていない。

「もちろん、電話でお願いしました。ですが二社とも、とにかく期日には利息を払えと。二日後に三百万が入ったら、それで元金と日割りの利息を払えと……」

予想通りだった。闇金業者の性質は、明日の百万よりも今日の十万、というもの。赤星の話を疑う疑わない以前に、期日は期日――なによりも、期日を守らせることを最優先に考える。

「わかった。じゃあよ、その二社ぶんの十万の利息だけを貸すってのはどうだ? 取り敢えず利息だけでも払ってりゃ、三百万が入るまで乗り切れるだろうが? 無理に、一本化を急ぐ理由はねえだろ?」

底意地の悪い口調で、加茂が提案した。さっきから、己の言葉を赤星にことごとくひっくり返されているのを根に持っているのだろう。

「それが……その……」

返答に詰まる赤星。世羅には、赤星の喉まで込み上げている言葉が手に取るようにわかった。

「二社に、通帳と印鑑ば預けろって言われとるとか？」

赤星が、頷いた。

これも、思った通り。行内融資――つまり退職金の前借りをするということは、それだけ債務者が追い詰められていることを意味する。

二社の闇金業者が、三百万が振り込まれる通帳と印鑑を確保しようとするのは当然の成り行きだ。

世羅も、同じ立場なら間違いなく二社の闇金業者のように要求することだろう。

「一社に通帳を渡してしまえば、残る一社に渡せなくなります。それ以前に、三百万が入った通帳と印鑑を預けるだなんて、なんだか心配で……」

「てめえっ、都合のいいことばかり言ってんじゃねえよっ」

「おい、ちょっと黙っとけ、加茂」

ふたたび腰を上げかけた加茂を、世羅は制した。

「わかった。明後日、ぬしと銀行の人間が電話で話しとる内容で行内融資の件が確認できたら、二百万ば出してやる。ばってん、振込口座の通帳と印鑑、それとキャッシュカードは預かるけんね」

「はい、もちろん、お預けしますっ。ありがとうございますっ」

神の足もとに跪《ひざまず》く求道者《ぐどう》のように、赤星が胸前で両手を合わせて自分を拝《おが》んだ。大袈裟《おおげさ》ではなく、いまの赤星の瞳には、眼前の自分がキリストさながらの救世主に映っているに違いない。

「社長っ、マジっすか!? だめっすよ! こんな奴に金を貸し——」

「黙っとけって、言うとるだろうがっ」

世羅は、加茂の進言を遮り一喝《いっかつ》した。

「加茂さん。ボスに任せておけば大丈夫だって。そうカッカしないで。これを飲んで、気を落ち着けて」

志村が、自分の前に腕を伸ばし、加茂に咳止液を差し出した。

「うっせえ。んなもん、いらねえよっ」

加茂が、吐き捨てるように言った。志村が肩を竦《すく》め、携帯電話に視線を戻した。

加茂が、素頓狂《すっとんきょう》な声を出すのも無理はない。

七福ローンの上限は基本的に五万まで。過去に、どんなにいい条件の客が申し込みにきても、二百万はおろか二十万さえ出したことはない。

自分でも、まさか赤星に二百万の融資を決断するとは思わなかった。むろん、決断したからには、必ず回収できる自信があった。

世羅は、二社の闇金業者と違い切り札を持っている。

切り札——バックマージン目的に、赤星が大帝銀行の融資客の八百万で株券を購入したこと。

これだけは、絶対に内密にしておきたいはずだ。バレてしまえば、本人も言っていた通りにクビになる——退職金の残りがフイになる。

「それと、ぬしが借金ば拵える原因になった繊維工場の社長の名前と電話番号ばここに書け」

世羅は、申込用紙の備考欄を指差し命じた。

万が一、株券の話がでたらめだという可能性を考え、裏を取るつもりだった。

その万が一で、親の命より大事な金を取りっぱぐれるわけにはいかなかった——そう、自分は、親と二百万のどちらを取るかと迫られれば、躊躇《ためら》いなく金を選ぶ。

「どうしてです？」

危惧《きぐ》と懸念《けねん》のいろが、赤星の青髭ヅラに浮かんだ。

「そいつに連絡ば取って、ぬしの話が本当かどうかば確かめるとたい。なにか、困るこつでもあるとや？」

赤星の表情の動きを窺《うかが》うように、世羅は訊ねた。ここで拒否するようならば、当然、融資話はご破算だ。

「体裁《ていさい》がよくないので本当は困るんですけど……でも、仕方ないですね」

束の間顔を曇《くも》らせていた赤星が、なにかを吹っ切ったように頷き、備考欄にボールペンを走らせた。

第一段階はクリアした。

「あの……融資をして頂く場合、お利息のほうは、どのくらいになるんでしょうか？」

恐る恐る訊ねる赤星——第二段階もクリアした。

端《はな》から金を返す気のない人間は、利息を気にしたりはしない。

「五割たい。二百万ば融資すると、利息は百万。元金と利息ば合わせて三百万。八月八日の木曜日に、退職金の前借りぶんば丸々貰うことになる」

「ご、五割!? 融資は月曜日ですよね？ 三日で、五割もかかるんですか？ せめて、三割くらいにまけて頂けないでしょうか？」

頓狂な声を上げ、赤星が懇願した。

「図に乗るんじゃなかっ！ ウチはもともと競馬金融で、馬券ば取った奴からはその場で金ば回収しとるとたいっ。三日後どころか数分後の返済で五割の利息ば払っとるっ。ごちゃごちゃ吐《ぬ》かすなら、この話はなかったこつにしてもよかとばい！ どぎゃんすっとやっ!?」

世羅は野太い声で捲《まく》し立て、テーブルに身を乗り出した。極悪顔を赤星にぐいと近づけた——スキンヘッドから滴《したた》り落ちる汗と飛び散る唾《つば》が、赤星のアイスコーヒーに波紋を作った。

「す、すいませんでした……。五割で、お願い致します」

赤星が舞妓《まいこ》さながらの白っぽい顔で、干涸《ひから》び声を絞《しぼ》り出した。

「わかればよかとたい、馬鹿がっ」

世羅は舌打ちをし、巨大な尻を椅子に戻した。

怒りとは裏腹に、世羅の赤星にたいする信用度は右肩上がりに上昇した。

赤星の懇願は、きちんと金を返そうとしているからこそのこと。その場凌《しの》ぎで金を引っ張ろうとしている輩は、五割が六割だろうが素直に頷くものだ。

だが、それと利息をディスカウントするというのは話が別だ。

金は、手もとを離れたと同時にリスクが生じる。オアシスを出た瞬間に債務者が行方《ゆくえ》をくらませるかもしれないし、車に撥《は》ねられ死ぬかもしれないし、ひったくりにあうかもしれない。

世羅は、五割の利息が高いとは思わない。

多重債務者に融資するということは、競馬にたとえれば最低人気の馬に金を賭けるようなもの――それだけのリスクを背負う以上、オッズが高くなければやってられない。

「あと、ガキの学校名とクラス、担任の名前も書いとけ」

備考欄を常人の親指のように太い人差し指で押さえ、世羅は言った。

「きちんとお支払いすれば、学校に連絡は行かないですよね?」

備考欄に震える手でボールペンを走らせつつ、赤星が不安げな声で訊ねた。

「ああ。ばってん、親兄弟や職場には、確認の電話ば入れるばい」

「お宅様の社名を言うんでしょうか?」

「心配せんでもよか。バレんようにちゃんとするけん。おい、確認ば取れ」

世羅は、申込用紙を加茂に渡し命じた。携帯電話の番号ボタンを押す加茂を、心配そうな顔でみつめる赤星。

「赤星さんのお宅でしょうか? 私、グリーンサービスの田中《たなか》と申します」

加茂が、平常時よりも一オクターブは高いさわやかな声音を送話口に送り込んだ。相手は、電話の主がパンチパーマに口髭を蓄えた鬼瓦権造《おにがわらごんぞう》のような男だとは夢にも思っていまい。

「このたび、当社のゴルフ会員権のご案内を……あ、そうですか。わかりました」

終了ボタンを押す加茂。恐らく赤星の自宅。ゴルフの会員権の営業を装《よそお》った確認電話。むろん、会員権を売るのが目的ではなく、申込用紙に書かれた電話番号がでたらめでないかどうかを確かめるためだ。

確認相手によって、生命保険会社の外交員になったり、債務者の職場の上司や同僚になったりと、ケースバイケースでいろんな役回りをこなさなければならない。

闇金業者の仕事は、怒鳴《どな》ったり巻き舌を飛ばすだけでなく、役者さながらの演技力も必要とされる。

すかさず加茂が、二件目の確認に移った。加茂の声に割って入る、甲高い電子音——テーブルに並べられた二台のうち、営業用の携帯電話が鳴っていた。

資金が尽《つ》きた競馬客からの申し込み。オアシスの道順を説明し、十五分後にくるよう言い残し終了ボタンを押した。

間を置かず、ふたたび営業用の携帯電話が喚《わめ》いた。今度はリピーター——第六レースで三十二倍の馬券を的中させ、七万五千円を完済したピンサロ経営者の上島だった。

次のレースで、手もとに残った五万三千円をすべてスッたらしい。オアシスを出るときは意気揚々《ようよう》としていたのが嘘のように、受話口から漏れる上島の声は冥《くら》く沈んでいた。

直前にかかってきた申込客同様に、十五分ずらしてくるように命じた。

世羅は、営業用の携帯電話の電源を切った。レースの谷間——とくに本命馬がこけた荒れたレース後は、申し込みが殺到する。

本来なら稼ぎ時だが、いまは赤星を誰よりも優先しなければならない。赤星に二百万の融資を実行し無事に回収できたら、百万の儲けとなる。

融資上限額が五万の七福ローンの儲けは、一度の融資につき最大で二万五千円——赤星ひとりで、四十人分の利息を稼ぎ出す計算だ。

七福ローンが一開催で貸しつける客の数が平均三十人程度であることを考えると、赤星への融資がいかに効率的かがわかる。

が、効率的が故に、危険度も高い。

金貸しの鉄則は、ローリスクローリターン――ひとり頭の利益は少ないが、そのぶん、リスクを分散させるというものだ。

無担保の信用貸付で二百万という、金融道から外れている赤星への融資には細心の注意を払わなければならない。

「赤星。ぬしに、ひとつだけ言っとくこつがある。耳の穴ばかっぽじいて、よぉ～く、聞けよ」

「なんでしょう？」

世羅のただならぬ雰囲気に、姿勢を正して訊ねる赤星。

「よかか？　期日ば一分でも過ぎたら、絶対に赦《ゆる》さん。ぬしが飛んだら、女房の股ば開かせて男ば取らしてでも、少年嗜好のホモおやじの恥垢塗れのちんぽばガキにしゃぶらせてでも、三百万は回収するばい。必ず、ぬしも捜し出す。日本中のアパート、マンション、ホテル、サウナ、カプセルホテル、タコ部屋。ありとあらゆる場所ば、十年かけてでも二十年かけてでも虱潰《しらみつぶ》しにして、絶対に、絶対に捜し出す。金は、命も同然たい。命ば取り戻すためなら、どぎゃんこつだってする。貸すのが二百万だけんゆうとるとじゃなか。

一万の金でん、踏み倒そうとする奴は徹底的に追い込む。俺は、蛇《へび》のごつ執念深かけんね。そしてぬしばみつけたら、角膜ば刻んででん金ば回収する。どっかの街金融と一緒にするんじゃなかばい。これは脅しじゃなか。いま言うたこつは全部実行すると約束するけん。わかったや？」

世羅は、赤星の開き気味の瞳孔を射るような鋭い視線で睨みつけつつ、抑揚《よくよう》のない口調で語りかけた。

赤星が、失血死寸前の蒼白な顔を、何度も、何度も縦に振った。

脅しでもハッタリでもない。この自分から金を踏み倒そうとする奴は、たとえそれが寝たきりの老人であっても赦しはしない。

切り取りに、情《なさ》けは無用だ。一切の容赦も微塵《みじん》の躊躇《ちゅうちょ》もなく取り立てられる非情さがあれば、それでいい。

「おい、志村、いつものやつば頼むばい」

世羅の呼びかけに、志村がブロックゲームを中断し、インスタントカメラを構えた。

「おっさぁん、ほら、笑ってぇ」

「しゃ、写真をどうするんですか？」

懸念が色濃く貼りつく表情を向け、赤星が世羅に訊ねた。

「ぬしが飛んだときに、全国の闇金融にバラ撒くためたい。それだけじゃなか。インターネットに写真ば出して、百万の懸賞金ばかける。もちろん、その百万もぬしから回収することになる。よかや？　ぬしが顔も知らん不特定多数の奴らが、ぬしの動向に眼ば光らせるこつば、忘れるんじゃなかばい」

シャッターを切る乾《かわ》いた音と、第八レースの発走を告げるファンファーレが交錯した。

テーブルにひらひらと舞い落ちるフィルム――モノクロ写真のように顔色を喪失した赤星が、自分を虚《うつ》ろな瞳でみつめていた。

☆

メルセデスの車内。どんよりと重苦しい空気。充満する怒気。

リアシートを占拠《せんきよ》する世羅の巨体が、きつく握り締めた拳《こぶし》が、引き結んだ鱈子《たらこ》唇《くちびる》が、激憤にぶるぶると震《ふる》えていた。

怒りにわなないているのは、自分だけではない。ルームミラー越し――ドライバーズシートでステアリングを握る加茂の額には、十字型の血管が刻まれていた。

ただひとりだけ、サイドシートの志村だけは大きく開いた口から涎《よだれ》を垂らし高鼾《たかいびき》をかいていた。

リアウインドウ越し――漆黒《しつこく》の闇に影絵のように連《つら》なるビルの群れ。

世羅は、いやらしいほどにダイヤがちりばめられたロレックスに視線を落とした。

午後十一時四十五分。メルセデスは、桜田《さくらだ》通りを走っていた。品川区のエリアマップによれば、赤星の申込用紙に記入された東五反田一丁目は、目黒《めぐろ》川を越えて五分も走れば到着する。

そう、世羅を含めた三人を乗せたメルセデスは、赤星宅へと向かっていた。

八月八日。木曜日。今日は、先週の土曜日に融資した債務者の返済日。約束の午後二時までには、ひとりを除いた債務者のすべてが金を持ってオアシスに現れた。

唯一、現れなかったひとり──赤星からは、二時五分前に世羅の債務者用の携帯電話に連絡が入った。

──すいません、大変申し上げづらいんですが……い、一週間ほど、待ってもらえませんでしょうか……。

賞味期限が過ぎた食パンのように、パサパサに乾いた声で恐る恐る切り出した赤星の言葉に、世羅は、口もとに運びかけたビールのグラスを叩きつけたい衝動と咽頭《いんとう》を突き破る勢いで込み上げた怒声を、やっとの思いで堪《こら》えた。

相手が通常の債務者──五万しか貸していない競馬客であれば、世羅は本能のままに怒鳴りつけ、ありとあらゆる脅し文句を浴びせているところだった。

五万程度の金であれば、勢いのままに取り立てることができるし、また、万が一にも身の危険を感じた債務者が飛んでも、親兄弟から掻き集めることができる。

だが、債務が二百万となれば、そういうわけにはいかない。

三日前──月曜日に世羅は、昼休みを狙《ねら》って赤星を勤務先の大帝銀行から呼び出した。赤星が申請した、退職金を担保とした三百万の行内融資の実行予定日は、八月八日の今日。赤星には携帯電話から、融資部の行員に確認の連絡を入れさせた。むろん、自分が、携帯電話の受話口に耳を押し当てていたのは言うまでもない。

──ああ。間違いないよ。八月八日に、ちゃんと口座に振り込まれるから安心しろよ。

同僚《どうりょう》にたいする行員の受け答えで、三百万の融資話に嘘がないことがわかった。

次に世羅がやったことは、赤星が借りている十一件の闇金融との交渉。赤星の話では、元金は二百万。だが、当然、闇金融からの借金には三割だの四割だのという暴利がつく。赤星の利息は、二百万の元金にたいして七十万。

世羅の目的は、二百七十万の返済額を元金のみ──二百万までに圧縮することにあった。

各闇金業者への利息カットの交渉は、あっさりとカタがついた。

関東一の武闘派集団の矢切組が背後に控える七福ローンの申し出に──ヤクザをも恐れぬ自分の申し出に、首を横に振る肝《きも》っ玉の据わった業者はいなかった。

尤《もっと》も、赤星が摘んでいた十一件の闇金業者のほとんどが、元客デビューであったことも債務整理がスムーズに運んだ一因となった。

闇金業者は、大別して三つのタイプにわけることができる。ヤクザが自《みずか》らやっているパターンとヤクザが金融業勤務経験者を企業舎弟としているパターン、そして最後に、バブル紳士の残党が金主で、多重債務者に店を任せるパターン。

最後のパターンを、元客デビューの闇金業者という。

元客デビューとは、文字通りそれまで借りていた側の客が貸す側になった場合を言い、不良でたとえれば、中学まではショボい生徒が急にいきがる高校生デビューのようなものだ。

ある意味、客にとっては、ヤクザよりも元客デビューのほうが質《たち》が悪い。

ヤクザは、切り取りに絶対的な自信を持っており、融資の段階で必要以上に客に喚き立てたりはしない。が、元客デビューは違う。

債務者時代に、息子のような歳の業者からゴミだカスだとけなされてきた鬱憤《うっぷん》を、これでもかとばかりに発散するので客はたまったものじゃない。

来店した客に片眉を下げてガンを飛ばしてみたり、大阪生まれでもないのに変な関西弁で恫喝してみたり、覚え立ての巻き舌で怒声を飛ばしてみたりと、悪《ワル》である自分に酔《よ》い痴《し》れる輩《やから》が多いので始末に負えない。

しかし、昔の己のような弱者にたいしてはライオンかそれとも虎かという勢いで咬《か》みつく元客デビューの業者も、相手が強者になると虚栄のメッキが剝《は》がれ落ち、チワワさながらの臆病者の本性をさらけ出す。

世羅が電話交渉をした際に、元客デビューの業者が債務者時代にタイムスリップしたような震える声音《こわね》で、利息カットの要求に応じたのは言うまでもない。

一切が、うまく運んだはずだった。赤星から三百万を回収し、十一件の闇金業者への二百万の元金の支払いを差し引いた、残る百万を手にするはずだった。

しかし……。

——一週間待ってくれとは、どういうこつね？

赤星から入った支払い延期の電話を受けた世羅は、五臓六腑《ぷ》を焼き尽《つ》くす勢いで燃え盛る憤激の炎を鎮火し、冷静な声音で事情を訊ねた。

——それが……火曜日に、闇金融さんから支店長に、あんたのとこの融資課長が、複数の高利貸しから借金をしている、と電話が行きまして……。それで、支店長から事情を問い詰められ、行内融資が打ち切りに……。

嗚咽《おえつ》交《ま》じりの赤星の釈明に、世羅は耳を疑った。

闇金融からのチクリ……。火曜日といえば、自分が十一件の業者に利息カットの交渉をした日の翌日。

各闇金業者は、月曜日に七福ローンが融資した二百万で赤星の債権は回収している。三百万の行内融資の話が壊れても、腹は痛まない。赤星の言葉に嘘がなければ、自分に利息を値切られたことへの闇金業者の腹癒《い》せとしか考えられなかった。

――で、ぬしは、いつまで待ってほしいとや？

世羅は、闇金業者にたいしての怒りを嚙み殺し、赤星を促した。本当は、すぐにでもその闇金融の事務所に乗り込み、融資話に横槍《よこやり》を入れた業者が一生車椅子の生活を強いられるほどに痛めつけてやりたかったが、ぐっと我慢した――とにもかくにも、赤星から三百万を回収することが最優先だった。

――来週の木曜日までには、必ずなんとか致します。妻の実家に話しましたら今回かぎりということで、三百万を用意してくれると言ってくれました。ですが、貯《たくわ》えがあるわけではなく、義父も兄弟から掻き集めるみたいで、どうしても時間がかかるんです。ですから、なんとか一週間、待ってもらえないでしょうか？

――一週間待てば、三百万ば用意できるとな？

そのとき居合わせた加茂が、びっくりしたような顔で自分をみた。

無理もない。一日の延滞を申し出てきた債務者に、巻き舌と怒声の雨霰《あめあられ》を浴びせる自分が、一週間の延滞を申し出てきた赤星にたいして声を荒らげることもなく、しかも、容認するような言葉を返しているのだから。

むろん、赤星の見え透《す》いた嘘を信じたわけではない。

三百万を用意できる親戚がいるならば、赤星が闇金融に手を出すはずがない。百歩譲って、赤星の言うことが本当だとしても、一週間などという天文学的期日の延滞を認めるほど、自分の心は広くもなければお人好《よ》しでもない。

まっ先にやることは、赤星の身柄を確保すること。それには、赤星を安心させなければならなかった。

一週間の猶予《ゆうよ》を与えるふうを装えば、たとえ赤星が夜逃げを考えるにしても、今夜、ということはありえない。

自分達が取り立てに現れるのは、来週の木曜日。会社に辞表を提出し、退職金の受け取りの手続きを済ませ、荷物をまとめるには一週間もあれば十分だ。

不良債務者が、遅れている金を必ず支払うと約束した期日までの間に、資金集めに奔走《ほんそう》するのではなく弁護士事務所や不動産会社を駆け回っているのは、よくある話だ。

――はい。今度は、絶対に約束を守ります。

――わかったばい。その代わり、延滞利息ば五十万つけるけん、来週の木曜日の二時に、三百五十万ば耳を揃えてオアシスに持ってこい。

――あ、ありがとうございます。必ず、必ず、三百五十万を用意致しますので。

先週の土曜日。二百万の融資を申し込んだときの赤星ならば、いくら支払いが遅れているという引け目があるとはいえ、五十万の延滞利息と聞いて躊躇《ためら》ったはずだ。

すんなりと受け入れた理由——赤星は、七福ローンの債務を踏み倒すつもりだ。返す気のない金が三百五十万になろうが四百万になろうが、赤星には関係ない。赤星の頭にあるのは、自分を怒らせずに一週間の日にちを稼ぐ——それだけだ。

世羅にしても、そんなことは百も承知だ。延滞利息の話を出したのは、来週の木曜日までは一切のアクションを起こさない、ということを言外の意味で赤星に伝えるためだ。

スローダウンするメルセデス——流れ行く車窓の景色《けしき》が、ゆっくりと静止した。

午前零時を目前とした住宅街は、のら猫一匹見当たらず、ひっそりと静まり返っていた。

「この建物が、野郎のマンションだと思います」

加茂の指先——世羅は、サイドウインドウ越しの、花屋と歯科医院に挟《はさ》まれた煉瓦《れんが》造りの建物に眼をやった。

漆黒に抗《あらが》う街灯の明かりに照らし出される、エントランスの外壁に刻まれた文字——レジデンス東五反田。

赤星の自宅に、間違いない。

「赤星の野郎、いますかね？」

加茂が、振り返り訊ねた。

「心配せんでも、奴はおる。警戒して身ば隠すくらいなら、まだ、かわいげがあるってもんたい。まんまと俺ば騙せたと思って、いま頃、酒でんかっ食らって住宅情報誌で安アパートば探しとるだろう。ほんとに、ふざけた野郎たいっ」

世羅は吐き捨て、両手を太腿に叩きつけた。抑え込んでいた激情に沸騰《ふっとう》した血液が、百キロを超《こ》える巨体の隅々《すみずみ》にまで駆け巡った。

巨体といっても、単なる肥満体ではない。胸囲百四十センチに腕回り五十センチというレスラー顔負けの驚異の肉体は、十年前——十八歳から続けているウエイトトレーニングの賜物《たまもの》だ。

いまでは、ベンチプレスで百八十キロは挙がる。じっさい、レスラーでも百八十キロのウエイトをクリアできる者はそういない。

自分が、肉体を鍛《きた》える理由。健康のためでも、ましてやボディビルダーを目指しているわけでもない。

暴力——それだけだ。

自分が生まれ育った熊本という地は、東京に比べて血気盛んな輩が多い。服装が派手だというだけで喧嘩が始まり、顔が気に入らないというだけで喧嘩が始まる。ようするに、きっかけはなんだっていいのだ。

堅気でさえそうなのだから、闇世界の住人はもっと気が荒い。

自分が熊本で勤務していた大神商事《おおがみ》は十日で四割の高利貸しで、尻《ケツ》は青嵐会《せいらん》という一本どっこの地回りだった。

一本どっことは、どこの系列にも属さないヤクザ組織のことだ。

東京の金貸しと違い、熊本の金貸しはやることすべてに容赦《ようしゃ》がなかった——貸金業規制法などどこ吹く風で、金を返せない債務者には徹底的に制裁を加えた。

ドアに赤ペンキで、金返せ、泥棒、死ね、と書き殴るのは挨拶代わり。トラックで突っ込み門扉《もんぴ》を破壊したり、債務者の職場に拡声器片手に乗り込み大騒ぎするといった嫌がらせは日常茶飯事《さはんじ》だった。

もちろん、運が悪ければ警察に捕まってしまうが、みな、ブタ箱に入ることを恐れるどころか、箔《はく》がつくと喜んでお務めに行ったものだ。

世羅自身、大神商事に勤めていた五年間で、器物破損、傷害、脅迫などで三度——合計一年、臭《くさ》い飯を食わされた。

初めて手錠をかけられたのは十八歳のとき——大神商事に入って三ヵ月後のことだった。

三十万の金を借りて一回目の期日に飛んだ梅川《うめかわ》という魚屋がいた。

梅川の追い込みを担当したのは、世羅と兄貴分ふたりの計三人。兄貴分といっても、世羅を含めた大神商事の連中はヤクザではなかった。かといって、堅気でもない。ようするに、企業舎弟というやつだ。

世羅や兄貴分達が、ヤクザになるのを躊躇ったわけではない。大神商事の従業員に盃《さかずき》をやらないと決めたのは、尻持《ケツ》ちである青嵐会の組員だ。暴対法が施行《しこう》されてからは、取り立ての際に代紋入りの名刺を出しただけで警察に捕まるようになった。しかも、ヤクザと堅気では、同じ罪を犯《おか》しても刑期が倍は違ってくる。つまり、大神商事のような悪逆無道な商売をするには、ヤクザでないほうが都合《つごう》がいい、というわけだ。

梅川を追って十日後。世羅は兄貴分とともに、友人のアパートに身を隠していた梅川のもとへ乗り込んだ。

闇金融の世界で十日の延滞は、サラ金にたとえれば一年間に相当する。東京の闇金融ならば、まずは巻き舌か怒声が飛ぶことだろう。だが、熊本の闇金融は口より先に手が出る。

応対に出た梅川の友人に兄貴分が一発食らわせたのを合図に、修羅場《しゅらば》の幕は切って落とされた。

驚愕する梅川に突進した世羅は、殴る蹴るの暴行を加えた。むろん、タコ部屋で働けるだけの余力は残すつもりだった。

が、殺すなりなんなり好きにしろ、という梅川の開き直った言葉に、世羅の乏《とぼ》しい堪忍《かんにん》袋の緒《お》が切れた。

当時既に九十キロに達していた巨体で梅川に馬乗りになった世羅は、五十発以上の拳を浴びせた。梅川の顔はカボチャのように腫《は》れ上がり、瞼は女の陰部のように塞《ふさ》がり、前歯は全損した。

それだけでは飽き足《あ》《た》らず、世羅は気息奄々《きそくえんえん》の梅川の手の指を小枝をそうするかの如《ごと》く、親指から順に一本ずつ折り始めた。

入れ歯を外した老人のように窄《すぼ》まった口から発せられる梅川の絶叫が、世羅のアドレナリンの蛇口《じゃぐち》を全開にした。

――金は俺が払いますけん、もう、やめてくださいっ。

左手の三本目――中指を折ろうとしたとき、梅川の友人が代理弁済を申し出てきた。

世羅は構わず、残る中指、薬指、小指を折ったのちに、梅川の返り血で赤く染まる掌を友人に差し出した。

さすがの兄貴分ふたりも、世羅の暴走に毒気を抜かれたような顔で立ち尽くしていた。

暴走族時代――喧嘩に明け暮れていた時代に身についた術《すべ》。

相手が降参したあとに、とどめの一撃をくらわす。相手や仲間が復讐する気を起こさないほどに、味方が裏切る気を起こさないほどに、徹底的に痛めつける。

一切を服従させるためのふたつの力――ひとつは金、そしてもうひとつは恐怖だ。

結局、世羅は梅川の訴えにより、少年刑務所で半年の月日を過ごした。三十万を回収した代償としてはあまりにも重過ぎたが、そのおかげで、青嵐会の組員の眼に留まった。これが東京の組織なら、三十万ぽっちで面倒起こしやがって、となるところだが、単純明快に武力がすべての九州ヤクザは違った。

世羅は、この一件で完全に大神商事のエリートコースに乗った。

梅川にたいしての、一切の情も躊躇《ちゅうちょ》も焼き尽くしたような激しく容赦ない取り立ての噂は、あっという間に闇世界の住人達に広まり、同業者から世羅は火の玉と呼ばれ、それがいつしか炎になった。

出所してからの世羅は、その後も荒っぽい貸しつけと非道な取り立てを繰り返し、大神商事に莫大な利益をもたらした。世羅は、兄貴分達を一足飛びに越えて弱冠《じゃっかん》十九歳で支店長となった。

若くして出世したのは、世羅だけではない。世羅に次ぐナンバー2の椅子《いす》――副支店長は、同じ十九歳の若瀬勝志《わかせかつし》が任されていた。

若瀬は、中学時代からの親友だった。世羅の通っていた明北《めいほく》中学は、県内でも札《フダ》つきの不良《ワル》が集まる問題校だった。

校舎内でバイクを乗り回す者、授業中に花札をする者、トイレでシンナーを吸う者――さながら、無法地帯だった。

小学校卒業時に百八十センチ近くあった世羅は、明北中学二年の三学期には既に、一、二年生を配下に従え、三年生の不良グループと番長の座を争っていた。

だが、三年生の不良グループのリーダーの宇和島《うわじま》は、地元の暴走族——国士無双《こくしむそう》の次期総長候補というかなりの兵《つわもの》だった。

宇和島を敵に回すということは、国士無双を敵に回すということ。

さすがの世羅も、中一と中二の半グレどもだけでは、宇和島を相手にするのはきつかった。

そんなとき、明北中学に東京からの転校生がきた。

その転校生が、若瀬だった。話によれば、若瀬は東京の中学で手がつけられない問題児で、世間体《せけんてい》を気にした親ができるだけ離れた学校への転校を希望したという。

若瀬は、世羅より頭ひとつぶん背が低く、色白の細面《ほそおもて》で、髪形も明北中学に溢《あふ》れていたパンチパーマやリーゼントとは違い、かといって染めているわけではなく、天然パーマの長髪をオールバック気味に流しているだけだった。

東京でどんな事件を起こしたのか知らないが、外見から窺える若瀬の印象は、手がつけられない問題児にはとてもみえなかった。

だが、世羅の若瀬にたいする印象は、ある事件を境に一変した。

ある事件——転入して数日後、若瀬は宇和島率いる三年生の不良グループのひとりの頭を、ブロック片で叩き割った。

きっかけは、若瀬の東京弁を三年生がからかったとかどうとか、些細なことだった。転校生に、しかも、二年生に配下の頭を割られたとあっては、宇和島が黙っているはずがなかった。

その日の放課後、世羅は仲間と下校途中に、学校近くの公園で宇和島のグループ十数人に袋叩きにあう若瀬を発見した。

迷わず、世羅は仲間を引き連れ宇和島のグループに突進した。

若瀬を助けようとしたわけでも、正義感に駆られたわけでもない——そのときの世羅の沸騰した脳内は、宇和島を叩き潰すことに占領されていた。

三年生グループ十数人にたいして、世羅のグループは七人。数の上では圧倒的に不利。が、四、五人ぶんはカバーできる腕力が世羅にはあった。

結果、五分も経たずに、三年生グループは退散した。全員を、潰したわけではない。喧嘩の鉄則——まっ先に頭を潰す。世羅は、雑魚《ざこ》どもには眼もくれず、宇和島に狙いをつけた。

虚を衝かれたこともあり、宇和島は呆気《あつけ》なく世羅に組み敷《し》かれた。ただひたすら、宇和島の顔面に頭突きと拳を浴びせた。僅か三、四分で、宇和島の鼻は折れ曲がり、両瞼はマシュマロを詰め込んだように膨《ふく》れ上がり、眼の周囲は赤紫に変色し、前歯は全損した。

世羅は、ずだ袋のようになった宇和島を置き去りにし、やはりずだ袋のようになった若瀬を自宅へと連れ帰った。

若瀬の顔は血塗《まみ》れだったが、そのほとんどが鼻血と口からの出血で、みためほどの怪我ではなかった。ただ、ナイフで切られたのか、右頬の皮膚だけはパックリと口を開いていた。

病院に連れて行けば大事になるのは眼にみえており、仕方なく世羅は、消毒液をふりかけた傷口に何重にも重ねた脱脂綿を押し当て粘着テープを貼った。

およそ三時間——二箱ぶんの脱脂綿を使い切り、ようやく出血が止まった。

世羅の応急処置のおかげで、いまでも若瀬の右頬には三日月形《みかづきがた》の刃傷がくっきりと残っている。

結局、若瀬が帰るまでに、ふたりはひと言も口を利《き》かなかった。言葉を交わさずとも、世羅は若瀬の、若瀬は世羅の行動をみるだけで、互いが互いを認め合うには十分だった。

翌日、午前中の授業の際に、明北中学のグラウンドに、軽く五十人を超える暴走族が集結した。うろたえる担任教諭と恐怖に青褪《あおざ》めるクラスメイトを尻目に、世羅は席を立ち上がった。

揃いの黒の繋ぎ服に刺繡《ししゅう》されている族名をみなくとも、熱《いき》り立つ狂犬達が国士無双のメンバーであることは——次期総長候補の宇和島をスクラップにした自分へのケジメをつけに現れたことはわかった。

世羅の配下は、みな、昨日の勢いもどこへやら、狼の群れに囲まれた愛玩犬《あいがん》のように萎縮《いしゅく》していた——誰ひとりとして、世羅を追う者はいなかった。

構わなかった。どの道、五人や六人の半グレを引き連れたところで、五十数人の族を相手に勝ち目はない。肝心なのは、自分に証明すること——世羅武雄《たけお》が、何者をも恐れないということを。

教室を出る際に、廊下側の席の最後列に座る若瀬と眼があった。若瀬の右頰——昨日世羅が貼りつけたままの粘着テープをみて、若瀬と両親の関係が窺えた。

交錯する視線——自分の炎のように燃え立つ瞳と、若瀬の氷のように冷々とした瞳。

先に視線を逸《そ》らしたのは、自分のほうだった。

——せ、世羅、若瀬、どこへ行く!?

廊下に出た直後、担任教諭のヒステリックな声が世羅の背中に貼りついた。

若瀬？　弾かれたように背後を振り返る世羅の視界。涼しい顔で横を向き、ポケットに両手を突っ込む若瀬——ふたりは、無言で校舎をあとにした。

——世羅って中坊はどっちや!?

金属バットや鉄パイプで武装する狂犬達。扇形《おうぎがた》に構えるバイクの中央——国士無双五代目総長の稲垣《いながき》の低音が、轟《とどろ》く排気音を切り裂いた。

稲垣は鳶職《とび》の十八歳で、地元のヤクザ――青嵐会の事務所に出入りしており、もう既に盃をもらっているとかいないとかの噂が実《まこと》しやかに流れていた。

――俺たい。

世羅は、稲垣に向かって一歩踏み出した。たとえ相手がヤクザとかかわり合いのある男・でも、世羅には後退という選択肢《し》はなかった。

――ぬしゃ、俺のかわいか後輩にあぎゃんこつばして、ただで済むと思っとるとや？

バイクに跨《また》がり腕組みをした稲垣が、剃り落とした眉尻を吊り上げ自分を睨《ね》めつけた。

――だけんなんや？　先に手ば出したとは、宇和島ばい。ボコボコにされても、当然のこつたい。

世羅は、臆することなく吐き捨て、稲垣を睨《にら》み返した。稲垣を取り巻く狂犬達が眼を剝《む》き、口々に罵声を浴びせてきた。

――ぬしらっ、静かにしとれ！　おい、世羅。ぬしゃ馬鹿か？　誰に向かって口ば利いとるとか、わかっとっとや!?　あぁっ!?

稲垣が怒声を飛ばしつつ、バイクから降り立った。いつの間にか右手には、鉄パイプが握られていた。狂犬達も稲垣に倣《なら》い、次々とグラウンドを踏み締めた。約半数の狂犬が、凶器を手にしていた。

肚《はら》は決まっていた。躰が動くのは、せいぜい三十秒。運よく意識を取り戻しても、病院のベッドの上。が、その三十秒で、稲垣だけは道連れにするつもりだった。

——誰でん彼でん、ぬしばビビると思ったら大間違いたいっ！

——なんてかっ⁉ おいっ、ぬしらっ、このくそガキばぶち殺せっ！

鉄パイプを天に振り上げる稲垣のゴーサインに、鎖から解《と》き放たれた狂犬の群れが自分に襲いかかってきた。

——お前ら、こいつに指一本でも触れたら、青嵐会が黙ってねえぞ！

怒声に、狂犬達の足がピタリと止まった。稲垣の血走った視線が、自分から背後に向けられた。世羅も、稲垣の視線を追った——首を背後に巡らせた。

切れ長の瞼をカッと見開いた若瀬が、稲垣を見据えつつ、ゆっくりと歩を踏み出した。

——なんや、ぬしゃっ⁉ 青嵐会が黙ってなかとは、どぎゃん意味や⁉ ぬしゃ、俺が猿渡《さるわたり》さんのシノギば任されとると知ってて、青嵐会の名ば口に出しとるとだろうな？

気色《けしき》ばむ稲垣が、若瀬に詰め寄った。

猿渡——国士無双の先代の総長で、青嵐会のチンピラ。稲垣は、猿渡に命じられトルエンの売《バイ》を手伝っている。

——猿渡なんて名は知らないが、金沢《かなざわ》って人に話はついている。

——か、金沢さんに話がついとるだと⁉ ぬ、ぬしゃ、嘘ば吐《つ》くんじゃなかぞ！

裏返る低音——頓狂な絶叫。稲垣が、金沢という名を聞いたとたんに、別人のように見苦しくうろたえた。

世羅は金沢という男のことは知らないが、稲垣の狼狽《ろうばい》ぶりから察して相当な人物であることがわかった。

――嘘じゃない。疑うのなら、電話でたしかめてみろよ。青嵐会に出入りしてるなら、事務所の番号ぐらい知ってるだろう？

若瀬が、唇を酷薄に歪めて挑発的な口調で言った。九州弁とは違い東京弁が、若瀬のもともとの冷たい印象に拍車をかけていた。

なぜに若瀬が、青嵐会の組員を知っているのか？　世羅の脳内に、疑問符が渦巻いた。が、ひとつだけはっきりしているのは、稲垣の視界には、既に自分など入っていないということだった。

――あたりまえたいっ。いま、猿渡さんに確認の電話ば入れるけん、ちょっと待っとれっ。ぬしらは、ここでこいつらば見張っとけっ。

配下に命じ、稲垣は踵《きびす》を返した――バイクに跨がり、グラウンドをあとにした。

当時は、まだ、携帯電話などという便利な代物《しろもの》は普及していなかった。

稲垣の狼狽が伝染し、動揺を隠せない狂犬達と対峙《たいじ》すること五分。派手な排気音を轟かせ現れた稲垣の顔は、蠟《ろう》人形のようにいろと表情を失っていた。

――ぬしら、行くばい。

自分と若瀬の顔をみようともせず、覇気のかけらもない号令をかけた稲垣が、バイクをUターンさせ、戻ってきたばかりのグラウンドを引き返した。

頭《かしら》の異変を察知した狂犬達は負け犬に成り下がり、次々とバイクに飛び乗り、稲垣のあとに続いた。

——正面きってやり合うばかりが、喧嘩じゃない。

呆気ない幕切れに呆然《ぼうぜん》と立ち尽くし、砂煙の向こうに遠のくテイルランプをみつめていた世羅の背中を、平板な声がノックした。

明北中学に転校してきて一週間目で、若瀬が初めて自分にかけた言葉だった。

——金沢って、誰や？

世羅は若瀬に向き直り、訊ねた。

——青嵐会の幹部候補生らしい。

——なんで、ぬしがヤクザの幹部候補生ば知っとるとや？

——知ってたわけじゃないさ。昨日、お前が宇和島をやったときに、こうなることはわかっていた。俺は、お前のウチを出た足で、繁華街に向かった。ヤクザを捜す目的でな。族のバックにヤクザがついているのは、どこも同じだ。一般人とみわけがつきにくい東京と違って、九州のヤクザはわかりやすい。国士無双のバックが青嵐会というのは、すぐにわかった。で、組事務所に行って金沢って人に話をつけてきたってわけさ。

――話ばつけたって、ヤクザが、ぬしんごたるガキば相手にするわけがなかろうが？

――ガキは相手にしなくても、金は相手にする。

言って、若瀬が口角《こうかく》を吊り上げた。中学生とは思えない大人《おとな》びた表情や仕草も、若瀬がすると不思議とサマになっていた。

――どぎゃん意味や？

――たしかに最初は、国士無双のお礼参りを止めてください、と頼む俺の話を、金沢さんは鼻で笑って相手にしてくれなかったよ。そこで俺は、二十万をテーブルに積んだ。そしたら、どうだ？　金をみたとたんに、詳しく話してみろ、ってさ。ようするに、世の中はすべて金で回ってるってことさ。

――二十万⁉　ぬしゃ、そぎゃん金ばどうしたとや？

世羅は、驚きを隠せず、思わずまぬけ声で訊ねた。無理もない。中学二年生の感覚で二十万といえば、大人の二百万にも値《あたい》する。

――俺が東京で通ってた学校の周囲に、芸能人や政財界のボンボンばかりが集まる有名な私立校があってな。五万十万の小遣《こづか》いがあたりまえの世界ってやつだ。奴らみたいな、世間知らずでわがまま一杯に育ったボンボンを嵌めるのは簡単だったよ。俺は、下校時を狙って、当時つき合ってた女を近づかせた。公園に誘い込みキスを求める。ふたりにひとりは誘惑に乗ったよ。そこへ俺が踏み込む。あとは、親にチクられたくなければ……って決まり文句を並べれば、立派な金蔓《かねづる》の出来上がりだ。奴らにとって一番怖いのは、いい子ちゃんの素顔を親に知られることだからな。最高で、十人の金蔓を抱えていた。毎月一日《ついたち》に、ひとり頭五万を運ばせた。月に五十万の稼ぎってわけだ。が、その中のひとりが、親の財布から金をちょろまかすのをみつかってな。運の悪いことに、そいつの親父がPTAの会長をやってやがった。これが、俺が九州くんだりまで転校してきた理由だ。

悪びれるふうもなく淡々と語る若瀬をみて、世羅は、カルチャーショックを受けた。

若瀬が、自分と同じ十四歳の少年だとは信じられなかった。

自分も、恐喝は日常茶飯事だったが、それは、暴力で相手を脅し、数千円を財布から引き抜く程度のものだ。若瀬のように、女を使い、他校の生徒を罠《わな》に嵌め、脅迫し、毎月金を運ばせるというのとは質が違った。

そう、激情型で暴力に物を言わせる自分と違って、若瀬は、冷静で、用意周到に物事を進め、頭脳で勝負する男だった。

だからといって、若瀬が喧嘩が弱い、ということではない。国士無双と揉《も》めたのは自分が宇和島をスクラップにしたのが原因だが、もとをただせば、若瀬が三年生の頭をブロックで叩き割ったことから始まっている。

世羅は、己とはまったく好対照な性質を持つ若瀬に、ぐいぐいと引かれた。同時に、絶対に敵に回したくないタイプだと思った。

――で、なんで二十万も使って、ヤクザば動かしたとや？　国士無双の狙いは、ぬしじゃなく俺ばい。宇和島にやられとったときに助けられた恩返しのつもりや？

――恩返しじゃない。借りを返しただけだ。俺は、他人《ひと》に貸しを作るのは好きだが、借りを作るのは大嫌いな性格なのさ。これで、俺とお前は五分の立場だ。

言って、若瀬が口角を吊り上げた。釣られて、世羅も口もとを綻《ほころ》ばせた。

若瀬は、これまで世羅が眼にしたどんなタイプの男とも違った。その言動のすべてが、新鮮で、刺激的だった。

とくに、この世は金で回っている、という言葉が耳から離れなかった。現に若瀬は、暴力を使わずに、五十人を超える狂犬達を追い払った。この事実は、己の肉体のみを武器に戦ってきた世羅にはある意味ショックであり、衝撃的だった。

この一件を機に、世羅と若瀬の関係は急速に深まった。まず、金沢の口利きでふたりは、国士無双のメンバーとなった。世羅は肉体を、若瀬は頭脳を武器に、やりかたは違えど、ふたりはチーム内でメキメキと頭角を現した。

一年後――ふたりが高校に入学する頃に稲垣は国士無双を引退し、青嵐会の構成員となった。

引退式が終わった明け方、稲垣は世羅と若瀬を自宅アパートに呼び、ふたりのどちらかに跡目《あとめ》を譲《ゆず》ろうと考えている胸の内を明かした。

——俺は、先頭きってなにかをやるタイプじゃない。二番手が、性《しょう》に合っている。お前、総長になれよ。

若瀬のひと言で、六代目総長は世羅に決まった。自分にトップの座を譲った若瀬は、副総長——ナンバー2の椅子におさまった。

自分の暴力を若瀬の頭脳が活《い》かし、若瀬の頭脳を自分の暴力が活かした。

激情と冷静——対極の位置にいるふたりがぶつかれば、互いのよさを消してしまう。炎が氷を溶かすように、氷が炎を消すように。

が、手を組めば、怖いものなどなかった。

福岡、佐賀、大分。自分と若瀬が中枢となった二年で、国士無双はいままでにも増して勢力を広げた。向かうところ敵なしで、各地の族を叩き潰し、傘下におさめた。

——金沢さんに、金貸しをやらないかと誘われている。もう、俺らも十八だ。いつまでも、バイク乗って喧嘩してるってわけにもいかないしな。どうだ？　俺と一緒にやらないか？　今度はふたりで、金貸しの世界を牛耳ってみないか？

ある日、若瀬が唐突に切り出した。ふたりとも、一年前に高校を中退していた。たしかに、若瀬の言うとおりにこのままでは、学も手に職もない自分に先はみえない。なによりも、金貸し、という響きが魅力的であり、世羅の好奇心をくすぐった。

世羅は、ふたつ返事で若瀬の誘いに乗った。

金沢の口利きで紹介された大神商事は、十日で四割の暴利を貪る闇金融だった。客に貸した十万にたいし、十日後に四万の利息がつくという計算さえできれば、大神商事では事足りた。

自分と若瀬がまずやらされたのは切り取り――不良債務者からの債権取り立てだった。

ふたりの性格の違いは、取り立てにも如実《にょじつ》に現れた。

世羅の場合は、とにもかくにも債務者を徹底的に追い詰め、ときには、殴る蹴るの暴行をくわえた。あるときは債務者を山奥に連れ去り、首だけ出した状態で地面に埋め、一晩中放置したこともある。

が、若瀬は違った。自分のように直接的ではなく、間接的に債務者を追い詰めた。若瀬の得意としていた取り立て法は、債務者に子供がいれば、その友達と親を伴って家に押しかけるというものだった。債務者からすれば、子供の友達や親の眼前《まえ》で返済を求められるというのは、ある意味、己が暴行を受けるよりもつらいことだった。

方法は違っても、ふたりに共通していたのは、負けず嫌いの性格と金への執着心――自分と若瀬は、闇金融という新しい世界でも、国士無双の時代同様に暴れ回った。

それまで八十パーセント前後だった大神商事の回収率が、自分と若瀬が債権取り立てに参加してからは九十五パーセントにまで上昇した。

大神商事に入社して一年――弱冠十九歳で、世羅は支店長に、若瀬は副支店長に昇格した。

自分と若瀬――炎と氷が手を組めば無敵なのは、金貸しの世界でも変わらなかった。

四年の月日が流れた。強引《ごういん》な融資と情け容赦ない取り立てで、大神商事の業績は飛躍的に伸び、金主である青嵐会は月に二千万、年に二億を超える利益を手にするまでになった。

が、業績が伸びるほどに、世羅の胸奥《きょうおう》でジレンマが肥大した。

大神商事での、世羅の給与は三十万。自分と同じ二十三歳のサラリーマンが、二十万そこそこの給与であるのを考えると高給取りの部類に入るのだろう。しかし、それはあくまでもサラリーマンと比べての話だ。

金貸し業の一切を極《きわ》めた世羅の胸に、もし、独立したならば二千万が丸ごと自分の懐に……という欲が涌《わ》き上がるのは自然の流れだった。

その思いは、若瀬も同じだった。ふたりは密談を重ね、独立の道を模索した。

問題点がふたつ。ひとつは、種銭。利息が四割だろうが五割だろうが、客に貸す金がなければ始まらない。開業にあたり、最低、二千万の資金は必要だった。

次に、青嵐会の許可。ヤクザが、金の生《な》る木をみすみす手放すとは思えなかった。万が一独立を認めても、みかじめ料だなんだと金を要求してくるのは目にみえていた。

――予備銭ば、持ち逃げしようばい。

予備銭——大神商事の金庫には、突然の大口融資客のために、常に一千万が用意してあった。

世羅の提案に、若瀬はゆっくりと首を横に振った。

——そのあと、どうするつもりだ？　どこへ逃げようと、青嵐会が目の色を変えて追ってくる。とても、金貸しを始めるどころの話じゃない。それに、種銭以外にも、事務所を開設したり新しいアパートを探したりと金がかかる。一千万じゃ話にならない。最低、二千万はないとな。

若瀬の意見は尤もだった。世羅の頭には、客に貸す種銭のことしかなかったが、じっさいには、仕事が回り出すまでの生活費や活動費など、諸々《もろもろ》の金がかかるのだ。

——じゃあ、どぎゃんすっとや？　金ば手にして奴らから離れるには、それしかなかろうが。

——いや、ほかにいい手がある。予備銭を内密に貸し出すんだ。

——予備銭ば貸し出す!?　なんば言いよっとや、ぬしは。従業員の眼があるとに、どぎゃんして内密に金ば貸し出すとや？

——まず、営業用のチラシを作る。そのチラシには、適当な会社名と俺かお前の携帯番号を載せる。出来上がったチラシは新聞に折り込む。電話ボックスに貼ったりスポーツ新聞に掲載すれば青嵐会にバレてしまうが、折り込みチラシなら大丈夫だ。申込客とは、喫茶店で待ち合わせる。あとは、大神商事でやってきたように、金を貸し、取り立てるだけのことだ。

――ばってん、客に予備銭の一千万ば大神商事と同じ条件で貸しても、二千万の金ば作るとに二ヵ月は必要たい。うんにゃ、チラシ作ったり集客の時間ば合わせたら、三ヵ月はかかる。もっと、手っ取り早か方法はなかとや？

大神商事と同じ条件――一千万を十日で四割の利息で貸し出せば、月の利益が千二百万。二ヵ月で二千四百万。が、一千万の金を貸し出すのに二、三週間を要することを考え合わせれば、若瀬に言ったように三ヵ月は必要だ。

ただし、その三ヵ月という計算も、貸し出したすべての客が延滞せずにきっちりと返済したらの話だ。

――急がば回れと言うだろう？　ヤクザを出し抜き大金を手にするには、それなりの周到な計画が必要だ。

結果的には、若瀬の言うとおりだった。

大神商事の予備銭を種銭にした極秘融資で二ヵ月半の時間をかけて、自分と若瀬は二千三百万の金を手にした。当初の予定より下回った百万は、行方をくらませた五人分の債権だ。時間をかければ回収できる自信はあったが、敢えて諦めた。百万に固執《こしゅう》している間に、万が一にも青嵐会に極秘融資がバレてしまえば一巻の終わりだ。

軍資金の確保に成功したふたりに残された問題は、大神商事をいかにして辞めるかということ。

若瀬との打ち合わせで、時間差で辞表を出すことに決めた。ふたり同時に店を抜けるとなると、強硬に引き止められる恐れがあったからだ。

まずは、世羅が最初に切り出した。理由は、精神的ストレス。むろん、でたらめ。債務者を虐《しいた》げることに快感を得ることはあっても、苦痛に感じたことなど一度もない。

――二、三日、休暇ば取ったらどうね？

青嵐会の事務所で辞表を手にした金沢は、ひとつ大きな息を吐き、一生に一度みせるかどうかの柔和《にゅうわ》な笑顔で説得にかかった。世羅は、勇気を振り絞り首を横に振った。

――ストレスぅ!?　おとなしく聞いとれば、なんば甘えたこつば言うとるとや！　ぬしばここまでにしたとは誰のおかげと思っとるとやっ！

案の定《じょう》、それまで垂れ下がっていた目尻を吊り上げ、修羅の如《ごと》き面相に豹変《ひょうへん》した金沢は怒髪《どはつ》天を衝く勢いで怒鳴り散らした。

世羅は、ひたすら頭を下げ続け、嵐が過ぎ去るのを待った。

恩ば仇《あだ》で返すつもりや？　ただで済むと思うな！　給料ば上げてやるけん。ぬしゃ、えぇ度胸ばしとるな。考え直してくれんや？　俺ばナメとっとや!?

脅しと宥《なだ》め――恫喝と懇願《こんがん》。飴《あめ》と鞭《むち》をチラつかせる金沢の説得は、二時間に亘《わた》った。その二時間、腰椎《ようつい》の悲鳴に耐えながら、世羅は九十度の姿勢で詫《わ》び続けた。

——勝手にせい！　ばってん、今月分の給料は払わんばい!!

嵐は過ぎ去った。五体満足で、世羅は事務所をあとにした。

いくら金沢が金蔓を失いたくなくても、盃も交わしていない堅気の指を落とすわけにはいかない。が、これが金を持ち逃げしたとなれば、堅気であろうと小指一本では済まなかっただろう。

——急がば回れと言うだろう？

鼓膜《こまく》に蘇《よみがえ》る若瀬の言葉——世羅は、盟友の先見の明に敬服した。

若瀬ならば、最後の金蔓を必死に引き止めようとする金沢を相手にしてもうまく切り抜けるだろう確信が世羅にはあった。

予定どおり、半月遅れで辞表を提出した若瀬は、涼しい顔で世羅のアパートに現れた。八畳のフローリング床に積まれた二千三百人の福沢諭吉の山を酒の肴《さかな》に、ふたりは大いなる野望について語り合った。

大いなる野望——闇金世界の支配。手始めの舞台として選んだのは東京。

青嵐会から遠く離れること、若瀬に土地鑑があること、日本一の闇金都市であることが東京進出を決めた理由だった。

——東京では、取り敢えず別々に事務所を構えて金を稼ごう。そのほうが、ふたりで同じ場所でやっているより効率的だ。

若瀬の言葉に、世羅は頷いた。闇金世界を牛耳るとなれば、目の眩《くら》むような大金が必要だ。

炎と氷がふた手に別れて、各々の傘下に闇金業者を吸収する。互いがいまよりも強大な力を身につけ、ふたたび手を組んだときに野望《ゆめ》は現実となる――ふたりの王が、闇金世界の頂点に君臨する。

若瀬と力を合わせれば、どんな困難な野望《ゆめ》でも達成できる気がした。

「社長。踏み込む以前《まえ》に会社の人間を装って、赤星がいるかどうか確かめましょうか?」

携帯電話を片手に伺《うかが》いを立てる加茂――世羅は、回想の旅を遮断し、ゆっくりと首を横に振った。

「その必要はなか。奴がおらんなら、帰ってくるまで居座ればよか。居留守《いるす》ば使うなら、ドアば蹴破《けやぶ》ればよか」

世羅は、怒りを押し殺した声で言った。

もう少しの辛抱だ。あと数分後に、赤星は地獄をみる――炎と呼ばれた自分の恐ろしさを、いやというほどに思い知ることになる。

「行くばい」

世羅は言い終わらぬうちにリアシートのドアを開け、アスファルトを踏み締めた。慌てて車外に飛び出る加茂と志村を待たずに、世羅はレジデンス東五反田のアーチ型の門扉——阿鼻《あび》地獄へと続く扉を潜《くぐ》り抜けた。

☆

クリーム色のスチールドア。五〇一号室。ネームプレイトに連なる、赤星光彦、和子《かずこ》、光一《こういち》、トメの名前。和子は妻、光一は息子、トメは母だ。

ドア脇の格子《こうし》窓から漏《も》れる琥珀《こはく》色の光。まだ、誰か起きているらしい。

格子窓とは反対側の壁——ノブ側の壁に、加茂、志村、自分の順で貼りついた。

世羅は、目顔《めがお》で加茂に合図した。加茂が頷き、インタホンのボタンを押した。

『……はい？』

スピーカーから流れる女の声。訝《いぶか》しむような声音。恐らく赤星の妻。午前零時を過ぎた訪問客に、警戒心を抱くのも無理はない。

「夜分遅くに申し訳ございません。ライフサポートの者ですが、下階のお客様から水漏れがあるとの連絡が入りまして。大変恐縮なのですが、配水管の点検をさせて頂けませんでしょうか？」

ドアスコープから死角になるように身を屈《かが》めた加茂が、そのいかつい風貌からは想像もつかない柔和な声をスピーカーに送り込んだ。

ライフサポートとは、レジデンス東五反田の管理会社だ。

その住人の警戒心を解く相手の名を騙《かた》り、尤《と》もらしいでたらめを並べる――スムーズにドアを開かせるための切り取りの鉄則だ。

『は、はあ……少々、お待ちください』

狼狽した様子の妻の声が途切《とぎ》れ、チェーンの触れ合う音と内カギの解錠音が漏れ聞こえてきた。

薄く開くドア。世羅は、加茂を押し退《の》け隙間《すきま》に革靴の爪先《つまさき》を挟んだ。ノブを摑んだ。引いた。臙脂《えんじ》色のパジャマ姿の女――妻が、目尻を裂いて絶叫した。

「どけっ」

妻を突き飛ばし、世羅は土足のまま廊下に押し入った。手前から順に部屋に踏み込んだ。視界に広がる漆黒。電灯のスイッチを押した。

壁に貼られたアイドルのポスター。床に散乱するマンガ本。壁際に沿ったベッドでのろのろと身を起こし瞼を擦る少年が、自分の顔をみて表情を失った。

子供部屋――舌を鳴らし、世羅は踵を返した。隣のドアを開けた。

ふたたびの漆黒。電灯のスイッチを押した。六畳程度の和室。仏壇で微笑《ほほえ》む老人の遺影。遺影に頭を向けて布団に横たわる老婆が、皺々《しわしわ》の瞼を見開いた。

舌打ちを連発し、廊下に出た。三つ目のドア――廊下の最奥のドアを開けた。フローリング床のリビングには、誰もいなかった。

テレビから流れるプロ野球ニュース。ガラステーブル上の飲みかけの缶ビール。口の開いた柿ピーナッツの袋。ソファに置かれた開きっ放しの住宅情報誌。

世羅の予想通り、赤星は酒をかっ食らい、プロ野球ニュースをみながら、逃亡先を物色していた。しかも、柿ピーナッツを食べながら……。

腹の底から噴き上げる火柱が、脳みそに引火した。

灰皿の中で紫煙を立ち上らせる吸いかけの煙草《たばこ》が、赤星がこの部屋にいることを教えてくれた。

捜すまでもない。世羅は、クロゼットの扉を開いた。

「ひぃっ……」

ハンガーに吊された衣服に埋《う》もれたTシャツに短パン姿の赤星が、恐怖に顔色を失った。

「ぬしゃっ！」

世羅は赤星のTシャツの襟口《えりぐち》を摑み、クロゼットから引き摺《ず》り出した――腹に向けて、前蹴りを飛ばした。仰向《あおむ》けに倒れた赤星が、くの字に躰を折り曲げ吐瀉物《としゃぶつ》を撒き散らした。

「は、放してくださいっ、放して……あ、あなた！」

加茂に羽交《はが》い締めにされた妻が、床で身悶《みもだ》える夫をみて叫んだ。

「ぬしゃっ、金も払わんで呑気《のんき》に酒ば飲んどるとは、どういうこつや!!」

世羅は赤星の七三髪を鷲摑《わし》みにし引き摺り起こすと、声帯が潰れんばかりの怒声を飛ばした。

「い、一週間後に妻の実家から借りてお支払いすると、言ったじゃないですか？」

涙声で、赤星が訴えた。

「あなた、お金を払わないって、私の実家から借りるって、どういうことなの!?」

慌てて口を押さえる赤星と、夫を問い詰める妻をみて世羅は悟った。赤星が、家族を捨てようとしていることを。

「あなたっ、いったい――」

「ぬしは黙っとれっ！」

妻を一喝し、世羅は赤星の鼻づらに住宅情報誌を突きつけた。

「ぬしゃ、飛ぶつもりだろうがっ！」

「そ、それは、あの……その、結婚した同僚が新居を探しているというので……」

「嘘ば吐くんじゃなかっ！」

世羅は、赤星の顔面に頭突きを浴びせた。宙に拡散する赤い飛沫《しぶき》。背中からガラステーブルに倒れる赤星。妻の悲鳴。砕け散るガラス片。フローリング床にバラ撒かれた柿ピーナッツ。

「おじさん、せっかくさぁ、俺が咳止液を上げたのに、裏切るなんてひどいじゃん」

志村が、焦点の定まらない黒目を宙に漂《ただよ》わせながら、鼻を押さえてくぐもった呻き声を上げる赤星にゆっくりと歩み寄った。

「うぐぐ、って、なにさ？　俺の話、聞いてなかったの？　もう一度言うよ。咳止液を上げたのに、ひ・ど・い・じゃん！　ひ・ど・い・じゃん！　ひ・ど・い・じゃん！」

赤星に馬乗りになった志村が、ひどいじゃん、の声に合わせながら十発以上の往復ビンタを食らわせた。

視界の隅を横切る影。振り返った。半べそ顔で父の惨劇をみていた息子が、廊下に飛び出した。追った。パジャマの襟首を摑まえた。右手に固く握り締められた携帯電話を奪った。

液晶ディスプレイに浮かぶ三桁《けた》の数字――一一〇。

間一髪。開始ボタンは、まだ、押されていなかった。

「よけいなこつばするんじゃなかっ」

息子の華奢《きゃしゃ》な胸を突き、世羅は、携帯電話を廊下に叩きつけた――靴底で踏み潰した。

「あ……僕の携帯が……」

尻餅《しりもち》をついた息子が、涙に潤む眼で自分を睨めつけた。世羅の胸奥で、なにかが蠢《うごめ》いた。

「なんや？　そん眼は⁉」

己の言葉に、胸奥の蠢きが肥大した。世羅は、音を立てて開こうとする記憶の扉をロックし、息子のニキビに覆われた頬を抓《つね》り上げ、引き摺り起こした。

「痛《いだ》い、痛《いだ》いっ、ごめんなさい……ごめんなさい……ごめんなさい……」

ごめんなさい、を連呼《れんこ》する息子の涙声。恐怖と屈辱にひきつる蒼白顔――世羅は、耳を塞ぎ、眼を閉じたい衝動に必死に抗った。

「よかかっ⁉　ぬしの親父はな、俺から二百万の金ば騙し取ったったいっ。他人《ひと》の金ば盗むとは、泥棒のやるこつたいっ。悪かとは、ぬしの親父のほうたいっ。ぬしが謝る必要はなかっ。親父が悪かというこつば、わかっとればそれでよかったい！　わかったや⁉」

息子が、何度も、何度も頷いた。世羅の爪が食い込む頬に、血が滲《にじ》んでいた。

よけいなことを喋《しゃべ》り過ぎている。わかっていた。十三、四の少年に、己を正当化する必要はない。それも、わかっていた。

だが、言わずにはいられなかった。相手が、子供であるからこそ……。

「孫に、なにをするんじゃね！」

大木に絡みつく枯《か》れ枝――世羅の右腕に、老婆がしがみついた。

「くそばあは、引っ込んどれっ」

世羅は右腕を横に薙《な》いだ。老婆が吹き飛び、壁に背中を打ちつけてずるずると尻餅をついた。

これが映画や小説ならば、老婆に手を出すなど倫理や道徳云々《うんぬん》で絶対にありえないことだ。

が、これは役者が演じ、作家が創作するフィクションではなく、ノンフィクションなのだ。

きれいごとでは、金は回収できない。同情や思いやりなど、糞の役にも立ちはしない。切り取りに邪魔になるとあれば、たとえ身障者でも容赦はしない。それが、現実だ。

「おばあちゃん、おばあちゃんっ」

世羅は、泣き叫ぶ息子を肩に担《かつ》ぎ上げ、老婆の部屋に入った。息子をひとりにすれば、警察に駆け込む恐れがあった。

迷わず、仏壇に向かった。年寄りの金のしまい場所など、みな、同じようなものだ。老婆の亡き夫の遺影を畳に投げ捨てた。抽出《ひきだし》が現れた。引いた。数珠《じゅず》と経本《きょうほん》を取り出し、遺影同様に放った。茶封筒。鷲掴みにし、引き裂いた。一万円札が七枚と五千円札が二枚。

「しけた金ばいっ」

吐き捨て、ポケットに捩《ね》じ込んだ。

「それは、おばあちゃんの年金だぞっ」

「うるさかったいっ」

世羅は、息子の尻を思いきり拳で殴りつけた。ふたたび、胸奥でなにかが蠢いた。思考を止め、和室を出た。廊下で尻餅をついたまま、掌を胸前で重ね合わせ、南無妙法蓮華《なむみょうほうれんげ》経《きょう》を唱《とな》える老婆を尻目に、リビングへと戻った——息子を、ソファに放り投げた。

「ひ・ど・い・じゃん。ひ・ど・い・じゃん。ひ・ど・い・じゃん。ひ・ど・い・じゃん。ひ・ど・い・じゃん」

まだ、志村は、赤星に馬乗りになり往復ビンタを食らわせていた。鼻血塗《まみ》れの赤星の頬が、お多福風邪をひいた子供のように腫れ上がっていた。

「もう、やめてくださいっ。お願いしますっ」

加茂の腕の中で髪の毛を振り乱し泣き叫ぶ妻が、自分に懇願した。

「ぬしらば騙くらかした男ば、庇《かば》うとや？」

「この人が、私達を騙した？」

「そぎゃんたい。俺は旦那に、二百万ば貸した。あんた、なんも知らんかったとだろう？　それだけじゃなか。旦那は、ぬし達ば捨ててどこかへ消えようとしとったとたい」

「そんな……あなた、それは本当なんですか⁉」

張り手の雨霰《あめあられ》を浴びている赤星の耳に、妻の詰問は届かない。

「これが、証拠たい」

世羅はスーツの内ポケットから取り出した借用書を、妻の涙に塗れたスッピン顔に突きつけた。

「嘘……」

「嘘じゃなかとは、署名欄に書かれた筆跡ばみればわかるだろうもん。それから、これもある」

世羅は借用書の次に、家族の名前や年齢はもちろん、妻の実家の家族構成、息子の学校や担任教諭の名前まで書いてある書類を突きつけた。

「ぬしの実家は青梅《おうめ》市で米屋ばやっとって、親父の名は山田栄作《やまだえいさく》、歳は七十歳。息子は五反田第四中学の二年生で、クラスは三組。担任の名は桐谷光弘《きりたにみつひろ》と言うて、国語の先生たい。まだ、言うね?」

妻の顔色がさっと変わり、目尻がみるみる吊り上がった。

「私の父のことや光一の学校のことまで……。あなたって人は……あなたって人はっ!」

妻が、ヒステリックな金切り声を上げげた。

「おい、志村。取り敢えず休憩たい。咳止液でも飲んで、一服すればよか」

世羅の言葉に、志村が赤星の躰から腰を上げ、ヒップポケットから抜いた咳止液の瓶に直接口をつけ、うまそうに喉を鳴らしながらラッパ飲みした。

妻を味方につけることができれば、事はスムーズに運ぶ。世羅は、妻が二百万を払えると思ってはいない。ただ、夫のろくでなし加減を知れば、赤星をさらっても警察に通報したりはしなくなる。じっくりと腰を落ちつけて、赤星を料理できるというものだ。

「か、和子、勘弁してくれ……。隠すつもりはなかった。ただ、いろいろと事情が……あってな……。すぐに、返せるはずだった……。お前や光一に、迷惑をかけるつもりはなかったんだ……」

喘《あえ》ぎながら、赤星が言った。

「迷惑をかけるつもりがない人が、借金するために家族のプライバシーを売るんですか⁉」

夫を責め立てる妻。夫婦関係が崩れゆく音が、聞こえるようだった。

幼馴染《おさななじ》みの友情、仲睦《なかむつ》まじい兄弟、赤い糸で結ばれたカップル――固い絆《きずな》で結ばれた者同士の関係が壊れる原因のほとんどは、金だ。

「放してやれ」

世羅は、加茂に命じた。

「奥さん。さっきも言うたが、旦那はぬしらば捨ててひとりで逃げようとしとった。そぎゃんなったら、残されたぬしから金ば取り立てるこつになる。ぬしが支払いば拒否したら、ガキの学校に押しかけることになる。担任教諭の桐谷に、借用書ばみせてぬしに支払うよう説得してくれと頼むこつになる。俺らが金ば回収するまで、旦那ば貸すね？　それとも、旦那ば信じて騙くらかされたあとに、ぬしとガキで地獄ばランデブーするね？　俺は、どっちでもよかとばい」

「和子、信じるんじゃないっ。借金したのは事実だが、お前達を捨てて逃げようだなんて……そんなことをするわけないじゃないか？」

赤星がのろのろと上半身を起こし、鼻血で赤く染まった顔を悲痛に歪めて訴えた。

「じゃあ、なぜ、住宅情報誌なんて読んでたのよ!?」

「だから、それは、結婚した同僚が新居を探しているからって、言ったじゃないか」

「でたらめばぬかすんじゃなか！　新婚夫婦の新居ば探すとに、なんで五万以下の風呂なしアパートばかりに印がついとっとや!?」

世羅は怒声を張り上げつつ、安アパートの物件ばかりを赤いボールペンで囲んだページを開いた住宅情報誌を妻の眼前に突きつけた。

妻のきつく嚙み締めた唇が、握り締めた拳が、憤激にわなないた。

「そ、それは、その同僚が、庶民的な暮らしを求めて――」

「まだ言うかっ！」

世羅は渾身《こんしん》の力で、メガホン状に丸めた住宅情報誌で赤星の頭をひっぱたいた。パコォン、という小気味好い音と赤星の悲鳴が交錯した。
頭を両腕で抱え、ぶるぶると震える赤星を冷眼でみつめる妻と息子——赤星の、一家の大黒柱としての威厳は、粉砕したガラステーブルのように粉々に砕け散った。

「奥さん。どぎゃんするね？」

「連れて行ってください。もう、この人は、私の夫でもなければ、光一の父親でもありません。その代わり、私の実家や息子の学校には、一切の迷惑をかけないと約束してください」

つい十数分前まで泣き叫んでいた女と同一人物とは思えないような、冷たく、平板な声音。いざとなったら、男なんかよりも女のほうが肚が据わっているものだ。

「か、和子、待ってくれ。私の話を聞いてくれ……。連れて行かれたら、私は殺されるなあ……思い直してくれぇ……頼む、頼むからぁ……」

妻の足もとに這いずり、情けない顔で哀願する赤星。能面のような無表情で首を左右に振る妻。

「自業自得《じごうじとく》よ。離婚届を用意しておきますから、借金問題が片づいたら、判を押してください」

「そ、そんなぁ……」

「おらおらおらっ、おっさん！　往生際《おうじょうぎわ》が悪いんだよっ！」

加茂が、四つん這いで妻の足首に縋《すが》りつく赤星の短パンに手をかけた。剝き出しになる尻――赤星が、ずるずると後退した。

「うらぁ、立てやっ」

加茂と志村に両腕を摑まれ、引き摺り起こされる赤星。膝下までずり下がった短パンとブリーフ――尻も露《あらわ》にリビングから連れ出される父から眼を逸らし、きつく唇を嚙み締める息子。唇同様に固く閉じられた瞼から零れ落ちる水滴。

「あぎゃんろくでなしのために、泣く必要はなかっ！」

世羅の一喝に、弾かれたように顔を上げる息子。自分に向けられた、怒りに燃え立つ息子の瞳――理不尽な男達への怒り、惨《みじ》めで情けない父への怒り、そして、無力な己への怒り。

「ぬしが、強くなればよかこつたいっ」

言い残し、世羅はリビングをあとにした――玄関へと向かう途中で、相変わらず廊下にへたり込む老婆の唱える経が、陰鬱《いんうつ》な気分に拍車をかけた。

こんな気分になったのは、初めてだった。いままで、数限りない修羅場を潜り抜けてきた。自分が、罪悪感とは無縁の男であるということはわかっていた。じっさい、この胸奥の蠢きは罪悪感などではない。なのに、なぜにこんな気分になるのかもわかっていた。

世羅は、己に固く誓った。

ほんの一瞬でも、自分の心に爪を立てた赤星に——炎と畏怖《いふ》されてきた自分から金を踏み倒そうとした赤星に、死が楽園に思えるような地獄を味わわせることを。

［2］

「あ……ひさしぶり。私だけど……」

『里枝《さとえ》？　里枝なの!?　いま、どこにおると!?』

「う、うん。新宿の大久保《おおくぼ》ってところに住んでるの」

『新宿？　あんた、新宿って、危なかところじゃなかと？　この前も、ニュースでやったよ。ビルが爆発して、たくさんの人が死んだって』

十五坪のスクエアな空間。有線から低く流れるジャズ。フロアの中央をパーティションで仕切ったドア側の応接室。黒地に金刺繡《ししゅう》のヴェルサーチのソファ。室内に充満する香水の匂い。派手なメイクが施《ほどこ》された下脹《しもぶく》れ顔を心苦しそうに歪め、受話器を耳に押しつける女。スピーカーから流れる心配げな九州弁——ここは、歌舞伎町のさくら通り沿いに建つ雑居ビルの三階に入る、レディサポートの事務所。

ウエーブのかかったオールバックの髪、細く切れ長の瞼、一切の感情を排除した無機質な瞳、すっと通った鼻筋、情を感じさせない薄い唇、透《す》けるように白い肌、右頬に刻まれた三日月型の刃傷、鋭角な顎《あご》のライン——ソファに背中を預けた若瀬は、実家に電話を入れる富永《とみなが》里枝を冷眼でみつめた。

腫《は》れぼったい一重瞼《ひとえ》、鼻孔が正面を向くダンゴ鼻、深いラインを刻む二重顎、似合いもしない茶髪のロングヘア、脂肪塗《まみ》れの両腕が剝き出しの白いノースリーブのワンピース、ワンピースがはち切れそうな二段腹、右手に巻かれたシルバーブレス、左手にはカルティエの腕時計、右手の中指には三連のシルバーリング、左手の人差し指にはパヴェダイヤがちりばめられた星型の指輪、膝上にはルイ・ヴィトンのショルダーバッグ。

若瀬は、脳内の電卓をすばやく弾いた。富永里枝の装飾品をすべて売り飛ばしても、十五万には満たないだろう。

富永里枝——ここから目と鼻の先に事務所を構える、デートクラブのデート嬢。二十六歳。源氏名はアミ。レディサポートの申込客。

レディサポート——若瀬の経営する風俗嬢専門の闇金融。利息は、五日で五割。ただし、日給払いのデート嬢やデリヘル嬢などは、つけ馬を事務所の近くまで派遣し一日ごとに回収する。

たとえば、レディサポートで十万を借りた場合、キャバクラ嬢やソープ嬢など月給払いの債務者は、五日後の支払期日に十五万を返済する。支払期日に全額揃わないときは、利息ぶんの五万だけを支払い、期日を五日間延長――ジャンプする。

富永里枝のような日給払いのデート嬢は、十五万を五分割にして返済する。毎日三万ずつの均等払いでなくとも、五日後の最終支払期日に完済すればそれでいい。極端にいえば、四日目までは一万ずつの四万を支払い、五日目に十一万を支払えばいいということだ。

ただし、デート嬢やデリヘル嬢にたいしてはジャンプを認めない。

同じ風俗業でも、ソープランドは政府公認だが、デートクラブやデリバリーヘルスはアングラ産業だ。いつ逮捕されるかわからない債務者と長期間の契約を結ぶのはリスクが高い。

「どうだ？」

若瀬は、視線を富永里枝から隣に座る矢吹《やぶき》に移して囁き声で訊ねた。

「分不相応な、ブランド狂いですね」

矢吹が若瀬の耳に唇を近づけ、囁き返した。

矢吹一也《かずや》――元ホスト。自分より三つ下の二十五歳。百八十センチを超《こ》える長身をアルマーニのダブルスーツに包む、イタリア人さながらの彫り深い顔立ち。褐色の肌。後ろで束ねた茶髪。耳にはピアス。左手にはカルティエのブレスレット。右手にはパテック・フィリップの腕時計。

威圧的オーラを纏う輩が多いこの業界では、珍しいタイプの優男《やさおとこ》だった。

四年前、矢吹は、六本木のホストクラブ――クールスマイルの売れっ子ホストだった。

矢吹が、月に二百万を稼げるホスト稼業から闇金融に転職した理由は、ヤクザの女に手を出したことだった。

初めてクールスマイルを訪れた女は、迷うことなく矢吹を指名した。容姿に絶対的な自信を持っていた矢吹が、なみいる先輩ホストを差し置いて、女が己を指名したことにたいして不審に思うはずがなかった。

女をホテルに連れ込み、事に及ぼうとした瞬間――三人のヤクザが踏み込んできた。その後は、お決まりのフルコース。

一千万の落とし前を要求された矢吹は、すぐさま店に泣きついた。月収二百万のホストといっても、当時の矢吹は入店二ヵ月目のニューフェイス。一千万というまとまった金を、払える貯えはなかった。

期待の大型新人。店での指名率もナンバー3――矢吹には、金の卵である己を、マネージャーがなんらかの形で助けてくれるだろうという確信があった。

が、矢吹の確信は脆《もろ》くも崩れ去った。

マネージャーは、クールスマイルの尻持《ケツ》ちであるヤクザに仲裁役を依頼した。しかし、矢吹に一千万を吹っかけたヤクザは、運の悪いことにクールスマイルの尻持《ケツ》ちの上部団体の組織の構成員だった。

ヤクザ世界は、親が白を黒と言えば子は黒を白だとは言えない――矢吹は、店からも見放された。

店からの借金も尻持《ケツ》ちの仲裁もだめになった矢吹は、是《ぜ》が非《ひ》でも一千万を作らなければならない必要性に駆られた。

孤立した矢吹が次に頼ったのは、サラ金だった。うだつが上がらないサラリーマンの吹き溜《だ》まりであるサラ金の扉を叩くなど、月に二百万の金を稼いでいた矢吹にとって屈辱以外の何物でもなかった。

一軒につき二百万を引っ張るとして、四、五軒も回ればなんとかなるだろう――楽観的に考えていた矢吹は、一軒目のサラ金の社員のひと言によって、奈落《ならく》の底に叩き落とされた。

――当社の基準って、なんなんだよ!? 俺は、二百万からの給料を取ってるんだぜ!? ここに、明細書もあるだろうよ!

融資を断られた矢吹は、眼を剝いて社員を問い詰めた。そのとき矢吹は、いまだクールスマイルに勤めていると虚偽の申告をしていた。

だが、矢吹が融資を断られたのは、虚偽の申告だけが理由ではなかった。サラ金は、サラリーマン金融の略称であり、即《すなわ》ち、水商売関係には基本的に融資は行わない。つまり、矢吹がクールスマイルをクビになっていなかったとしても、結果は変わらないということだ。

二軒、三軒、四軒。次々と、矢吹は融資を断られた。十軒目のサラ金を手ぶらで出てきたときには、さすがの矢吹も厳しい現実を受け入れざるを得なかった。

厳しい現実――己の社会的信用は、馬鹿にしていたうだつが上がらないサラリーマンよりも劣《おと》る。

途方に暮れた矢吹は、クールスマイル時代の顧客のひとり――ヘルス嬢に金の無心をした。

ホストクラブに浪費三昧《ざんまい》のヘルス嬢に、一千万などあろうはずがなかった。

――昔、私がお金を借りていた金融会社に、頼んであげる。そこ、本当は女性にしか貸さないんだけど、風俗専門の店だからなんとかなるかもしれないわ。

矢吹が金を無心したヘルス嬢――西村《にしむら》りかは、レディサポートの元顧客だった。

西村りかから電話を受けた若瀬は、矢吹を事務所に連れてくるように命じた。

むろん、ホスト崩れに、たとえ一円の金でも貸すつもりはなかった。自分が矢吹と会う気になったのは、スカウトが目的――風俗嬢専門の金貸しであるレディサポートに、ホスト上がりの社員はなにかと使い途《みち》があった。

第一に、申込客の選別眼。その風俗嬢が、なぜに高利の金に手を出したのかを見極めるのは、非常に重要なことだった。

男か？ ブランドか？ それとも、単に稼げないのか？

この中で、若瀬が融資を断るのは、男に金を注ぎ込んでいるタイプだ。

ブランド狂いの女は、いざとなれば買い溜めた商品を押さえればある程度は金を回収できる。稼げない女は、いざとなれば醜女《しこめ》専門のデートクラブに放り込めばいい。

が、男に貢ぐ女だけは――とくに、ホスト狂いの女だけはどうしようもない。

手もとに金ができても、右から左に男へと流れる。同じ浪費でも、ブランド品のように担保として残る物ならばまだましだが、ホストに嵌まった女に残るのは、軽薄男の甘い囁きだけ。

女に貢がせる側だった矢吹なら、申込客がカモか否《いな》かを見極める眼を持っている。

第二に、債務者の繋ぎ止め。金貸しにとって一番の問題は、債務者がパンク、または飛ぶこと――つまり、不良債務者になること。

これだけは、どんなに脅《おど》しても百パーセントの防止策にはならない。そこで若瀬は、色で債務者を手懐《てなず》ける、という闇金融の世界では常識破りの方法を取り入れようとしていた。

基本は、ホストと客の関係。客は、お目当てのホストを振り向かせるためならば、全財産をなげうってでも尽くそうとする。

ホストと客の関係を債権者と債務者に置き換えれば、債務者は、どれだけ資金繰《ぐ》りに喘《あえ》いでいても、自己破産したり行方をくらませたりはしない――ほかの借金を踏み倒してでも、お目当ての担当者がいる闇金融の債務だけは履行《りこう》しようと必死になる。

融資以前にしっかりと申込客を選別し、融資後にしっかりと債務者を繋ぎ止める――女性客を対象にしたレディサポートには、どうしても矢吹のような女殺しのプロが必要だった。

――初美《はつみ》ちゃんは、俺にとってほかのコと同じに、大事なお客様でした。結果的にヤクザに踏み込まれて一千万を要求されるはめになり、店をクビになったけど、俺、彼女のことを恨んだりしてません。俺を指名してくれた初美ちゃんの心に嘘はなかったと思うし、いや、たとえそれが罠だったとしても、俺は彼女を赦します。俺って不器用で、口下手だけど、指名してくれたコをその瞬間、その瞬間に全力で愛してきたんです。それが、美人局《つつもたせ》であっても……。だけど、俺が他人《ひと》の恋人に手を出したことは事実で、その責任は取らなければならないと思うんです。社長さん。こんなどうしようもない俺ですけど、お借りしたものは、この身を刻んででもお返し致します。実直さだけが、取り柄《え》の男ですから。

好青年さながらの誠実さ。思春期の少年特有の脆さと純粋さ。スポーツドラマの主人公を彷彿《ほうふつ》とさせる熱っぽい瞳——西村りかに伴われ事務所に現れた矢吹の歯の浮くようなセリフを聞いて、若瀬は、こいつはモノになる、と踏んだ。

現に、橋渡し役の西村りかは、矢吹の独演会にすっかりと骨抜きにされ、男性がだめなら私の名義で一千万を貸してください、と懇願してきた。

若瀬は、レディサポートで働くことを交換条件として、矢吹を救うことを決めた。もちろん、臭い芝居に心打たれたわけでも、馬鹿な女の熱意に絆《ほだ》されたわけでもない。ましてや、一千万を矢吹を脅すヤクザにくれてやろうというつもりはない。

矢吹を嵌めた美人局は、須磨《すま》組のヤクザ。須磨組は、六本木界隈《かいわい》では少しは名の知れた組織だが、若瀬が経営するレディサポートの尻《ケツ》を持つ関東最大手の組織力を誇る川柳会の二次団体——矢切組に比べれば、構成員数、武力、資金力のすべてにおいて、狼と柴犬くらいの開きがある。

矢吹が、この世の不幸を独り占めにしたような顔をして悩んでいた問題は、若瀬が矢切組の若頭に一本電話を入れ、五十万の金を包むことですんなりと解決した。

五十万の投資は、その後、矢吹が入社してからの四年間で、数百倍にもなって返ってきた。

これが世羅なら、元ホストを雇うことなど絶対にしないだろう。

世羅武雄——若瀬の古くからの悪友であり、唯一、心を許せる相手。世羅は、競馬客を対象とした闇金融、七福ローンを経営している。

世羅は、自分とは対照的に力で金を取り立てるタイプであり、ホストを使って債務者を懐柔《かいじゅう》しようなどという発想はありえない。

穴蔵に潜《ひそ》む野ウサギがいるとする。自分ならば、煙を使って燻《いぶ》り出すか、餌《えさ》を使っておびき出す方法を取る。が、世羅は、ショベルカーを使って、穴蔵の周囲の地面ごと掘り起こすことだろう。

強引かつ荒っぽい世羅のやりかたは、へたをすれば野ウサギを逃してしまう恐れがある。だが、それは、常人がやったら、の話だ。

暴力《ちから》は金を生み、金は権力《ちから》を生み出す——世羅の口癖。

圧倒的な武力を誇る世羅だからこそ、言えるセリフだ。

「お母さん、それは、歌舞伎町のことよ。私が住んでいるのは、同じ新宿でも安全だから心配しないで」

田舎者の母を諭《さと》す富永里枝の声に、若瀬は回想の旅から引き戻された。

もし、娘がその歌舞伎町で次々と見ず知らずの男に股を開いていると知ったら、その歌舞伎町の雑居ビルの一室で、五日で五割の利息がつく金を借りようとしていると知ったら、朴訥《ぼくとつ》な母はどう思うだろうか？

若瀬は、富永里枝の申込用紙に記入された丸文字を視線で追いつつ、母娘の会話に耳を傾けた。

『あんた、仕事はなんばしとると？』

「雑誌のモデルとか……いろいろ。毎日、寝る間もないくらいに頑張《がんば》ってるわ」

肉まんを詰め込んだような頬肉をひきつらせ、富永里枝が無理やり微笑を浮かべた。

富永里枝の咄嗟《とっさ》の嘘に、隣席の矢吹が懸命に笑いを噛み殺していた。

『そう。よかったね。あんた、家ば飛び出すときに東京でスーパーモデルになる言うとったばってん、夢が叶《かな》ったとね？』

スーパーモデルになるために九州から上京した女の成れの果ては、指名が取れないデート嬢。当然だ。身長が百五十センチそこそこで体重がゆうに六十キロは超えていそうな富永里枝の夢が叶うのならば、世界中がスーパーモデルで溢《あふ》れ返ってしまう。

「まだまだよ。モデルっていっても、ファッション誌のグラビアが中心だから」

不意に矢吹が立ち上がり、トイレへと駆け込んだ。大便用の個室で、爆笑している矢吹の姿が眼に浮かぶ。

若瀬は、かけ合い漫才さながらのふたりのやり取りを鼓膜から締め出し、申込用紙に意識を向けた。

富永里枝の住まいは大久保。住居形態はマンション。家賃は十二万五千円。同居者なし。勤め先は歌舞伎町のデートクラブ、ピンクドール。勤続年数は半年。月の平均給与は二十万。実家は福岡市博多《はかた》区。父は工務店経営。兄弟は、埼玉県さいたま市に印刷会社勤務の未婚の兄がひとり。他社の借入件数は、闇金融五件で五十六万。月々の支払いは十五万。融資希望金額は三十万。

若瀬は、申込用紙から眼を離した。別紙には、友人関係の自宅と職場、そして携帯電話の番号を書かせていた。

書類に勝手に名を記入された五人の友人には、もう既に実家同様に電話をかけさせていた。申込客がでたらめの電話番号を書いてないことが証明されれば、会話の内容はなんだってよかった。

もうひとつ、電話をかけさせる目的——債務者の保険となる人物の見極め。

仕事柄、若瀬は喋《しゃべ》りかたを聞いただけで、いざとなったときにその人間が代理弁済をしてくれるか否かの見当をつけることができた。

因《ちな》みに、富永里枝の母は代理弁済の脈が大ありだった。

闇金融の支払いと家賃を合わせると二十七万五千円——この時点で、富永里枝の給与を超えている。

いままでは、闇金融から闇金融へと綱渡りして凌《しの》いできた富永里枝も、そう遠くない日に行き詰まる。月に二百万の高給を得る売れっ子デート嬢ならいざ知らず、鼻くそ程度の小金しか稼げない惨《みじ》めな三流娼婦に闇金地獄を脱出するのは不可能だ。

『あんまり、無理ばせんといてね。躰ば壊したら、元も子もなかけんね』

「ありがとう」

モデルの夢破れてデート嬢。客がつかずに嘲笑《ちょうしょう》と蔑視《べっし》の的《まと》。気づいたときには借金地獄。挫折と絶望を抱擁《ほうよう》する東京での生活――故郷の母の優しい言葉に、富永里枝の眼とダンゴ鼻がまっ赤に染まった。

『あ、そうそう。里枝。連絡先ば、教えといて』

「ま、まだ、電話つけてないんだ。いま、友達の家からかけてるの」

『じゃあ、手紙ば送るけん住所ば――』

「あ、ごめん。マネージャーが迎えにきたから、切るね。また、かけるから」

なにか言いかけた母を遮り、富永里枝が一方的に電話を切った。

「あの……ちゃんとお支払いすれば、母や友人に電話がいったりはしないですよね？」

富永里枝が、鼻声で怖々と訊ねた。レディサポートの事務所に足を踏み入れた申込客が、必ず訊ねる言葉。

「ああ。だが、お前の稼ぎじゃ、三十万は貸せない。十万が、いいところだな」

若瀬は、申込用紙の融資希望金額に視線を落としながら言った。

「そうですか……。せめて、あと五万貸して頂けないでしょうか？」

あと五万——十五万の融資を希望する富永里枝が、他社五件の闇金融の支払いを頭に入れているのは言うまでもない。

「十万以上は、一円も出せはしない。それが不服なら、融資はなしだ」

にべもなく、若瀬は言った。

「あれ、どうしたの？」

トイレから戻った矢吹が、死刑を宣告された被告人のような顔で俯く富永里枝の隣に腰を下ろし訊ねた。

「三十万を申し込んだんですけど、アミに十万以上は出せないって言われて……」

富永里枝が頬を膨らませ、甘え口調で矢吹に言った。

「あたりまえだ。ウチに金を借りにくる客は、賞味期限切れ寸前の食品と同じだ。腐りかけた食品に、高い金を出す馬鹿がいるか？」

「賞味期限切れって……。あんまりだわ……」

思いやりのかけらもない自分の侮蔑的な言葉に、富永里枝が激しくしゃくり上げ始めた。

「泣かないで」

矢吹が気障《きざ》な仕草で胸ポケットからハンカチを取り出し、富永里枝の頬をそっと拭《ぬぐ》った。

「アミだって、好きで借金してるんじゃないっ。仕事がうまくいかないのも、アミは控え目な性格だから、お客さんに積極的にアピールすることをしないからなの。若いコはそんなことお構いなしに、私のお客さんにも誘いの電話をかけるし……。アミがもっとジコチューな人間になれたら……」

指名がかからない本当の理由――己の容姿の悪さは棚に上げ、悲劇のヒロインになりきる富永里枝。

「わかってるって。デートクラブなんて世界は、アミちゃんみたいにかわいいだけでは勤まらないんだ。他人のことを蹴落《けお》としてでも、ってタイプじゃなきゃね。君は、優し過ぎるんだよ」

さりげなく富永里枝の太腿に手を乗せ、瞳をじっとみつめ、わざと甘く掠《かす》れさせた囁きを耳もとに吹き込む矢吹。

これも作戦――自分が冷たく突き放すことにより、富永里枝の心は矢吹に大きく傾く。どんなに苦しくても、レディサポートだけは、いや、矢吹だけは裏切らない。

つい数分前までトイレで爆笑していただろう矢吹と同一人物とは思えない真剣な眼差《まなざ》し――仕事だとわかってはいるが、矢吹の二枚舌には毎回驚かされてしまう。

「ありがとう。アミも、そう思う。ねえ……十五万……無理かしら？」

甘えた鼻声。甘えた上目遣《うわめづか》い――矢吹の芝居とも知らずに、図に乗る富永里枝。

「ウチは、利息が五日で五割だからね。十万なら返しは十五万だけど、十五万になると二十二万五千円になってしまう。アミちゃんがその気になればすぐに稼げる金額だけど、俺は賛成しないな」

思わせぶりに、矢吹が言った。

「どうしてぇ？」

小首を傾《かし》げ、毛先を指に絡めながら訊ねる富永里枝。

「アミちゃんみたいな純なコに、あんまし頑張ってほしくないんだ」

言って矢吹が、くっきりとした二重瞼をつらそうに細めた。

「わかったわ。アミ、十万で我慢する」

「でも、五日間で十五万も払えるのかい？　ほかの支払いも、あるんだろう？」

「心配いらないって。どこよりも、あなたのところの支払いを優先させるわ」

富永里枝が、コケティッシュな女を気取っているつもりなのか、腫れぼったい片目を瞑《つぶ》り、鼻の上に小皺《こじわ》を作って笑った。

「ありがとう。あと、支払い方法は、僕が毎日事務所の近くまで回収に行くことになるんだ。一日に支払う金額は、いくらでも構わない。五日間で、十五万になればいいいんだ」

「大丈夫。それより、毎日きてもらうだなんて悪いわ」

「平気さ。どこかの喫茶店で待ってるから。だいたい、仕事は何時頃終わるの？」

「遅くに指名が入らなければ、十一時頃には事務所を出れるわ。指名が入れば、十二時を過ぎちゃうこともあるけど」

「じゃあ、十一時までには喫茶店を決めて、アミちゃんの携帯に電話かメールを入れるよ。ここに、メールアドレスを書いてくれる？」

矢吹が、申込用紙に記入された富永里枝の携帯電話の番号の下の空欄を指差した。

右腕をソファの背に回し、足を組んだ若瀬はホストクラブさながらのふたりのやり取りを無表情に眺《なが》めた。

レディサポートは風俗嬢を対象にしている都合上、仕事が深夜にまで及ぶことが珍しくない。矢吹を含む五人の社員には、午後七時を過ぎた場合に二千円の時間給を残業手当として、三十万の固定給以外に支払っている。

「ブレス、指輪、腕時計を外すんだ」

若瀬は、富永里枝がメールアドレスを書き終えるのを見計らって抑揚のない口調で言った。

矢吹に向けていたうっとりとした視線を自分に移した富永里枝の、熱に浮かされたような赤らんだ顔に疑問符が貼りついた。

「お前が払えないときの担保だ。バッグは勘弁してやる。さっさとしろ」

自分の真意を悟った富永里枝の表情が、さっと強張《こわば》った。

「アクセサリーは、仕事に必要なんです。私、絶対にお支払いしますから。ご迷惑はかけないって、約束しますから、信じてください」

「教えておこう。お前ら多重債務者を俺が信用するのは、全額完済した瞬間だけだ。だが、永遠じゃない。次に再貸しするときには、その信用はゼロになる。それは、公務員だろうが上場企業のエリートサラリーマンだろうが例外じゃない。人間、一寸先は闇ってことだ」

取りつく島がない若瀬の言葉に、観念したように富永里枝が右手に巻かれたシルバーブレスから外し始めた。

若瀬は矢吹に目顔で合図し、腰を上げた。あとは、矢吹に任せておけば大丈夫だ。自分には、やり残しの仕事がある。

「いやな思いをさせてごめんね。でも、俺はアミちゃんのこと信じてるからね」

矢吹のアフターフォローを背中に聞きながら、若瀬はパーティションの奥――事務室に足を運んだ。

「なに眠いこと言ってんだっ、こらっ!」

ドアを開けた瞬間、巻き舌が飛んできた。

短めのオールバック、額に入った剃り込み、ボールペンで線を引いたような薄い眉、細く吊り上がったキツネ眼——竜田哲夫《たつたてつお》が、デスクを両の掌《てのひら》で叩き席を蹴った。

向かい合った六つのスチールデスク。ドアを入って最奥の左手のデスク——矢吹のデスクに座る、白いタンクトップに花柄のホットパンツ姿の女。

女は、まるで獣に囲まれた小動物のように怯《おび》えていた。

無理もない。修羅《しゅら》の如き表情の竜田の背後で白目を剝《む》き熱《いき》り立つ坊主頭の男達——柴井《しばい》、奈川《ながわ》、小菅《こすげ》のコワモテ三人衆に囲まれたら、男でも血の気《け》を失う。

女の名は、吉本早苗《よしもとさなえ》、二十二歳。池袋《いけぶくろ》のソープ嬢。融資金額は三十万。支払い期日は昨日。

今朝の午前七時。レディサポートの取り立て部隊である竜田達四人は、吉本早苗が住む巣鴨《すがも》のマンション——ソープランドの寮に乗り込んだ。

寝ぼけ眼《まなこ》の吉本早苗をすっぴんのまま車に放り込み、事務所に到着したのが午前八時過ぎ——もう既に、二時間が経過していた。

「どうだ？　なにか進展はあったか？」

「ったく、とんだ女狐《めぎつね》ですよ。金を落としただなんて、みえみえの嘘を言い張ってるんすから」

若瀬の問いに、竜田が吐き捨てるように言った。

「本当ですっ。昨日、郵便局で下ろした五十万が入った封筒を、どこかに落としてしまったんです……。ちゃんと、郵便局の明細書をみせたじゃないですか。お願いです……信じてください……」

色濃い隈が貼りついた下瞼を痙攣させ、白っぽく変色した唇をわななかせた吉本早苗が、涙声で訴えた。

吉本早苗が、怯えているのは嘘ではない。だからといって、言っていることが嘘ではないということにはならない。

女は、男に比べてしたたかな生き物だ。恐怖に囚《とら》われていても、パニックに陥《おちい》っていても、己の保身だけはしっかりと考えているものだ。

「だから、何度も言ってんだろっ⁉　明細書が金を下ろした証拠にはなっても、落とした証拠にゃならねえんだよっ！」

竜田がデスクの脚を蹴り飛ばし、右手でペン立てを払った。吉本早苗の尻がデスクチェアの上で弾んだ。

「私、嘘は言ってません。本当に、落としたんです……」

蚊《か》の鳴くような声――不意に、吉本早苗が両手で顔を覆い咽《むせ》び泣き始めた。

「てめえみたいな男のちんぽくわえ込むしか能のない売女《ばいた》の話を、誰が信じるか！　おおっ⁉　嘘泣きしてんじゃねえよっ。この、腐《くさ》れまんこがっ！」

聞くに耐えない罵声――矢吹と違い、竜田は容赦がなかった。

「わかってんのか!? あ?」、「うらららら っ! 泣きゃ済むってもんじゃねえぞっ」、「タコ部屋の野郎どもの臭いちんぽくわえて稼ぐか? ええっ!?」。

兄貴分的存在の竜田に続いて、コワモテ三人衆が次々に怒声を浴びせた。

頭は悪いが、四人とも荒事《あらごと》には向いていた。矢吹が女心を摑む天才といっても、ルックスと口先だけで乗り切れるほど金貸しの世界は甘くはない。

たしかに、矢吹のおかげで借金を踏み倒す債務者の数は、一般の闇金融に比べるとかなり少ない。が、踏み倒すまではいかなくても、延滞者は必ず出てくる。

そんなときは、色仕掛けよりも荒っぽい取り立て――竜田達の出番だ。

竜田は、自分と同じ暴走族上がりの元ヤンだ。三年前。レディサポートで融資していたヘルス嬢の彼氏と名乗る半グレ男が、三人の特攻服姿の配下を引き連れ事務所に乗り込んできたことがあった。

――てめえ、俺の女に、ずいぶんとナメたまねしてくれるじゃねえか? 直美《なおみ》が払った金は三十万。借りた金は十万。もうとっくに、元金は支払い終わっているはずだろ!? 悪いことは言わねえ。差し引き二十万を、いますぐ返してもらおうか?

パンチパーマ、青々とした剃り込み、青地に黄色の花柄の安っぽいアロハシャツ、白のスラックスにエナメルシューズ――二十年前の地方都市のチンピラファッションで身を固めた半グレ男が、片眉を下げたごんた顔で自分を睨《ね》めつけた。

三人の配下も、半グレ男を見習うように、幼さの残る童顔を精一杯険しくし、我勝ちにとガンを飛ばしてきた。

――その三十万は利息だ。利息を百万払おうが、元金は減らない。

――ざっけんじゃねえっ！　てめえっ、武虎龍《ぶこりゅう》をナメてんのか！

若瀬の言葉に、配下のひとりが喧嘩上等の金刺繍が縫い込まれた右腕を突き出し凄《すご》んだ。

――あんたも昔はやんちゃしてたかもしれねえが、あんまり格好つけねえほうがいいぜ？　こいつら三人はバリバリの現役で、キレたら俺でも止められねえからよ。

半グレ男が、芝居がかった口調で言った。

若瀬は、触れる物すべてに嚙みつくような剣呑《けんのん》なオーラを放つ四人をみて、ある男のことを思い出した。

九州制圧を成し遂げた暴走族――国士無双で暴れ回っていた頃の世羅は、眼前の半グレ男と配下同様に、まさに恐れ知らずだった。

だが、世羅と四人では次元が違う。世羅は、相手が百人だろうがヤクザだろうが、臆することなくたったひとりで立ち向かう男だった。己の暴力《ちから》――ただそれだけを信じ、立ちはだかる者を片端から薙ぎ倒していった。

若瀬は、暴力を否定しない。たしかに暴力は、目的を達するに一番手っ取り早い手段だ。だが、直線的な暴力だけでは、それ以上の暴力《ちから》の持ち主が現れたときに潰されてしまう。

野球でたとえれば暴力のみに頼る者は、百五十キロを超える直球でバタバタと三振を奪う投手のようなものだ。しかし、九回を二十七人で終えるには——完全試合を達成するには、ストレートだけではいつかは打たれる。

打者によって、またはカウントによって、緩急をつけた変化球を織り交ぜることで剛速球は活かされる。百五十キロを超える直球も毎回となれば、イニングを重ねるごとに打者の眼も慣れてゆくということだ。

だが、それは並の剛腕投手のことであり、世羅にはあてはまらないたとえだ。

世羅は、フルイニングを百七十キロの直球で押す投手——くるのが直球だとわかっていても、打者のバットは空を切り、あるいはへし折られる。

若瀬のみたところ、半グレ男の球速はせいぜい百三十キロ。その程度の球威で三振が取れるほど、本物の闇世界は甘くはない。

——お前こそ、強がらないほうがいい。

——なんだと⁉ まだ、俺らの怖さが……。

若瀬は、熱り立つ半グレ男の鼻先に携帯電話を突きつけた。

――尻《ケツ》を呼べよ。

――そ、そりゃ、どういう意味だ？

――そのままの意味だ。族やってるなら、どこかの組に尻《ケツ》を預けてるんだろう？　お前らのトップと話をつけてやるから、ここに呼べと言ってるんだ。

若瀬のみる者を凍てつかせる氷の視線に、半グレ男も配下の三人も表情を失った。

闇金融の事務所に乗り込みいきがる半グレ男の強気の元は、尻《ケツ》持ちのヤクザ。いざとなったら、代紋をちらつかせるつもりだったのだろう。

が、半グレ男の予想は大きく裏切られた。まさか自分が、尻《ケツ》持ちを恐れることはあっても、事務所に呼べなどと言うとは思っていなかったに違いない。

世羅なら、有無《うむ》を言わさず四人を叩きのめしたことだろう。自分も、その気になればできないことはなかった。相手の尻《ケツ》持ちが出てきても、こっちには泣く子も黙る矢切組がついている。

しかし、矢切組に頼れば、それなりの謝礼を払わなければならない。

正面切ってやり合うだけが、喧嘩ではない――中学時代に、世羅に言った言葉。

ようは機転だ。相手と状況を冷静に見極めれば、たいていのことは暴力を使わずとも解決できるものだ。

――ひとつだけ忠告しておく。俺に鞘《さや》を抜くのなら、二度と戻せはしない。俺を殺すつもりで、かかってこい。でなければ、俺はお前達を必ず殺す。これは、比喩《ひゆ》じゃない。文字通りの意味だ。世の中、金さえあればなんだってできる。家族の手に余る問題児が失踪《しっそう》しても、誰も騒がないだろうしな。

ハッタリではなかった。自分は、己の米櫃《こめびつ》に手を突っ込もうとする者を決して赦しはしない。どんな手段を使ってでも、闇に葬《ほうむ》ることだろう。たとえ、鬼畜の所業と言われようとも。

暴力を回避するといっても、それは、無駄な、という意味であって、尻尾《しっぽ》を巻くということではない。必要とあれば、自分は、世羅よりも残酷な一面を持っている。ただ、その凶暴な牙を表面に出すか出さないかの違いだけ。

炎と氷――ふたりの性格を表す呼称は、そのじつ、コインの表裏。戦略の違いが自分と世羅を対照的にみせているだけであり、本質は似た者同士であることを当人同士は知っている。

――べ、別にそんなつもりじゃ……。な、なあ？

若瀬の冷々とした狂気に気圧《けお》された半グレ男が、背後を振り返り配下達に同意を求めた。猛犬さながらに吠え立てていた三人が臆病な野良犬さながらにビクつき、血の気を失った蒼白顔で何度も頷いた。

――わかればいい。ところで、お前、いくつだ？

人が変わったような礼儀正しさで、半グレ男が答えた。

——は、二十歳《はたち》っす。

——二十歳にもなって、いつまでも喧嘩上等じゃないだろう？　俺の名刺を渡しておく。その気があるなら、ウチで取り立てをやればいい。どうせ暴れるなら、金になることで暴れろ。

半グレ男と配下達——竜田、柴井、奈川、小菅の四人がレディサポートへと入社したのは、それから一週間後のことだった。

「聞いてください……社長さん。お金は用意していたんですっ。落としたのは、嘘じゃありません。信じてくださいっ」

竜田達では埒《らち》が明かないと判断した吉本早苗が、自分に縋る眼を向けてきた。

「嘘だとか本当だとか、そんなことは関係ない。問題なのは、お前が金を返せないことだ」

まったく感情の籠《こも》らない平板な口調で、若瀬は言った。

「てめえっ、社長に泣きついて赦してもらおうなんざ、甘いんだよっ！」

竜田が吉本早苗のタンクトップの胸もとを摑み、怒声を飛ばした。

「わかってんのかっ。てめえはよっ！」

百八十センチ、百キロの巨体を紫のダブルスーツに包んだ柴井が、吉本早苗の頭を小突いた。

「四十五万っ、どうすんだ!?　この、くそ女《アマ》がっ！」

金髪坊主に顎鬚《あごひげ》を蓄えた奈川が、吉本早苗の頬肉を抓《つね》り上げた。

「おらおらおらおらおらおらおらぁーっ！」

眉なしの小菅が、ひたすら巻き舌を飛ばしながら吉本早苗の座るデスクチェアを蹴りまくった。

相手が女であっても、この四人には情けというものがない。尤も、その野蛮、卑劣さこそが、若瀬が求めていたもの。矢吹によって天国に持ち上げられ増長した女どもを、竜田達四人が地獄へと叩き落とす――若瀬が理想とする流れだった。

「社長。契約書の作成が終わりました」

ドアが開き、矢吹が涼しげな顔で事務室へと入ってきた。

「一也っ……」

吉本早苗が、矢吹に助けを求めた。この女もまた、富永里枝同様に矢吹に骨抜きにされたひとりだ。

「この人達が、私にひどいことをするの……」

涙声で訴える吉本早苗。

「知るか。ばぁ〜か」

矢吹が、申込客に接するときの王子様然とした甘い笑顔からは想像もつかない冷淡な表情で言った。

「どうだ？　富永里枝は」

若瀬は、呆然《ぼうぜん》とする吉本早苗から矢吹に視線を移して訊ねた。

「あんなブ女でも、十五万くらいは返せると思います。物好きな男もいますからね。足りないときは、こいつを質に流せば十分にお釣りがきますよ」

言って、矢吹が富永里枝から奪った装飾品を翳《かざ》してみせた。

若瀬は、スーツの内ポケットからクロコダイルの財布を取り出し、輪ゴムで括《くく》った札束を抜いた。ひと束十万。財布の中には、常に五つの札束が詰め込まれていた。

金庫は事務室の奥――社長室に設置してあった。金庫の中には、五千万の種銭が入っている。金庫は指紋照合式で、自分以外は開けられないようになっている。

若瀬は、この五年間に稼いだ三億あまりの金を都内五ヵ所に借りたワンルームマンションに散らせていた。

社長室にも都内五ヵ所のマンションにも、自動通報セキュリティが設置してある。この自動通報セキュリティは赤外線センサーで侵入者を感知すると、内蔵されたデジカメ機能が録画を開始する。同時に、事前に登録していた三件の電話番号に順次に自動通報する、という優れ物だ。

因みに、自動通報セキュリティに登録されている電話番号は、若瀬の携帯、自宅、契約している警備会社だ。

他人を信用しない自分にとって、銀行に金を預けるなど冗談ではなかった。自分の金は自分で護《まも》る。それが、若瀬の考えだった。

信用していないのは、銀行だけではない。若瀬は、決して社員の眼前《まえ》では金庫を開けない。金は、従順な信徒をユダに変える魔力《ちから》を持っている。彼ら五人に現生《ゲンナマ》をみせるということは、禁酒しているアル中患者の眼前《まえ》に酒瓶を置いておくようなものだ。

故に、金庫がある社長室と都内五ヵ所のマンションのドアのカギはイスラエルのメーカーで、テロリズム対策の防犯商品を製造しているマルチロック社の特殊シリンダーを使用している。

マルチロック社のキーは、挿入面に複雑な凹凸《おうとつ》が無数に刻まれており、純正キー以外のカギ——つまり合鍵などを作ってもロックを解《と》くことはできない。

ピッキングツールが通用しないのはもちろんのこと、純正キーでさえ挿入面に少しのキズがついただけで解錠が不可能になる。

複数の人間に金庫があると知られている社長室はカギだけではなく、特注の耐火ドアを使用している。厚さ五センチ以上はゆうにある耐火ドアは、ピッキングがだめとなれば爆破するしかない。

「十万だ。さっきの調子で、うまくやってくれ」

若瀬は、札束を矢吹の掌に握らせつつ言った。

「任せてください。それにしても、図々《ずうずう》しいにも程がありますよね。あのツラで、あのずん胴で、スーパーモデルを目指してただなんて」

矢吹が毒づき、腹を抱えて笑った。

「ひどい……一也、私のことも……そんなふうに思ってたのね？」

涙に咽びつつ、吉本早苗が言った。

「あたりまえだろ。金のない風俗嬢なんて、インポのホストと同じだ。誰が本気で好きになるよ？」

軽薄な笑みを残し、矢吹が応接室へと戻った。

「おい」

若瀬は、竜田に目顔で合図した。

「いつまで泣いてんだっ。おらっ、電話をかけろや」

髪を振り乱し号泣する吉本早苗に、竜田がＡ４サイズの書類を突きつけた。

Ａ４サイズの書類――吉本早苗の肉親、友人、職場の上司の氏名、住所、連絡先が書かれたリスト。

「どうして……電話をかけるんです？」

吉本早苗が、洟《はな》を啜《すす》りつつ訊ねた。

「はあ？　なにすっとぼけてんだ!?　金を借りるために決まってんだろうが！」

柴井が、岩のような拳をデスクに叩きつけた。柴井は、リンゴを握り潰してしまう怪力の持ち主だ。

「お金を貸してくれる人がいるくらいなら、最初から――」

「ぐちゃぐちゃ言ってんじゃねえっ！　てめえがかけねえなら、俺がかけてやるよっ」

三白気味の眼を吊り上げた竜田が、受話器を摑み番号ボタンをプッシュした。相手の声が聞こえるように、オンフックにしているのは言うまでもない。

「かけますっ、かけますから、貸してくださいっ」

吉本早苗が慌てて、竜田から受話器を奪い取った。スピーカーから流れるコール音が四回目で途切れた。

『はい、吉本でございますが』

一件目は、吉本早苗の実家。品のある中年女性の声音。恐らく母親。

「あ、お母さん？　早苗――」

ブツリと、電話が切られた。母親の取りつく島もない態度は、吉本早苗がどれだけ親に金をタカっていたかを証明していた。

「お〜お。お袋さんがこんなんじゃ、先が思いやられるな。次は、東芳子《あずまよしこ》……姉貴だっ」

竜田に追い立てられるように番号ボタンをプッシュする吉本早苗。吉本早苗より五つ上の二十七歳の姉は、東啓二《けいじ》という建設会社勤務の男と結婚していた。

『はい、東です』

「私だけど……」

『早苗？』

電話の主が妹だとわかった瞬間に、姉の声がトーンダウンした。

「ひさしぶり。あのさあ、お姉ちゃんにお願いがあるの」

ひきつり笑いを浮かべつつ、核心に迫ろうとする吉本早苗。

『お金のことならだめよ』

ピシャリと、釘を刺す姉。

「そんなぁ、話も聞かないうちに……」

『聞く必要はないわ。どうせ、どこかの借金が払えなくて困ってるんでしょ？』

「じつは、そうなの。ねえ、お願い。頼れるの、お姉さんしか——」

『いい加減にしてっ。あなたのために、みんながどれだけ迷惑してると思ってるの？　もう、二度とかけてこないで！』

妹の言葉を遮った姉が、一方的に捲《まく》し立て電話を切った。受話器を置いた吉本早苗が、下唇をきつく嚙み締めた。

「お前よぉ、相当の嫌われ者だな」

呆れたように、竜田が吐き捨てた。

「ぐずぐずしてねえで、次だ次っ」

「テッ。もう、その必要はない。時間の無駄だ」

自分の言葉の意味を都合よく解釈した吉本早苗が、ほっと安堵《あんど》の表情を浮かべた。

家族に冷たく突き放される吉本早苗が、憐《あわ》れになったわけではない。ただ、悟っただけ――何度も何度も代理弁済で周囲に迷惑をかけてきたのだろう吉本早苗を救おうという愚か者が存在しないことを。

「しかし、社長……」

「いいから、お前は黙ってろっ」

不満げに唇を尖らせる竜田を一喝《いっかつ》し、若瀬は携帯電話を取り出した。メモリボタンと開始ボタンを連打した。ディスプレイ内を右から左へと流れる十一桁《けた》の番号。

『はい、もしもし！』

土砂を運ぶダンプのエンジン音とアスファルトを貫《つらぬ》くドリル音を搔《か》き消すような江上《えがみ》のがなり声が、携帯電話のボディを軋《きし》ませた。

「若瀬だ」

『あ、旦那《だんな》。どうもっ』

「ひとり、頼みたいんだが」

『そりゃ、グッドタイミングだ。檜原《ひのはら》村の飯場《はんば》にいたばあさんが躰壊して、ちょうど困ってたとこなんすよ』

江上――タコ部屋の手配師。山谷《さんや》で拾ったホームレスや借金で首が回らなくなった債務者を飯場に放り込み、上前をはねる。

江上が主としているのは、一度足を踏み入れれば、二度と生きては帰ってこれぬとの悪評が高いダム工事の飯場だ。

職業柄、江上は闇金業者との繫がりも深い。闇金業者から百万で買い取った不良債務者を二百万で飯場頭《がしら》に売り渡す――つまり、飯場にひとりぶち込むたびに江上の懐に百万が転がり込むという仕組みだ。

世羅など、これまでに二十人以上の不良債務者を、江上を通してあちこちの飯場に放り込んでいる。

レディサポートはすべての債務者が女であるが故に、世羅の七福ローンほど江上を利用してはいない。が、それでも、過去に三人の上客を江上に売った。

飯場での生活は、さながらこの世の生き地獄だ。娯楽どころか、人権さえもない。人夫達は、死と隣り合わせの危険な現場で、命の保証もなく、家畜以下の扱いで重労働を強《し》いられる。

ダニとシラミが行軍し、ゴキブリが我が物顔で闊歩《かっぽ》する八畳そこそこのバラック小屋に二十人近くの人夫が詰め込まれ、夏は蒸し風呂状態、冬は冷凍庫状態の劣悪な環境でボロ雑巾《ぞうきん》のようにくたびれ果てた肉体を横たえる。

風呂は週に一回。テレビどころかラジオもない。世の中から完全に隔離されたこの空間で、馬車馬のように働き、泥のように眠ることの繰り返し。

逃亡しようにも、民家まではゆうに二十キロはある。ダム工事の飯場というのは、たいていが人里離れた山奥にあるものだ。深夜にバラック小屋を抜け出しても、道に迷い野たれ死にするか野犬の餌食になるのが落ちだ。

運良く山を下りきっても、民家に通じる道には見張り小屋が設置してあり、飯場頭の手下が通行人に眼を光らせている。

つまり、二百万の借金を払い終えるまでは彼らに自由という二文字はない。

その二百万にしても、娑婆の肉体労働であれば日給一万前後になり、七ヵ月もあれば完済できる。が、飯場に娑婆の常識は通用しない。人夫達の日給は僅《わず》か二千円。渋谷あたりの脳みその軽いフリーターが手にする時給に毛が生《は》えた程度のものだ。

月にして六万では、二百万を完済するには三年近くかかってしまう。

だが、そんな人夫達にも、唯一の愉しみがある。

女。各飯場には、処理婦が置かれている。処理婦とは文字通りに、人夫達の性欲の処理を請け負《お》う女――ようするに売春婦だ。

処理婦を抱けるのは、ひとり週に一回。料金は一時間二千円。延長三十分につき千円。二、三万は飛ぶデート嬢やソープ嬢に比べれば破格の値段だが、人夫達の日給が二千円であることを考えると決して安い遊びとも言えない。

抑圧された飯場の人夫達の性欲は半端ではない。延長の連続で、ひと晩に一万円近く注ぎ込む者も少なくはない。それが月に四回になれば四万が飛ぶ。六万円の稼ぎのほとんどが、女に消えることになる。

人夫達に処理婦を与えるのは、彼らに同情してのことではない。金を使わせるため――一ヵ月でも長く飯場に繋ぎ止めておくというしたたかな計算があってのことだ。

「じゃあ、すぐに買い取ってくれるな?」

若瀬は、声を弾ませる江上に訊ねた。

『喜んで。ところで、その女の歳はいくつですかい?』

「二十二のソープ嬢だ」

若瀬の言葉に、電話の様子を窺《うかが》っていた吉本早苗の表情が強張った。

『そいつは凄《すげ》えや! 旦那んとこの商品は、いっつも最高だっ』

江上が、濁声《だみごえ》で叫んだ。

お世辞でも大袈裟《おおげさ》でもない。処理婦は、普通、場末のピンサロでお払い箱になったような五十を超えた中年女ばかりだ。

因みに、江上の言っていた躰を壊した檜原村の処理婦の歳は、七十過ぎだと聞いた覚えがあった。

そんな女でも、飢えた人夫達は喜んで貪りつく。奴らには、穴さえあればそれでいいのだ。

「で、いくらになる？」

『奮発して、百五十！』

通常、処理婦の売買代金の相場は人夫と同じ百万だ。百五十万という額は、たしかに奮発してると言えるだろう。しかし、それは、明かりの下ではみられないような婆さんと比較しての話だ。

吉本早苗は飛び抜けた美人ではないが、男好きのするいやらしい顔つきをしている。しかも現役のソープ嬢であり、なにより、歳が若い。江上がほかのルートから買い取る処理婦とは、次元が違うというものだ。

「二百五十だ。二十二歳の女なら、すぐに元は回収できる。倍の料金を取っても、人夫達は納得するはずだ」

若瀬は、脳内に浮かべた数字よりも五十万高い金額を口にした。

『旦那、そりゃいくらなんでも、無茶ですぜ。商品が上物なのはわかっていますが、せめて、二百万で手を打ってもらえませんかね？』

「仕方がない。ほかならぬあんたの頼みだ。二百万で手を打とう」

抑揚のない平板な口調で、若瀬は言った。

『ありがとうございます、旦那』

若瀬は、心でほくそ笑んだ。吉本早苗の売買代金は、端《はな》から二百と決めていた。もし自分が最初に二百万と切り出していたら、江上はなんとか値切ろうとしたことだろう。

最終的に二百万で交渉が成立したとしても、江上の心には不満が残る。が、二百五十万と吹っかけたものを二百万にディスカウントしてやったことで自分が退《ひ》く格好になり、江上に恩を売る形となった。

物事は、結果に至るまでの過程が肝心だ。過程をどう歩むかによって、同じ結果でも意味合いが大きく違ってくる――今回売った恩が、次回の交渉で効果を発揮するというわけだ。

昔から自分は、ひとつの交渉事に負けたふうを装い、貸しを作り、次の交渉の際に有利に運べるような種を蒔《ま》くやりかたを得意としていた。そのじつ、ふたつの交渉事に勝つ。

今回の例でいえば、江上の希望――百五十万に五十万を上乗せすることに成功し、なおかつ、次回の交渉時には自分に恩を返さねばならないと思わせることに成功した。

「礼は、次に返してくれればいい。早速《さっそく》、女をそっちに連れて行く。金は、竜田という若い衆に渡してくれ」

言い残し、若瀬は携帯電話の終了ボタンを押した。

「これにサインしろ」

若瀬は、デスクの抽出《ひきだし》から一枚の書類を取り出し、吉本早苗の前に置いた。

書類――労働契約書。甲《こう》は明神《みようじん》興業という建設会社。江上の肩書きは、一応、明神興業の人事部長ということになっている。

「こ、これは、いったい、どういうことなんですか?」

労働契約書に凍てつく視線を投げていた吉本早苗が、視線同様に氷結した顔を向けて訊ねた。

「飯場の人夫を相手に、股を開くだけだ。それで、ウチの借金はチャラにできる。建て前は、人夫達の食事係ということになるがな」

吉本早苗を江上に売り飛ばせば、四十五万を回収した上に百五十五万を手にできる――笑いが、止まらなかった。

「そ……そんな……いやです、私、絶対にいやですっ」

「いままでと、なにも変わらない。股を開く場所が、池袋から檜原村になるだけの話だ」

若瀬は、冷たく突き放すように言った。

「いいじゃねえか？　人夫のセックスってのは激しそうだからよ、ひいひいよがって腰を抜かしちまうんじゃねえのか？」

金髪坊主の奈川が、腰を前後に振りながら卑しく笑った。

「そうだよ。溜まりに溜まった濃度百パーセントのザーメンを顔にぶっかけてもらえば、美容にもよさそうだしよ」

眉なしの小菅が、吉本早苗の頬を人差し指でなぞった。

「や、やめてよっ！」

吉本早苗が小菅の手を振り払い、席を蹴り立ち上がった。巨体に似合わぬ俊敏さで柴井がドアを塞《ふさ》ぎ、竜田が吉本早苗を羽交《はが》い締めにした。

「カメラだ」

若瀬は奈川に低く短く命じ、吉本早苗にゆっくりと歩み寄った――タンクトップを引き裂き、ホットパンツとパンティを一気に引き下ろした。

「いやぁーっ」

零れ出る豊満な乳房。恐怖と恥辱に突起した乳首。黒々と繁った陰毛――ニタニタと笑いながら吉本早苗の乳房に、腰に、秘部に、舐めるような視線を這わせる四人の卑しき獣。

若瀬は、奈川から受け取ったインスタントカメラを構えた。全裸で泣き叫ぶ吉本早苗に向け、立て続けにシャッターを切った。

「葛西《かさい》第一幼稚園の及川博之《おいかわひろゆき》。聞き覚えがあるだろう?」

「ど、どうして、それを?」

吉本早苗が、ピタリと泣き止《や》んだ。驚愕と不安が混濁した瞳。無理もない。別れた旦那に引き取られたとはいえ、己の腹を痛めた我が子のことはかわいいものだ。

「隠し通せるとでも思ったのか? そんなもん、謄本《とうほん》を追っていけば一発だ。労働契約書にサインしなければ、この写真を葛西第一幼稚園に持って行くことになる」

若瀬は、床に散乱するフィルムを一枚摘み上げ、吉本早苗の鼻先でひらつかせた。

債務者の弱みを衝くのは、金貸しの鉄則だ。風俗嬢というのは、親や兄弟を狙ってもあまり意味がない。なぜなら、風俗嬢になった時点で開き直っているからだ。いまさら、借金がバレようが裸の写真をみられようが痛くも痒《かゆ》くもない。

だが、子供は違う。己が周囲に白い眼でみられようとも、子供にだけは恥部をさらしたくはない。子供にだけは肩身の狭い思いをさせたくはない――それが、一切を犠牲にしてでも子供を守ろうとする母親の無償の愛というものだ。

男性債務者にはない女性債務者の弱み――子供以上に信頼できる担保はない。

「書けばいいんでしょっ、書けばっ!」

吉本早苗が開き直ったように叫び、竜田の腕をふりほどいた。ボールペンを鷲掴みにし、乙《おつ》の記入欄に名前と住所を書き殴り、竜田が差し出す朱肉に人差し指を押しつけ捺印《なついん》した。

「連れて行け」

若瀬に命じられた竜田が、己の上着を吉本早苗に羽織らせドアへと導いた。逃亡しないように、柴井、奈川、小菅の三人が要人を警護するSPさながらに周囲を固めた。

本当は、その必要はなかった。担保をこちら《こども》が押さえているかぎり、吉本早苗が逃げ出す恐れはない。

吉本早苗を二百万で買い取った江上は、百万を上乗せして飯場頭に売り渡す――三百万の借金を完済するには、飯場の極安のプレイ料金では二年以上はかかるだろう。

だが、捜索願を出される心配はない。

ソープランドという職場は、無断で店を辞めるソープ嬢には慣れっこだ。住居も店の寮であり、大家が騒ぎ出す恐れはない。一番問題な肉親にしても、さっきの電話の様子から察して、厄介払いができたとせいせいしていることだろう――つまり、吉本早苗が消えても不審に思う者は皆無ということだ。

「ひとでなしっ！」

ドアが閉まる瞬間、吉本早苗が夜叉《やしゃ》の形相《ぎょうそう》で振り向き、自分に罵声を浴びせてきた。

若瀬は、冷笑を片頬に貼りつけ右手を振ってみせた。

ひとでなし——最高の賛辞。金を得るためなら自分は、ひとでなしにでも鬼畜にでもなるつもりだった。

踵《きびす》を返し、事務室の奥へと向かった——社長室のごついドアにキーを差し込んだ。前腕に力を込め、思いきり引いた。

コンクリート打ちっ放しの壁に囲まれたスクエアな空間。最奥の窓際を背にしたマホガニー素材の特大デスク。デスク脇の重量二百五十キロを超える大型耐火金庫。金庫を見下ろす位置……天井に設置してある自動通報センサー。デスクと向き合うように並ぶひとり掛けのソファが三脚。壁際には、コニャックやシゴニャックなどのボトルが並ぶ酒棚と液晶テレビ——誰にも邪魔されずに、画策と謀略を巡らすことのできるお気に入りの空間。

若瀬は、黒革のハイバックチェアに腰を下ろしラークに火をつけた。紫煙が、気管から肺へと心地《ここち》好く流れ込む。腕時計に視線をやった。十時五十五分。

五分後——十一時には、樹理《じゅり》が極上のカモを連れてくる。

極上のカモ——赤星光彦。大帝銀行赤坂支店の融資課長。

レディサポートの元客である樹理から電話がかかってきたのは、二ヵ月前のことだった。

——どうした？　また、金が必要になったのか？

樹理は六本木のキャバクラ嬢で、三ヵ月前までレディサポートから二十万の金を借りていた。ルックスもスタイルも抜群の樹理は、慢性的に金欠状態のほかの債務者達と違い、盲腸で入院している間に稼げなかったぶんを臨時に借りにきただけだった。

その証拠に、店に復帰して三日後の給料日には、元利合わせた三十万を一括できれいに完済した。

——やだなぁ。これでも指名率ナンバー1なんだからね。今日は、若瀬さんにいい話を持ってきたの。

——ほう、それはありがたいな。

若瀬が言うと、樹理は嬉《うれ》しそうに笑った。

樹理は、自分に惚《ほ》れていた。最初に金を借りにきたときから、自分をみる眼つきや素振《そぶ》りですぐにわかった。

本来なら、申込客を誑《たぶら》かすのは矢吹の役目だったが、樹理に関しては自分がジゴロ役を買って出た。金を貸したその日の夜にホテルに連れ込み、樹理が意識を失うまで攻め続けた。

むろん、ホテル代は樹理に貸し出した二十万から払ったのは言うまでもない。

樹理の美貌に、魅了されたわけではない。女は若瀬にとって、金、権力、名声に続く四番手でしかない。絶世の美女を抱くのと一万円を手にするのとどちらを選ぶかと訊かれれば、迷わず若瀬は一万円を選ぶ。

ジゴロ役を買って出た理由はひとつ——先々、樹理は必ず自分に大金を運ぶと踏んだからだ。

——で、そのいい話ってのはなんだ？

——ウチの店の常連客に、赤星っていう大帝銀行の銀行員がいるんだけど、そいつが、私にぞっこんなの。

——指輪でも貰ったか？　お前ほどの女なら、貢ぐ男は一杯いるだろう。

——それが、彼の場合はちょっとスケールが違うの。銀行を辞めて退職金が出たら、私に店を持たせてくれるって言うのよ。その代わり、女房と離婚したら結婚してくれって。まったく、笑っちゃうわよね。

——そいつは、いつ銀行を辞めるつもりなんだ？

退職金という言葉に、若瀬の中枢神経が反応した。

——結婚してくれるなら、いますぐにでも、なんて言ってたわ。

——せっかちな男だな。退職金は、どのくらい出るか訊いたか？

——本当かどうか知らないけど、三千万くらいだって。

——赤星の歳と役職は？

——融資課長で、歳はたしか、ええっと……四十四、五だったと思う。

若瀬は、素早く脳内の電卓を弾いた。大手都市銀行の融資課長で、歳は四十半ば。三千万という額は、ハッタリではなさそうだった。

——で、お前は、俺にどうしてもらいたい？

訊かずとも、わかっていた。自分に首ったけの樹理は、若い女に入れ揚《あ》げた身の程知らずの中年男をプレゼントしようというのだ。

——若瀬さんの、好きなようにしていいわ。

——店を、出してもらえなくてもいいのか？

——三千万で、あんなしょぼくれた七三男の女になるほど、私は安くないわ。

たしかに、樹理ほどの女になれば、焦らずともこの先、桁がひとつは違う金を持つ男がいくらでも声をかけてくるだろう。

——じゃあ、その三千万は、俺の好きにしていいってことだな？

——うん。私も協力する。でも、ひとつだけ条件があるの。

——分け前か？

——違うわ。私を、あなたの女にして。

——もう、俺の女だろう？

——そんなんじゃなくて、一番の女。万が一、若瀬さんが結婚を考えたときに、まっ先に顔を思い浮かべる女。あ、これ、結婚を迫ってるんじゃないからね。

取り繕《つくろ》うように、樹理が笑った。

——ああ、それくらい、お安いご用だ。

即座に、若瀬は答えた。

——本当⁉ 信じていいの？

樹理が、少女のように弾んだ声を上げた。

——約束する。

もちろん、空《から》手形。若瀬は知っている。自分が、たとえ万が一であっても結婚を考えるような男でないことを。そして、赤星なる男から三千万をかっ剝《ぱ》いだら、樹理を粗大ゴミのように捨てるだろうことを。

樹理との電話を切ったのち、若瀬は赤星に関しての情報を集めた。念のために、闇金業者が小遣い稼ぎに名簿屋に売ったリストを調べた。

もし、赤星が闇金融から金を引っ張っていれば、必ずあとからトラブルが起こる。債務者が会社を辞めたとなれば金を回収できなくなるのだから、それも当然のことだ。

念のためのつもりが、驚くべきことに四社のリストから赤星光彦の名前をみつけた。

若瀬は、すぐに樹理に連絡を取り、赤星を事務所に連れてくるように命じた。

若瀬の描いたシナリオ——自分と樹理の関係は幼い頃に両親を失った、たったふたりの兄妹。親代わりの自分に、赤星が挨拶にくるという設定だった。

事務所に現れた赤星は、地味なシングルスーツに定規《じょうぎ》で測ったような七三分けの髪をした、色白で気弱そうな、典型的なオヤジ狩りのターゲットタイプの男だった。

自分を兄と信じる赤星は、己の容姿や歳を顧《かえり》みず、いかに樹理との交際が真剣か、いかに樹理を大切に思っているかを青年の瞳で切々と訴えた。

――赤星さんのお気持ちはわかりました。話は変わりますが、あなた、闇金融に借金がありますね？

唐突な自分の質問に、赤星の華奢《きゃしゃ》な躰が地蔵のように凝《こ》り固まった。

――ご覧のとおり、私も闇金融を経営しています。あなたの名前と生年月日をコンピュータに打ち込めば、どこにどれだけの借り入れがあるかはすぐにわかります。じっさい、私は何件でいくらの額をあなたが借りているかを知っています。だが、敢えて、あなたの口からお伺いしたい。赤星さんが正直な人間かどうかを見極めるのに、一番手っ取り早い方法でしてね。

もちろん、東京都貸金業協会に加盟していない闇金業者の自分に、全国銀行個人信用情報センターのコンピュータは扱えない。が、己を兄に誠実な男だと印象づけるために必死な赤星が嘘を吐く恐れはなかった。

赤星に書かせた闇金融の数は十一件で二百万。すかさず若瀬は、その十一件の中に世羅が経営する七福ローンがないかを確かめた。いくら三千万のためとはいえ、盟友とやり合う気はなかった。

赤星の借り入れの中に七福ローンの名がないことを確認した若瀬は、シナリオのページを進めた。

――あなたと妹の交際を認めるにあたって、ふたつの条件があります。ひとつ目の条件は、いまある十一件をどこかの闇金融で一本化することです。

――そうしたいのは山々ですが、二百万もの大金を私に貸してくれるところなんて……。

――いい方法があります。大帝銀行に行内融資を申請するんです。そして、決裁が下りたらば関係書類と融資金が振り込まれる通帳と銀行印を持って闇金融に大口一本化の融資申し込みをしてください。ポイントは、実行予定日の一週間前あたりに申し込むということです。闇金融は、一週間や十日といった短いスパンで金を回していますから、融資が一ヵ月先とかだったら相手にしてくれません。

――あの……行内融資のお金で闇金融さんを一本化してはいけないんですか？　お兄様のおっしゃるように、行内融資の関係書類をみせれば闇金融さんからお金を借りることはできるでしょうが、それでは高利の借金が残ってしまいます。

赤星が、恐る恐る切り出した。まともな神経の持ち主ならば、誰しも思いつく疑問。

――まあまあ、話は最後まで聞いてください。いま、ふたつ目の条件を言いますから。ふたつ目の条件は、一本化に応じた闇金融の借金を踏み倒すことです。

——に、二百万を踏み倒すですって⁉……そそ、そんなことしたら、殺されますよ……。

赤星の顔から、さっと血の気が引いた。

——私の言うとおりにしていれば大丈夫です。蛇《じゃ》の道は蛇《へび》って言うでしょう？　あなたが一本化を申し込む闇金業者をA社とします。A社は、当然法外な利息を条件に一本化融資に応じます。ですから、行内融資の申請金額は余裕をみて三百万にしてください。そうすれば、A社は二百万の融資金が数日後には三百万になるとほくそ笑みます。A社から二百万の融資を受けたら、すぐに十一社の債務を完済してください。まあ、恐らく、融資時にA社の人間が払うことになるかもしれませんが、とにかく、あなたの借金はA社だけになるということです。ここからが肝心ですから、よく聞いてください。数日後にはA社の支払期日がきます。そこで私が、支払期日直前に大帝銀行に電話を入れ、あなたの債権者を名乗り、行内融資の話をご破算にします。あなたは、支払期日にA社に電話を入れ、行内融資がだめになったことを正直に打ち明けます。その際に、親戚が貸してくれることになったから、一週間の猶予がほしいと申し出てください。

——そんなことを言ったら、さらわれてどこかの山に埋められてしまいますよ……。

赤星の心配は、当然のことだった。

泣く子も黙る闇金融——極悪非道な獣達。たった一日の延滞で債務者に殴る蹴るの暴行を働く闇金業者の姿は、映画や漫画でお馴染《なじ》みだ。二百万もの大金を一週間も滞ったら……と赤星が青褪《あおざ》めるのも無理はない。

だが、それはあくまでも寓話世界の話だ。じっさいの闇金業者は、とくに東京の闇金業者はそんな無茶をしない。代紋入りの名刺を出しただけでお縄になる暴対法が施行されてからは、闇金融とは切っても切れないヤクザも手荒なことができなくなった。

それ以前に、融資額が大きくなればなるほど、暴力では回収できないことを彼らは知っている。ましてや、保険をかけて山に埋めたり海に沈めたりなどは、自称アウトローを気取《きど》る三流作家の作り事で、いまどきそんなことをする愚か者はいない。

が、物事には何事にも例外というものがある。

例外——世羅ならば、映画や漫画の世界顔負けに、たった一日の延滞だけで債務者に殴る蹴るの暴行を加え、貸した金が二百万ともなれば、保険をかけて殺すことくらいは平気でやりかねない。

しかし、この際、世羅のことを考える必要はない。七福ローンは上限が五万であり、二百万どころか二十万の金も貸しはしない。

——初めての延滞ならば、闇金業者は半信半疑でも待ってくれます。ただし、二回目はそうはいきません。

——わ、私には、二百万のお金を貸してくれる親戚なんていませんよ？　待ってもらっても、一週間後の支払期日がきたらどうするんです？

──その一週間で荷造りをして、取り敢えずどこかの安アパートに身を隠すんですよ。

──家を……家を出るってことですか⁉

赤星が、頓狂な声を上げた。

──奥さんと別れて、妹と一緒になるっていうのは嘘だったんですか？　一日もはやく樹理さんと一緒になりたいです。

──嘘じゃありません。ただ、退職金から二百万を払えば、そんな危険をおかさなくても済むのではないかと思いまして……。

──あなた、これまでに闇金融にいくらの利息を払ったんですか？　同業の私が言うのもなんですが、奴らにビタ一文も払う必要はありませんよ。

──それはそうですが、私は、あと二百万で一切のカタがつくのなら、それでもいいかと……。

──赤星さん。私の言うとおりにして頂かなければ、樹理との交際は認めませんよ。

有無を言わせない口調で、若瀬は言った。赤星の青髭ヅラが、泣き出しそうに歪んだ。

──ねぇ、ミッちゃん。お兄ちゃんの言うとおりにして。お兄ちゃんはこんな仕事をしているけど、とても正義感の強い人なの。樹理のために、お・ね・が・い。

赤星の耳に肉厚な唇を押しつけ甘える樹理。赤星の鼻の下が、だらりと伸びた。

――ほかならぬ、ジュジュの頼みだ。わかりました。私もお兄様の正義感を見習って、勇気を出してみますよ。

正義感の強い人――樹理のアドリブを真《ま》に受け、ミッちゃん、ジュジュと呼び合い恋人気取りでいる赤星を、若瀬は心で嘲笑した。

赤星の言うとおりに、大帝銀行から受けた行内融資の金で十一件の闇金融の債務を支払ったほうが、事がスムーズに運ぶことくらいはわかっていた。

だが、それをやってしまえば、三千万の退職金のうち二百万を闇金業者に持って行かれてしまう。自分がシナリオを描いた以上、たとえ一円でも利益を分け与えるつもりはなかった。

四日前――八月五日の月曜日に、赤星は渋谷の闇金業者から二百万の融資を受け、その日のうちに十一件の借金を完済した。

――あんたのとこの融資課長が、複数の高利貸しから借金をしている。

報告を受けた若瀬は、赤星が渋谷の闇金融から融資を受けた日の翌日――六日の火曜日に、大帝銀行赤坂支店の支店長あてに連絡を入れ、予定通りに行内融資の話をぶち壊した。

同日、事情聴取のために支店長に呼び出された赤星は、その場で退職願を出した。闇金業者から電話が入るような出来損《できそこ》ないの部下を、支店長は引き止めはしなかった。

——渋谷の闇金融さんには、妻の実家に利息を含めた三百万を借りることができると嘘を言って、一週間待ってくれることを了承してもらいました。先方さんは、五十万の延滞利息をつけると言ってました。つまり、私の話を信じたっていうことです。お兄様の言うとおりでした。思ったより闇金融さんって、甘いもんなんですね？

昨日の午後二時過ぎ。赤星からの電話。思いのほかすんなりと事が運び、赤星は図に乗っていた。

一切が、シナリオ通りに進んだ。若瀬は、今日中に赤星の荷物を事務所に運び込ませ、アパートがみつかるまで泊めるつもりだった。アパートがみつかれば、退職金が出るまでの一、二ヵ月の間、赤星に護衛兼見張り役をつけて軟禁状態にする。樹理との甘い生活を信じて家族を捨てた愚かな中年男は、退職金が入った瞬間に地獄をみる。

シナリオの最終章は、樹理に三千万を持ち逃げされて絶望の淵《ふち》に叩き落とされる惨めな中年男の絶叫で幕を閉じる。

甲高い電子音。若瀬は、携帯電話を手に取った。ディスプレイに浮かぶ表示——樹理の携帯番号。開始ボタンを押しつつ、腕時計に眼をやった。午前十一時二十分。約束の時間を、二十分過ぎていた。

「俺だ。遅いぞ。なにをやっている？」

『ごめんなさい。アルタ前で待ち合わせしてるんだけど、赤星がこないの』

『それが、何度かけても電源が切られていて……。自宅にかけるわけにはいかないし……ねえ、どうすればいい？』

困り果てた声。大きなため息。とてつもなく、いやな予感がした。

「一度電話を切る。俺が連絡するまで、そこを動くな」

若瀬は終了ボタンを押し、メモリボタンで赤星の携帯番号を呼び出した。開始ボタンを押した。

『デンパガトドカナイトコロニオラレルカ……』

舌を鳴らし、終了ボタンとメモリボタンを連打した。今度は赤星の自宅の電話番号。

七回目のコール音。様子を窺うような、怖々とした女性の声。いやな予感が肥大した。

『……はい？』

「あの、赤星光彦さんはおられますか？」

『いま、留守にしておりますが……どちら様ですか？』

「金貸しだ」

若瀬は、第一声とは打って変わったドスの利《き》いた口調で言った。女が、息を呑むのが受話口越しに伝わった。

最初は銀行の同僚を装うつもりだったが、事情が変わった。

女は恐らく赤星の妻。覇気のかけらもない陰鬱《いんうつ》な声音。取り立て屋にさんざんな目にあわされた債務者の家族は、例外なく同じような声音になる。

赤星の身になにが起こったかを聞き出すためには、同僚を装っていては埒が明かない。

『主人は、当分帰りません』

やはり、女は赤星の妻だった。

「じゃあ、いまからそっちに行く。赤星が帰るまで待たせてもらう」

若瀬は、妻から本音《ほんね》を引き出すために、故意にプレッシャーをかけた。

『こちらへきても、主人には会えません。昨夜、深夜に三人の借金取りが現れて、主人をどこかへ連れて行ったんです』

「なに!?」

口もとに運びかけた吸差しの煙草を持つ腕が、宙に止まった。

「三人の借金取りが、赤星を連れて行っただと!?　三人は、どこの金貸しだ?　どんな奴らだった?」

若瀬は、矢継《やつ》ぎ早《ばや》の質問を妻に浴びせた。

『そんな……怖くて怖くて、私、覚えてません』

「いいから、思い出せっ」

声を荒らげた。珍しく、取り乱していた。学生時代を含めて、誰かの裏をかいたことは数え切れないが、裏をかかれたことは初めてだった。

なによりの屈辱――希代の策士を自他共に認めるこの自分が、出し抜かれるなど信じられなかった。

『た……たしか、二百万を貸したと言ってました……』

うわずった妻の声。二百万を貸した業者――一本化の融資をした渋谷の闇金融……。

なぜだ？　渋谷の闇金業者は、一週間の延滞の申し出を受け入れたのではないのか？

赤星のでたらめを、信じたのではないのか？　だからこそ、五十万の延滞利息を要求したのではないのか？

それとも、赤星が大帝銀行に退職願を出したのを知ったのか？　いや、それはありえない。銀行という組織は、正式に退職するまでは外部に内部事情を漏らしたりはしない。

じゃあ、なぜ？　渋谷の闇金業者は、赤星を安心させるために――自宅に釘づけにするために、でたらめを信じたふりをしたのか？　五十万の延滞利息を要求したのも、安心感を増させるためなのか？

自分が逆の立場なら、間違いなく同じ手を使うだろう。

自分と同じ思考を持つ闇金業者が、ほかにもいるとは……。

『あと、もうひとつだけ、思い出したことがありました』

「言ってみろ」

『三人の中のひとりは、どこかの方言を喋るプロレスラーみたいな大男でした』

方言を喋るプロレスラーみたいな大男――後頭部を鈍器で殴られたような衝撃に、若瀬は襲われた。

「その大男は、スキンヘッドだったか？」

掠れ声を絞り出し、若瀬は訊ねた。祈った。その大男が、スキンヘッドではないことを。方言を喋る大男だからといって、あの男だと決まったわけではない――若瀬は、自分に言い聞かせた。

携帯電話を持つ手が、汗でぬるついていた。口内が、からからに干上《ひあ》がっていた。

『スキンヘッドっていうのかわかりませんが、お坊さんのような頭でした』

妻の言葉が、鼓膜から遠のいた。指先から抜け落ちたラークの吸差しがデスクに転がった。

ゆらゆらと天井に立ち上る紫煙――魂が、抜け出しているようだった。

［3］

赤い視界に舞う、プラチナブロンドのロングヘア。腰までたくし上げられた、キャミソールタイプのワンピース——白桃のような肉づきのいい尻が、腰を打ちつけるたびに波打った。

「ああ……凄いっ、凄いぃっ、世羅ちゃん……」

貯水タンクを両手で掴み尻を突き出した格好のまりえが、ワンピース越しに己の乳房を鷲《わし》摑みにして鼻声を上げた。

「めめじょばびしょびしょに濡らしおって、乳首ば勃起させおって、尻ばいやらしく振りおって……このっ、どスケべな雌《めす》豚が！」

世羅はまりえに罵声を浴びせ、左手で尻肉を叩き、右手でワンピースを引き裂いた——

零れ落ちた豊満な乳房を揉みしだきながら、潤む蜜壺を激しく突きまくった。

いつにも増して荒々しいセックス——赤星への激憤が、世羅の情欲の炎を燃え上がらせた。

秘液がぬかるむ淫靡な湿った音が、肉と肉がぶつかる卑猥な衝撃音が、掌ではたかれる尻肉の乾いた音が、トイレ内に反響した。

雌豚扱いされたまりえの喘ぎ声が、ボリュームアップした。まりえはMっ気があり、罵られれば罵られるほどに興奮する。

パワフルな腰遣いと三十センチの巨根でガンガンと攻め込まれるまりえが、よがり狂うのも無理はない。

「ぬしゃ、めめじょが疼《うず》いたら、ホームレスの臭《くさ》かちんぽでもくわえ込むとだろうが！　どぎゃんや⁉　言わんねっ。私は、どぎゃんちんぽでも大好きな淫乱な女です、って、言わんね！」

言いながら世羅は、まりえの尻肉を叩く手に、いっそうの力を込めた——固く尖った乳首を、太い指先で抓《つね》り上げた。

「い、いやよ……そんなこと……言えな……い」

まりえが、薄桃色に上気した顔でいやいやをした。言葉とは裏腹に、もっとイジめてほしい、と訴えるように、まりえの蜜壺から溢れ出した秘液が内腿に垂れ流れた。

世羅は、腰の動きを止めた。

「いやぁっ、やめないで、突いて……もっと突いてっ」

振り返り、熱く潤む瞳で自分をみつめ、尻をくねらせ、おねだりをするまりえ。

「俺のちんぽが欲しかとなら、言うとおりにせんねっ！」

世羅は、スキンヘッドから絶え間なく滴る汗を掬《すく》い取った掌をまりえの口内に押し込み、もう片方の手でロングヘアを鷲摑みにした。苦しげに眉を八の字に下げ、頷くまりえ。

「よぉ～し。それでよかとたい」

世羅はサディスティックに口角を捩《ね》じ曲げ、秘液塗《まみ》れの巨根を抜いた。丸太のような腕でまりえの躰を持ち上げ、反転させた――便座に腰を下ろす格好になったまりえのすらりと伸びた両足を両腕でM字に抱え、そそり勃つ巨根を突き刺した。

「わ……私は……あん……どんな……ちんぽで……も、だ、大好きな……あぁ……淫乱な女……です……」

まりえが、喘ぎ交じりの恍惚《こうこつ》の表情で卑猥な言葉を口にした。

「淫売女がっ、淫売女がっ、淫売女がぁーっ！」

絶叫に合わせた世羅の激しい腰の動きに、まりえの乳房が縦横に弾み、貯水タンクの蓋《ふた》が外れ落ち床で砕けた。

構わず、世羅は腰を振り続けた。

「んっ！　んっ！　んっ！」

きつく眼を閉じ、歯を食い縛るまりえの爪が世羅の両腕を掻《か》き毟《むし》った。

「イクばい、イクばいっ、イクばいっ！」

まりえの恥骨が砕けんばかりに、腰を打ちつけた、打ちつけた、打ちつけた。

「いいっ……きてっ、きてっ……いいっ！　きてぇーっ！」

世羅の動きに合わせて腰を前後に振るまりえが躰を背後に反り、獣染《けものじ》みた咆哮《ほうこう》を上げた。

骨盤に広がる甘美な電流が、背骨から延髄へと這い上がった。世羅は慌てて腰を引き、秘液にてらてらと光る巨砲をまりえの口内に捩じ込んだ。

「うらっ……一滴残さず……うむふぉ……飲《ほ》み干さんねっ」

頬をへこませ、脈打つ巨砲に舌を絡ませるまりえ。世羅をくわえ込むまりえの口角から白濁した液体がドクドクと溢れ出し、剝《む》き出しの太腿に滴った。

世羅はまりえの唇から巨砲を引き抜き、足首にずり下がったトランクスとスラックスを同時に引き上げた。貯水タンクにぐったりと凭《もた》れかかるまりえを残し、そそくさとトイレを出た。

「痛《いで》っ……」

勢いよく開け放たれたドアに、なにかが当たった。左手に咳止液のボトルを持ち、右手で額を押さえた志村が、仰向けに倒れ身悶《みもだ》えていた。

自分とまりえの情事を盗み聞きしていただろうことは、こんもりと膨らんだ股間が証明していた。

「ぬしゃ、なんばしとっとや？」

世羅は志村に冷眼を投げ、室内の中央に設置された黒革のソファに尻を埋めた。世羅の正面の長ソファには、さらったときのままのTシャツに短パン姿の赤星が、両の手首を後ろ手に粘着テープで拘束された状態で座らされていた。

監禁室——渋谷区東《ひがし》に建つ雑居ビル、井原《いはら》ビルの一室を世羅は不良債務者の身柄を拘束する目的で借りていた。

八階建ての地階にある監禁室。十坪ほどの縦長の空間。ソファとテーブル以外には、電話機と冷蔵庫、そして壁際に沿った二段組のパイプベッドがあるだけだった。

電話機は、不良債務者に金の無心をさせるため。冷蔵庫は、監禁が長引いたときに備えて食料と飲料をストックするため。ベッドは仮眠を取るため。

テレビはおろか、ラジオさえない。

極力、無駄な出費を抑えたかった。ここは監禁室。不良債務者から金を引っ剝《ぱ》がすのが目的であり、娯楽目的で借りたのではない。

この地下室は、四年前に世羅が雇ったホームレスが契約する以前は、輸入雑貨店の倉庫に使われていたらしい。

ホームレスを名義人に仕立て上げたのには、理由がある。

監禁室では、不良債務者の身柄を拘束すると同時に、場合によってはかなり激しい暴力を振るうこともある。解放後に不良債務者が警察に駆け込んだときのことを考えて、名義人は赤の他人にするというわけだ。

世羅が監禁室の名義人に選んだホームレスは、山岡光雄《やまおかみつお》という四十七歳の男だった。世羅は、段ボールのベッドで寝そべる山岡を上野《うえの》公園で拾い一万円で雇った。ホームレスにとっての一万円は、家を持つ一般人の十万円の価値がある。

山岡が演じるのは、レコーディングプロダクションの経営者。

まずは、山岡を風呂に入らせ、悪臭が漂う肉体をきれいにすることから始めた。次に、ボサボサに伸びた髪を洗髪後にセミロングに切り揃え、コンビニエンスストアに売っている八百円のヘアカラーで茶髪に染めた。顔を覆う薄汚い無精髭《ぶしようひげ》を剃り、垢《あか》の溜まった爪を切ったのは言うまでもない。

大久保の古着屋で買った一着二千八百円のカジュアルスーツ、渋谷の露店で買った千円のカルティエのコピーの腕時計、やはり露店で買った九百八十円の薄いグレイのサングラス。

山岡は、六千円にも満たない小道具で業界人らしい優男《やさおとこ》に変身した。

井原ビルと賃貸契約するには、住民票が必要だ。住民票がなければ、保険証も発行できない。世捨て人の山岡の住民票は、最後の家だった杉並区阿佐谷《すぎなみあさがや》にあった。山岡が家を捨てたのは八年前。当然、山岡の住民票は削除されていた。

青山《あおやま》、白金《しろかね》、成城《せいじょう》、赤坂《あかさか》。世羅は、レコーディングプロダクションの経営者が住むに相応《ふさわ》しい場所で高級マンションを探した。

むろん、ホームレスにハイソな暮らしをさせようというわけではない。

役所は、住民登録の申請住所に行って調査したりはしない。故に、日本全国、番地のあるところならばどこであれ――たとえ、他人が住んでいるマンションであっても住民登録ができる。その気になれば、ディズニーランドの住民にもなれるのだ。

世羅が山岡の自宅に選んだのは、青山一丁目のレジデンス青山という瀟洒《しょうしゃ》なマンションの八〇五号室だった。

本当の住人の名は原竹英二《はらたけえいじ》。少なくとも、港《みなと》区役所から山岡光雄名義の保険料の納付書が届くまでは、原竹英二なる男が住所を無断借用されたことに気づくことはない。

他人名義の納付書が己のポストに届けば、当然、原竹英二は区役所の国民年金課に電話を入れる。そうなると、ようやく職員が現地調査に赴《おもむ》き、住民登録地に申請者が住んでいないことが判明し、削除となる。

じっさい、住民登録してから一ヵ月後には、山岡がレジデンス青山に住んでいないことがバレた。

が、その頃には井原ビルとの契約を済ませていたので問題はなかった。家賃さえ滞納せずに払っていれば、井原ビルの管理会社が名義人の自宅——レジデンス青山に連絡することはないからだ。

世羅は、契約後に井原ビルの地下室内を防音仕様にした。使用目的がレコーディングスタジオなので、管理会社からもクレームはつかなかった。

地下室を防音仕様にした本当の目的——不良債務者がなにを叫ぼうが喚《わめ》こうが、その声が地上に届くことをなくすため。

以降四年間、レコーディングスタジオと偽《いつわ》った井原ビルの地下室で世羅は、五十人を超える不良債務者を容赦なしにいたぶり、金を回収してきた。

「どうしますか？」

赤星の隣に座る加茂が、自分に伺《うかが》いを立てた。加茂の股間は、志村同様にテントを張っていた。無理もない。薄いドアから漏れ聞こえるまりえのなまめかしいよがり声を、延々と聞かされていたのだから。

さすがに、恐怖に凍《い》てつく赤星だけは勃起していなかった。

「どうするもこうするもなかっ！　まずは一発っ」

世羅は、言い終わらぬうちに腰を浮かし右手を飛ばした。弛《たる》んだ下腹に食い込む拳——

赤星が、躰をくの字に折り曲げ胃液を吐いた。

顔を殴らなかったのは、金のため。恐らく赤星は銀行を辞め、退職金を持ってどこかへフケるつもりだったに違いない。

貸した金の二百万と利息の百万——都合三百万を回収するには、退職金を押さえるしかない。

となれば、振り込まれた退職金を下ろすために赤星を銀行に行かせなければならない。

腐れたジャガイモのように腫れ上がった顔を上司や同僚にみられたら厄介なことになる。

だからこそ、午前二時過ぎに井原ビルに到着してからの三十分——トイレでまりえにチラシ撒きの報酬を与えている間、熱《いき》り立つ加茂と志村には手を出させなかったのだ。

「ぬしゃっ、端《はな》っから行内融資なんぞ受ける気はなかったとだろうがっ⁉ あっ⁉ どぎゃんや！」

世羅は、苦しげに顔を歪める赤星に怒声を浴びせた。

「そ、そんなこと……ありませんよ。あなた達も、私が行内融資の件を同僚と話していたのを電話口で聞いてたじゃないですかっ」

赤星が、ノーフレイムの眼鏡の奥の細い眼を涙に潤ませ、懸命に訴えた。

四日前の月曜日。世羅は、大帝銀行の昼休み時間に赤星を呼び出し、融資部の行員に確認の電話を入れさせた。融資部の行員は、行内融資は予定どおりに実行されると赤星に約束した。

あの行員が、赤星とグルだったとは思えない。考えられることはひとつ。自分から二百万を引っ張るために、何者かが描いた絵図に違いない。

三百万の行内融資の話――しかもそれが数日後に実行され、百万の金が抜けるとなれば、自分でなくとも食いつくだろう。

闇金業者を嵌めて、二百万を騙し取る――これは、赤星が描いた絵図ではない。闇金業者の心理を知り尽くした者――赤星の背後で糸を引く黒幕は、自分と同業者の可能性が高い。

「ぬしに知恵ば入れたとは誰や？」

世羅は赤星を据わった眼で睨みつけ、下腹を震わせる低音で訊ねた。

「で、ですからぁ、さっきから申しているように、これは不可抗力で――」

「だったらっ、なんで嫁さんの親父に金ば借りれるとか嘘ば吐《つ》いたとやっ！」

世羅は赤星の言い訳を遮り、右手をテーブルに叩きつけた。赤星が眼を瞑《つぶ》り、ソファの上で尻を弾ませた。

「そ、それは、嘘を吐くつもりではなくて、ほ、ほ、本当に借りるつもりだったんです……。信じてくださいっ。お……お宅様を騙す気なんて、少しも……あ、ありませんでした……」

白目内を泳ぎまくる黒目。ガチガチに硬直する表情筋。干涸《ひから》び、うわずる声音――赤星が口を開けば開くほどに、私は嘘を吐いてます、と言っているようなものだ。

「もう一度訊く。ぬしに知恵ば入れたとは誰や？」

世羅は、赤星の釈明を聞き流し、同じ質問を繰り返した。

「わ、私は、誰にも、知恵なんて……」

「わかったばい」

「あ、ありがとうございます」

赤星が、ほっと安堵の表情で頭《こうべ》を垂れた。

「なんで礼ば言うとね？　俺がわかったと言うたとは、ぬしが痛か目にあってもよかということがわかったと言うとっとばい」

言って、世羅は鱈子唇を吊り上げた。赤星の弛緩《しかん》しかけた頰の筋肉が、瞬時に強張《こわば》った。

「おい、志村っ。いつまでも寝転がっとらんと、バケツに水ば汲んでこい」

「はい、ボス」

志村が、弾かれたように立ち上がった。額には、大きな瘤《こぶ》ができていた。

「い、いったい、なにを……？」

赤星の怯えた視線が、湯沸かし室に消える志村の背中を追った。

「いまに、わかるこったい」

世羅は、ショートホープをくわえた。向かいのソファから、金張りのダンヒルを差し出す加茂。

「待ってくださいっ」

右手にデュポンのライター、左手に水が波打つバケツを持った志村が慌てて駆け寄ってきた。

「どうぞ」

息を切らせた志村が、デュポンの炎を差し出した。呆れ顔で、ダンヒルのライターを引っ込める加茂。

自分の煙草に火をつけることを、絶対に他人《ひと》に譲らない志村。いつも思うことだが、この男の咳止液で溶けた脳みそだけはどうなっているのかわからない。

世羅は、ライターの炎に穂先を炙った。志村が病的に青白い顔を破顔させながら、バケツをテーブルに置いた。

「おい」

世羅は、加茂に目顔で合図した。待ってましたとばかりに立ち上がった加茂が、赤星の背後に回った。不安げに、加茂の動きに合わせて首を巡らす赤星。

「おらっ」

加茂が赤星の七三髪を鷲摑みにして、ソファから引き摺《ず》り立たせた——バケツに波打つ水の中に、顔を押し込んだ。

次々と水面に浮く泡《あぶく》。苦悶の地団駄を踏む赤星。身悶える赤星の脇腹を蹴りつける志村。

世羅は、ショートホープのまったりとした紫煙をくゆらせながら、腕時計の秒針を追った。

十秒、二十秒、三十秒……加茂が、赤星の頭を引き上げた。

「ぷっふぁーっ」

大口を開け、空気を貪る赤星。眼鏡に付着する水滴。鼻孔から垂れ落ちる洟《はな》。

「ぷっふぁーっ」

志村が赤星のまねをし、胸前で手を叩いて爆笑した。志村の爆笑に、もうひとつの爆笑が交錯した。

自分が引き裂いたキャミソールタイプのワンピース——上半身裸のまりえが、右腕で乳房を抱えるように隠し、左手で赤星を指差しながら笑った。

加茂と志村がちらちらと横目で、まりえの、右腕から零れそうな膨らみや、剝き出しの太腿を盗みみた。また、まりえもそれを承知で、ふたりを挑発するように前屈みになったり、尻をくねらせたりしていた。

「ぬしらふたりとも、ちんぽばおっ勃てとらんと、仕事に集中せんねっ。まりえっ。ぬしも、そぎゃん格好でうろちょろするんじゃなかっ！」

世羅は加茂と志村を怒鳴りつけ、スーツのジャケットを脱いだ——まりえに放った。

「あ～。もしかしてぇ、妬《や》いてるのぉ？」

まりえが自分の5Lサイズのジャケットに袖をとおしながら、悪戯《いたずら》っぽく笑った。

「馬鹿かぬしゃ。妬くわけなかろうもん」

世羅は吐き捨てるように言った。きゃわいい、と言いながらくすくすと笑うまりえ。

照れ隠しでもなんでもない。まりえの裸など、みたい奴がいればいくらでもみせてやってもよかった。嫉妬する対象は、自分より暴力《ちから》と金を持っている者だけ。

自分がまりえにジャケットを着せたのは、嫉妬からではない。ひとつは、ふたりが赤星の拷問に集中できないため——もうひとつは、無料《ただ》でみせるわけにはいかない、ということ。

五千円の観賞料を払うのなら、喜んでまりえの裸をみせてやるつもりだった。

「うらっ、てめえっ、誰に唆《そそのか》された⁉　誰がウチから金をかっ剝げって言った⁉」

加茂が、名誉挽回とばかりに巻き舌を飛ばし、赤星を追及した。

「だ、誰にも、なにも言われて……ません。ほ、本当に、アクシデントだったんで……す」

喘ぎながら、赤星が言った。

「まだシラ切るかっ」

ふたたび、加茂が赤星の頭をバケツに沈めた。熱湯をかけられたミミズのように身をくねらせ、両足で激しくタップダンスのリズムを取る赤星。

世羅の腕時計の秒針が五十秒に達したとき、加茂が右腕を引き上げた。咳き込み、濁音交じりの呼吸を漏らす赤星。

「おらっ、言う気になったか⁉　ああっ！」

加茂が赤星の髪を摑んだ右手を前後左右に動かしながら、鼻先がくっつくほどに顔を近づけ白目を剝いた。

「し……信じて……くだ……さい」

「てっ、てめえ……」

もともと吊り気味の目尻をいっそう吊り上げた加茂が、みたび赤星の頭を押さえつけようとした瞬間――志村が、加茂の右腕を摑んだ。

「なんで止めんだ⁉」

加茂が首を横に巡らせ、志村を睨みつけた。

「先輩。俺に、任せてもらえますか？」

言うと、志村が咳止液をひと息に飲み干した。首をグルグルと回しつつ、ソファの横のスペースで円を描くようにステップを踏み始めた。

加茂が眉をひそめながらも、赤星の背中を突いた。両腕を後ろ手に拘束されている赤星が、志村の前によろめき出た。

「なにを――」

「ハッシっ」

不安げな表情で口を開きかけた赤星の、短パンから伸びた剝き出しの右の太腿を目がけて、甲高い奇声とともに志村がローキックを繰り出した。パシィーンという乾いた音と赤星の悲鳴が交錯した。

「ハッシっ、ハッシっ、ハッシっ、ハッシっ」

金髪を振り乱し、唾を飛ばし、奇声の数だけローキックを赤星の太腿に叩き込む志村。バランスを失った赤星が、半泣き顔で腰から崩れ落ちた。

「どう？　言う気になった？」

息を弾ませながら、志村が訊ねた。そして、ステップを踏む足は止めずに、スーツの内ポケットから取り出した新しい咳止液のキャップを開けて口をつけ、ガラガラとうがいを始めた。

次に志村は、赤紫に腫れ上がった右の太腿をバタつかせ、のたうち回る赤星の歪んだ顔に咳止液を吐きかけた。続いて、シッシッシッ、と奇妙な息を漏らし、宙に左右のパンチを繰り出した。

「いいキックだ。奴はお前のローをいやがっている。徹底的に右足を狙えっ。世界《ベルト》はもう、目の前にある」

「うぃっす」

「いいか!? 攻撃の手を緩めるなっ」

セコンドとキックボクサーのひとりふた役を演じる志村。セコンドにそうされているつもりなのか、己の頬を両手で叩き、何度も頷いていた。

これが加茂ならば自分も驚くだろうが、己をライオンの化身と信じるイカれ男の奇行には慣れていた。

「か、勘弁……してください……。私は……誰にも、なにも命じられてはいません……」

ひとりふた役を演じ続ける志村に凍てついた視線を投げながらも、シラを切り通す赤星。

世羅は、赤星の心中を読みあぐねていた。

これだけの目にあっても口を割らないほど、赤星の肚《はら》は据《す》わっていない。ならば本当に黒幕がいないのかといえば、それは違う。

かといって、行内融資の実行予定日が記された書類まで用意し、闇金融から二百万を引っ張り出すような知恵も度胸も赤星にはない。

黒幕にたいしての恐怖が、赤星の口を貝にしているのか？　が、それもありえない。黒幕がどこの誰だかは知らないが、自分、加茂、志村に勝《まさ》る恐怖を与える闇金業者など存在しないという自負が世羅にはあった。

この臆病者のカス男に鉄の意志を与えたのはいったい……？

「おじさんさぁ、俺、負けないよ。ここで負けたらさ、丹下《たんげ》のおっさんに合わせる顔がねえんだよ！」

ボクシングアニメのヒーローになったつもりの志村が、絶叫し、仰向けに倒れる赤星の右の太腿にふたたびキックの嵐を浴びせた。

「ハッシっ！　ハッシっ！　ハッシっ！　ハッシっ！　ハッシっ！ハッシっ！ハッシっ！」

志村の奇声に合わせた蹴りに、赤星の躰がコンクリート床の上でコマのように回転した。

「おっもしろぉ～いっ。私もやるぅ！」

世羅の隣のソファ――声を弾ませ立ち上がったまりえが、ヒールの踵《かかと》で赤星の股間を踏み躙《にじ》った。

額に脂汗《あぶらあせ》。血の気《け》が引いた蒼白顔――躰をくの字に折り曲げ、赤星が悶絶した。

「あ！　だめじゃないですか!?　おじさんは、俺の対戦相手ですよ」

志村が、強烈な一撃を加えたまりえを睨みつけ、不満げに訴えた。

「ごっめ〜ん。つい、興奮しちゃって」

ペロリと舌を出すまりえ。

世羅はふたりのやり取りを横目に、くわえ煙草のまま立ち上がった――ゆっくりと赤星に歩み寄り、しゃがんだ。

「おい。そろそろ観念する気になったや?」

「何度……訊かれて……も……返事は……同じ……で……す」

苦しげに呻《うめ》き、脂汗に濡れそぼる顔を小さく左右に振る赤星――世羅の耳奥で、金属音が弾けた。

「ぬしゃっ、おとなしゅうしとったらつけ上がったこつばかりぬかしてからっ!」

世羅は怒声を上げ、志村の蹴りでさつまいものように変色した赤星の右の太腿に煙草の穂先を捩《ね》じりつけた。

肉を焦がす異臭。赤星の悲鳴。志村とまりえの爆笑――世羅は、地上に打ち上げられた魚のように悶え苦しむ赤星に馬乗りになった。

「ボールペンば貸せっ」

「これでも、いいですか?」

世羅に命じられた加茂が、スーツの内ポケットから取り出した万年筆を翳《かざ》した。

「上出来たいっ」

加茂の手から万年筆をひったくった世羅はキャップを外し、赤星の顔を左手で鷲摑みにして押さえつけ、親指と人差し指で右の瞼を大きくこじ開けた——恐怖にせり出す眼球に、右手に持った万年筆のペン先を近づけた。

「本当のこつば言わんとなら、ぬしの目ん玉ば突き刺しちゃるけんっ。右目がみえんごつなっても、左目があるけん心配はいらん！」

世羅は、さらにペン先を赤星の潤む水晶体に近づけた。

ハッタリではなかった。ここで口を割らなければ、赤星の右目を潰《つぶ》すつもりだった。右目を潰したところで、眼帯を掛けさせれば銀行に行かせるにも問題はない。

この商売は、ナメられたら終わりだ。

拳が砕けたボクサー同様に——アキレス腱を切った陸上選手同様に、貸した金を回収できない金貸しなど、ただの負け犬だ。

負け犬の人生を歩むくらいなら——他人《ひと》に嘲笑されるくらいなら、赤星を殺して刑務所に行ったほうがましだ。

物凄い勢いで巻き戻る記憶。激憤に燃える赤い網膜に、十歳の幼き己の半べそ顔が蘇《よみがえ》った。

——こんっ、馬鹿たれがっ！

父、太《ふとし》が修羅の如き面相で声を荒らげ、岩のような拳で少年の頬を殴りつけた。視界が歪んだ。陰鬱な六畳ひと間の景色が流れた。少年は後方に吹き飛び、砂壁に背中をしたたかに打ちつけた。安普請《やすぶしん》のアパートが軋み、壁の砂が湿気と黴《かび》で黒ずんだ畳にパラパラと落ちた。

壁を背にずるずるとへたり込んだ少年は、火がついたように熱を持つ頬を掌で押さえ、恐る恐る父を見上げた。

百八十センチを超える長身、首から肩にかけて瘤のように盛り上がる僧帽《そうぼう》筋、少年の太腿くらいはありそうな腕回り、分厚く毛むくじゃらな大胸筋、短く刈り上げた坊主頭、睨まれると瞳に穴が開きそうな鋭い眼光、ひしゃげた鼻、大きく張ったえら——板金工場で働く父の容貌はゴリラのようにいかつく、気性は闘牛のように荒く、間違っても盾突《たてつ》く気など起きなかった。

母がいたならば、少年を庇《かば》ってくれただろうか？

恐怖と動転に白く染まった脳内で、少年はふと、そんなことを考えた。

母は八年前——少年が二歳のときに、病気で死んだと父から聞いていた。

が、ある日、少年は、噂好きで有名な近所の魚屋の老婆から、母は死んだのではなく家出をしたのだと聞かされた。

――あんたの母ちゃんは、死んだんじゃなか。あの男に散々苦労ばかけられて、堪《たま》らず逃げ出したとよ。こん話は、絶対にあの男にするんじゃなかばい。

老婆は、皺々の唇に皺々の指を立てて少年に言った。

母は生きていた……。少年は、老婆に言われるまでもなく、父にその話をするつもりはなかった。

父は、少年が母の思い出話をせがむたびに、ひどく不機嫌になった。幼心《おさなごころ》にも、父が母についての話に触れられたくないことがわかった。

母は生きていると聞いた、などと言ってしまえば、父の激しい気性からして、魚屋の老婆を殺してしまうのではないかと思い、恐ろしくて口に出せなかった。

少年にしても、顔も知らない記憶にもない母が生きているといまさら聞かされても、正直、ピンとこなかった。

――俺の息子が、やられっ放しで帰ってくるとは、どういうこつや!? ぬしゃ、俺に恥ばかかせる気や!?

――ご、ごめん、父ちゃん。ばってん、相手は中学生で、それも四人だったけん……。

少年は、無駄だとわかっていながらも懸命に訴えた。

父は、テストで零点を取ろうが宿題を忘れようがなにも言わないが、喧嘩に関しては絶対に負けることを赦さない。やられた相手をぶちのめさないかぎり、少年が父にぶちのめされる。

その日、少年は、学校の帰り道で、近所に住む札つきの不良に絡まれた。小学五年生の少年は既に身長が百七十センチ近くもあり、そのせいか、中学生や高校生によく絡まれた。

五歳の頃から屈強で荒くれ者の父に喧嘩を仕込まれた少年は、小学校では六年生も含めて敵なしだった。中学生でも、一年生でタイマン勝負という条件つきなら勝てる自信はあったし、また、じっさいに一発で失神させたこともあった。

だが、その日因縁をつけてきた中学生は三年生で、しかも四人。さすがの少年でも、勝てるはずがなかった。

——言い訳ばするんじゃなかっ！

父の怒声と足が飛んできた——腹を蹴り上げられ、少年は給食で食べたカレーうどんを畳に撒き散らした。

少年は躰を折り曲げ、己の吐瀉物《としゃぶつ》の中で身悶えた。

——ほらっ、どげんしたとやっ!? ゲロ塗れの小便垂れが！

己の息子に怒声と罵声を浴びせつつ、父は、太腿、尻、腰、脇腹、肩、後頭部を容赦なく蹴りつけてきた。

少年は、すぐに暴力を振るう父がきらいだった。いつの日か、父を殴り倒すことを夢見ていた。が、同時に尊敬もしていた。父のように、強く、逞《たくま》しい男になりたかった。

――よかかっ⁉　よぉ〜く聞けっ。相手が何人だろうがどぎゃん強か相手だろうが、立ち向かうとが男たいっ。ぬしに恋人がおったとして、そん恋人が四人の男に無理くりボボされたら、メメジョに代わる代わるちんぽばぶち込まれたらどぎゃんするとや？　いまんごて、半べそかいて引き下がるとや？　男は、学歴じゃなかっ。顔でんなかっ。優しさでんなかっ。暴力《ちから》たいっ。男は腕力がすべてたいっ。退《ひ》いたが最後、一生負け犬っつうこつば覚えとけ！

男は腕力がすべて――父の教えは、スポンジに吸い込まれる水のように少年の幼心に深く染み渡った。

その夜、少年は、父の手荒い叱咤で痣《あざ》だらけになった肉体を引き摺り、己を痛めつけた中学生四人の家を木刀片手に一軒ずつ回り、呼び出し、ひとりずつ滅多《めった》打ちにした。

得意満面で家に戻ってきた少年は、白蟻《ありり》に食われた木製のドア越しから漏れ聞こえる怒声に、ノブに伸ばしかけた手を止めた。

――ナメとっとかっ、おっさん！　そん言葉は、聞き飽きたったい！

聞き覚えのない声。怒声の主は、父ではない。

早鐘を打つ鼓動――少年は、息を殺し薄くドアを開いた。

ドアの隙間。視線の先。パンチパーマをかけた派手なスーツを着た三人の若い男に囲まれ、畳に額を擦《こす》りつけるように土下座する父の姿に、少年は我が眼を疑った。

――すんまっせん……。あと、一週間でよかです。一週間待ってもらえば、きちんとお支払いしますけん。

――なんば寝ぼけたこつば言いよっとや！　先週も、同じこつば言うとっただろうがっ、ぬしゃっ。

紫色のスーツを着た二十歳《はたち》そこそこの小柄な男が、父の背中を蹴りつけた。

――本当ですばい。今度は大丈夫ですけん、信じて……。

――うるさかったいっ！

紫スーツとそう歳の変わらない、赤い開襟シャツを着た痩せぎすの男が、父の顎を蹴り上げた。

なんばしよっと!?　なんでやり返さんと!?　あぎゃんチビとヤセに、なんで蹴られたまま黙っとると!?

少年は、心で父に問いかけた。

――どぎゃんしても払えんっちゅうなら、小指ば一本貰っとこうか？

一番年嵩《としかさ》の男――サングラスに口髭を蓄えた男が、頬に薄笑いを浮かべつつ、スーツの内ポケットからナイフを取り出した。

――か、勘弁してください……借りた金は、きちんとお返ししますけん……頼みますけん……。

父が尻で後退《あとじさ》りながら、涙声で訴えた。

——おいおい、このおっさん、小便ば漏らしとるばい！

——図体ばっかしでかくて、金玉は干しぶどうんごつ小さか男ばいっ。

紫スーツと赤シャツが、父を指差し大声で笑った。

——うらうらうらっ、しゃきっとせんねっ、しゃきっと！　男だろうがっ!!

——息子んごたる俺らに馬鹿にされて、情けなかと思わんとか！

ふたりがかりで父の顔、胸、腹を蹴りまくる紫スーツと赤シャツ。

信じられなかった。これは、夢に違いない。あの強くて怖い父が、十も二十も年下の男達に口汚なく罵られ、おしっこを漏らし、足蹴《あしげ》にされているなんて……。

——そのへんでやめとけ。おう、世羅。今日んとこは、こんくらいで勘弁してやるけん。ばってん、明日んこの時間までに金が用意できんかったら、今度はほんなこつ指ば貰うばい。わかったや！

ふたりを制したサングラスの男が、車に轢《ひ》かれたヒキガエルさながらに仰向けに倒れる父の顔を踏みつけながら言った。

各々捨て台詞《ぜりふ》を残した三人が玄関——少年のほうへと向かってきた。茫然自失とした少年は、身を隠すこともできなかった。

――ぬしゃ、世羅のガキや？

サングラスの男が、凝然《ぎょうぜん》と立ち尽くす少年に問いかけた。少年は、蒼白になっているだろう顔を縦に振った。

――あぎゃん情けなか親父にだけは、なるんじゃなかばい。

サングラスの男の言葉に、紫スーツと赤シャツが爆笑した。

屈辱、激憤、羞恥《しゅうち》――少年は、男達から逃げるように沓脱《くつぬ》ぎ場に駆け込んだ。土足のまま、部屋に上がった。

――なんや……みとったとか？

首を擡《もた》げた父が、赤黒く変色し、歪《いびつ》に変形した顔にバツの悪そうな笑みを浮かべた。父の塞《ふさ》がった瞼が、上唇を濡らす鼻血が、黄色く染まったももひきの股間が、鼻孔に忍び込むアンモニア臭が、少年の怒りに拍車をかけた。

――なんで……やり返さんかったとね？

憤怒に震える掠《かす》れ声を、少年は絞り出した。

――なんで……って、父ちゃんが本気ば出せば相手ば殺してしまうくらいに強かこつは、ぬしも知っとろうもん。

上半身を起こし、ランニングシャツの裾で鼻血を拭いつつ父が言った。

今日の姿をみていなければ、素直に頷けた。が、少年がみた父の姿は、牙を隠したトラではなく、臆病な野良猫のそれだった。

――おしっこば漏らして、土下座して泣いて謝っとるだけの父ちゃんが、どぎゃんして相手ば殺せっとね!?

少年は、生まれて初めて父に口答えをした。殴られるかもしれない。瞬間、後悔に苛《さいな》まれたが、言わずにはおれなかった。

悔しかった――尊敬していた父が、あんな男達に味噌糞に馬鹿にされたことが。

ショックだった――恐いもの知らずの父が、小鳥のように怯え、赦しを乞《こ》うていたことが。

――大人の世界には、腕力だけじゃどうにもならん相手がおるとたい。

予想に反して、父は殴るでも怒鳴るでもなく、独り言のように力なく呟いた。こんな弱々しい父の表情をみるのは、初めてのことだった。

――父ちゃんは、男は腕力がすべてって言うとったたい！

――たしかに、父ちゃんはそう言った。男は、腕力の強さがすべてたい。それは、嘘じゃなか。ばってん、例外もある。金たい。金ば持っとる者が、一番強か。ぬしも、大きくなったらわかるときがくる。

父が、男達に金を借りていたのだろうことはわかった。だが、少年には、なぜ金を持っている者が一番強いのかはわからなかった。

結局、その後、男達が現れることはなかった。

だが、あの日を境に、少年の父をみる目は変わった。父もまた、少年にたいして男は云々の話をしなくなり、もちろん、暴力を振るうこともなくなった。

なぜに父が金を借りたのか、どうやって金を返したのかは問題ではなかった。

重要なことは、父が強者ではなく、惨めな負け犬だったという事実――父のようになりたいと願っていた少年は、いつしか、父のようにだけはならないと心に誓った。

大人になったいまでは、あのときの父の言葉の意味がよくわかる。

暴力《ちから》だけではだめ。金だけでもだめ。暴力《ちから》は金を生み、金は権力《ちから》を生む――暴力《ちから》と金を併《あわ》せ持つ者が、すべてを勝ち取ることができる。

それが、父を反面教師にして得た教訓だった。

「ひぃっ……や、やめて……」

赤星の悲鳴が、世羅の暗鬱な回想を遮断した。

「お、お願いしま……す……。お話ししますから……全部話しますから……や、やめて……くだ……さい……」

右目に万年筆を突きつけられた赤星が、涙ながらに懇願した。

赤星の怯えきった顔に、あのときの父の醜態《すがた》が重なった――脳内に撒き散らされたアドレナリンに憤激の炎が引火し、理性を焼き尽くした。

「ぬしんごたる腰抜けは、片目で十分たいっ！」

世羅は万年筆を持つ右腕を振り上げ、赤星の右の眼球に振り下ろした――ペン先が睫《まつげ》に触れた瞬間、右腕が自由を失った。

「社長っ、待ってくださいっ。赤星は、すべてを話すと言ってますっ」

世羅の女性のウエストサイズの右腕にしがみつく加茂が、懸命に訴えた。

「わかったけんどかんやっ。邪魔くさかったい！」

世羅は加茂を一喝《いっかつ》し、右腕を横に薙《な》いだ。加茂がフロアに転がった。

「先輩、いいとこで止めないでくださいよぉ。せっかく、おじさんが丹下のおっさんみたいに片目になるとこだったのに」

志村が唇を尖らせ、残念そうに言った。

「うるせぇっ、黙ってろっ。ウチを嵌めた黒幕が誰かを聞き出すのが先決だろうが！」

志村に眼を剝く加茂の言葉に、飛び立った世羅の理性が舞い戻った。

たしかに、加茂の言うとおりだ。いま優先しなければならないのは、この世羅武雄をカモにしようとした愚か者の存在を明らかにすること。赤星への制裁は、愚か者を完膚《かんぷ》なきまでに叩き潰し、金を回収してからでも遅くはない。

世羅は立ち上がり、左手一本で赤星の躰を抱え上げ、ソファへと放り投げた。百八十キロのバーベルを挙げる自分にとって、六十キロ前後の赤星など枯れ枝のようなものだ。

「どういうこつか、言うてみろ」

世羅も赤星の正面――ソファに腰を下ろし、低く押し殺した声で言った。まりえと志村が自分の両隣に、加茂が赤星の隣に座った。

「すべては、ジュジュとの結婚のためでした……」

赤星が、洟を啜りながら切り出した。

「ジュジュ？　誰んこつや？」

「樹理……彼女は六本木のキャバクラ嬢で、私の婚約者のことです」

赤星が、はにかんだように伏し目がちに言った。

「ゲェーッ。いい歳して、なにがジュジュよ。きっもち悪ぅ〜い」

まりえが喉に手を当て、吐くまねをした。

「で、その女が、ぬしば唆したって言うとや？」

「とんでもない。ジュジュは、そんな女じゃありません」

世羅の問いかけに、赤星がきっぱりとした口調で否定した。

「てめえ、結婚してんだろうがよ？　なんとかって女が婚約者って、どういう意味なんだよ？」

加茂が、ラークに火をつけながら訊ねた。

「妻と別れて、ジュジュと再婚するつもりです」

将来の夢を語る青年のように輝く瞳で、赤星が言った。

「あんた、ばっかじゃないの？　キャバクラ嬢の営業に利用されてるってわからないの？」

バージニアスリムに火をつけたまりえが、窄《すぼ》めた唇から吐き出した糸のような紫煙を赤星の顔に吹きかけながら嘲《あざけ》った。

「営業なんかじゃありません。ジュジュは本気です。私の退職金が入ったらキャバクラをやめて、一緒にカクテルバーでも始めようってことになってるんです。バーには、腕のいいバーテンを雇い、私とジュジュ専用のVIPルームを作るつもりです。店内に低く流れるボサノヴァ、熱帯魚が泳ぐ水槽、琥珀《こはく》色のダウンライト……。ロマンティックなムードに酔い痴《し》れるカップル達を、私はマティーニの、ジュジュはミントジュレップのグラスを傾けながら、VIPルームのソファで肩を寄せ合いモニターで眺める。ミントのほろ苦さに子供のように顔をしかめるジュジュ。私は内線電話でバーテンを呼びつける。オーナーからの呼び出しに直立不動の姿勢で緊張するバーテンに、私は、今度からシロップを多めにした、ジュジュオリジナルのミントジュレップを出すように優しく命じる。そんな私を頼もしそうにみつめるジュ――」

「ぬしゃっ、いい加減にせんねっ！」

世羅の怒声に、うっとり顔で己の世界に入り込んでいた赤星のだらしなく弛緩した頬肉が氷結した。

「なぁ〜んがっ、ボサノヴァやっ。なぁ〜んがっ、ミントジュレップやっ。ふざけたこつばかり言うとっと、今度こそ本当に目ん玉ば引っこ抜くばい！」

「す……すいません……」

だらりと首をうなだれる赤星。

「それよか、ぬし、いま、退職金って言うたな？　やっぱり、端からウチば嵌めるつもりだったとだろうが？　お？」

世羅は、ドスを利かせた声で言うと、テーブルに身を乗り出し、赤星の顔に顔を近づけ睨みつけた。

「いえ、それは違います」

「なんが違うとやっ！　俺は、行内融資で返済するとば条件にぬしに二百万ば貸したっぱいっ。銀行ば辞めるなんぞ、確信犯以外の何物でもなかろうが！」

世羅の唾液が、赤星のひきつり顔をびしょびしょに濡らした。

「き、聞いてください。いま、ご説明しますから……」

世羅は怒りの残滓《ざんし》を飲み下し、尻をソファに埋《うず》めた。

「私は、ジュジュとの交際を認めてほしくて、彼女のお兄さんに会いに行きました。お兄さんは、お宅様と同じ闇金融を経営なさってて、私の借金をすべて知っていました。で、彼は、ジュジュとの交際を認めるにあたって、ふたつの条件を出してきたのです。ひとつは、私が借りている十一件の闇金融を別の闇金融で一本化すること。私は、一本化できるほどの大金を貸してくれるところはないと言いました。でも、彼は、大帝銀行で行内融資を申請し、決裁が下りたら関係書類と融資金が振り込まれる通帳と銀行印を持って申し込みに行けば大丈夫だと。私は、行内融資のお金をその十一件に充《あ》ててはだめなんですかと訊ねました。決裁書類や通帳を担保にお宅様から二百万を借りることができて一本化に成功しても、高い利息の借金が残ることに変わりありません。ですが、行内融資のお金で十一件を返済すれば、もう、一切の借金は残りませんから」

「だからよ、融資のときに俺がそう言ったじゃねえか？　ウチから借りねえでも、行内融資の三百万で払えばいいじゃねえかってよ。そしたらお前は、行内融資の実行日までに二件の闇金の期日がくるから、利息を入れねえと会社に乗り込まれるとかなんとか言ってたんだろ!?」

加茂が、いらついたように紫煙を天に向けて吐き出し、吸差しを灰皿に捻り潰した。

「すいません。それは、お宅様からお金を借りるために嘘を吐いたんです。本当は、一社も延滞はしていませんでした……」

上目遣いで、恐る恐る赤星が言った。

「はあ⁉ 嘘だぁ？ てめえっ――」

「やめんかっ」

赤星の胸ぐらを掴む加茂を、世羅は制した。もちろん、赤星を庇ったわけではない。世羅の沸騰する脳みそには、一刻もはやく黒幕を突き止め目に物をみせてやることしかなかった。

「で、そん樹理とかいう女の兄貴が出したふたつ目の条件っていうとが、一本化融資に応じた闇金の借金ば踏み倒せってこつか？」

「どうして、それを？」

世羅の言葉に赤星が驚きの声を上げ、ビー玉のように眼をまるくした。

簡単なことだった。

その男が樹理なる女の本当の兄かどうかは別として、ひとつだけ言えることは、狙いは赤星の退職金。行内融資の金を一本化に充てたら、二百万をよその闇金融にくれてやることになる。

そこで、男は考えた。一円の退職金も使わせずに、赤星の抱える十一件の債務を完済する方法を――誰かに、ババを引かせる方法を。

男は、ババを引かせるターゲットに闇金融を選んだ。

月曜日に融資した二百万が、木曜日には三百万。三日で百万の抜き。行内融資の決裁書類に、振込通帳と銀行印が担保。おまけに、融資直前には銀行に確認の電話も取れている。

自己弁護するわけではないが、赤星の申し出を断る理由はどこにもなかった。

「大帝銀行に債権者ば名乗り行内融資の話ばぶち壊したとは、そん兄貴か？」

世羅は、赤星の質問を質問で返した。頷く赤星をみて、世羅は腕組みをして思わず唸った。

二百万を使わせたくないために、赤星に行内融資の申請をさせ、闇金融《ターゲット》に一本化の話を持ちかけさせる。闇金融《ターゲット》が餌《えさ》に食いついた瞬間に、自ら融資話を壊して赤星に退職願を提出させる。返済期日には闇金融《ターゲット》に一週間の延滞願の電話をかけさせ、その間に行方をくらまさせる。

恐らく、男は、樹理というニンジンを赤星にぶらさげ、思うがままにコントロールし、闇金融《ターゲット》を振り切ったら退職金をかっ剝ぐつもりだったに違いない。

同業者の心理を巧みについたシナリオ——なんという用意周到な男だ……。

ヤクザさえも一目置く自分が、守銭奴《しゅせんど》、金の亡者、拝金主義者の名をほしいままにする自分が、ホームグラウンドでまんまとしてやられた……。

煮えくり返る腸《はらわた》。沸騰する脳漿《のうしょう》——きつく、奥歯を嚙み締めた。百を超える握力に摑まれた膝頭がミシミシと軋んだ。

だが、男はひとつだけ致命的なミスを犯《おか》した。故意か偶然かは知らないが、ターゲットに自分を選んだこと。

　この屈辱は、百倍返しにするつもりだった。

「俺らが乗り込まんかったら、どぎゃんするつもりだったとか？」

世羅は、ありったけの平常心を掻き集め、冷静に訊ねた。

「今日の十一時に新宿のアルタ前でジュジュと待ち合わせをして、彼女のお兄さんの事務所に伺う予定でした。アパートが決まるまで、事務所に泊まってていいと言ってくださって……」

世羅は、腕時計をみた。午前三時三分。赤星と女の待ち合わせまで、まだ、時間はたっぷりとある。

「ぬしは、なしてウチば選んだ？　男に指示されたとか？」

世羅は、ずっと疑問に思っていたことを口にした。

あのとき赤星は、支払いが遅れている闇金融の利息を稼ぐために競馬で勝負したと言っていた。が、闇金融の支払いが遅れているということが嘘であった以上、競馬で勝負したという話も当然、嘘。

「いいえ。新宿や神田《かんだ》の闇金融ではたくさん借りていたので、渋谷の業者さんを探していたんです。そしたら、電話ボックスでお宅様のチラシが眼に入って……。競馬金融なら、私が借りている十一件と繋がりはないと思ったんです。闇金融は、社名が違ってもオーナーが同じ場合があるでしょう？」

赤星が、嘘を吐いているとは思えなかった。

たしかに新宿や神田あたりの闇金融は、バブル紳士の残党が小金稼ぎにやっている同一オーナーの場合が多い。

七福ローンをターゲットに選んだのが、偶然であることはわかった。だが、だからといって、赤星のやったことの免罪符になりはしない。

「社長さん。退職金が入ったら、お約束した三百万は絶対にお支払い致します。ですから、ジュジュとの待ち合わせ場所に、行かせてもらえませんでしょうか？」

「なに勝手なこと言ってやがる！」

加茂が、志村の蹴りで赤紫に腫れ上がった赤星の右の太腿を拳で殴りつけた。赤星が悲鳴を上げ、ソファの上で身悶えた。

「あんたさぁ、本当にその女に惚れられてると思ってんの？　お金目当てだってことがわかんないの？　キャバクラで男誑《たぶら》かしてるような女狐が、あんたみたいにしょぼくれたバツイチのおっさんと結婚するわけないじゃん」

まりえが、嘲笑交じりに蔑視を赤星に注いだ。

「私のことはなにを言おうが構わないが、ジュジュを悪く言うのはやめろっ」

赤星が、血相を変えてまりえに食ってかかった。

「ほんっとに、ぶぁっかじゃない！　だいたい、その男と女狐が兄妹なわけないじゃないっ。ベッドでお愉しみが終わったあとに、馬鹿な中年男をどうやって引っかけようかって話し合っているに決まってるわ！」

「取り消せっ、いま言ったことを取り消せ！」

まりえの嘲罵《ちょうば》に、憤怒に駆られた赤星が立ち上がり、唇を尖らせ、裏返った声で絶叫した。

「取り消せぇ〜、いま言ったことを取り消せぇ〜」

唇を尖らせ、赤星の声色《こわいろ》をまねする志村。脇腹を押さえ、引きつったように爆笑するまりえ。

「そぎゃんこつは、どうでもよかったいっ！　女のこつより金たい、金っ。退職金は、いつ振り込まれっとや！」

「ぎ、銀行の締め日に合わせて処理されますので、今月の末には振り込まれるはずです」

まりえにたいしての勢いとは打って変わって、赤星が蚊《か》の鳴くような声で言った。

「あと、三週間とちょっとか。で、いくら振り込まれっとや？」

「連絡を受けてないのでまだ正確な額はわかりませんが、三千万近くはあると思います」

三千万、という響きに、世羅の中枢神経が涎を垂らした。

「退職金が振り込まれる通帳と印鑑は、どこにあるとね？」

月曜日に、赤星からは行内融資が振り込まれる予定だった通帳と印鑑を預かっていたが、退職金が振り込まれる口座は別にしているに違いなかった。

「どうして……です？」

赤星の顔に、危惧と警戒のいろが浮かんだ。

「三百万ば回収するために決まっとるたいっ」

嘘──本当は、通帳に振り込まれた額を一円残らず頂くつもりだった。赤星が質問を返したのは、それを恐れているからこそに違いない。

「通帳と印鑑は、あるところに預けてあります。ご心配なさらずとも、退職金が振り込まれたらまっ先に三百万をお返しに上がりますから」

「じゃあ、それまでここにおるってこつたいね？」

世羅は、底意地の悪い口調で言った。赤星の顔色がさっと変わった。

「そんな……それじゃあ、ジュジュとの約束は──」

「まだわかんねえのか！　ジュジュだかジョジョだか知らねえが、てめえは騙されてんだよっ。こっちが通帳を預かってねえと、全額持ってかれんだろうが！」

加茂が、赤星の後頭部を平手で殴り怒鳴りつけた。勢いで、ノーフレイムの眼鏡が鼻尖《はなさき》にずれた。自分の左隣で志村が、右隣でまりえが腹を抱えて笑った。

「つ、通帳と印鑑をお渡しすれば、私を解放してもらえるんですか？」

「ああ。退職金が振り込まれる日に、どっかで待ち合わせばして、一緒に銀行に行けばよか。俺らは銀行の待ち合いソファで待っとるけん。三百万ば受け取ったら、それでさよならたい。こっちも、ぬしの顔ばみんで済むと思うと、せいせいするたい」

これも嘘——通帳が手に入っても、三千万を手にするまでは赤星を解放するわけにはいかない。

通帳と印鑑を押さえたところで、赤星の身柄《ガラ》がなければ退職金を受け取りに行けない。それに、黒幕の男が赤星に振込口座の変更を申請させれば、押さえた通帳などただの紙屑となる。

「わかりました。通帳と印鑑は、ウチの銀行の行員用の貸金庫に入れてあります」

「カギはどこにあっとや？」

「支店長に、預けてあります。どうせ、退職金以外にお金の動きのない通帳ですから」

「今度は、嘘じゃなかろうな？」

「はい。朝一番に、私が支店長に電話するのを聞いててもらってもいいですから」

赤星が、自分の瞳をまっすぐに見据えて言った。

嘘ではない。確信した。万が一嘘だったら、ふたたび痛めつけて聞き出せばいいだけの

話。時間は、たっぷりとある。敵が通帳と印鑑を手にしても、こっちの手に赤星《きりふだ》がある
かぎり、一円の金も引き出せはしない――イニシアチブは自分にある。

「今日、私と一緒に大帝銀行に行ってください。支店長は八時にはいますから。カギを貰って、通帳と印鑑を貸金庫から取り出しお宅様に渡します。そしたら、新宿に……ジジュに会いに行ってもいいですよね？」

赤星が、窺《うかが》うように言った。

「その必要はなか」

「それは、どういう意味ですか？」

疑問顔の赤星。

「樹理って女は、ここに連れてきてやるけん」

世羅の言葉に、赤星の表情が固まった。

「ここにって……まさか……」

絶句する赤星に向け、世羅は片側の口角を吊り上げてみせた。

そう、世羅は、樹理という女をさらい、赤星同様に監禁するつもりだった。

理由――赤星の裏切りを防ぐため。

通帳と印鑑を受け取るとき、そして退職金を受け取るとき、自分や加茂が行員フロアまでついていくわけにはいかない。

まぬけヅラして待っているところに、警察に踏み込まれたらたまったものではない。

尤も、警察は民事に首を突っ込めないので、金銭借用書に書き込まれた利息込みの額面──三百万は回収できる。

赤星が、借りたのは二百万だと言い張っても、差し引きぶんの百万を利息だと証明できる術《すべ》はない。つまり、警察の介入があったとしても、世羅の懐に百万の利益が転がり込むというわけだ。

だが、それでは、残る二千七百万の金を手にすることはできない。しかし、女を人質にすれば話は違う──赤星を、意のままにコントロールできる。

「それじゃ、約束が違うじゃないですかっ」

赤星が、白目を剝いて大声を張り上げた。

「最初に約束ば破ったとはぬしだろうがっ！」

世羅は灰皿を摑み立ち上がると、頭上へと振り上げた。

「ひぃっ……すいません……」

赤星が首を竦め、情けない声を上げた。世羅は右肩を沈め、赤星の膨張した太腿を掬い上げるように灰皿で叩きつけた。飛散する吸い殻と舞い上がる灰。

「痛《いで》ぇーっ！」

絶叫する赤星が、加茂の膝上に倒れ込んだ。

「凭れかかんじゃねえっ。気色悪いんだよっ！」

加茂が赤星の髪を摑み、突き飛ばした。咳止液のボトルを傾けていた志村が茶褐色の液体を噴き出し、激しく噎せた。

この男は、目の前で赤星が死んでも横隔膜を痙攣させて笑うに違いない。

「よかやっ⁉　今度口答えばすっと、足じゃなく頭蓋骨ば叩き割るけんねっ！」

世羅は灰皿を片手に仁王立ちし、赤星を充血に赤く罅《ひび》割れた眼で睨《ね》めつけた。

「わかり……ました……」

こめかみに怒張する血管、額をびっしりと埋め尽くす脂汗——苦痛に顔を歪ませた赤星がのろのろと上体を起こし、喘ぎ交じりに言った。

「で、そん樹理とかいう女の兄貴がやっとる闇金融は、なんて名前や？」

報復相手は、赤星だけではない。自分を嵌めた男からも、たっぷりと金を搾《しぼ》り取らせてもらう。

「たしか、レディなんとかっていう、風俗関係専門の闇金融だったと思います」

赤星の言葉が、世羅の胸壁を乱打した。五指から滑り落ちた灰皿がコンクリート床に砕け散った。

「ちょっと待てっ。ぬしゃ、いま、なんて言ったとや⁉」

世羅は、眼球が零れ出さんばかりに目尻を裂いて訊ねた。

「え……？　レディなんとかっていう、風俗関係専門の闇金融と言ったんですが……。それが、なにか？」

レディなんとか……。風俗関係専門の闇金融……。やはり、聞き間違いではなかった。脳内に浮かぶ、ある男の顔。赤星から聞いた男の用意周到な手口も、奴ならば納得ができる。

加茂が、弾かれたように自分に顔を向けた。いつの間にか携帯電話のブロックゲームを始めていた志村も、なにか言いたげな表情で自分をみた。

ふたりが脳内に描く男の顔は、自分と同じ。あの男と会ったことのないまりえだけが、血相を変える自分を不思議そうにみつめていた。

「そん男の名前は、なんて言うとや？」

砂漠化した干上がった口内から、世羅は罅割れ声を絞り出した。

「さあ、それは聞いてません。でも、彼はジュジュのお兄さんですから、小室《こむろ》という名字だと思います」

赤星の黒幕が自分の考えている男ならば、樹理という女の兄であるはずがない。が、世羅は敢えて否定しなかった。

赤星を意のままに動かすためには、樹理という女の本性を暴くわけにはいかない。

「小室っていう男の右の頬に、刃傷はあったか？」

赤星が否定することを願っている自分がいた――あの男とだけは、やり合いたくはなかった。

「え？　どうしてそれを？　社長さんは、ジュジュのお兄さんとお知り合いなんですか？」

素頓狂な赤星の声が、世羅の脳内を闇に染めた。

動転と動揺の双子の兄弟が、我勝ちにと背筋を這い上がる。

こんなことは、初めてだった。いままでは、老人だろうが女だろうが、目の前に立ちはだかる相手は容赦なく叩き潰してきた。

故意ではないにしろ、結果として自分を嵌めた相手であれば――同業者であればなおさらだ。

だが……今度の相手は、唯一、自分が心を許せる男――中学の頃から苦楽をともにしてきた戦友《とも》である若瀬……。

「ということは、ジュジュのことも知ってらっしゃるんですか？　ねえ、社長さんと小室さんはどういう――」

「黙らんねっ、こん、くそ馬鹿がぁーっ!!」

世羅は怒鳴り声を上げ、赤星の顔面を渾身の力で殴りつけた。

吹き飛ぶ眼鏡。飛散する鼻血――ヘビー級ボクサー並みの破壊力満点のパンチに、赤星の軽量の躰が跳ね上がり、ソファの背凭れを越えて床に落下した。世羅はテーブルに土足で上がり、ソファを乗り越えた。コンクリート床で俯《うつぶ》せに倒れる赤星を爪先《つまさき》でひっくり返し、馬乗りになった。

「ぬしのせいたいっ！　ぬしのせいたいっ！　ぬしのせいたいっ！　ぬしのせいたいっ！」

究極の八つ当たり——左右の拳を、赤星の顔面に滅多無尽《めったむじん》に打ちつけた。

銀行に行くことを考えて顔だけは殴らないつもりだったが、怒りの化身となった両腕の暴走は止まらなかった。

構わなかった。通帳と印鑑は退職金の振込日まで預けておけばいい。その振込日はおよそ三週間後——腫れが引き痣が消えるには十分な時間。

こめかみ、頰、瞼、鼻、顎を、殴った、殴った、殴った——世羅のパンチが当たるたびに、赤い霧が拡散した。白いかけらが唾液の糸を引いて飛んだ。みるみる膨張した赤星の両瞼が視界を塞いだ。

「ハッシっ、ハッシっ、ハッシっ、ハッシっ」

駆けつけた志村が自分に負けじと爪先で赤星の太腿を抉《えぐ》った。

「や、やめへふらはぁい……おふぁねは……きひんと、おひはらいひまふから……」

——か、勘弁してください……借りた金は、きちんとお返ししますけん……頼みますけん……。

赤星の空気の漏れる声での哀願と、父の哀願がリンクした。

赤く燃える網膜――脳奥で火柱を噴き上げる狂気の炎。

「ぬしんごたるカス男は、死んだほうがましたいっ！」

世羅は叫び、赤星の髪の毛を鷲摑みにし、首だけ引き起こした。

頭突き。赤星の顔がぐらりと後方にのけ反った。鼻骨が潰れる感触が額に広がった。赤星の顔面を樹皮に見立て、キツツキのように、何度も、何度も額を打ちつけた。赤星の血飛沫《しぶき》と自分の汗が混ざり合いながら霧状に拡散した。

緋色の視界から、赤星の顔が消えた。代わりに、加茂のコワモテ顔が現れた。

「三千万がっ、三千万がフイになってもいいんですか！」

自分と赤星の間に滑り込む、加茂の躰を張った訴えに、頭が宙に止まった――三千万という強力な消火剤が、狂気の炎を瞬時に鎮火した。

もし加茂が、赤星の命を気遣うような言葉を言っていたならば、自分は殺人者となっていたことだろう。

「ぬしもやめんかっ」

正気を取り戻した世羅は、相変わらずの奇妙なかけ声で赤星を蹴りまくる志村を一喝した。

世羅は、赤星の髪から手を離し、ゆらゆらと腰を上げた。球審のセーフのポーズで赤星の躰に覆い被《かぶ》さっていた加茂も、大きく息を吐き、ゆっくりと立ち上がった。

世羅は、視線を足もとに落とした。

股の下――失神する赤星の、糸のように細くなった瞼から覗く眼球は反転し、白目を剝いていた。倍近くに膨れ上がった鼻はJ字に歪み、血に濡れた顔は出来の悪いアボカドのように変形し、唇は己の欠けた歯でズタズタに裂けていた。

視線を、赤星の崩壊顔から自分の両の拳に移した。十指のつけ根の皮膚が抉れ、ぬらぬらと光る薄桃色した真皮が露出していた。

激しく上下する両肩。頭頂から滝のように流れ落ちる汗。鼓膜に谺《こだま》する心音と荒い呼吸。

「社長……。どうするんですか？」

恐る恐る、加茂が訊ねた。

「どうするって、どぎゃん意味や？」

世羅は、血走った眼を加茂に向けた。

「いえ……あの……若瀬さんは、社長の幼馴染みですよね？　つまり……赤星の退職金を奪うってことは、その……若瀬さんと……」

言いづらそうに、言葉を濁す加茂。

「たしかに、若瀬は俺の親友に違いなか。ばってん、金は、俺にとって若瀬以上に大事な親友たい。どっちば取るかは、考えるまでもなか」

そう、自分にとって金は、命と同じ。その命を奪おうとする者は、誰であっても赦せはしない。

「ぬしは志村と十一時にアルタ前に行って、樹理とかいう女ばさらってこい。へたばうつんじゃなかばい」

世羅は、加茂に冥《くら》い眼を向け、陰鬱な口調で命じた。

強張った表情で、加茂が頷いた。

加茂が緊張するのも無理はない。

自分以外に、加茂が畏怖《いふ》するもうひとりの男――氷壁の心を持つ若瀬の冷々とした狂気を、彼は知っている。そして、己のボス同様に、金のためならば人間《ひと》の命など虫けら程度にしか思わない悪魔のような男だということも。

加茂以上に、自分にはわかっていた。

中学生の頃に、地元のヤクザを金で動かし九州最大の暴走族を手懐《てなず》けた策略家の恐ろしさを――己の障害となるすべての者を凍死させる氷の恐ろしさを。

が、自分を凍死させることはできない――氷が炎《ひ》を消す以前《まえ》に、炎《ひ》が氷を溶かしてみせる。

——世羅。俺とお前が手を組めば、なんだってできる。闇金世界を、ふたりで牛耳ろうじゃないか。

——おう。ぬしがおれば、百人力たい。

——ずっと一緒だ。お前とは、どんなことがあってもやり合いたくない。

——それは俺のセリフたい。ぬしだけは、敵に回したくなか。

鼓膜に蘇る五年前……上京前に交わした誓い——遠い日の契り《友情》が、闇黒の靄《もや》に呑み込まれてゆく……。

ぬしが悪かつばい……。

世羅は、心で呟いた。

［4］

眼を開けた。指の間でフィルターだけになったラークの吸差し。レディサポートの社長室。

赤星の妻との電話を切ったのちに若瀬は、約十分間、同じ姿勢で――デスクチェアに深く背を預けた格好で座っていた。

――三人の中のひとりは、どこかの方言を喋《しゃべ》るプロレスラーみたいな大男でした。

赤星の妻の言葉が脳裏に蘇り、若瀬の平常心を掻き乱した。

三人の中のひとり……方言を喋るプロレスラーみたいな大男とは、もちろん世羅のこと。残るふたりは、加茂という世羅のミニチュア版のような男と、志村という頭のイカれた男に違いない。

樹理にぞっこんの赤星を利用した自分のシナリオは、完璧だった。

樹理の兄と偽り、赤星に、妹との交際を認める代わりに十一件の闇金融の債務の一本化を義務づけた。

そして、債務を一本化するための金《えさ》……二百万を、行内融資の決裁書と振込口座の通帳と銀行印を担保に闇金融から引っ張り、踏み倒すことを命じた。

それもこれも、赤星の退職金を丸ごと手に入れるためだった。

あともう一歩……もう一歩のところで、計画は頓挫《とんざ》した。

よりによって、星の数ほどある闇金融の中で七福ローンをターゲットに選ぶとは……。

赤星にたいして込み上げる苦々しい思いを呑み下し、若瀬はフィルターだけの吸差しを灰皿に押しつけた——受話器を手に取った。樹理の携帯番号を押した。

『オカケニナッタデンワハデンパノトドカナイバショニアルカ……』

舌打ち。若瀬は、フックを指先で叩き、リダイヤルボタンを押した。無機質な声の繰り返し。ふたたびの舌打ち。受話器を叩きつけ、若瀬は新しい煙草をパッケージから引き抜きくわえた。火をつけた。紫煙を荒々しく肺奥に送り込み、めまぐるしく思惟《しい》を巡らせた。

樹理には、自分が電話をするまで待ち合わせ場所を動くなと命じていた。なぜ、電話が通じない？　考えられることはひとつ……。

胃の中に、冷気が広がった。

恐らく赤星は、世羅に一切を謳ったに違いない。自分のことはもちろん、樹理のことも。

七三頭の青髭ヅラをだらしなく弛緩させ、樹理への想いのすべてを打ち明ける赤星の姿が眼に浮かぶ。

赤星が、三千万近くの退職金を手にすることを知った世羅は、貸し出した二百万と利息を回収するだけに止《とど》まらず、残りの金も奪いにかかるだろう。

赤星は、退職金が振り込まれる通帳と印鑑は大帝銀行の行員用の貸金庫に預けてあると言っていた。赤星の身柄を押さえている以上、通帳と印鑑は世羅の手もとに渡ったも同じだ。

だが、退職金を手にするには、赤星が大帝銀行に足を運ばなければならない。そうなると、赤星が自分や警察に助けを求めることが考えられる。そこで、世羅は考えた。赤星を意のままにコントロールするには、切り札が必要であるということを。

切り札――樹理。赤星にとって樹理は、なにより大切な宝物。本人に蛇蝎《だかつ》の如く嫌悪されているとも知らずに、赤星は家族も会社も財産もなげうち、樹理との結婚生活《パラダイス》を夢みている。

自分が逆の立場でも、間違いなく樹理をさらう。

しかし、わからないのは、世羅の胸の内。世羅は、赤星の口から己を嵌めた黒幕が自分だと聞かされたはず。

赤星をさらった時点では、自分の存在を知らなかっただろう世羅の行動は納得できる。だが、今回は違う。中学時代からの盟友《とも》である自分が絡んでいると知っていながら、樹理をさらった。しかも、自分に一本の電話も入れずに……。

どういうつもりなんだ？

若瀬は、心で世羅に問いかけた。

自分なら、まずは世羅に確認の電話を入れる。相手が俺だと知っていながら嵌めたのか？　と。

それとも世羅にとっては、故意であろうとなかろうと、関係ないということか？

若瀬は、天井にゆらゆらと立ち上る紫煙を冷眼で追った。

世羅に電話を入れ、赤星の退職金を折半にすることを申し出るかどうかを思案した。

それをやってしまえば、自分が退《ひ》いているように受け取られるかもしれない。が、構わなかった。

暴走族時代の総長は世羅で副総長は自分。九州の闇金融時代の支店長は世羅で副支店長は自分――昔から、自分は世羅より一歩退いた位置にいた。

それは、世羅に気を遣っていたわけでも、ましてや、恐れていたわけでもない。猪突猛進型の世羅を自分がうまくコントロールすることで、そのパワーを二倍にも三倍にも発揮させてきた。競馬でたとえれば、自分が騎手で世羅が馬。互いに協力し合い、あらゆるレースを制覇してきた。

暴走族を辞めて闇金世界に身を投じることを決めたのも、九州から上京することを決めたのも自分。一歩退いたふうにみせながらも、節目節目で重大な決意をしてきたのは——世羅を導いてきたのは、いつだって自分だった。

若瀬にとって、世羅はかけがえのないパートナーだった。世羅と手を組めば——闇金世界を牛耳れば、赤星の退職金の三千万どころか、桁がふたつは違う金を手にすることができる。

赤星如きを奪い合うことで袂《たもと》を分かつのは、あまりにも馬鹿らしかった。

ここは、互いが半歩ずつ譲歩するのが、大人的対応というものだ。

つけたばかりの煙草を灰皿で捻り潰し、受話器を取った。十一桁の携帯番号を押した。

五回目のコール音が途切れた。

「もしもし、俺だ」

『そろそろ、かかってくると思っとったばい』

ノイズから割って出る低音——世羅は、動じたふうもなく言った。

その声音からは、世羅の感情の在処《ありか》は読み取れなかった。

「ちょっと、話がある。いまから、出てこれるか？」

『よかばい。どこに行けばよかとや？』

「マディソンホテルの喫茶ラウンジでどうだ？」

都庁に近いマディソンホテルの喫茶ラウンジは若瀬の行きつけで、世羅とも何度か商談で利用したことがあった。

『わかった。一時に行くけん』

「ふたりで話したい。この意味は、わかるな？」

世羅と喧嘩をする気はなかった。互いに若い衆を連れて行けば、まとまる話も拗《こじ》れる恐れがあった。

『ああ。じゃあ、切るばい』

言い残し、世羅が電話を切った。若瀬も受話器をフックに戻し、三本目のラークに火をつけた。待ち合わせの一時まで、一時間とちょっとあった。ここからマディソンホテルまでは、車で十分ほどで到着する。

ノックの音に続いて、矢吹が現れた。

「富永里枝、いま帰りました。明日、取り敢えず、デートクラブの事務所の近くにあるウィルって喫茶店で、夜の十一時に待ち合わせをしました」

富永里枝は、歌舞伎町のデート嬢。レディサポートでは、日払いのデート嬢やデリヘル嬢にたいしては一日ごとに上がりを集金する。

「金を渡してから、ずいぶんと時間がかかったじゃないか？」

「まいっちゃいましたよ、あのブス。ちょっと甘いこと囁いてやったらその気になって、俺を、一也、なんて彼女気取りで呼ぶんですからね。今度の日曜日、ディズニー・シーに行こうって誘われましたよ」

「で、行くのか？」

「勘弁してくださいよ、社長。仕事だからって、なんとか躱《かわ》しましたよ。まったく、鏡でてめえのツラをみたことあるんですかね？　ブルドッグと養豚の間に生まれたような顔面崩壊女と、ディズニー・シーなんかに行くわけないじゃないですか？」

　嫌みなほどに陽灼けした甘いマスクを嫌悪に歪めながら、矢吹が毒づいた。

「ま、デートに行こうが行くまいが構わんが、俺がお前を雇った目的を忘れるなよ」

　若瀬は、矢吹を無機質な眼で見据え、平板な口調で言った。矢吹の表情が、瞬時に凍《い》てついた。

　金貸しのノウハウもなく、かといって腕が立つわけでもないホスト崩れの矢吹を雇ったのは、債務者《おんな》を繋ぎ止めるため。

　矢吹がレディサポートに入社して四年。入社時の矢吹は、富永里枝がかわいくみえるような醜女《しこめ》相手でも遊園地や映画につき合っていた。

　仕事に手を抜いているとまでは言わないが、最近は、入社時に比べて債務者を選り好《え》みするきらいがあった。ここらで、釘を刺しておいたほうがよさそうだった。

「お前から色を取ったら、なにも残りはしない。ウチには、みかけ倒しの色男は必要ない」

「わ、わかってますよ。デートは勘弁ですけど、あっちのほうはきっちりやります。枕で顔を押さえてりゃ、誰だって同じですから」

矢吹が、ひきつり笑いを浮かべて言った。

「わかっているなら、それでいい」

「失礼します」

若瀬は、矢吹が室内から出て行くのを見計らい、受話器を手に取った。竜田の携帯番号を押した。

竜田は、返済に詰まった池袋のソープ嬢——吉本早苗を人夫達の性欲処理婦とするために、檜原村のダム工事の飯場へと連れて行っている最中だ。

『はいっ、もしもしっ』

荒っぽさだけが取り柄の竜田の、がなりたてるような大声が受話口を震わせた。

「俺だ。女は、どうだ?」

『あ、お疲れさまっす。ギャアギャアうるさいんで、スタンガンを頸動脈にかましました。いま、白目剝《む》いて夢ん中っすよ』

竜田が、罪悪感のかけらもない弾む声音で言った。

矢吹といい竜田といい、我ながら、よくもここまでのろくでなしを集めたものだ。

尤も、スタンガンの扱いかたを教えたのは自分だ。

不良債務者を拉致するときや吉本早苗のように飯場に連れて行くときに、恐怖のあまりにパニック状態になり暴れ出す者がいる。ひと目につかない場所であればそのまま強引に車に押し込むが、人気の多い場所だと警察に通報される恐れがある。

そんなときに、スタンガンは有効だ。ほかの部位ならば痺《しび》れるだけだが、頸動脈ならば瞬時に失神する。が、効果絶大な部位なだけに、汗を掻いている状態のときはハンカチかなにかでワンクッション置かなければ、電気の伝導率がよ過ぎて命にかかわる場合がある。

不良債務者の命などどうだっていいが、金になる死にかたをしてくれなければ意味がない。

「そうか。ちょっと、頭に入れておいてほしいことがあるんだが」

『なんすか？』

「赤星の件、知ってるよな？」

『はい。樹理さんに惚れてる七三頭のおっさんから、退職金をかっ剝《ぱ》ぐって話っすよね？　たしか、借金を一本化するために二百万を引っ張った闇金を踏み倒したんでしよ？』

「その踏み倒された闇金業者ってのが、七福ローンの世羅だ」

『まじっすか⁉　あの野郎、世羅さんのところから⁉』

竜田が、素頓狂な声を張り上げた。狂犬さながらに気性の荒い竜田も、さすがに世羅には一目も二目も置いている。

「いまから世羅に会って、折半で話をつけてくるつもりだ」

『しかし、世羅さんの性格からすれば、退職金を折半なんて条件を呑むとは思えないんすけど……』

竜田の言うことは、尤もだった。若瀬の知っているかぎり、自分以外に世羅ほど金に執着する男はいない。

去年の大晦日《おおみそか》に、世羅と新宿で飲んだ帰りのこと。新宿中央公園前の歩道に、潰した段ボール箱をござ代わりにした親子連れのホームレスが物乞いをしていた。

父親は五十代、息子は小学三、四年生くらい。ふたりは、寒風吹き荒《すさ》ぶ夜に、穴の開いたボロボロの薄いコートを纏い身を寄せ合うように震えていた。

デパートの紙袋を山と抱えたカップルや家族連れが、ほろ酔い気分で家路を急ぐサラリーマン達が、父親に非難の眼を、少年に憐《あわ》れみの眼を向けながら、ふたりの膝もとに置かれた丼茶碗に小銭や千円札を放り込んだ。

働きもせず子供を利用する父親に同情の余地はなくとも、寒空で年を越さなければならない少年になんの罪もない。

自分と世羅以外の通行人の胸のうちは、多分、そんなところだったのだろう。

ホームレスの父親が、ほかの通行人にそうしていたように、自分と世羅に縋るような眼を向け、このコのためにお恵みを、と薄く掠れた声で訴えた。

血の通った人間であれば、悴《かじか》んだ両手に息を吹きかけつつ頭を下げる少年の澄んだ瞳をみれば、ついつい財布に手が伸びることだろう。その証拠に、丼茶碗に集まった施《ほどこ》しは、五千円はありそうだった。

が、相手が悪過ぎた。出すのはゲップでもいやだという自分と世羅には、お涙頂戴話の類《たぐ》いは一切通用しない。

自分は、ふたりを無視して歩き出した。当然、世羅も、そうするものだと思っていた。

違った。

――だぁ～れがっ、ぬしんごたる怠《なま》け者に金ばやるか！　こぎゃん横着ばしとるけん、働く気が起きんとたいっ。

世羅はホームレスの父親に怒声を浴びせ、丼茶碗に手を突っ込むと小銭を鷲摑みにした。

——あ、なにをなさる……それは年越しの……。

——うるさかったいっ！

世羅は、必死の形相《ぎょうそう》で己の腕にしがみつくホームレスの父親を思いきり蹴飛ばした。

仰向けに倒れる父親に縋りつき涙する少年。奪い取った人々の善意をポケットに捩じ入れる世羅。

さすがの自分も、世羅の強欲《ごうよく》ぶりには呆れ果て、開いた口が塞がらなかった。


「まあ、奴と俺のつき合いで、なんとかなるだろう」

若瀬は、不安がる竜田に言った。

『でも、もし、世羅さんが折半で納得しなかったら、どうするんすか？』

もし、世羅が折半で納得しなかったら……。

若瀬は、竜田の問いかけを脳内で反芻《はんすう》した。

赤星を、そして恐らく樹理までもさらった世羅にたいして退職金の折半を持ちかける時点で、自分はもう既に一歩退いている。

いままでがそうであったように、一歩までなら、無意味な摩擦を避けるために敢えて退いてきた。

が、二歩は退けはしない。一歩退くことは、猪突猛進型の世羅をコントロールするために必要だった。退くのが二歩になってしまえば——赤星の退職金を丸々渡してしまえば、それはコントロールするためではなく、言いなりになっているだけ、ということだ。

「そうなったら、一円の金も渡しはしない」

自分でも、驚くほどに冷々とした声音。竜田が、息を呑む気配が伝わった。

若瀬は、ラークの穂先を灰皿の縁に押しつけた。糸のように立ち上る最後の紫煙が凍りつくのではないかと思うような、冷たい視線で追った。

☆

低く流れるクラシックピアノ。目一杯めかし込んだお上りらしき田舎者グループ。顔を寄せ合いひそひそと話す胡散臭《うさんくさ》いスーツ姿の男がふたり。みるからにその筋の人間とわかる風体の悪い男が三人。ファッション雑誌から抜け出たような外国人の男性客。家族連れとカップルが数組——五十席はありそうなマディソンホテルの喫茶ラウンジは、様々な目的で利用する様々な客で七割方埋まっていた。

新宿西口の高層ホテル街の中でも、このマディソンホテルの喫茶ラウンジは、ヤクザ、ブローカー、金融業者といった、アンダーグラウンド系の人種の利用客が多かった。

格式が高過ぎず、しかし彼らの虚栄心を満たすに十分な豪華な雰囲気といった都合のいい条件が、人気の理由になっているのだろう。

喫茶ラウンジの最奥の席――出入り口を向く位置のボックスソファに腰を下ろした若瀬は、コーヒーカップを口に運んだ。

口内に広がるキリマンジャロの酸味。ラークをくわえ、腕時計の文字盤に眼を落とした。十二時五十分。世羅との待ち合わせ時間まで、あと十分。

若瀬は、商談の際に人と待ち合わせるときには、約束の時間より最低でも十五分ははやくに到着する。狙いは、主導権を握るためだ。

世界中で日本人は、スイス人やドイツ人に並んで時間に几帳面《きちょうめん》な国民だ。故に、商談相手より先にきて待っているだけで、心に負い目を感じさせ、優位に物事を進めることができる。

尤も、日本人には矛盾《むじゅん》している面があり、重役出勤という言葉に表れているように、上の立場の人間は大幅に遅刻しても赦されるという風潮がある。

が、立場が五分《ぶ》かそれ以下の相手にならば、この心理戦は十分に通用する。場合によっては、何本もの煙草を長いまま消して灰皿を吸い殻だらけにしたり、注文した飲み物をはやく飲み干しグラスを空にしておくのもプレッシャーを与えるのに効果的だ。

しかし、自分がマディソンホテルにはやく到着したのは、心理戦のためではなく、たまたま道が空《す》いていただけのこと。

相手を一時間待たせようが動じない、心臓に毛が生えた世羅に心理戦は通用しない。

腕時計から、視線を左斜め前のボックスソファに移した。風体の悪い三人組——揃いも揃って、ヤクザでございます、といったパンチパーマ、坊主、角刈りといったヘアスタイルに派手なスーツを着た男達が、しきりに自分を気にしていた。

三人がヤクザであろうことは間違いのないところだが、顔に覚えはなかった。が、相手は違うようだ。

レディサポートと七福ローンの尻《ケツ》を持つ関東最大手の川柳会の二次団体である矢切組は、その圧倒的な武力と凶暴さにおいて殺戮集団として恐れられていた。

矢切組の名を一躍全国に轟《とどろ》かせたのは、十四年前の「曙荘《あけぼのそう》事件」である。

一九八〇年代の歌舞伎町は、中国マフィアが我が物顔で跳梁跋扈《ちょうりょうばっこ》していた。とくに福建《ふっけん》の流氓《リュウマン》は気性が激しく後先考えずにやんちゃをしでかす者が多く、中には、警察に被害届を出せないのをいいことにヤクザ狩りをするトンパチもいた。

ある日の深夜。矢切組の組員ふたりが、飲んだ帰りに新宿の区役所通りで五、六人の中国人に襲撃され、身ぐるみを剝がされるという事件が起こった。偶然その場に居合わせた北京《ペキン》飯店の店主の情報から、組員を襲撃した中国人が福建の流氓であることが判明した。

矢切組の反応は迅速だった。木刀で武装した選りすぐりの荒くれ者の組員三十人を動員して、福建マフィアの溜まり場である雀荘《ジャンそう》——曙荘に乗り込み、その場に居合わせた流呡十一人のうち八人を半殺しの目にあわせ、三人を撲殺した。

当時九州にいた若瀬の耳にも、歌舞伎町を震撼《しんかん》させた「曙荘事件」の噂は新聞やニュースで入った。

上京して、若瀬がまず最初に尻持《ケツ》ちをどこの組にするかということを考えたときに、矢切組の名がまっ先に浮かんだのは言うまでもなかった。

一般の人間には意外と知られていないことだが、闇金業者の中には尻持《ケツ》ちなしでやっている堅気も稀《まれ》にいる。が、文字通り闇の仕事であるが故に、そのほとんどはどこかの組になにがしかの金を支払い面倒をみてもらっている。

ヤクザの後ろ盾《だて》なしでは、いろいろと困ることが多い。

ひとつは、集客。闇金融の集客法は、大別して、スポーツ新聞への掲載、DMもしくは電話での営業、電話ボックスのチラシ、多重債務者に看板を持たせて駅前に立たせる人間ステ看の四通りがある。

だが、無断で電話ボックスにチラシを貼ったり人間ステ看を立たせたりすれば、必ず地元のヤクザからクレームの電話が入る。つまり、所場《ショバ》代を払えというわけだ。

もうひとつは、同業者とのトラブル。不良債務者の取り立て現場でほかの債権者とバッティングした際に、物を言うのは力関係だ。尻持《ケツ》ちもいない堅気の業者では、弾かれるのが落ちだ。

だからといって、どんな尻《ケツ》持ちでもいいというわけではない。バックにつく組の代紋の力が弱ければ、なにかあるたびに肩身の狭い思いをすることに変わりはない。

そこで自分が下した決断は、どんな相手とトラブルになっても押さえ込むだけの力を持つ組織に尻《ケツ》を依頼すること——世羅とふたりで矢切組の事務所に足を運ぶことに決めた。

矢切組の本部事務所は、六本木交差点付近に建つ八階建ての自社ビルにあった。自分と世羅を応対したのは、若頭の蒲生《がもう》という男。

蒲生は、背が低く華奢《きゃしゃ》で、一見、ひ弱なサラリーマンといった風情《ふぜい》だが、貧弱な容姿からは想像のつかない数々の武勇伝の持ち主だった。

「曙荘事件」の際に、斬り込み隊長として陣頭指揮を執《と》ったのが当時若頭補佐の蒲生であり、福建マフィアのボスの頭蓋骨を木刀で叩き割り死に至らせたことで、蒲生の名は全国の組関係者の間に知れ渡った。

蒲生は、「曙荘事件」で捕まった組員の中で最高の量刑の十一年の懲役を言い渡され、実質、九年三ヵ月の務めを果たし出所したのちに若頭に昇格した。

蒲生は、ただ腕の立つ荒くれ者、というだけの男ではなかった。

ヤクザにとって、ある意味抗争よりも難題だと言われる掛け合い——交渉事においても、優《すぐ》れた能力《ちから》を発揮した。

抗争が銃弾の飛び交う戦争ならば、掛け合いはさながら言葉の戦争といったところだ。

言葉の戦争といっても、馬鹿にはできない。

ヤクザ世界では、言葉のひとつのあやで組同士の抗争に発展することがある。

いまから半年ほど以前に、矢切組にとって絶対的に分の悪い掛け合いがあった。相手は関西の広域組織の二次団体――暁《あかつき》会の若頭で売り出し中の赤城《あかぎ》という男。

――お前《まえ》にも勉強になる。

蒲生は、盃も貰っていない自分を、矢切組の若い衆と偽《いつわ》り、赤坂プリンセスホテルのラウンジで行われる掛け合いの席へと同伴した。

掛け合いのネタは、チンピラ同士の喧嘩《マチガイ》。事の発端は、矢切組のシマ内のスナックで飲んでいた暁会の組員ふたりが、カラオケのマイクを独占し離さなかったこと。そこへ、店員の要請で矢切組の若い衆四人が駆けつけた。

ここまでは、酒の席では珍しくもないことだった。が、まずかったのは、矢切組の若い衆がひと言の注意もないままにいきなりビール瓶で殴りかかったこと。

彼らの気持ちに立ってみれば、己の組のシマ内で関西のヤクザにいいようにされてたまるかということなのだろうが、いかんせん、状況が悪過ぎた。

警告もなしに、四対二で、しかも丸腰の相手に武器を持って殴りかかったという事実は、矢切組にとって圧倒的に不利なものだった。

――ウチの若い衆ふたりは、顔を十針も縫いましてな。ひとりは、ガラス片で眼もやられましたわ。

名刺交換が終わるなり、赤城はため息交じりという芝居まで打てる余裕の表情で切り出した。

当然だった。矢切組の分は、シマ内で代紋違いの組員に不作法なことをされた、という一分だけ。残る九割九分の非は、矢切組にあるのは誰の眼にも明らかだった。

赤城の隣には、眉なしにパンチパーマという、田舎ヤクザ丸出しのコワモテが座り、隙あらば怒声を浴びせてやろうと身構えていた。

――そうですか。それは、誠に申し訳ございませんでした。

蒲生の低姿勢ぶりに、赤城が口もとを歪め満足げに頷いた。

――いやぁ、さすがは東京に蒲生はんありと言われるだけのお方やわ。非を認めてもらえるんなら私らもごちゃごちゃ言う気はおまへん。で、早速でっけど、今回のケジメを、どうつけてくれますの？

――どういう意味ですか？

――どういう意味もこういう意味もおまへんがな。お宅の若い衆が無抵抗なウチの若い衆を一方的に痛めつけた。ウチの若い衆は大怪我を負った。お宅も非を認めた。あとは、どの程度の誠意をみせてくれるかだけでんがな。私の言いたいこと、わかりますやろ？

白目を剝く隣席の眉なし男とは対照的に、赤城はいら立つこともなく、ときおり笑みを交える懐の深さをみせつけつつ、蒲生を諭《さと》すように言った。

さすがに激戦区と言われる大阪で一家の若頭を張っているだけあり、まだ若いとはいえ赤城はなかなかしたたかな男だった。

この時点で自分は、蒲生が絶望的な劣勢をどう跳《は》ね返そうとしているのか肚《はら》の内が読めなかった。

——ええ。わかりますよ。だからこそ、こうやって詫《わ》びを入れているんじゃないですか?

のらりくらりとした蒲生の言葉に、赤城の表情から柔和な笑みが消え去った。

——蒲生はん、まさか、口先だけの詫びで今回の一件を済まそうとしてるんやおまへんやろな?

——あなたが言ったように、私は素直に非を認めて詫びを入れているというのに、これ以上、どんな誠意をみせろというんです?

あくまでも柔らかな物言いだが、蒲生の言動は、受け取りかたによっては相手をおちょくっていると思われても仕方のないものだった。

——喧嘩《じよう》売っとんのかっ、われっ!

案の定、脳みそが筋肉でできていそうな眉なし男が拳でテーブルを叩き、席を蹴り立ち上がった。

蒲生は、眉なし男の威嚇《いかく》に動じたふうもなく、レモンティーのカップをゆっくりと口もとに運んだ。

——蒲生はん。こいつが怒るのも無理はおまへんで。これじゃまるで、私らガキの使いやないですか？

赤城が、糸のように細い眼を吊り上げ、押し殺した声で言った。

——ほう、そういうことですか？　つまり、そちらは、私に詫びを入れさせるのが目的ではなく、喧嘩を売るのが目的ってことですな。

蒲生が、それまで穏《おだ》やかに細めていたノーフレイムの眼鏡の奥の瞼をカッと見開き言った。

——蒲生はん、なにも私らはそんなつもりじゃ……。

——そんなつもりじゃなかったら、どんなつもりだ⁉︎　おおっ⁉︎

ティーカップをソーサに叩きつけるように戻した蒲生が、赤城の言葉を遮り怒声を飛ばすと席を立った。

——あんたの連れてる若い衆のセリフ、そりゃなんだ⁉︎　非を認めて詫びを入れてる相手に向かってわれ呼ばわりした上に、喧嘩売っとんのか、って、どういう意味だ⁉︎　上等だっ。掛け合いする気がないのなら、その喧嘩、矢切組が買ってやろうじゃねえか！

いままでと打って変わった蒲生の豹変ぶりに、熱《いき》り立っていた眉なし男も、余裕の表情で構えていた赤城も眼を白黒とさせてうろたえた。

——ちょ、ちょっと、蒲生はん、落ち着いてください。おい、お前っ、ぼさっと突っ立ってねえで、蒲生はんに謝らんかい！

赤城に一喝された眉なし男が、弾かれたように頭《こうべ》を垂れ、蚊の鳴くような声で詫びを入れた。

——わかってくれれば、それでいいですよ。

蒲生は、穏やかな表情と穏やかな声音に戻り、ゆっくりと椅子に腰を下ろした。

が、振り出しに戻ったわけではない。赤城ペースで進むはずだった掛け合いの流れ——蒲生にとって一分対九割九分の圧倒的に分の悪い流れは、眉なし男の不用意な発言によって五分五分になった。

そう、眉なし男の不用意な発言は偶然ではなく、蒲生が計画的に引き出したものであった。

ここにきてようやく若瀬は、蒲生の狙《ねら》いがわかった。

——ところで、話を戻しますが……。赤城さん。たしかに、ウチの若い衆がお宅の若い衆に怪我を負わせた。その事実に関しては、全面的に認めます。ですがね、もうひとつの事実、今回の一件の発端は、お宅の若い衆がウチのシマ内で行儀の悪いことをしでかした、ということにあることを認めてもらわなければなりません。

――そら、まあ、奴らもやんちゃが過ぎたことは認めますわ。

素直に認める赤城。これが掛け合いの最初の段階であれば、こうスムーズに事は運ばなかったはずだ。

たったひとつの強み――僅か一分の強みが、相手の揚げ足を取ったあとに出されることで、五分にも六分にも底上げされた。

――逆の立場だったら、お宅の若い衆もカッとなって、つい、ということがないと言い切れますか？

――ないとは、言い切れまへんやろなぁ。

赤城が間の抜けた声で肯定した瞬間、蒲生の口角が微《かす》かに吊り上がった。

蒲生の笑い――赤城のひと言は、掛け合いの主導権が蒲生に移ったことを意味していた。

――わかってくださり、ありがとうございます。若気の至りというやつは、私らにも経験があるでしょう？　そのたびに、やれ落とし前だなんだと騒いでいたら、命がいくつあっても足りませんよ。ですから、今回は、私が詫びを入れるということで水に流してもらえませんか？

――しかし、私らもなんらかの手土産を持って帰らんことには、会長《おやじ》に向ける顔がありませんわ。

赤城が、ほとほと困り果てたような顔で言った。芝居ではなく、赤城は本当に困惑していた。

無理もない。本来なら、黙っていても百か二百の謝罪金を取れるだろう分のいい相手に、頭を下げるだけで事をおさめてくれと言われているのだから。

——赤城さん。さっき、ウチの若い衆が起こしたような事件は、お宅の若い衆でもありうることだとおっしゃいましたな？ つまり、いつ逆の立場になるかわからない、ということです。私なら、お宅の若い衆がやんちゃをしでかしても、天下の暁会の若頭が詫びを入れてくれたら、それでよしとします。それは、ウチの組長《おやじ》も同じです。が、暁会の会長さんは、矢切組の若頭の詫びでは軽過ぎると言う。つまり、私の指を差し出せ、ってことですか？

蒲生は、赤城の双眼を鋭い眼光を放つ瞳で見据えながら言うと、小指を立てた。

——そ、そんなことは言うてまへん。

狼狽《ろうばい》する赤城。関西期待のホープも、蒲生のしたたかな交渉術の眼前《まえ》では形なしだった。

——じゃあ、今回の一件は、この蒲生の詫びに免じて、水に流してくださいますね？

——蒲生はん。私らの、負けですわ。いやあ、さすがに、「曙荘事件」で名を馳《は》せたお方や。今日は、ええ勉強をさせてもらいましたわ。

赤城が、苦笑いを浮かべながら言った。

結局、蒲生は、一分対九割九分の不利な掛け合いにもかかわらず、終始己のペースで話を進め、赤城につけ入る隙を与えなかった。

――もし、奴らが退かなかったら、どうするおつもりだったんですか?

赤城と眉なし男が退席したのちに若瀬は、すっかり冷めたレモンティーで喉を潤《うるお》す蒲生に訊ねた。

――もちろん、戦争になっただろうな。いいか? 若瀬。掛け合いに必要なことは、一にも二にも胆力だ。こっちの言いぶんが通らなければ戦争もやむを得ず。そう肚《はら》を括《くく》っていれば、たいていの掛け合いは勝てる。一番よくないのは、戦争になったらどうしようと躊躇《ためら》う心。迷いは、相手につけ入る隙を与える。もし、私が、ほんの少しでも弱気の虫を抱えたままテーブルに着いたら、今日と逆の分でも掛け合いには勝てなかっただろうよ。

淡々とした口調で交渉事の腹構えを話す蒲生の言葉が、昨日のことのように鼓膜にリフレインした。

――どこまでの、面倒をみてほしい?

世羅とともに尻持《ケツ》ちの依頼のために矢切組の事務所を訪れた際に、蒲生は穏やかな微笑を口もとに湛《たた》えつつ訊ねてきた。弧《こ》を描く唇とは対照的に、ノーフレイムの眼鏡の奥の瞳は笑っていなかった。

――トラブルが起こった際にウチの代紋を使うだけなら月に十万、若い衆を脅《おど》しに使うなら五十万、脅し以上が必要なら百万。

蒲生は、まるでハウスクリーニングの料金説明でもしているような淡々とした口調で言った。

蒲生の口にする金額は、ほかの組織に比べてかなり割高だったが、矢切組の金看板にはそれだけの価値があった。

じっさい問題、弱小組織の代紋だと相手が退かずに大きなトラブルに発展しやすいことを考えると、結果的には矢切組のような強力な組織をつけていたほうが安上がりということになる。

現に、レディサポートも七福ローンも、開業してからの五年間で、トラブルらしいトラブルが起こったことはなかった。

結局、世羅は十万の、自分は百万の尻持《ケツ》ち料を矢切組に支払うことを決めた。

この選択にも、自分と世羅の性格の違いがよく出ていた。

矢切組の代紋をちらつかせるだけで――背後に蒲生がいると知るだけで、少なくとも関東の組織は腰を引く。

その意味では、自分も世羅のように十万の尻持《ケツモ》ち料を選択してもよかった。

だが、自分の目線は、常に先に向いている。

同業者、風俗、土建、不動産……自分達同様に、矢切組に尻《ケツ》を持ってもらっている者と諍《いさか》いを起こした場合に、蒲生がどちらの側につくかの決め手は、金ということになる。

故に、自分は、蒲生が出した条件の中で最も高額な百万の尻持《ケツモ》ち料を選択した。

それだけではない。冠婚葬祭の義理事はもちろんのこと、自分は、蒲生の誕生日には数百万単位の、家族の誕生日には数十万単位の贈り物を欠かさずしている。

矢切組のトップは組長の君島《きみじま》だが、数年前から糖尿病を患《わずら》い、現在は自宅で静養しており、ほとんど事務所に顔を出してはいない。実質的に矢切組を動かしているのは、若頭の蒲生だ。

組長とは名ばかりの棺桶に片足を突っ込んだ老人に、大金を使うつもりはなかった——死に金を、使うつもりはなかった。

自分の知るかぎり、世羅が十万の尻持《ケツモ》ち料以外の金を蒲生に払っている様子はなかった。

世羅の気持ちは、わからないでもない。月に百万の尻持《ケツモ》ち料、義理事があるたびの多大な出費。なにより金を愛する自分からすれば、血肉を切り売りするような思いだ。

だが、この出費は、いつか必ず何倍にもなって返ってくるという確信が自分にはあった。つまり、先行投資というやつだ。

たとえば、自分と世羅が反目し合った場合、先行投資が大きく物を言う——蒲生が、どちらを潰しにかかるかは言うまでもなかった。

しかし、その切り札だけは使いたくなかった。蒲生は、自分を護《まも》ってはくれる。が、蒲生以上の存在になれはしない。

その点、世羅と手を組み莫大な富を手中におさめれば、いつの日か、蒲生に取って代わって闇世界の覇権を握ることも夢ではない。

そう、自分の終着駅は、闇金融の統一などというチンケなものではない。闇世界の支配——金があれば、自分の知恵と世羅の暴力《ちから》があれば、不可能ではない。

「いらっしゃいませ」

出入り口に向かって、恭《うやうや》しく頭を下げるボーイ。自分に視線を注いでいた三人のヤクザが、自動ドアを潜《くぐ》り抜け悠然と喫茶ラウンジに足を踏み入れる大男に視線を移した。

百九十センチ、百二十キロの巨体をどさ回りの演歌歌手さながらのブルーメタリックのダブルスーツに包んだスキンヘッドの男——世羅が、自分を認めて軽く頷いたのちに、己にたいして剣呑なオーラを放つ三人のヤクザを睨みつけつつ、歩を進めた。

世羅の頭には、後ろ盾に矢切組がついている、という姑息《こそく》な考えはない。相手が誰であっても暴力《ちから》では負けない——負けられない、という強固な信念が彼にはある。そうでなければ、眼を逸《そ》らせば回避できる危険に、自ら飛び込むようなまねはしない。

ふと、眼前の世羅と中学時代の世羅の姿がリンクした。

五十人を超える暴走族——国士無双のメンバーを相手に、ひとりで立ち向かおうとした世羅。

退いてしまえば、己が己でなくなるとでもいうように、いつだって世羅は、前へ、前へと突き進んだ。

たとえ、相手が蒲生であっても世羅は退かないだろう。それは自分も同じ。だが、世羅と決定的に違うのは、自分は、最低五十パーセント以上の勝算がなければ動かないということ。たいして世羅は、勝算が一パーセントであってもお構いなしに牙を剝く。

なにが世羅を、駆り立てているのかわからない。わかっているのは、彼がヤクザになれば大物になるであろうこと。そして、華々しい打ち上げ花火のように刹那《せつな》に散るであろうこと。

だが、自分がいれば違う。自分が世羅をコントロールすれば、太く短くではなく、太く長く彼を保たせることができる。

「おい、こらっ。そこのでかいの、なんか文句でもあんのか？」

三人のヤクザのうちのひとり——まだ二十歳《はたち》そこそこの坊主頭の若い男が、世羅にガンと巻き舌を飛ばした。

喫茶ラウンジの空気が、瞬時に氷結した。

「ぬしらこそ、なんば人の顔ばじろじろみとっとや？　三人揃ってホモか？」

世羅が薄ら笑いを浮かべつつ、嘲るように言った。

「なんだと!?　うらっ。てめえ、どこの者《もん》だっ！」、「ナメてんじゃねえぞ、デブハゲが！」。

残るふたり——チョークストライプ柄のスーツを着たパンチパーマの男とシルバーグレイのスーツを着た角刈りの男が熱り立ち、席を蹴って立ち上がった。

最初に吠えた坊主頭の兄貴分だろうが、私はヤクザです、といった名札をつけているような派手な身なりに手首や指に嵌めた成金趣味丸出しの光り物が、ふたりがチンピラの域を出ない立場であることを証明していた。

どの客もこの客も、コーヒーカップやドリンクのグラスを持つ手を宙に止め、凍てついた表情で事の成り行きを見守っていた。

それは、トレイを片手に立ち尽くすボーイも、キャッシャーで領収書を切っていたフロアマネージャーらしき男も同じ——牙を剝く獣達に声をかけることもできずに、青褪めた顔で固まっていた。

それも、仕方がない。三人はとても堅気にはみえないし、また、一方の世羅は三人に輪をかけた極悪な容貌をしている。

「ぬしら、俺に喧嘩ば売っとっとや？」

世羅が、三人のテーブルに歩み寄りつつ低くドスの利いた声で言った。

「てめえこそ、俺らが誰だか知ってて喧嘩売ってんのか!?」

坊主頭が、ふたりの背後に隠れながら吠え立てた。すぐに代紋をちらつかせたがる者に、肚の据わっている男はいない。

「ああ、知っとるばい。群れんばなんもできんチワワんごたる軟弱者だろうが？」

三人の眼前《まえ》に仁王立ちした世羅が、ふたたび嘲りの言葉を投げつけた。

「チ、チワワだと!?　てめえ……ナメてっとただじゃおかねえぞ！」

一番年嵩《としかさ》の男――唇をわななかせたパンチパーマが、一歩前に足を踏み出した。

「ナメるって、こういうこつや？」

言って、世羅がパンチパーマの隣で血相を変える角刈り頭のネクタイを摑み、前後に激しく揺さぶった。お上りグループの興奮した方言と外国人客の英語が飛び交った。

「おらっ、どぎゃんすっとや？　パンチの兄さんよ。仲間の小さか脳みそが、頭蓋内でシェイクされとるばい」

爪先立ちになり、苦悶の呻き声を漏らす角刈り頭。

「お、お客様……ほかのお客様のご迷惑になるので、お止《や》めください」

意を決したボーイが震える足で駆け寄り、震える手で世羅の左腕に手をかけ、震える声で訴えた。

「離さんね！　先にガンば飛ばしたとは、こん田舎ヤクザのほうたいっ」

世羅が左腕を横に薙いだ——吹き飛び、尻餅をつくボーイ。

「この、くそガキゃ！」

パンチパーマが怒声を張り上げ、テーブル上の灰皿を鷲摑みにした。そこここで涌き起こる悲鳴。

「待ってください」

若瀬の声に、パンチパーマの灰皿を振り上げる腕がピタリと止まった。三人と世羅の視線、そして客やボーイの視線が一斉に自分に集まった。

「あなたも、やめてください」

若瀬は、キャッシャーのカウンターの奥で受話器を手に取るフロアマネージャーらしき男に命じ、ひとつ大きなため息を吐くと腰を上げた——剣呑なオーラを振り撒く四人に向かってゆっくりと歩を進めた。

「な、なんだ？　あんたにゃ、関係ねえだろ？」

パンチパーマが、自分から視線を逸らして言った。態度も躰もでかいどこの馬の骨かわからない男に喧嘩は売れても、矢切組の寵愛《ちょうあい》を受ける自分にたいしては勝手が違うようだ。

「この男は、私のビジネスパートナーです。彼の無礼はお詫びしますので、どうか、ここはおさめて頂けませんか？」

若瀬は、丁寧な物言いの中にも有無を言わさぬ恫喝的な響きを含ませ、頭を下げた。

恫喝的な響き——自分のビジネスパートナー即ち、世羅も矢切組の息がかかった男。

言外の意味が伝わった証拠に、三人のヤクザの顔に狼狽のいろが広がった。

「若瀬。こぎゃん奴らに頭ば下げるこつはなかっ。無礼はこん三人たいっ。心配せんでも、五分もあればカタはつくけん。ぬしは、席で待っとけ」

「お前は、ここへ喧嘩をしにきたのか？　赤星の件を話しにきたんじゃないのか？」

若瀬は、世羅に冷眼を投げ、諭し聞かせるように言った。

「まあ、それはそうばってん……」

「とにかく、先に席に着いててくれ」

「ぬしら、命拾いばしたな。若瀬に、よぉ～く、感謝すっとばいっ」

世羅が、三人に捨て台詞を残し踵《きびす》を返した——自分の席へと向かった。

「くぉらっ！　待てやっ」

「やめねえかっ」

世羅を追おうとする坊主頭を、パンチパーマが制した。

「ありがとうございます」

若瀬は、坊主頭を制したパンチパーマに礼を言った。

「まあ、堅気相手にムキになっても仕方がねえ。今回だけはあんたに免じて退いてやるが、次、なにかあったらそうはいかねえぜ」

迫力を出すとでもいうような、わざと嗄《しわが》れさせた低音――角刈り頭と坊主頭のふたりの舎弟の眼を意識するパンチパーマが、ポケットに両手を突っ込んだ格好で吐き捨てた。

背後のふたりにはパンチパーマが自分を睨《ね》めつけているようにみえるのだろうが、その視線の先は自分の爪先に向いていた。

「わかっています」

言って、若瀬はもういちど頭を下げた。舌打ちを残し、立ち去る三人。周囲の客の眼には、三人に詫びを入れて赦してもらった自分が、ほっと胸を撫《な》で下ろしている、というふうに映っているに違いない。

それでよかった。

チンピラだろうがなんだろうが、彼らはヤクザだ。ヤクザは、面子《メンツ》がすべて。公衆の面前で堅気に恥をかかされたまま腰を引いたら、一生の笑い者になる。

じっさいは、周囲の客は世羅や自分のことを堅気だと思ってはいないだろう。きっと、ヤクザ同士の揉め事としてみていたはずだ。

が、そんなことは彼らには関係ない。彼らヤクザにとって重要なことは、己が堅気相手に退いたか退かなかったかということ。

本心では、矢切組の影がちらつく自分や世羅を相手にしたくはない。しかし、堅気に罵倒されたまま尻《ケツ》を割るわけにはいかない。

ようは、彼らが振り上げた拳の下ろしどころを作ってやればいいだけの話。自分の行為は、彼らにとって渡りに船だったに違いない。

彼らの思考は驚くほどにシンプルだ。だが、シンプルが故に、扱いかたを間違えれば厄介なことになる。

もし、あそこで自分が世羅に加勢していたならば、彼らは退くに退けなくなった――否が応でも、向き合わなければならなくなった。

蒲生が暁会との掛け合いの際に、世羅のように罵詈雑言《ばりぞうごん》を浴びせ続けていたら、赤城も拳の下ろしどころがなくなり、恐らく抗争になっていたことだろう。それと、同じことだ。

喧嘩になったら、二対三とはいえ自分と世羅の勝ちは動かない。しかし、その場では、だ。

ヤクザの喧嘩は、やられてからが始まりだ。ヤクザの面子は、猫を虎に、犬を狼にする力を持っている。負けたら最後、稼業で飯を食っていけない彼らは面子を取り戻すためになりふり構わず立ち向かってくる。

そうなれば、矢切組に縋らなければならない。絶対に退けない喧嘩ならばいざ知らず、ガンをつけたのつけないだののくだらない理由で、蒲生に借りを作りたくはなかった――金を使いたくはなかった。

若瀬は、頭を上げ、世羅の待つテーブルへと戻った。

「相変わらずだな、お前は」

若瀬は、席に座るなり、ショートホープのまったりとした紫煙をそこら中に撒き散らす世羅に言った。

「あぎゃん腰抜けに、なんで頭ば下げっとや？　二、三発カチ食らわせればよかったろうもん？」

吐き捨てるように言うと、世羅は、引きつり顔で現れたボーイのトレイからひったくるように手にしたグラスに入ったビールをひと息に飲み干した。

「その二、三発で、いくら金がかかると思ってるんだ？」

アイスコーヒー状態になったキリマンジャロをひと口流し込み、若瀬は冷ややかな視線を世羅に投げた。

「矢切組のことば言っとるとだろ？　蒲生さんの力ば借りんでも、田舎ヤクザなんて俺ひとりで潰せるばい」

自信満々の世羅。一個人が組を潰す。そこらの人間が口にしたら一笑に付すところだが、世羅ならばあながちほらに聞こえない。

「ま、その話はいいとして……。世羅。赤星と樹理をさらったのは、お前だな？」

若瀬は、単刀直入に核心に切り込んだ。

「ああ、俺がふたりばさらった」

悪びれるふうもなく――動揺したふうもなく、あっけらかんとした口調で認める世羅。

「はっきり言おう。俺が赤星を嵌めて退職金を奪おうとしたのは事実だ。闇金融から一本化融資の金……二百万を引き出し、踏み倒せと命じたのも俺だ。だが、奴が七福ローンから金を引っ張ったことは知らなかった。今日、待ち合わせ時間に赤星が現れずに、奴の家に電話を入れたときに女房から聞いた話で、今回の一件にどうやらお前が絡んでいるらしいことを初めて知った」

「それは知っとる。おい、ビールば二杯」

自分に言うと、世羅が片手を上げ野太い声でボーイに注文した。弾かれたように駆け寄るボーイが、伝票を手に取り踵《と》を返した。

「そうか。だったら、誤解は解けたな。そこで、相談なんだが、赤星の一件は、今後ふたりのシノギにしようじゃないか？」

「ふたりのシノギって、どぎゃん意味や？」

世羅が、怪訝《けげん》そうに眉根をひそめた。

「つまり――」

「お待たせしました」

ボーイが、ビールのグラスを世羅、そして自分の眼前《まえ》に置いた。

「二杯とも、俺のたい」

世羅がボーイを軽く睨みつけ、自分の眼前《まえ》に置かれたグラスを己の手もとに引き寄せた。

自分と世羅が飲み食いするときには、常に折半と決まっていた。まさか自分に奢《おご》ってもらおうと思っているわけではないだろうに、金にシビアな世羅がビールを三杯も注文するとは珍しい。きっと、なにか魂胆があるに違いなかった。

尤も、冷めたコーヒーのお代わりをしない自分も他人《ひと》のことは言えない。

「赤星の退職金の三千万を、俺とお前で折半にするのさ」

自分の言葉に、世羅のグラスを持つ腕が宙に止まった。

「千五百万ずつ、わけるってこつね？」

世羅が、窺うように眼を細めて言った。

「そうだ。もともと、お前が赤星から回収するのは元利合わせた三百万だったはずだ。悪い話じゃないと思うがな」

若瀬は、やんわりと釘を刺した。今度は、自分が世羅の表情を窺った。二杯目のビールを飲み干す世羅のこめかみに、十字型の血管が浮いていた。

「奴は、俺ば嵌めた。もう、三百万じゃ済まん話になっとるとたい」

頬から耳朶にかけて、世羅の顔が緋色に染まった——たかが二、三杯のビールのせいでないのは言うまでもない。

「だからこそ、千五百万をお前に、と言ってるんじゃないか」

「若瀬。ぬしは、俺と何年つき合っとるとや？　丸々と肥えた鳥が目の前におるなら、骨までしゃぶり尽くすとが俺って男たい。半分だけ残すこつなんてせん。ぬしも、それくらいわかっとろうもん」

わかっている。世羅が、親子連れのホームレスへの施しの小金を奪い去る強欲かつ非道な男だということが——命同様に大切な金を踏み倒そうとした赤星への怒りの大きさが。

が、わからないのは、世羅の真意。

己の言葉の意味するところが、自分に一円のわけ前も残さないということになるのがわかって言っているのか？　それとも、単に赤星にたいしての激憤がそう言わせているのか？

もし、前者だとしたならば……。

若瀬のコーヒーカップの把手《とって》を持つ指先に、力が入った。干上がった喉を、コーヒーで潤した。

「赤星が、お前だけのカモならな。だが、奴は俺のカモでもある。つけ加えて言わせてもらえば、赤星と先に接触したのは俺だ」

若瀬は、努めて平静な口調を心がけ、しかし、牽制することを忘れなかった。

世羅が、空になったグラスの底をテーブルに叩きつけるように置くと、吸差しのショートホープを荒々しく灰皿に捩じりつけた。

バラける紙巻き──額に増殖した十字型の血管。

「なあ、世羅。わかってくれ。お前が、赤星を赦せない気持ちはよくわかる。しかし、俺が故意に七福ローンをターゲットにしたんじゃないことは話したよな？　が、故意じゃないにしろ、お前に迷惑がかかったのは事実だ。だから、俺は、赤星や樹理をさらったお前を責めるつもりはない。わかるな、この意味が？」

言外の意味──相殺《そうさい》。

本来なら、相殺どころか、赤星がさらわれたとわかった時点で、相手を潰しにかかったことだろう。たとえ、自分に百パーセントの非があってもだ。

自分に盾突く者は、米櫃に手を突っ込む者は、容赦なく闇に葬り去る──それが、自分のやりかただ。

らしくない歩み寄りの姿勢をみせているのは、目の前にいるのが盟友《とも》であるから。

若瀬は、訴えかけるような瞳で世羅をみつめた。世羅が、首を縦に振ってくれることを願った。

「ある犬が、飼い主の綱ば振り切って、通行人の金玉に咬みついた。もちろん、飼い主がわざとやらしたわけじゃなか。ばってん、責任は飼い主にあるったい。咬まれた男の治療費は、当然、飼い主が払うこつになる。赤星は、金玉以上に大事な俺の金ば盗んだ。ぬしがあぎゃん絵ば描かんかったら、赤星がウチにくるこつはなかった。若瀬。知らんじゃ済まされんこつがあるとたい」

世羅が、上唇についたビールの泡でできた白髭を舌で舐め取りながら、自分をみつめ返した。いや、みつめたというより、見据えたといったほうが正しい。

若瀬は、そのときはっきりと悟った。世羅の瞳に映る自分は、もはや盟友《とも》ではなく、敵だということを。

「つまり、そのたとえでいくと、お前は俺に治療費を払えというのか？」

声を荒らげることもなく、あくまでも平板な声音で若瀬は訊ねた。

自分は、世羅と口論ではなく、交渉しにきたのだから。

「ぬしとは、古くからのつき合いたい。だけん、金ば出せとは言わん。そん代わり、赤星の退職金の三千万は全部俺が貰うけん。それで、こん話はチャラたい」

三杯目のビールに口をつけた世羅が、飄々《ひょうひょう》とした口調で言った。

「お前が三千万で俺がゼロ。それで、チャラだと？」

新しい煙草に火をつけた世羅が、当然、といった顔で頷いた。

開いた口が、塞がらなかった。世羅が厚顔で究極の自己中心的な男だとは知っていたが、まさか、ここまでとは思わなかった。

「じゃあ訊くが、赤星と樹理をさらった件はどうなる？　自分のやったことは棚に上げて、そいつは虫が好過《よ》ぎはしないか？」

「虫が好かとは、ぬしのほうじゃなかとや？　第一、ぬしは赤星にいくら金ば貸したとや？　一円も貸してなかろうが？　俺は違う。俺は二百万ば貸した。ぬしが、自分の腹ば痛めんと三千万ばかっ剝ごうとする絵図とも知らんでな。たしかに、赤星に会ったとはぬしが先かもしれん。ばってん、投資したとは俺たい。ぬしは、なんも犠牲ば払っとらん。ぬしも金貸しなら、そんくらいわかろうもん」

鼻孔から煙突のように紫煙を撒き散らした世羅が、どろりと濁った眼で自分を睨めつけた。

「世羅。お前と金融道について語る気はない。これが最後だ。赤星のシノギを、俺と共同でやる気はないのか？」

若瀬は、喫茶ラウンジの空気を凍てつかせるような冷々とした声で言った。

「赤星は、俺の金に手ば出した。奴は、俺の獲物たい。ぬしのほうこそ、退く気はなかとや？」

世羅が、低く押し殺した声で質問を返した。

交渉決裂――若瀬は己のコーヒー代をテーブルに置き、席を立った。

「残念だ。お前だけは、失いたくなかった」

若瀬は低く短く言い残し、一切の感情の籠《こも》らない冷眼を世羅に投げ、踵を返した。

「おいっ、責任者はおるかっ⁉　こんホテルは、客にゴキブリん入ったビールば飲ませるとか！」

若瀬の背中を、世羅の怒声が追ってきた。

［5］

「さっさと降りんねっ」

肌にピッタリと密着する裾丈《すそたけ》が短いTシャツ、尻肉がみえそうなデニム地のミニスカート——世羅は、両手首を後ろ手に粘着テープで拘束された樹理の茶髪のロングヘアを鷲掴みにし、メルセデスのリアシートから引き摺り出した。

加茂がドライバーズシートから、志村がサイドシートから飛び下り、樹理の両腋《わき》に頭を突っ込み井原ビルのエントランスへと連れ込んだ。

井原ビルの地下室——七福ローンの監禁室。監禁室では、まりえが赤星を見張っている。

加茂と志村が、新宿アルタ前で赤星と待ち合わせていた樹理をさらったのが午前十一時半。加茂から連絡がきて十数分後に、若瀬から呼び出しの電話が入った。

世羅は、若瀬との電話を切ったあとすぐに加茂に連絡を入れ、自分が戻るまで樹理を監禁室へ連れて行かずに車内に待機しているように命じた。

理由は、志村の暴走。自分がいない間にふたりを引き合わせたら、赤星をいじめることに生き甲斐《がい》を感じる志村が、樹理になにをしでかすかわからない。

大事な切り札を、志村に壊させるわけにはいかなかった。

「離して……離してったらっ」

切れ長の瞼をカッと見開き、躰を激しく捩じる樹理が志村の脛《すね》をヒールで蹴りつけた。

鼻っ柱の強さは、まりえといい勝負だった。

「あうっち……」

首に幾筋もの怒張した血管を浮かせた志村が、右足を抱えてエントランスフロアを転がった。

「あ、あんた……あのおじさんみたいに、俺のローキックを食らいたいわけ？」

志村が片足を引き摺りながら立ち上がり、ファイティングポーズを作った。

「こぎゃんとこで、騒《の》ぐんじゃなかっ」

世羅は志村を押し退け、樹理の躰を肩へと担ぎ上げた。

「なにすんのよっ！」

自分の肩の上で暴れる樹理の細く括《くび》れた腰を右腕でガッチリと押さえ込み、世羅は地下室へと続く階段を下りた。背後から、慌てて駆け下りてきた加茂が自分を追い越し、インタホンを押した。

『はい?』

スピーカー越しに、まりえの声が漏れ聞こえた。

「加茂です」

束の間の沈黙。防音ドアなので、内カギの解錠音は聞こえない。重々しく開くドアの隙間から顔を覗かせる、黒のタンクトップに黄色のホットパンツ姿のまりえ――報酬《セックス》の際にワンピースを引き裂いてしまったので、加茂に新しい衣服を買いに行かせたのだった。

まりえの視線が、自分の右肩に担がれる樹理に注がれた。

「ああっ! おっぱいが、肩に触れてるぅ」

嫉妬交じりの鼻声で叫ぶまりえ。

「どかんかっ」

世羅は、樹理に敵愾心《てきがい》に満ちた瞳を向けるまりえを押し退け、地下室に踏み入った。応接ソファ――三脚並んだひとり掛けソファの左端に、樹理を放り投げた。

「ジュジュっ」

樹理の正面――世羅が出かけるときと同じに、長ソファで横たわっていた赤星が跳ね起き、大声を張り上げた。

「だ……誰よ!?」

樹理の顔が、恐怖に強張った。

赤星の顔面は自分の殴打により風船のように膨れ上がり、瞼は塞がり、倍に腫れた鼻は歪み、唇は折れた歯でズタズタに裂けていた。

樹理が、眼前の顔面崩壊男が赤星だとわからないのも無理はない。

「僕だよ。ジュジュっ」

「ミッちゃん……？」

樹理が、驚愕に眼をまんまるに見開いた。嬉しそうに頷く赤星。

「どうしたの？　その顔……」

「俺から金ば騙し取ろうとしたけん、殴ったったい。ぬしも、こぎゃんふうになりとうなかったら、おとなしく言うこつば聞くこったい」

世羅は、赤星の頭を小突きながら言った。

「ほら、あれ、みてよ」

志村が樹理の肩を叩き、赤紫に腫れ上がった赤星の右の太腿を指差した。

「俺のローキックでああなったんだぜ。凄い威力だろ？　わかったか？　ローキックの使い手が、あんたばっかりじゃないってことを」

志村はニヒルな笑みを片頬に浮かべ、まるで終生のライバルをみるような燃え立つ瞳を樹理に向けた。

「な……なに言ってるの？　この人？　わけわかんない」

身を起こした樹理が、グロテスクな珍獣をみるように眉をひそめて言った。

「しらばっくれても無駄だ。みんなの眼は欺《あざむ》けても、俺の傷はごまかせないぜ。あんたの蹴り、ムエタイ仕込みだろ？」

わざと低く嗄《しゃが》れさせた声で言うと、志村はスラックスの裾を捲《まく》り、右脛の内出血を指差した。樹理が、これ以上かかわり合いになりたくないとばかりに、薄笑いを浮かべる志村から眼を逸らした。

「社長さん。ジュジュを、いったい、どうするおつもりですか？」

赤星が、怖々と訊ねた。

「それは、ぬし次第たい。退職金ば手にするまでぬしがおかしか動きばしたら、そんときは女がどうなっても知らんばい」

「退職金を手にするまでって……じゃあ、それまで私をずっとこんなところに閉じ込めておくつもり!?　ねえっ、あんた、黙ってないで、なんとか言ってよ！　もとはと言えば、あんたのせいでこうなったんだからね!!」

血相を変えて自分に食ってかかった樹理が、怒りの矛先《ほこさき》を赤星に向けた。

「ジュ……ジュジュ……」

かつて浴びせられたことがなかっただろう樹理の罵声に、赤星が顔色と声を失った。

「私のこと好きだったら、なんとかしてったら！」

最愛の女性からの叱咤《しった》——我を取り戻した赤星が、意を決したような表情で自分を見上げた。

「私は、退職金が入るまでここにいます。それと、ご返済金額の三百万以外に、ご迷惑をおかけしたぶんとして五十万、いや、百万を上乗せ致します。ですから、ジュジュは帰してあげてください。私のやったことに、彼女はなんの責任もありませんから」

低く落ち着いた声音。自分の知る赤星とは別人のような、男らしい振る舞い。

「馬鹿か、お前は⁉　高倉健《たかくらけん》にでもなったつもりかっ！」

怒声——加茂が、渋い男を気取る赤星の後頭部を思いきり平手ではたいた。前のめりになり、したたかにテーブルに額を打ちつける赤星。

「ぬしがどんだけ頼んでも、俺の考えは変わらんばい。とにかく、ぬしは信用できん男たい。金ばこん手に握るまで、女は解放せんけん」

世羅はにべもなく言うと、樹理の隣のソファにどっかりと腰を下ろした。

「知らないわよ。私にこんなことして、ただで済むと思ってるの⁉」

樹理が、自分を睨みつけつつ言った。エキゾチックな目鼻立ちに、怒った顔がよく似合う。

日本人離れした美貌――赤星が、骨抜きにされるのもわかる気がした。

日本人離れしているのは、顔立ちばかりではない。

Tシャツをはち切らさんばかりに突き出た胸、蟻《あり》のように括れた腰、桃のようにむっちりとした尻――樹理の肉感的なボディは、まりえの破廉恥ボディに引けを取っていない。

「なに強がってんのよっ、この淫売女っ」

腕組みをしたまりえが、切れ長の目尻を吊り上げ樹理に罵声を浴びせた。

こうなることは、樹理をさらうと決めた時点でわかっていた。

赤星は、樹理が六本木のキャバクラ嬢だと言っていた。まりえも、七福ローンに入る以前《まえ》は六本木のキャバクラに勤めていた。

樹理とまりえ。互いに、蠱惑《こわく》的なフェロモンで男を誑《たぶら》かしてきた者同士。磁石の同極が弾き合うように、ふたりが反目し合うのは眼にみえていた。

「なによ、あんた!? あんたみたいな蓮葉《はすっぱ》な女に、淫売女なんて言われたくないわよ!」

樹理が眼を剝き立ち上がり、まりえと向き合った。

「言ったわね!」

まりえの平手。乾いた衝撃音。樹理の顔が大きくのけ反り、茶髪が宙に舞った。

「ジュジュになにをするんだっ」

憤然と席を蹴り、口角沫を飛ばす赤星。

「ハッシっ！」

待ってましたとばかりに、赤星の変色した太腿にローキックを浴びせる志村。悲鳴を上げ、ソファに崩れ落ちる赤星。志村が、どうだ？　と言わんばかりの得意げな顔で樹理をみた。

一方の樹理は、金切り声を上げ、志村のとき同様にまりえの剝き出しの脛をヒールで蹴りつけた。

さっきの志村をみているように、まりえが右足の脛を両手で抱えてコンクリート床を転げ回った。

「やるじゃないか……」

志村が、悔しさと対抗心がない交ぜになった複雑な瞳を樹理に向けて呟いた。

むろん、咳止液で脳髄が溶けた志村が思い込んでいるように、樹理が蹴りに拘《こだわ》っているわけでも、ましてや対抗しているわけでもない。ただ、粘着テープで両手を拘束されているので、足で攻撃するしかないだけの話。

「本物の蹴撃ってやつがどんなものか、よぉ〜く目ん玉ひん剝いてみてろよっ」

恐らく樹理に言っているのだろうが、当の本人はまりえへの憤激で志村の声など耳に入っていなかった。が、赤星は違う。志村の狂気の矛先が己に向くことを察知し、その崩壊顔をひきつらせ、右足を引き摺りつつソファを尻で後退《あとじさ》った。

「やったわねっ。あばずれ女がっ！」

プラチナブロンドの髪を振り乱し、夜叉《やしゃ》の形相で立ち上がったまりえが樹理に掴みかかった。

「やめんねっ」

世羅は立ち上がり、左手でまりえの、右手で樹理の首ねっこを鷲掴みにし、引き離した。

「止めないでよっ、この女――」

「おとなしく、言うこつばきかんやっ」

世羅は、両腕を水平に思いきり伸ばした――まりえと樹理が左右に吹き飛び、ほとんど同時に尻餅をついた。

「もう、やめてくだ――」

「ハッシっ！　ハッシっ！　ハッシっ！」

樹理への対抗心に燃え上がった志村が、ふたたび、金に染めた毛先から汗の飛沫を飛ばしながら赤星の太腿に蹴りを見舞い始めた。

「おいっ」

加茂に目顔で合図した世羅は、ソファに戻り、ショートホープに火をつけた。

「やめねえか、志村っ」

加茂が志村の躰に背後からしがみつき、赤星から引き離した。戦意喪失した赤星を充血した眼で見下ろし、加茂の腕の中で何度も右手を突き上げ雄叫びを上げる志村。

志村は、レフェリーストップで赤星に勝ったつもりなのだろう。

志村の奇行はいまに始まったことではないが、それにしても、ここ最近のイカれぶりはひど過ぎる。この調子では、自分のことさえわからなくなり、暴走する日も近い。そろそろ、潮時なのかもしれない。

世羅は、壁に凭れかかり咳止液をラッパ飲みする志村をみながらそう思った。

「あの人が、黙ってないわよっ」

床にへたり込んでいた樹理がバランスを取りつつ立ち上がり、ヒステリックに喚いた。

「若瀬のこつや?」

「そうよ。あんたは知らないのよっ。あの人の恐さをっ」

「ぬしに言われんでも、そぎゃんこつはわかっとる」

世羅は樹理から逸らした視線で、天井に立ち上る紫煙を追った。

眼を閉じた――約二時間前の記憶を手繰《たぐ》り寄せた。

☆

――赤星の退職金の三千万を、俺とお前で折半にするのさ。

マディソンホテルの喫茶ラウンジで、若瀬はそう切り出した。

この瞬間、世羅は肚を括った——若瀬との友情に、終止符が打たれることに。

一銭の自腹も切っていないにもかかわらず、退職金の半分——千五百万の金を手にしようとする若瀬の厚顔に、世羅は激しい怒《ひ》りを覚えた。

若瀬が己の非を認めておとなしく退くのならば、自分も多少は歩み寄ることを考えていた。三千万のうち、三十万はくれてやるつもりだった。

自分が二千九百七十万で、若瀬が三十万。強欲とは、思わない。

故意ではないにしろ、若瀬は結果的に自分を嵌めた。本来ならば、たとえ一円の金をも払う筋合いはない。

が、そんな自分にも、一滴の血ぐらいは残っている——盟友《とも》である若瀬に、武士の情けをかけようとした。

利益の折半などという馬鹿げた要求を撤回し詫びを入れるのであれば、当初考えていたように三十万をくれてやり、自分を嵌めた一件を忘れてやってもよかった。

しかし、若瀬の口から出た言葉は、自分の神経をこれ以上ないほどに逆撫《さかな》でするものだった。

——もともと、お前が赤星から回収するのは元利合わせた三百万だったはずだ。悪い話じゃないと思うがな。

若瀬のひと言を耳にした自分は、テーブルをひっくり返したい衝動を必死に堪《こら》えた。相手が若瀬でなければ、間違いなくビールのグラスを脳天に叩きつけていたことだろう。

それほど、若瀬の言葉は信じられないものだった。

つまり、若瀬が言わんとしていたのは、三百万の取りぶんを千五百万にしてやるから、感謝して俺に協力しろ、ということ。

思い上がりにも、ほどがあった。たしかに、赤星と出会ったのは若瀬が先かもしれない。が、赤星に金を貸していたのは自分だ。しかも、赤星はその金を踏み倒そうとした。金貸しにとって金は命。その命を、奪おうとした。

ある夫婦がいるとする。若瀬が言っていることは、その夫にたいして、お前の妻とは学生時代のクラスメイトで、知り合ったのは俺が先だから妻を奪われたくなければ金を払え、と難癖をつけているようなものだ。

話し合いは、結局、決裂した。欲をかかなければ事が丸くおさまるはずだったものを……。

愚かな奴。心で、呟いた。

唯一、友と呼べる人間を失った。が、後悔はない。若瀬の言いぶんを呑んでしまえば、退くことになる。

父、太の土下座姿が、股間を濡らす小便の臭いが、脳裏に、鼻孔に蘇った。

たとえ相手が若瀬であろうと、一歩も退《さ》がるわけにはいかない。一歩退がれば、二歩三歩と歯止めが利かなくなる。そして、いつの間にか、父のような憐れな負け犬となる。

「あの人の恐さがわかってるなら、私を解放しなさいよっ」

眼を開けた。樹理の怒声が、世羅を回想の旅から現実世界に引き戻した。世羅は、ゆっくりと首を巡らせ、肺奥深くに吸い込んだショートホープの紫煙を樹理の顔に向かって吐いた。激しく咳き込む樹理。

「ばってん、俺のほうが、もっと恐か男ばい」

言って、世羅は樹理の剝き出しの太腿にショートホープの穂先を押しつけた。樹理の悲鳴、赤星の絶叫、まりえの爆笑の三重奏。

世羅は、髪を振り乱し身悶える樹理と、樹理の火傷口《やけど》に咳止液を振りかける志村を視界から消し、顔を正面に戻した——ふたたび、眼を閉じた。

——残念だ。お前だけは、失いたくなかった。

瞼の裏の漆黒に浮かぶ、どこまでも冥《くら》く、どこまでも冷たい若瀬の瞳。

そん言葉、ぬしにそっくり返してやるけん。

世羅は、記憶の中の若瀬に、固く誓った。

［6］

オアシスの店内がどよめいた。八月。第二土曜日。新潟第三レース。サラ三歳。芝千二百メートル。

いつもの席——世羅は、最奥の八人掛けのテーブルの壁際の席にどっかりと腰を下ろし、興奮のるつぼと化す新潟競馬場を映し出す小型液晶テレビの画面を食い入るようにみつめた。

世羅の隣でまりえが、信じらんなぁい、を連発していた。まりえの隣の加茂が、呆れたように口笛を吹いた。正面の三人の債務者は、揃いも揃って埴輪《はにわ》のようにぽっかりと口を開いたまま表情を失っていた。

画面に映る電光掲示板の配当——三連複馬券は八百七十一倍、馬番連勝馬券は三百七十九倍、枠番連勝馬券は百二十五倍。

十四頭立てのレースで、一着が十四番人気の、二着が十一番人気の、三着が十二番人気の馬が入線した。

店内の誰も彼もが、呆気に取られるのも無理のない話だ。

ただ、その中でも志村だけは、日本酒をそうするように咳止液をちびりちびりと舐めながら、持参した動物図鑑の猛々《たけだけ》しい雄ライオンの写真をうっとりとみつめていた。

志村は、己をライオンの化身《けしん》と信じて疑わない。

「ちっくしょう、信じらんねえな」

世羅の眼前に並んで座る三人の債務者のうち、真ん中の橋辺健蔵《はしべけんぞう》が胡麻塩《ごましお》の坊主頭を掻き毟り吐き捨てるように言った。

「くそっ。赤部《あかべ》の野郎、へたな乗りかたしやがって……」

橋辺の右隣に座る大国秀男《おおくにひでお》が、色白の馬面《づら》を朱《しゅ》に染めて騎手に毒づいた。

「あの……すいませんけど、あと五万だけ、貸して頂けませんか?」

末期の癌《がん》を告知されたように青褪めていた左端の男――耳上だけに未練たらしく毛を残す嘉山義輝《かやまよしてる》が、小柄な躰をいっそう小さくしてか細い声で申し出てきた。

「よかばい」

世羅は、あっさりと嘉山の申し出を受け入れた。嘉山の陰鬱な顔が、パッと明るくなった。

世羅は、視線を嘉山の申込用紙に落とした。

嘉山義輝。五十歳。業界最大手の富士見《ふじみ》証券高輪《たかなわ》支店の支店長。住まいは港区白金。自己所有のマンション。家族構成は、妻と二十三歳の娘。借り入れは住宅ローンが三千万。内訳は、銀行に千六百万、住宅金融公庫に千四百万。サラ金が八件で三百六十万。闇金融が六件で百二十万。

住宅ローン以外の五百万近い借金は、七福ローンの申込客がみなそうであるように、ギャンブルの負けが込んでできたものだった。

今回融資した五万の使い途は、闇金融への支払いの金。尤も、五万では返済金額に足りず、嘉山は自分から金を受け取るなり馬券を買いにオアシスから目と鼻の先のＷＩＮＳ渋谷へと走ったのだった。

「社長、私にも、貸して頂けますか!?」、「私も、お願いしますっ」。

橋辺と大国が、血走った眼で身を乗り出した。

「ぬしらには、もう五万ば貸したろうが？　ウチは、五万以上は出さん決まりたい」

にべもなく言うと、世羅はビールのグラスを傾けた。

「で、でも、彼には追加融資をＯＫだと言ったじゃないですか!?」

「そうですよ！　彼も、もう五万を借りてるのに、どうしてなんですか!?」

ふたりが、絶妙なコンビネーションを誇るダブルスさながらに執拗《しつよう》に食い下がった。

「うるさかったいっ！　金ば誰に貸す貸さんば決めるとは俺の勝手たいっ。なんでぬしらんごたるウジ虫に、いちいち説明せんといかんとや！　そぎゃんこつより、五割の利息ば含めた七万五千円ば、来週の木曜日にきっちり払わんとただじゃ済まんばい！」

世羅の迫力に、ふたりが言葉を失った。

「おらおら、さっさと帰った帰ったっ」

加茂が立ち上がり、伝票を橋辺のスーツの胸ポケットに捩《ね》じ込みながらふたりを追い立てた。

「わ、私だけ、いいんですか？」

嘉山が、上目遣いに怖々と訊ねた。眼の下に色濃く貼りつく隈と頬に散らばる無精髭が、資金繰りに追われる彼の疲弊を証明していた。

「ところで、期日がきとる闇金融は何件でいくらあっとや？」

世羅は頷き、一年に一度あるかないかの穏やかな声音で質問した。

「今日が二件、明日が一件の三件で、最低でも利息の十三万円を入れなければならないんです」

「わかったばい。五万じゃなく、十三万ば貸してやるけん。競馬で勝負ばして増やそうなんて甘か考えは捨てて、そん金で払ってこい」

今度は、十年に一度あるかないかの人の好《よ》さそうな笑顔で言うと、世羅は加茂に目顔で合図した。

加茂が、クロコダイルのアタッシェケースから、さっき嘉山に書かせたばかりの金銭借用書を取り出しテーブルに置いた。

「訂正印ば押して、ここに新しか返済額ば書け。二十七万たい」

世羅は、万年筆で二本の線を引いた金額欄の壱金七萬《まん》伍阡《せん》円也《なり》、の漢数字の下の空白を指差した。

最初に融資した五万に、追加融資の十三万を合わせて十八万。七福ローンの利息は五割なので、返済額は二十七万ということになる。

「助かります。本当に、ありがとうございます」

以前の返済額を新しい金額に訂正した嘉山が、「福助《ふくすけ》」のように深々と頭《こうべ》を垂れた。

「礼はいらん。そん代わり、ぬしに協力してもらいたいこつがあっとたい」

加茂から受け取った十三人の福沢諭吉を扇子のように広げ、世羅は分厚い鱈子唇を吊り上げた。

三人の中で嘉山だけを特別扱いしたのは、大手証券会社に勤めている、というのが理由ではない。

ほかのふたりになくて、嘉山にだけあったもの――それは、二十三歳の娘の存在。

「私にできることならば、なんなりと」

一万円札の扇子に血走った眼球を向ける嘉山が、武士にへつらう農民さながらの愛想笑いを生白い下脹れ顔に貼りつけた。

「ぬしの娘の名前ば、ちょっくら貸して欲しかったい」

世羅は、申込時に嘉山が提出した保険証の家族欄――嘉山広子《ひろこ》の文字を指でなぞりながら言った。

「ひ、広子の名前を⁉ そ……それは、いったい、どういうことなんですか？」

嘉山が、イルカ並みに小粒な眼を目一杯見開き頓狂な声を上げた。

「ひ、広子の名前を⁉ そ……それは、いったい、どういうことなんですか？」

動物図鑑から眼を離し、嘉山の表情と声音をまねる志村。噴き出すまりえ。

本来なら、志村の奇行に眉をひそめるところだろうが、唐突に持ち出された娘の件に思考を支配された嘉山の眼中には、咳止液中毒の男のことなど入っていなかった。

「風俗嬢ば専門にしとるある闇金から金ば引っ張る。引っ張るとは、こん女たい。ばってん、こん女の名前ば使うとあとあと面倒なこつになるけん、ぬしの娘の名義ば貸してもらいたかったたい」

世羅は、ライターの火でも貸してくれというように事もなげに言うと、首をカウンターに巡らせ、マスターの須藤にビーフカレーとエビピラフとフレンチトースト、そしてビールの大ジョッキを注文した。

加茂達のぶんではない。昨日は、報復の絵図を考えることに忙しく、豚骨ラーメンとガーリックチャーハンの夕食しか摂《と》っていなかったので小腹が空いていた。どうせ嘉山に飲食代を払わせるので、好きなだけ注文するつもりだった。

「それじゃあ、広子が取り立てられるじゃないですか!?」

血相を変える嘉山。借金塗《まみ》れのギャンブル狂も、娘のことは心配らしい。

「心配せんでもよか。取り立てがきても、保険証ば落としたって言えばそれまでたい。つまり、こういうこつたい。ぬしが落とした保険証ばこん女が拾って、勝手に嘉山広子の名ば騙《かた》って闇金から金ば引っ張る。闇金業者は、自宅に在籍確認ば入れる。そんときは、ぬしが自宅に待機ばしとって電話ば取る。いま留守です、言うだけたい」

「わ、私に詐欺の片棒を担げとおっしゃるんですか!?」

「ぬしは、本当の娘にかかってきた電話と思って、いま留守です、言うとるだけたい。娘ん友達からかかってきて留守だったら、そう言うだろうもん？　それと同じたい。詐欺でんなんでんなか」

世羅は惚《とぼ》けた口調で言うと、両手を広げ、肩を竦めてみせた。

「きゃわいいっ」

黄色い声を上げ、自分のスキンヘッドを撫《な》でるまりえ。

「やめんねっ。うざらしかったい！」

自分の一喝に、まりえが唇を尖らせ横を向いた。

「しかしですね、建て前はどうであれ、相手はお金を踏み倒されたわけでしょう？　お前グルなんだろう？　って問い詰められたら、どうすればいいんですか？」

嘉山が不安がるのは、尤もだった。嵌めようとしているのは泣く子も黙る闇金融……それも、そんじょそこらの闇金融とはわけが違う。

世羅の報復相手《ターゲット》──若瀬のレディサポート。

返済期日に嘉山広子が現れなければ、当然のこと若瀬は、自宅に乗り込むだろう。が、そんなことは百も承知。ちゃんと、筋書きは立ててある。

ようは、自分がやられて困ることを、若瀬にやればいいだけの話だ。

「さっきも言ったばってん、ぬしは保険証ば落とした。警察にも役所にも、紛失届ば出すとたい。取立人になんば言われても、私も被害者です、で押し通すとたい。それでん相手が退《ひ》かんかったら、紛失届ば出した警察に一緒に行こう、って言えばよか。それ以上は、奴らもなんも言ってこれん」

嘘ではない。

まず若瀬は、嘉山が娘を庇《かば》っているのではないかと疑う。そこで若瀬は、娘に会わせろと迫る。嘉山が拒否すれば、嘘を吐《つ》いていたことの証明となる。しかし、嘉山はあっさりとOKする。当然、レディサポートに訪れた嘉山広子と本物の嘉山広子は別人だ。

ここで若瀬の心は揺らぐが、嘉山と偽広子《にせ》の共犯の線を考え、執拗に問い詰める。そんなに疑うなら、紛失届を出した警察に行きましょう。普通ならばここで退くところだが、恐らく若瀬は警察に行くだろう。

本当に紛失届が出されているのを確認した若瀬は、さすがに嘉山の言葉を信じ始める。しかし、すべてではない。偽広子との接触。疑り深い若瀬は、嘉山を尾行するに違いない。

だが、嘉山と偽広子——まりえが会うことは、今日以降、二度とない。

万が一、嘉山がへたをうってバレてしまったら、そのときはそのときだ。若瀬は眼のいろを変えて自分を潰しにかかるだろうが、そういう展開になったらこっちのものだ。先に手を出してきたのは若瀬のほうだ。中学時代からの盟友《とも》を叩き潰すのに、微塵の躊躇もなかった。

「社長さんの言っていることはわかるのですが、闇金融を欺くだなんて私には自信が——」

「ぬしが借りとる闇金ばチャラにしたら、自信が出るや？」

世羅は、嘉山の言葉を遮った——多重債務者にとってなにより魅力的な餌をちらつかせた。

「え？　闇金融さんの借金を、なしにしてくれるということですか？」

嘉山の憔悴と疲弊に澱《よど》む眼が、プレゼントを貰った子供のように輝いた。

「六件で百二十万の借金ば、もう、払わんでよかってこつたい」

頷いてみせ、世羅は言った。

「そんなことが、できるんですか？」

身を乗り出す嘉山──手応え十分。

「俺が乗り出せば、一発たい」

ハッタリではない。嘉山が借りている六件の闇金業者はみな、神田の室井《むろい》グループに所属している。

室井グループは、神田を中心にした十五軒の闇金融で成り立っている。元不動産屋の室井重清《しげきよ》が、バブル時に稼いだ泡銭《あぶくぜに》を種銭に始めた闇金グループだ。

世羅が室井の存在を知ったのは二年前。七福ローンで五万円を融資した神崎《かんざき》という工務店勤務の債務者の取り立て現場──自宅マンションの前で、室井グループの闇金融、飛鳥《あすか》商事の取立人とバッティングしたことがきっかけだった。

飛鳥商事の取立人はふたり。たいする七福ローンは自分と加茂。相手もこちらも同じ人数だったが、サラリーマンが無理やりコワモテを演じているような飛鳥商事の取立人は、自分達の敵ではなかった。

飛鳥商事の神崎への融資額は四十万。四十万と五万。普通なら、債権額の多い飛鳥商事が主導権を握るところだが、インスタントコワモテのふたりは、自分と加茂の恐ろし過ぎる容貌に完全に呑まれていた。

無理もない。飛鳥商事を始めとする室井グループの闇金業者は、そのほとんどが元債務者――つまり、元客デビューだった。

――ぬしら、邪魔くさかったい！

まるで野良猫を相手にしているように、世羅は飛鳥商事のふたりを取り立て現場から追い払った。

――同業者を現場から締め出すのは、ちょいとやり過ぎなんじゃねえのか？

漆黒のメルセデスから悠然と降り立った男――尻尾を巻いて逃げ出したふたりに泣きつかれたのだろう室井が、取り立て現場に現れたのがおよそ一時間後。

ボディガードもどきを引き連れヤクザを気取る室井だったが、本物のヤクザ相手に数々の修羅場を潜《くぐ》ってきた自分からすれば、派手なスーツと光り物で身を固めた、ただの成金おやじに過ぎなかった。

――お前、どっかに札《ふだ》入れてんのか？

スラックスのポケットに両手を突っ込み、片ほうの眉を下げ、わざと嗄《しわが》れさせた声音で、室井が凄《すご》んでみせた。

両脇を固めるボディガードもどきの存在が、室井に虚勢を張らせているのは言うまでもなかった。

――ぬしゃ、それで俺ばビビらせとるつもりや？　俺には、痰《たん》ば詰まらせたガマガエルが顔ばしかめとるようにしかみえんばい。

世羅の嘲罵《ちょうば》と加茂の嘲笑に、室井の顔面がみるみる朱に染まった。

――てめえ、俺は我慢できても、ウチの若い衆が黙ってねえぞ！

世羅は、室井の心の拠《よ》り所――ふたりのボディガードもどきの髪の毛を鷲摑みにし、交互に頭突きを食らわせた。鼻血を噴き出し仰向けに倒れるボディガードもどきの陰嚢《いんのう》を順番に蹴り上げた。

揃って股間を押さえ、くの字になって身悶えるふたり。蒼白顔で立ち尽くす室井。世羅は三十センチの革靴の踵《かかと》で、ひとりずつ順番に、何度も、何度も顔面を踏みつけた。鼻骨が砕ける感触と前歯が折れる感触が、靴底から伝わった。ボディガードもどきの顔が、風船のように怒張した。

――ふたりが死んじまう……やめてくれ！

世羅の蹴りが合計で三十発を超えた頃に、室井が悲痛な叫び声を上げた。

――人に物ば頼むときは、もっと心ば込めた物言いばせんやっ。

世羅は体重を乗せた踵でふたりの怒張顔を踏みつけながら、憎々しげに吐き捨てた。

——やめてください……お願いします……。

圧倒的な暴力を——頼みの綱がみるも無残な姿になったのを眼前《まえ》にした室井は、いままでのヤクザ気取りの高圧的な態度から一転した情けない声で懇願した。

闇金グループのトップとは言っても、しょせんは不動産屋の成り上がりおやじ——この一件を境に、室井グループは七福ローンが絡んだ債権からは自主的に手を引くようになった。

「借金を棒引きして頂きたいのは山々なんですが、娘を利用するようで気が引けます」

嘉山が、苦渋に満ちた表情で言った。

娘への罪悪感の海に溺《おぼ》れる父。反吐《へど》が出そうだった。一文の得にもならない良心などに心惑《まど》わされる者の気持ちが、世羅にはどうしても理解できなかった。

が、世羅は知っている。その良心も、金の魅力の前ではなんの役にも立たないことを。

「そぎゃんね。じゃあ、好きにすればよか。せっかく、楽になれたもんば、もったいなかね。ま、俺はどっちでんよかばい。ぬしが、これからも闇金の取り立てに追われるだけの話たい」

運ばれてきたカレーを貪りつつ、世羅は突き放すように言った。

「で、でも、私が社長さんの言うとおりにして借金を棒引きして頂くことが、結果的に娘のためになることなのかもしれません。家に取り立ての人が押しかけるようになったら、娘にも迷惑がかかりますからね」

嘉山の言葉に、世羅は心でほくそ笑んだ。

「ふぅん。そうね」

気のない素振り――一気にカレーを平らげた世羅は、エビピラフの皿に取りかかった。

ここで慌てて竿《さお》を引き上げてしまえば、魚を取り逃してしまう恐れがあった。

「あの……娘の名義を貸しても、その借金を払わなければならないってことにはなりませんよね？」

怖々と訊ねる嘉山――手応え十分。が、まだだ。竿を上げるのは、まだはやい。

「娘ば利用することになるけん、やりたくなかとだろ？」

ふたたび、嘉山を突き放す世羅。エビピラフをビールで流し込み、フレンチトーストにむしゃぶりついた。

「いまも申し上げたのですが、たとえ利用する形になっても、私の借金をなくしたほうが娘に迷惑がかからないのではないかと思い直しまして……」

「俺の言うとおりにしとれば、なんも心配はいらん。ばってん、半端な気持ちじゃできんばい。肚ば括ってかからんと。ぬしに、そんだけの覚悟はあるとや？」

フレンチトーストの最後のひと切れを口に放り込み、世羅は嘉山を見据えた。

「はい。言われたとおりに致しますので、借金のほうを……」

形勢逆転――つい数分前まで綺麗事を並べていた嘉山の頭の中は、もはや娘にたいしての罪悪感よりも債務の踏み倒しのことで一杯に違いない。

「わかった。今日明日中に、業者には話ばつけといてやるけん。そん代わり、もう闇金に返済する必要はなくなるけん、十三万の追加融資はせんばい」

アルコールとカレーの臭気が混濁するゲップを連発し、世羅は言った。

「わかりました。よろしくお願い致します」

ほっとした表情で頷き、テーブルに額がつかんばかりに深々と頭を下げる嘉山。

「礼ば言うとは、まだはやか。万が一、ぬしが裏切ったら、容赦はせんばい。こいつが、女房と娘ばシャブ漬《づ》けにして、さんざん犯してからソープに売り飛ばすばい」

世羅は、相変わらず動物図鑑の雄ライオンのページを食い入るようにみつめる志村を顎でしゃくりつつ言った。

志村なら、自分が指示を出せば嬉々として親子丼を堪能することだろう。

「う、裏切るなんて、とんでもない」

嘉山が声と唇を震わせ、顔前で慌てて手を振った。

「おじさぁん。裏切ったら、奥さんと娘さん、こうだからね」

唐突に口を挟んだ志村が、動物図鑑を嘉山の鼻先に突きつけ、雌ライオンの背中に覆い被さる雄ライオンの写真――交尾の写真を指差した。

嘉山が、血の気を失った蒼白顔で何度も頷いた。嘉山に興味を失ったように、ふたたび動物図鑑に視線を戻す志村。

よくわからない男だが、そのわけのわからなさが恐怖の鎖で緊縛された嘉山にダメを押す格好になった。

「よっしゃ。じゃあ、いまから打ち合わせに入るけん。ぬしの娘が嵌めるとは、この闇金業者たい」

言って、世羅は上着の内ポケットから取り出した名刺をテーブルに叩きつけるように置いた。

「レディサポートの、若瀬勝志さんという人ですか?」

和紙仕様の名刺に書かれた墨《すみ》文字を読み上げる嘉山に、世羅は頷いた。

「ぬしの娘は、こん男から一千万ば踏み倒すとたい」

「いっ、一千万……ですか!? 闇金融さんは、そんなに貸してくれませんよ」

頓狂な声を上げる嘉山。

たしかに、嘉山の言うとおり、闇金融は一千万はおろか、百万を出すことさえ稀《まれ》だ。しかも、まりえ扮《ふん》する嘉山広子は二十三歳で、風俗嬢という設定だ。せいぜい、二、三十万の融資が限界だ。

が、それはまともに申し込んだらの話だ。

「それが、貸してくれるとたい」

世羅は、思わせぶりな薄笑いを頬に貼りつけつつ言った。

世羅の漆黒の脳細胞には、若瀬から一千万を引き出す絵図が完成していた。

一千万――自分が、赤星から騙し取られた二百万の五倍の金額。

一発殴られたら五発、二発殴られたら十発殴り返すのが――受けた屈辱は五倍返しにするのが、自分のやりかただった。

世羅には視《み》える――若瀬の、歯嚙《はが》みする屈辱顔が。

☆

『どちらさん？』

インタホンから流れる、男のぞんざいな問いかけ。

「七福ローンの世羅たい。社長はおるや？」

『しょ、少々お待ちください』

来訪者が自分とわかったとたんに、男の狼狽《ろうばい》がスピーカー越しに伝わった。

世羅は、室井グループ本部、と書かれたネームプレイトが貼られたドアに背を預け、シヨートホープをくわえた。待ってましたとばかりにライターを差し出す志村。世羅は炎に穂先を炙り、肺奥深くに吸い込んだ紫煙を勢いよく吐き出した。ビル内は禁煙だが、関係なかった。

世羅は、いやらしいほどにダイヤがちりばめられたロレックスの文字盤に視線を落とした。

午後二時五分。オアシスでの嘉山との打ち合わせを終えた世羅は志村を引き連れ、内神田の室井の事務所へと直行した。なにをやり出すかわからない志村は、できるだけ自分の眼の届くところへ置いておきたかった。

競馬客への融資は加茂とまりえに、監禁室の赤星と樹理は非常勤社員の三人に任せていた。

七福ローンの非常勤社員の数は十五人。普段は、街にごろつくただのチンピラ。非常勤社員といっても、人相の悪いプー太郎をみかけるたびに名刺を渡し、名前と携帯番号を訊くだけ。人手が足りないときに都合がつく者をランダムに掻き集め、仕事内容に応じた日当を払っているというわけだ。

故に、彼ら非常勤社員は金融に関する知識は皆無《かいむ》だ。また、必要もなかった。

世羅が彼らに求めているのは、不良債務者を威圧する風体の悪さと粗野な言動——取り立ての基本である恐怖心を相手に与えることができれば、それで十分だった。

『ご用件はなにかと、社長がおっしゃってますが……』

怖々と訊ねる男の声。世羅はドアから背中を引き剝《は》がし、インタホンに向き直った。

「ごちゃごちゃ言わんと、さっさと開けんや！　ドアば、ぶち壊すばいっ」

怒声を上げ、世羅はドアを殴りつけた。

『ちょ……ちょっとお待ちください』

慌てふためく男。恐らく、室井に伺《うかが》いを立てているのだろう。

「おいっ。くそ男が開けるまで、ぬしの得意な蹴りばドアにぶち込んでやれっ」

「いいんですか？　ドアが歩けなくなっても、俺、知りませんよ？」

低く押し殺した声で、意味不明なセリフを口走る志村。

「おう。ドアが半身不随になってもよかけん、バンバン蹴りまくれ」

世羅は、投げやりに言った。馬鹿に話を合わせるのも楽ではない。

「行くぜ……」

渋く呟いた志村が、くるりと躰を回転させた――回し蹴りをドアに見舞った。

バランスを崩し、尻餅をつく志村。すっくと立ち上がり、ふたたび回し蹴りを浴びせる志村。エレベータが開いた。グレイのシングルスーツを着た五十代と思《おぼ》しき中年男が、あんぐりと口を開き目尻を裂いた。

志村が背後を振り返り、中年男に向かってファイティングポーズを取った。世羅の予想通り、中年男は弾かれたように眼を逸《そ》らし、脱兎《だつと》の如《ごと》く室井グループの対面――東《あずま》設計のプレイトがかかったドアに駆け込んだ。

志村の回し蹴りが再開した。三発、四発、五発――ベージュのスチールドアの中央部が、べこりとへこんだ。

六発目がヒットする瞬間――ドアが開いた。対象を失った志村の躰が宙で崩れ、沓脱《くつ》ぎ場に背中から転がった。

髪をオールバックに撫でつけた、自分とそう歳の変わらない黒のダブルスーツ姿の男が唖然とした表情で、己の足もとで身悶える志村をみつめた。

「いま、社長は手が離せませんので、下のライムっていう喫茶店で――」

「そげん時間はなかっ。どけっ！」

世羅は煙草の吸差しを廊下に投げ捨てると、男を右腕一本で払い除《の》け事務所内に踏み込んだ。

「こらっ！ てめえ、いい加減にしろよっ」

入り口を睨《にら》むように設置されたカウンターテーブルの奥――二脚ずつ向かい合った四脚のスチールデスク……右側手前のデスクで受話器を耳に当てていた大柄な坊主頭の男が立ち上がり、巻き舌を飛ばしてきた。

大柄といっても、百八十センチそこそこ。百九十の自分からすれば、中学生並みの身長だ。

「ぬしに用はなかったいっ。室井ば出さんや！」

「誰も彼もが、てめえをビビると思うんじゃねえ！」

坊主頭が眼を剝き吠え立てた。口髭を蓄えフケ顔をしているが、よくみるとまだ若い。二十一、二。そんなところだろう。

「じゃあ、ビビらせてやるけん」

言い終わらないうちに世羅は坊主頭の胸ぐらを摑み、岩のような拳を振り上げた。

「やめねえかっ！」

誰かの一喝――世羅は、黒目を目尻に滑らせた。

単一電池のような寸胴《ずんどう》体型。突き出た腹。地肌が透けるパンチパーマ。薄紫色のサングラス。玉虫色のダブルスーツ。右手首に光る金ブレス。左手首に光る金無垢《むく》のロレックス。

相変わらずのヤクザ気取りの室井が、ふたりの配下に貫禄をみせつけるようにくわえ煙草で仁王立ちしていた。

「ぬしの一喝で、やめると思ったや？」

世羅は口角を吊り上げ、振り上げた右の拳を坊主頭の左の頰に思いきり叩きつけた。

痺れる指根骨《しこんこつ》――たしかな手応え。坊主頭の巨体が吹き飛び、スチールデスクの上のファイルや電話機を道連れに脳天から床に落下した。世羅の革靴の爪先に、歯肉つきの男の歯が付着した。

「なっ……」

まぬけ顔で絶句する室井。

「浜岡《はまおか》っ、大丈夫か⁉」

蒼白な顔で、坊主頭――浜岡に駆け寄るオールバックの男。

背後で爆笑。振り返った。脇腹を抱えながら室井を指差す志村。

てっきり自分は、無様《ぶざま》に殴り倒された浜岡をみて志村がウケたものとばかり思っていた。

「お、おじさんさぁ、本当は、やめねえかっ！って怒鳴ればさぁ、映画や小説みたいにウチのボスの手がピタリと止まると思ったんでしょ？でさ、でさ、渋い顔して奥のドアを顎でしゃくるつもりだったんでしょ？やめねえかっ！って怒鳴ったあと、ボスが普通に坊主を殴ったときのおじさんの顔ってさぁ、さんざん金を貢いだキャバクラ嬢をアフターに誘って断られたときみたいで、笑っちゃうよ」

言って、志村がふたたび横隔膜を痙攣させたような笑い声を上げた。

我を取り戻した室井の顔が、恥辱と憤怒に紅潮した。

「はっはっはっ。この金髪の兄ちゃん、おもしれえこと言うじゃねえか？それと、世羅も相変わらず手がはええな。新宿《ジュク》や池袋《ブクロ》でやんちゃやってた頃の自分を思い出すぜ」

配下の眼前で必死に虚像を保とうとする室井が、懐かしそうに眼を細め、鷹揚《おうよう》に笑ってみせた。

ほんの少しも、志村の言葉を気にしていないとでもいうふうに――自分の暴力を恐れていないとでもいうふうに。

「またまたぁ〜。おじさん、ジュクとかブクロとか、やんちゃやってたとか、悪ぶっちゃってさ。無理しなくていいって。本当はさ、おじさんみたいなタイプは、若い頃は七三頭で黒ぶち眼鏡かけてるような、思いっきり弱っちい男だってことはわかってるからさ」

ひと息に捲《まく》し立て、みたび爆笑する志村。

咳止液で脳髄が溶けてはいるが、ときおり志村は人の真意を鋭くつくようなことを言う。いまのようにイカれる以前の志村は、多感でナイーブな男だったのかもしれない。

「おいっ、てめえ、社長になんてことを――」

「いいんだよ、茂木《もぎ》」

浜岡を介抱していたオールバックの男――熱り立つ茂木の言葉を室井が遮った。

強張る表情筋とひきつる頬肉を懸命に従わせ、あくまでも寛容な笑みを湛える室井。

世羅にはわかっていた。ムキになって否定すればよけいにドツボに嵌まり、かといって、志村を殴りつける勇気も腕力もない室井には、なに事にも動じず一切を受け入れる器量の大きな男を演じるしかないことを。

「俺は、なんとも思ってねえからよ。むしろ、この兄ちゃんのこと気に入ったぜ。なあ、兄ちゃん、歳、いくつだ？」

余裕の表情を取り繕い、室井が志村に訊ねた。本人は懐の深い男を完璧に演じているつもりなのかもしれないが、傍《はた》からみれば激憤と恥辱に身悶えているのはみえみえだった。

「二十二だけど。それがなんなのさ？」

「二十二かぁ。それじゃあ知らなくても仕方がねえな。俺が無茶やってた頃、兄ちゃんはまだ幼稚園くらいだもんな」

ふたたびサングラスの奥の瞳を細めて懐かしんでみせる室井。

「だから、昔は相当なワルだった……みたいな強がりを言うのはやめな——」

「やめんか。ぬしは、もう黙っとれ」

世羅は、志村の言葉を遮った。室井を庇ったわけではない。今日自分が室井グループを訪れたのは、室井の虚像を引き剝がすのが目的ではなかった。

「ぬしに、ちょっと話があるとたい」

世羅は、まだなにか言いたげな志村から室井に視線を移して言った。

「おう。いいぞ。お前らは、ここで待ってろや」

胸を張り頷いた室井は、ふたりの配下——浜岡と茂木に偉そうに命じ、フロアの奥に向かった。

　茂木の肩に凭れかかり、弱々しい視線を自分に投げる浜岡の顔面は鼻血に塗れ、さっきまでの威勢のよさはすっかり影を潜めていた。

「ぬしも、ここに残っとれ」

　世羅も志村に言い残し、踵を返した。社長室のプレイトがかかったドア。室井に続いて、世羅は室内に足を踏み入れた。

　約十坪の空間。最奥――窓を背にしたデスクの両サイドには北極熊の剝製《はくせい》と鎧《よろい》が仁王立ちし、豹《ひょう》柄の応接ソファの下には虎の毛皮の絨毯《じゅうたん》が敷かれ、壁には色紙に「義俠」と墨文字で書かれた額縁がかけてあった。

　いまどき、ヤクザの事務所でもここまでベタなセンスはみかけない。尤も、それは東京のヤクザの話であって、九州の組事務所ではそう珍しくはない。

　いやらし過ぎる成金趣味――他人《ひと》のことは言えない。こてこての肥後《ひご》もっこすの自分の部屋も、室井の社長室に負けないくらいに毒々しいインテリアに溢れていた。

「さ、さ、世羅ちゃん、座ってよ」

　隣室での横柄かつ余裕に満ち満ちた態度とは打って変わった遜《へりくだ》った物腰で、室井が応接ソファを勧めた。

「なんや、さっきまで俺ば呼び捨てにしとったたっじゃなかとや?」

世羅はどっかりとソファに尻を沈め、嫌みたっぷりに言った。

「ごめん。悪いと思ったんだけどさ、俺にも立場があるから、わかってよ」

顔前で掌を合わせる室井。志村の言っていたことは、なにからなにまでが当たっていた。

「まあ、そんこつは忘れてやるけん」

嘘ではない。室井グループを訪れた目的――本題に室井が首を縦に振らなければ、いやというほどシメなければならないのだから。

「ありがとね。世羅ちゃん、ブランデーがいい？　それともウイスキー？」

室井がＶＳＯＰやＸＯなどの高級酒が並ぶ酒棚の扉を開き、媚びた笑いを浮かべつつ訊ねた。

「そこに入っとる酒がよか」

世羅は、酒棚の横――冷蔵庫ほどのワインクーラーを顎で指した。

「こ、ここには、ワインしかないよ。世羅ちゃん、ワインなんて軟派な飲み物に興味はないだろ？」

動揺する室井――世羅の予想は当たった。

「いまはワインが飲みたか気分たい。それとも、俺にはもったいなくて飲ませられん言うとや？」

世羅は、室井を睨みつけ、低く押し殺した声で言った。サングラス越しの室井の黒目が、右に左に泳いだ。

「と、とんでもない。いま、開けるからさ」

室井がひきつり笑いを浮かべ、ワインクーラーに歩み寄った。世羅も腰を上げ、室井の背後についた。ご丁寧なことに、扉にはカギがかけられていた。

「こういうワインって、飲むもんじゃなくて観賞用だよね？」

ドアを開けた室井が、釘を刺すように自分に同意を求めた。ずらりと並ぶロマネ・コンティのボトル。室井がワインクーラーを開けるのを渋った理由がわかった。

「俺は、これでよかばい」

世羅は'85年のヴィンテージを引き抜き、ワインクーラーの上に置かれていたオープナーを手に取り踵を返すとソファへと戻った。

「ちょ、ちょっと世羅ちゃん……。それは、八十万もするワインなんだよっ」

まるで赤子《あかご》を奪われた母親のように室井が青褪め、あたふたとうろたえた。

「そげんね。じゃあ、ラッパ飲みしたら、さぞうまかばいね？」

世羅はサディスティックに口もとを歪め、コルクにオープナーを近づけた。

「ま、待って！　お願いだから、それだけは開けないでっ」

少女の悲鳴さながらの室井の甲高い声とノックの音が交錯した。

「失礼します」

茂木が、九十度に腰を折り曲げ頭を下げた。

「おう。なんだ？」

数秒前までの情けない姿はどこへやら、カメラが回った俳優のように室井の態度も声音も一変した。

「大岩《おおいわ》商事の支店長が、種銭を回してほしいと言ってきてるんですが」

大岩商事――室井グループの闇金融。嘉山も、大岩商事から十万を借りている。

「馬鹿野郎っ。いま取り込んでんだよっ。日ぃ改めて出直せって言っとけや！」

迫力満点の一喝。茂木は、まさか己のボスが半べそ顔で自分に懇願していたとは夢にも思うまい。

「はいっ、失礼しました」

茂木が弾かれたように退室した。

「なあ、世羅ちゃん。ほかの酒ならなんだっていい。だから、そいつだけは勘弁してよ」

配下の視線がなくなったとたんに、ふたたび半べそ顔に戻る室井。

「いいや。俺はロマネ・コンチィが飲みたかったい。ばってん、いまから俺がする話ばぬしが受け入れれば、返してやってもよかばい」

本当は、ワインなど飲みたくなかった――商談を有利に進めるために、一本八十万もするワインの王様を人質に取っただけの話。

「で、その話っていうのは……？」

室井が自分の正面のソファに腰を下ろし、不安げな表情で訊ねた。

「ウチの客に、嘉山義輝って客がおる。そん嘉山が、闇金六件から百二十万ば借りとるったい。大岩商事、福神《ふくじん》ローン、スマイルファイナンス、新光《しんこう》興業、Jクレジット、青嵐《せいらん》興業。こん六件が、嘉山が借りとる闇金たい」

「みんな、ウチのグループじゃないか」

「そぎゃんたい。で、ぬしに話っていうのは、嘉山の借金ば全部チャラにしてほしかったい」

「嘉山の借金を……全部チャラに？」

室井が呆気に取られたように、自分の言葉を鸚鵡《おうむ》返しに繰り返した。

「そう。ぜぇ～んぶたい」

人を食ったような口調で世羅は言った。

「じょ、冗談でしょ？　いくら世羅ちゃんの頼みでも、それは無理だよ。もう、人が悪いなぁ」

言って、ひきつり笑いを浮かべる室井。

「冗談じゃなか。嘉山から聞いたところによると、もう、六件の利息だけで百八十万以上支払っとるそうじゃなかや？　本当なら、チャラどころか過払いぶんば返還してもらうところばい」

「過払いぶんの返還って……。ちょっと待ってよ、世羅ちゃん。世羅ちゃんだって、俺らと同じ高利で飯を食ってるんじゃないか？　たとえ貸し金の十倍の利息を取っていたとしても、利息はあくまでも利息……元金からは一円も引かないってのが俺達高利貸しじゃないか？」

どうやら自分が大まじめだと悟った室井が、闇金融の鉄則を持ち出して訴えた。

「ぬしに言われんでもそぎゃんこつはわかっとるっ。わかっとる上で、嘉山の借金ばチャラにしろって言うとるったい！」

怒声――世羅は拳を応接テーブルに叩きつけた。室井の尻が、ソファの上で跳ねた。

「し、しかしだね……世羅ちゃ――」

「よかとか!?」

世羅は立ち上がり、ロマネ・コンティのボトルを高々と振り上げた。

「言うたはずばいっ。俺の話ば素直に受け入れれば、こんワインば返してやるって！　ばってん、受け入れられんって言うとなら、粉々に叩き割ってやるけんね！」

「せ……世羅ちゃんっ。話し合おう。落ち着いて……取り敢えず座って話そうじゃない中腰になった室井が、娘の喉もとにナイフを突きつける強盗を眼前《まえ》にした父親のように震え声で宥《なだ》めにかかった。

「話し合うこつはなんもなかっ。嘉山の借金ばチャラにするとか!? せんとか!? どっちや!?」

世羅は、頭上に掲げたボトルをカウボーイの投げ縄さながらに振り回した。

「わかったっ、わかったから、やめてくれっ」

涙声で絶叫する室井。世羅は、ボトルを振り回す腕をピタリと止めた。

百二十万の債権を放棄する代わりに、八十万のワインを取り戻す。一見、室井は損な選択をしたようにみえるが、事実は違う。

室井グループのトップである室井は金主である。たとえば、傘下の闇金業者は室井から一割で借りた種銭を客に三割で貸し出す、という具合だ。

順調に債権が回収できれば闇金業者は二割の儲けとなるが、債権が焦げついた場合は己が借金してでも室井に一割の利息をつけて返済しなければならない。

つまり、嘉山の債権を放棄しても室井の腹は痛まず、皺寄せは六軒の闇金業者にいく、というわけだ。

「早速ばってん、誓約書ば書いてもらうばい」

言うがはやいか、世羅は上着の内ポケットから一枚の用紙を取り出し、室井に突きつけた。

「そこに書いてある文言ば読んでみぃ」

「私、室井グループの代表者である室井重清は、嘉山義輝の以下の債権、大岩商事　弐拾伍萬円、福神ローン　壱拾七萬円、スマイルファイナンス　弐拾四萬円、新光興業　八萬円、Jクレジット　壱拾参萬円、青嵐興業　参拾参萬円の計壱百弐拾萬円を放棄することをこの書面にて約束致します」

室井が屈辱に震える声で、誓約書の文面を読み上げた。

いくら己の腹は痛まないといっても、脅迫に屈する形で債権放棄を強いられた室井の肚の内は、さぞ煮え繰り返っていることだろう。

「よし。署名欄に名前と住所ば書いて、判ば押せ」

声同様に震える手で署名捺印をする室井。世羅は誓約書をひったくり上着の内ポケットにしまうと、もう用はないとばかりにソファから立ち上がった──ドアへと向かった。

「ちょ、ちょっと……世羅ちゃんっ」

室井が慌てて追い縋り、自分の右手──ワインボトルを指差した。

「ああ。忘れとったばい。ほれ。ぬしの大事なロマネ・コンティば返してやるけん」

言いながら、世羅はボトルを室井に差し出した。室井の手がボトルに触れる寸前──世羅は、薄笑いを浮かべながら五指を開いた。

世羅の掌から転がり落ちるボトル。目尻を裂き、表情を失う室井。甲高い破損音。床に砕け散るガラス片と真紅の飛沫《しぶき》。

「あ、ああ……ああ……は、八十万が、八十万が……」

ガックリと両膝を着いた室井が、うわ言のように繰り返した。

「悪かね。手が滑ったばい」

世羅は放心の体《てい》の室井に嘲笑を浴びせ、社長室をあとにした。

☆

テラスから東京タワーが望める二十畳のリビング。十人は楽に座れるU字型のイタリア製ソファ。45型の液晶テレビ。壁際に設置された王朝風のサイドボードにキャビネット。目の覚めるような真紅の絨毯――港区芝《しば》の高層マンションの十三階が、世羅の自宅だった。

リビング以外に、十畳と八畳の洋間と十五畳のダイニングキッチンがついており、家賃は月に五十万を超える。

世羅は、他人には缶コーヒー代を払うことさえしないが、自分に投資する金には糸目をつけなかった。

自分が生まれ育った九州という土地柄は、押し出しがすべて。家も車も服も、金のかかった物を好む輩が多い。

尤も、地味で高価な物を好む東京人と違って九州人は、いくら値の張る代物でも、ひと目でゴージャス感が伝わらなければだめだ。

故に、世羅の部屋にある調度品は家具も置き時計もすべて派手なデザインが施された物で統一されており、ふんだんに金箔が使用されている。

調度品ばかりではない。数十着を超えるスーツはどれもこれもがチョークストライプ柄や総シルク製ばかりで、冬になれば豹柄の毛皮のロングコートを纏い、腕時計はこれでもかとばかりにダイヤを埋め込んだロレックスやピアジェといった具合だ。

そして女――自分の隣で迫田《さこた》のグラスにブランデーを注ぐまりえ……。

卑猥なボディラインに密着するまっ赤なワンピース、太腿が剝き出しの超ミニスカート――派手で下品で破廉恥なまりえは、自分にお似合いの女だった。

「ほうほうほう。そぎゃんね。そん情報で十分たい。ご苦労。また、あとで電話ば入れるけん」

右手にブランデーグラス。左手に携帯電話――U字型のソファの中央で大股を広げ電話をかけていた世羅は、携帯電話の終了ボタンを押した。

電話の相手は加茂。加茂は、一時間前の午後七時にオアシスを引き上げ、渋谷区東の監禁室——井原ビルで赤星と樹理の監視をしていた。

室井グループ本部に自分とともに乗り込んだ志村も、神田を出たあと加茂と合流していた。

加茂の報告——今日の収穫は、二十人の新規に八十万の、五人のリピーターに十五万の融資。因《ちな》みに、誰ひとりとして馬券を取った者はおらず、二十五人全員が木曜日の返済となる——四十七万五千円の利息が、世羅の懐に転がり込む。

通常は、一開催で平均して三十人の新規客に融資をしていることを考えると二十人は少な過ぎるが、第三レース以降に自分と志村が室井のもとへ行き、まりえが客引きをできなかったので仕方がない。

報告は、それだけではなかった。ある男の情報。むしろ自分は、今日の融資状況よりもその情報のほうが気になっていた。

「早速ですけど旦那、これを。できるだけご希望に沿ったものを揃えたつもりですぜ」

迫田がちびちびとブランデーを舐めながら、書類封筒の束を差し出した。それぞれの書類封筒の表面には、設立年月日、資本金、当座の有無などがマジックで書かれていた。

世羅は迷わず、昭和五十二年設立、資本金二千万、当座預金有りの書類封筒の中身を取り出した。

「さすが旦那、お目が高い。そいつは、一番の上物ですぜ」

迫田が胸前で揉み手をしつつ、出っ歯を剝き出しに卑しく笑った。

迫田は休眠会社売買を生業《なりわい》にしている。休眠会社とは、文字通り眠っている会社――活動していない会社のことをいう。

休眠会社の相場は、有限会社で資本金三百万、設立五年未満が二十万、株式会社で資本金一千万、設立五年未満が三十万となっている。

資本金が多ければ多いほど、設立年月日が古ければ古いほど、休眠会社の価値は高くなる。当座がついていれば、さらに値は上がる。

「で、こん会社はいくらや？」

世羅は、ビールを飲むようにブランデーをひと息に呷《あお》ると、身を前に乗り出し訊ねた。

「えっへっへ。本当は一本はいく代物なんですが、旦那には特別に八十五万にしときますわ」

こすっからい笑みを土色の顔に湛えた迫田が、薄い眉毛を八の字に下げた。

「ねえぇ……迫田さん。もうちょっと、勉強してくれなぁい？」

まりえが迫田の枯れ枝のような細い腕に乳房を押しつけながら、甘ったるい鼻声で言った。

「う～ん。まいったなぁ」

だらりと鼻の下を伸ばす迫田が、禿《は》げ上がった頭頂までまっ赤に染めて顔面の筋肉を弛《し》緩《かん》させた。

「仕方ないっ。まりえちゃんにせがまれちゃあな。じゃあ、五万をおまけして八十万っ。もうこれ以上は、ビタ一文もまけられませんぜ、旦那」

迫田が掌で膝を叩き、芝居がかった口調で言った。

世羅は、謄本に眼を落とした。

会社名は株式会社　西島《にしじま》物産。業務内容は、革製品の輸入販売。会社所在地は中央区《ちゅうおう》日本橋《にほんばし》となっていた。

「ところで旦那、休眠会社をなんに使うんですかい？　取り込みですかい？　オフレコにしときますんで、教えてくださいよ」

井戸端《いどばた》会議を生き甲斐《がい》にする主婦さながらの興味津々《しんしん》の眼差《まなざ》しを向ける迫田。

「ぬしには関係のなかこつたい」

世羅はにべもなく言った。

休眠会社の購入者には、大別してふた通りのタイプがいる。

まずは、会社を興したいが資本金がなく、休眠会社を購入するタイプ。

会社を興すには有限会社で三百万の、株式会社で一千万の資本金が最低限必要になる。

だが、休眠会社を買えば、数十万の資金で会社を設立できるというわけだ。

休眠会社の売買代金のほかにも、役員変更に三万の、定款《ていかん》変更に一万の、本店所在地変更に六万の、合計十万の費用がかかるが、一から会社を作るよりは遥かに安くつく。

次に、取り込み詐欺などの目的で、休眠会社を購入するタイプ。

手形を乱発して取り込んだ商品を右から左に横流しして現金化し、倒産させるという手口だ。

休眠会社の購入者のほとんどが後者のタイプであり、金儲けの道具として使っている。

世羅も金儲けの目的で休眠会社を購入するのは同じだが、方法が違う。

世羅の目的——商品をパクることではなく、直接に現金を引っ張ること。

この休眠会社は、若瀬から一千万の金を吐き出させるのに重要な役割を果たす。

むろん、迫田に本当のことを言うつもりはない。

蛇《じゃ》の道は蛇《へび》——どこでどうやって、若瀬と迫田に繋がりがあるかわからない。それに、自分を迫田は裏切る可能性がある。なぜならば、迫田はこの部屋を出るときには自分を恨んでいるからだ。

「わかりやした。深くは訊きませんぜ。じゃ、お代金のほうを……」

歯周病でぶよぶよに腫れ上がった歯茎《はぐき》を剝き出しにした迫田が、受け皿のように重ねた両手を差し出した。鼻がひん曲がるような口臭に、鼻粘膜が腐りそうだった。

「その前に、簿外債務はついとらんだろうな？」

世羅は、謄本に舐め回すような視線を這わせながら訊ねた。

簿外債務とは、帳簿に記載された金融機関以外からの借金——その大部分が、闇金融からの借金だ。

簿外債務のある休眠会社を購入した場合、新しい代表取締役がその負債を背負《しょ》い込むことになる。闇金業者は不良債務者が法人の場合、こまめに謄本をチェックする。会社の登記簿謄本は、法務局に行けば誰でも閲覧できる。しかし、閲覧コーナーに一般人の姿は皆無に等しく、閲覧者の九十パーセント以上が金融業者で占められているのが現実だ。

故に、不良債務者の謄本に新しい動きがあればすぐに闇金業者の知るところとなり、会社にガラの悪い連中が勢い込んで乗り込んでくる、というわけだ。

「もちろんですぜ。闇金のプロの旦那に、そんなまねをしてもすぐにバレますからね」

迫田の言うとおり、闇金業者が休眠会社を購入する場合は、謄本をネットワークにファクスで送付するので、債権者がいれば名乗り出てくる。闇金融のネットワークは密接で、どこそこの業者がいくら貸しているという情報が瞬時に入る。普段は交流のない業者であっても、明日は我が身ということもあり、己がその会社に融資していれば正直に名乗り出てくるものだ。

「そうね。じゃ、休眠会社の代金ば払わないかんね」

上着の内ポケットをまさぐる世羅の手もとを、迫田が黄色く濁った眼でねっとりとみつめた。

「ほらっ、取っとけ」

世羅は、茶封筒を迫田の手に放り投げた。

「へっへっ、ありがとうござい……」

封筒の中を覗いた迫田が、言葉尻を呑み込んだ。

「旦那、こりゃ、なんですか!?」

封筒の中におさまっているのは、一万円札が五枚。迫田が頓狂な声を上げるのも無理はない。

志村がいれば、鳩が豆鉄砲を食らったような迫田のリアクションをまねることだろう。まりえもまた、びっくりしたような顔で自分を振り返った。

「決まっとろうが。休眠会社の売買代金たい」

「またまたまた〜。旦那、冗談きついですぜ。五万ぽっちじゃ、経費にもなりませんぜ。ったく、旦那も人が悪いなぁ」

迫田が額を掌で叩きつつ、大声で笑った。

「口が臭かけん、大口ば開けて笑うとはやめろ。客ば下で待たせとるけん、用事が済んだらさっさと帰らんね」

世羅の言葉に、迫田の笑いが氷結した。もちろん、口が臭いと言われたことにたいしてではない。

「旦那、まさか、本気で言ってるんじゃないでしょうね？」

「くどかね、ぬしも。俺の相場では、こん休眠会社は五万の価値しかなかったい」

「俺の相場って……。設立二十五年で資本金が二千万、しかも当座付きの休眠会社ときたら、百万でもひく手数多《あまた》ですぜ⁉　旦那がそういうつもりなら、この話はご破算です。そいつは、返してもらいますぜ」

謄本を取り戻そうとする迫田の手を払い除けた世羅は、胸ぐらを摑み勢いよくソファから立ち上がった。

「ぬしゃ、沼津《ぬまづ》商会の屋井田《やいだ》って男ば知っとるだろ？」

世羅は、迫田の胸ぐらを摑んだ両手を引き寄せた――バレリーナさながらに爪先立ちになる迫田。

「し、知ってますよ。三ヵ月前に、休眠会社を売ったお客さんです。それが……なにか？」

苦しげに眉間に縦皺を刻み、喘《あえ》ぐように迫田が言った。

「なにか？　じゃなかったいっ。屋井田はな、ぬしから買い取った休眠会社ば使って、あるインポートブランドの店から二千万相当の商品ばパクったったい。そんインポートブランドの店は、矢切組の若頭補佐の情婦がやっとった店だったったい」

加茂からの情報。沼津商会は、矢切組の若頭補佐――猪浜《いのはま》の女の店から、ヴィトン、シャネル、エルメス、グッチなど高級ブランドの衣服やバッグを、手形で仕入れるだけ仕入れたのちに売り払い夜逃げした。

猪浜は、矢切組の息がかかっている闇金業者や不動産業者にファクスやインターネットを使って屋井田のデータを回し、情報提供者には三百万の懸賞金を出していた。が、屋井田が失踪したいま、迫田が休眠会社を売ったと立証する手立てはなかった。ハッタリ——迫田は、まんまと自分の口車に乗った。

「え!? 矢切組の? で、でも、俺にゃ関係のないこってすよ。休眠会社を買い取った客がやったことの尻《ケツ》がいちいち回ってきたんじゃ、躰がいくつあっても足りませんぜ」

青褪めた迫田が、己に言い聞かせるように言った。

「だったら、矢切組に同じ言い訳ばしてみるとよかたい。俺は休眠会社ば売っただけだけん、あんたの愛人が商品ばパクられたこつなんぞ関係なか、ってな」

言うと、世羅は迫田をソファに突き飛ばし、携帯電話を取り出した。十一桁の番号ボタンを押した。

『はい、もしもし』

三回目のコール音が途切れた——受話口から流れてくる加茂の低音。

「どうもどうも、世羅です。若頭補佐の猪浜さんの耳に、ちょっと入れたか話があるとですが」

『社長、迫田の件でひと芝居打ってるんですか？』

「そぎゃんですたい。例の屋井田の件ですばってん……」

迫田が自分の足にしがみつき、五万で結構です、と半べそ顔の囁き声で訴えた。

「あ、来客がきましたけん、また、あとでかけ直しますばい」

世羅は心でほくそ笑み、終了ボタンを押した。

「ひどい人だ……。こんなの、ルール違反ですぜ」

恨み言を垂れつつ、迫田が五万の入った封筒をスラックスのポケットに捩じ込みソファを立ち上がると踵を返した。

「ちょい、待たんや」

世羅は、迫田の肩を背後から鷲摑みにし、振り向かせた。

「なんです……あっ！」

世羅は、迫田のポケットに右手を押し込み封筒を奪い取った。

「テーブルチャージと酒代ば払って貰うけん」

言って、封筒から四万を引き抜いた世羅は一万だけを迫田に放った。

「な、なんですって!?　ブランデーを一杯しか飲んでないのに四万円だなんて、それじゃボッタクリじゃ――」

最後まで、言わせなかった――世羅は、迫田の禿げ上がった頭頂に頭突きを食らわせた。小柄な迫田が床に転がり、額を押さえてのた打ち回った。

「ぬしんごたる腐乱死体に涌《わ》く寄生虫んごて男に、四の五の言われる筋合いはなか！」

世羅は罵声を飛ばしつつ、迫田の足を摑むとゴミ袋のように玄関へと引き摺った。

背中に一撃——ドアを開け、迫田を外へと蹴り出した。くたびれた靴を放り投げ、ドアを閉めた。

百万の価値の休眠会社がたったの一万——笑いが、止まらなかった。

世羅は、弾む足取りでリビングへと戻った。

「相変わらず、強引で、暴力的で、究極のジコチューなんだからぁ。でも、そんな世羅ちゃんが好きっ」

世羅の力士並みの腹回りに抱きつくまりえが、スラックス越しに股間部をまさぐってきた。

「ねえぇ……疼《うず》いてきちゃった。しよ？」

まりえが潤む瞳で見上げ、今度は、自分の手を己のパンティの中——秘部へと導いた。

まりえのそこは、瞳に負けないくらいに熱く潤んでいた。

「やめんね。そぎゃんこつしとる暇はなか。及川《おいかわ》ば下に待たしてあるとだけん」

世羅はまりえから手を引き抜き、ソファへと戻った。

及川——今回のシナリオの主役。七福ローンの元債務者。売れない劇団員。

若瀬から一千万をかっ剥《ば》げるかどうかは、及川の演技《うで》にかかっている。

「もう少し、待たせておけばいいじゃん。ね？」

四つん這いで自分の膝に顎を乗せ、尻をくねらせおねだりするまりえ。

「いち段落ついたら子宮が破裂するほど突いてやるけん、いまは我慢ばしろ」

ぷいっと膨れ面で横を向くまりえを視界から消し、世羅は携帯電話を手に取った——番号ボタンをプッシュした。

『はい』

物静かな声音——及川が、二回目のコール音の途中で電話に出た。

「世羅たい。一三〇二号室だけん。上がってこい」

終了ボタンと短縮ボタンを連打した。

『どうでした？　迫田のほうは』

電話に出るなり、加茂が訊ねた。

「ああ。一万で、買い叩いてやったばい」

『一万！　社長、さすがですね』

加茂が大声を張り上げた。

「それよか、赤星と女はどぎゃんや？」

『赤星のほうはかなり参ってるのかおとなしくなりましたが、女のほうは相変わらず強気ですね』

「若瀬がなんとかしてくれると思っとるとだろう。ま、そんうち、諦めるたい」

若瀬は、渋谷区東の監禁室の存在を知らない。もちろん、このマンションの所在は知っているが、ここに赤星も樹理もいない以上、乗り込んでも時間の無駄だ。

考えられるのは、退職金の受け渡し日に大帝銀行で待ち伏せすること。その日は、否《いや》が応《おう》でも赤星は姿を現さなくてはならない。

だが、それは計算のうちだ。当日は、自分や加茂は当然のこと、七福ローンの非常勤社員のゴロつきを総動員して赤星をガードするつもりだった。

荒事《あらごと》ならば、負けはしない。

インタホンのベル。

「客がきたけん切るばい」

世羅は一方的に告げると電話を切り、まりえに目顔で合図した。

中ドアを抜けたまりえが、ほどなくしてひとりの男を従え戻ってきた。

よれよれのポロシャツに包まれた脂肪太りの肉体、色褪せたブルージーンズ、寝ぐせのついた伸び放題の髪、頬に散らばる無精髭——及川が、世羅を認めて深々と頭を下げた。

「おう、よくきたな。ま、座れや」

世羅に促された及川が、失礼します、と蚊の鳴くような声で言うとソファに腰を下ろした。

　及川は自分より七つ上の三十五歳。コンビニエンスストアで細々とアルバイトをしながら、影絵帝国《かげえていこく》という劇団で未来の舞台スターを夢見ている。

「あ、あの、百万のギャラが頂ける仕事って、なんでしょう？」

　組み合わせた己の掌に視線を落としつつ、及川が怖々と訊ねた。

　及川には、電話では報酬の話しかしていなかった。

「そう焦らんと、取り敢えず一杯やらんね。おい、まりえ。酒ば注いでやらんや」

　まりえが、カミュ・XOのボトルを両手でかかえ、及川に擦り寄った。ブランデーグラスを手に取り遠慮がちに差し出す及川。

　気弱で線が細く遠慮がちにみえる及川だが、舞台に立てばまったくの別人となる。

　世羅は一度だけ、劇団影絵帝国の公演を下北沢《しもきたざわ》の劇場まで観《み》に行ったことがあった。芝居に、興味があったわけではない。及川の返済が滞り、切り取りに行っただけの話。

　物語の内容は忘れたが、及川の役どころは精神を病んだ作家だった覚えがある。

　編集者に至れり尽くせりの手料理を振る舞ったかと思えば、一時間後には鞭で叩きながら口汚なく罵倒する。妻に激しい暴力を振るっていたかと思えば、一時間後にはアイロン掛けをする、といった具合に、現代版ジキルとハイドを見事に演じきっていた。

　芝居だとわかっていながらも、及川は本当に二重人格者ではないのか？　と思わせる演技力に世羅はいたく感心したものだ。

もちろん、公演終了と同時に楽屋に乗り込んだのは言うまでもない。

「ぬし、百万のギャラのためならどぎゃん芝居でもやるや?」

世羅は、ショートホープを口角に押し込みながら、さりげなく切り出した。まりえのパールピンクのマニキュアが塗られた五指に包まれたカルティエのライターが眼前に現れた。

「それはもう、喜んで」

生白くむくんだ顔を微かに紅潮させ、すかさず答える及川。

及川は、純粋に演劇関係の仕事を貰えると信じて疑わない。まさか、己が詐欺の片棒を担がされようとしているなど、夢にも思っていまい。

自分の意図を知ったら、きっと及川は腰を引くに違いない。闇金融から一千万を騙し取るなど、及川でなくても及び腰になるのは仕方がない。

が、世羅には自信があった。自分の意図を知っても、及川が芝居を引き受けるだろうことに。

主役級の役を貰っているとはいえ、しょせんは貧乏劇団員。公演を打てば打つほど赤字がかさみ、ギャラを貰うどころの話ではない。

食うや食わずの生活を送っている及川にとっての百万は、少なくとも自分にとっての一億に値する。

「ところで、その仕事はテレビかなにかですか？」

及川が、期待と不安の入り交じった顔で訊ねた。世羅は首を横に振った。

「では、舞台？　なわけないですよね？　だって、百万のギャラを貰える公演なんて――」

「それが、あるとたい。これば、声ば上げて読んでみんね」

及川の言葉を遮り、世羅は一枚のA4用紙をテーブルに置いた。

訝《いぶか》しげに眉をひそめ、及川が用紙を手に取った。

「役柄データ。氏名、野々村辰夫《ののむらたつお》、年齢、四十歳、会社名、株式会社ドリーム出版、役職、代表取締役、業種、出版会社、会社所在地、港区西新橋《にししんばし》、年商、一億五千八百二十万、年収、二千四十万、従業員数、三名、自宅住所、世田谷《せたがや》区経堂《きょうどう》、住居形態、賃貸マンション、家族構成、独身、恋人、嘉山広子……。これは……なんですか？」

活字から移した視線を自分に向けた及川が、疑問符に埋め尽くされた顔で訊ねた。

「質問はあとたい。ほれ、次」

世羅はショートホープの濃霧を鼻孔から撒《ま》き散らしつつ、さらに二枚の用紙――嘉山広子と若瀬についてのデータを及川に渡した。

わけがわからないといった表情で、ふたりのデータを読み上げる及川。世羅は、その間に二本の煙草を灰にし三杯のブランデーを胃袋に流し込んだ。

「……で、これは、なんですか？」

三枚のデータを読み終えた及川が、さっきと同じ質問を繰り返した。

「ぬしの役どころは野々村辰夫、大繁盛しとる出版会社の社長たい。まりえ……いや、嘉山広子は渋谷のキャバクラ嬢で、ぬしはパトロンだけん」

「ちょ、ちょっと待ってください。話の趣旨が、全然摑めないんですが……」

「だけん、そればいま説明するところたい。広子は野々村ば連れて風俗嬢ば専門に融資しとるレディサポートに行く。目的は、一千万の融資ば受けるためたい。使い途は、五カラットのダイヤモンドの購入資金たい。ばってん、水商売の女が一千万もの大金ば借りれるわけがなか。そこで、広子はパトロンの野々村ば連帯保証人として連れてきたっちゅうわけたい」

「それって……私に、闇金融から一千万を騙し取れってことですか？」

「大当たりばい」

満面の笑みを浮かべて頷く世羅をみて、及川の顔からさっと血の気が引いた。

「ま、まずいですよ、詐欺じゃないですか……。訴えられたら、どうするんですか!?」

干涸《ひから》び声で訴える及川。まずは、予想通りの反応。

「訴えられるこつは、万にひとつもなか。利息制限法違反、出資法違反。そぎゃんこつばしたら、逆に自分の首ば絞めるだけたい。出資法の法定金利ば超えた利息で商売しとる闇金融は、不法原因給付ってやつで、契約自体が無効、つまり、裁判なんてできんゆうこったい。なぁんも、心配するこつはなかよ」

世羅は、初めての見合いを目前にした会員の不安を取り除く結婚相談所のアドバイザーのように、柔らかな声音で諭した。

「しかし、訴えられなくても、殺されますよ……。社長さんだって、五万円をお借りしていたときに、一日延滞しただけで劇場の楽屋まで乗り込んできたじゃないですか？　今度は五万じゃなくて、一千万ですよ⁉」

及川が、ざくろ色に染まった唇をわなかせた。これも、予想通りの反応。

「じゃあ訊くばってん、ぬしの名前と住所ば、若瀬はどぎゃんやって知るとや？」

「え？」

「レディサポートば訪れるとは出版会社の社長の野々村辰夫であって、劇団員の及川結介《ゆうすけ》じゃなかとばい。名前も、職場も、住所も、生年月日も、ぜぇ〜んぶ他人のもんたい。髪形も変えて眼鏡ばかけて、実行日までに髭でん蓄えれば完璧たい。すべてが終わったあとに、髪形ば戻して、眼鏡ば取って、髭ば剃れば、偶然街で若瀬と出くわしても絶対にわからん」

本物の野々村辰夫は、及川と同じ元七福ローンの債務者だった。

野々村は出版会社を細々と経営していたが、活字離れ現象と慢性の不景気のダブルパンチに敢え無く倒産の憂き目に遭い、一週間ほど前に七福ローンに再融資を申し込んできたのだった。

いくら客を選ばないといっても、さすがに無職の人間に金は貸せない。世羅は、懇願する野々村をにべもなく断った。

が、状況は変わった。若瀬を嵌めると心に決めた昨夜、世羅は野々村に連絡を入れた。職なし金なし未来なしの破滅者だったが、世羅にとって野々村は宝の山だった。

世羅は融資を口実に、品川の白金プリンセスホテルの一室に野々村を呼び出した。室井の事務所を出た足で、世羅はホテルへと向かった。

野々村は、七福ローンで金を借りていた数ヵ月前に比べてげっそりとやつれ果てていた。生気のない澱んだ眼が、野々村の現況を代弁していた。

野々村から話を聞くほどに、世羅の口角は吊り上がった。

野々村の負債はトータルで三千五百万にも達していたが、幸いなことに銀行を始めとする金融機関の債務はなく、その一切が取次店と印刷会社のもの――取引先への借金だった。

世羅が必要とする野々村の宝物は、金融機関からの借金があれば意味をなさないものだった。

宝物——野々村の戸籍、そして自宅の賃貸マンションと会社の賃貸ビル。

若瀬は当然、連帯保証人の野々村辰夫の自宅や会社に足を運ぶことだろう。その際に、銀行やサラ金、ましてや闇金融の連中とバッティングしたらすべてが台無しになる。

野々村の融資希望金額は十万。本当はもっと借りたかったのだろうが、七福ローンの融資の上限が五万だということを考慮した末の金額だったに違いない。

世羅は、無言で百万の現金を野々村の眼前に積んだ。眼をまるくする野々村に、戸籍の買い取りを申し出た。同時に、夜逃げを勧めた。

野々村を説得する必要はなかった。もともと独り身の上に、なにもかもを失った野々村が躊躇《ためら》う理由はなにもなかった。


「し、しかし、もしものことを考えたら怖くて……。それに、気が咎《とが》めますし……」

及川が俯き、消え入りそうな声で言った。

世羅は、上着の内ポケットからパンパンに膨らんだクロコダイルの財布を取り出し、輪ゴムで括られた札束を無造作に引き抜くとテーブルに放った。

及川の眼球が、札束に吸い込まれた。

「半金の五十万たい。残りの五十は、舞台が終わってから払うけん」

「社長さん。本当に、警察や危ない人達に追われたりしないって保証がありますか？」

札束から自分に血走った眼を向けた及川が、罅割《ひび》れ声で訊ねた。

世羅は、心で及川を嘲《わら》った――恐怖心も良心も、金の魔力《ちから》の前では無力だった。

「俺が保証するけん。それじゃあ、話ば先に進めるばい。ぬしが連帯保証人になるゆうこつば、若瀬は訝しがる。レディサポートの利息は五日で五割。一千万ば借りれば五百万の利息がつく。連帯保証人の判ばつくいうこつは、女の債務ば背負ったも同じ。五日後に一千五百万の金ば払わないかんこつは眼にみえとる。なんで自分が買ってやらんとだろうか？　そうすれば、五百万の利息は払わんで済む。そぎゃんじゃなかね？」

世羅は、競輪選手の太腿並みに太い首をぐいと前に突き出し及川に訊ねた。

「そ、それはそうでしょう」

自分から逃げるように上体をうしろに反らし、同意する及川。

「そこで、俺はこういう筋書きば描いた。広子は、親父にずっとダイヤば買ってほしかと頼んどった。親父は、口約束はしたばってん、なかなか買ってくれん。業《ごう》ば煮やした広子は、実力行使に出ようと考えた。高利の金融で金ば借りてダイヤば買い、親父には事後報告ばする。当然親父は烈火の如く怒る。ばってん、ヤクザんごたるところから借りた金ば返せんごつなると、娘がどぎゃん目にあわされるかわからん。娘だけじゃなく、自分の会社にも乗り込まれる。広子の親父は、業界最大手の富士見証券の支店長だけん、体面ば気にするとたい。つまり、やったもん勝ちで、親父は泣く泣く娘の債務ば肩代わりする、というわけたい」

「しかし、その……この女性《ひと》は広子さんじゃないんですよね？　ということは、本当の広子さんのお父さんが、偽者の広子さんの借金を肩代わりするなんてありえないんじゃないでしょうか？」

　嘉山広子のデータとまりえを交互にみやりながら、及川が言った。

「当然たい。ばってん、若瀬は申し込みにきとる広子が偽者だとは思っとらん。だけん、娘に泣きつかれた親父が代払いばする確率は高かと踏む」

「そうだとしても、広子さんは事後報告するわけだから、お父さんは保証人になってくれませんよね？　いや、そういう問題じゃなくて、もともと偽者の広子さんの借りるお金の保証人になるわけないですよね？　となれば、若瀬さんって方は、父親が借金の肩代わりをしてくれるだろうという見込みだけで、一千万もの大金を貸したりはしませんよ」

　及川が、受け売りのワインの蘊蓄《うんちく》をこともあろうにソムリエにたいして披露する勘違い男のように得意げに小鼻を膨らませた。

　不意に、及川の鼻骨と前歯をへし折ってやりたいという凶暴な衝動に駆られたが、我慢した。

　及川のためではなく、金のため。そう、及川がいなければ、この大がかりな絵図は完成しない。

「わからんやつばい、ぬしも。広子のシナリオは、若瀬のぬしらにたいしての疑念ば晴らすためたい。よかか？　本物の広子の親父が保証人になるならんは関係なかったい。重要なこつは、若瀬が広子の話ば聞いて、なんでぬしば連れてきたか、なんでぬし自らがダイヤば買ってやらんと、わざわざ高か利息がつく金の連帯保証人になろうとしとるかの理由ば、納得するこつたい」

ヒクつくこめかみ――怒張する血管。世羅は、蚊の触覚ほどに頼りない忍耐力を掻き集め、諭し口調で言った。

「はあ……おっしゃっている意味が、よく、わからないんですが……」

「まだわからんとやっ、ぬしゃっ!!　それとも、耳糞《みみくそ》が詰まって俺の言うこつが聞こえんとかっ!?」

世羅は及川の襟首を摑み、引き寄せ、前後に揺すりつつ怒声を浴びせた。

「く、苦しい……」

及川の顔面が膨張し、赤黒く鬱血した。

「世羅ちゃん、まずいわよ」

いつもなら爆笑するまりえも、及川の重要性がわかっているのだろう、珍しく仲裁に入った。

らしくないまりえの行動に我を取り戻した世羅は、及川を突き飛ばした。

「す、すいませ……ん……でし……た。今度は……理解しますので、もう……一度、説明してください……」

及川がソファに倒れ込み、喉を擦《さす》りながら息も切れ切れに言った。

「だけん、女が一千万のダイヤば買うとに、目ん玉が飛び出るごたる利息がつく借金の連帯保証人になるとなら、闇金から借りんでぬしが金ば出してやったほうが得と、誰でんそう思うだろうが？　ばってん、偽広子に、借りた一千万の返済は親父に払ってもらうけんって言われて、ぬしには絶対に迷惑はかけんって言われて、そん言葉ば信用して渋々連帯保証人ば引き受けたって形にすれば、若瀬が疑うことはなか。ここまでは、わかったや？」

弾かれたように、及川が頷いた。

「そうなると、若瀬はぬしに手形ば要求してくる。額面は五割の利息ば込んだ一千五百万、振出日は五日後になる。女の親父が金ば出さんときの保険たい。こっからが重要だけん、耳ん穴ばかっぽじいて、よぉ〜く聞けよ。ぬしは、手形の振出日ば十日後に延ばすこつと、利息ば二割にディスカウントするこつば条件に出す。そん条件ば呑めんかったら、連帯保証人にはならんて言うとたい」

「そんなことを言ったら、お金を貸してくれないんじゃないんですか？」

「うんにゃ。金貸しの心理として、利息ダウンば言うてくる奴は返済の意思があると考えやすかとたい。申込者が融資条件に難色ば示せば示すほど、逆に信用が深まる。端《はな》から踏み倒そうとしとる奴は、融資条件がどんだけ悪くても関係なかけんね。だけん、ぬしは渋るだけ渋って、場合によっては席ば立つくらいのつもりでおれ」

脳裏に蘇る、一週間前のオアシスでの光景――利息を渋る赤星をみて、世羅は完璧に信用してしまった。

込み上げる屈辱――沸騰する脳漿《のうしょう》。

一刻もはやく、若瀬の吠え面を拝みたかった。

「で、どぎゃんするとや？　やるとや？　やらんとや？」

世羅は、深刻顔で腕組みをする及川を見据え、ショートホープをくわえた。ライターの炎を差し出すまりえ。

煙草が三本灰になる間も、及川はずっと同じ姿勢で思案していた。

「やらせて頂きます」

四本目の煙草に火をつけようとしたときに、及川が迷いを断ち切るようにきっぱりとした口調で言った。

「よっしゃ。今後のスケジュールば説明するけん。まず、俺は買い取った休眠会社の名称変更と役員変更の手続きばせにゃならん。それと、まりえば本当に渋谷のキャバクラに勤めさせるけん。もちろん、嘉山広子としてたい。ほかにもやるこつは一杯あるばってん、二週間あれば準備は整う。今日は八月十日だけん、いまの予定としては二十五、六日頃ば実行日と考えとる。ぬしはそん間に、渡した三枚のデータばしっかりと頭に叩き込んで役作りばしとけ。とくに、嘉山広子はぬしの恋人だけん、詳細漏らさんように暗記せんばならんばい。あとは、出版会社についての勉強ばしとけ。髪形とか服装の変装はぬしに任せるばってん、イメージとしては、四十歳で出版会社ば経営するやり手の青年実業家ってところたい。明日から実行日まで、毎日こん時間に打ち合わせばするけん。なんか、質問はあるや？」

ひと息に喋った世羅は、火をつけたばかりのショートホープを灰皿に押しつけソファから立ち上がった。

「一晩考えればいろいろと出てくるかもしれませんが、取り敢えず、いまのところはなにもありません」

「そぎゃんや。じゃあ、俺はいろいろやるこつがあるけん出かけるばい」

「あ……私もそろそろ——」

「ぬしはもうちょっと残って、まりえ……いや、広子とリハーサルばしとけ。ぬしらは恋人同士だけん、息がピッタリ合っとかんと困るけんね」

世羅は、意味ありげに片頬で笑い、まりえを目で促した。中ドアを抜けた。あとに続くまりえが後ろ手で中ドアを閉めるのを確認し、世羅は振り返った。

「なぁに？」

「ぬし、あん男とボボばしろ」

世羅は、まりえの耳に鱈子唇を近づけ囁いた。

「ええ!? いやよそんな――」

「シッ。声がでかか」

まりえの口を、というより、顔半分を掌で塞いだ。

「よかか？ あん男の気ば変えさせんためには、ぬしの協力が必要たい。ぬしのエロか肉体で迫れば、どぎゃん男も理性ば失う。乳の谷間でんみせて細っこかちんぽば扱《しご》いてやれば、一発でブレーキが壊れる。な、一回でよか。あん男が心変わりばしたら、若瀬ばギャフンと言わせられんとたい。一回だけ、ボボばしてくれるだけでよかけん」

そう、一回で十分。翌日まりえが、及川に犯されたと自分に泣きつく。若瀬から一千万を騙し取ることに成功したら水に流してやるという自分の言葉に、及川は頷くしかない――二度と、あとには退けなくなる。

若瀬の鼻を明かすためなら――金のためなら、まりえがどこの誰と寝ようが構わなかった。

くぐもった声を上げ、首を横に振り続けるまりえ。

「そうや。ぬしがそげんつもりなら、もう、二度とボボばしてやらんばい？　それでんよかとや？」

左右に往復していたまりえの首の動きが、ピタリと止まった。

「どぎゃんすっとや？　もう二度とこれば貰えんか、それともあん男とボボばするか？」

世羅は、自慢の巨根をスラックス越しにまりえの手に握らせ、二者択一を迫った。涙を頬に伝わせ、頷くまりえ。

「そん頷きは、あん男とボボばするって意味に取ってよかとね？」

もう一度、まりえが頷いた。

「いいコばぁ〜い」

世羅はまりえの口から手を離し、幼子にするように頭を撫でてやった。

「その代わり……明日は……一晩中かわいがってもらうからね？」

右手で自分の巨根を握り締めたまま、左手で涙を拭きながらまりえがしゃくり上げつつ言った。

「わかったけん、はやくこん手ば離して、部屋に戻れ」

名残惜しそうに世羅を解放したまりえが、身を翻し中ドアの向こう側へと消えた。

いまから、渋谷のキャバクラへと向かい、マネージャーであり七福ローンの債務者でもある桂木《かつらぎ》にまりえの臨時雇用を承諾させれば、すべての役者が揃う。

約二週間後に若瀬は、ナンバー2でいたほうがよかったと、思い知ることになるだろう。

後悔先に立たず――一度燃え上がった炎《じぶん》を消すことは、誰にもできはしない。

「俺が鎮火するとは、ぬしが燃え滓《かす》になったときたい」

呟き、世羅は外へ出た。

［7］

約二十坪の空間。毛足の長いクリーム色の絨毯。室内の中央にモスグリーンの応接ソファ。白大理石仕様のテーブル。テーブル上の花瓶に挿された琥珀色のバラ。外堀《そとぼり》通りを見下ろす窓を背にしたローズウッド素材の重厚なデスク。壁際にはファイルがぎっしりと詰まった特大の書棚。書棚の隣には高級酒が並ぶキャビネット。壁にかけられたシャガールの絵画。

赤坂に建つ光進《こうしん》ビルの最上階――七階の明星《みようじよう》企画の応接室のソファで、若瀬はブラックのコーヒーを片手にある人物を待っていた。

ある人物――矢切組若頭の蒲生。

経営コンサルタントの看板を掲げる明星企画は、矢切組のフロント企業だ。

経営コンサルタントを隠れ蓑《みの》に明星企画は、M&A――企業買収、占有、大口債権の取り立てを生業《なりわい》にしている。

この光進ビルは矢切組の所有であり、ほかの階には、クラブ、不動産会社、金融会社、建設会社、輸入洋品店、英会話スクールなどが入っている。

むろん、各テナント業者が明星企画同様に矢切組のフロント企業であるのは言うまでもない。

若瀬の携帯電話に蒲生から連絡が入ったのが、二時間前の午後一時頃。一週間前――世羅と決別した日の夜、若瀬は蒲生にあることを依頼した。

若瀬はソファの背凭《せもた》れに深く身を預け、ラークに火をつけた。眼を閉じた。

――ぬしとは、古くからのつき合いたい。だけん、金ば出せとは言わん。そん代わり、赤星の退職金の三千万は全部俺が貰うけん。それで、こん話はチャラたい。

マディソンホテルの喫茶ラウンジ。ビールを呷りつつ、当然、といった表情で世羅は言った。

あのとき、若瀬は認識した。世羅が、そこらの愚か者となんら変わらないことを。そして決意した。自分に牙を剝《む》いた過去の愚か者達同様に、世羅を無窮の闇に葬り去ることを。

背後で、ドアの開く音。眼を開けた。火をつけたばかりの煙草を灰皿に揉み消し、若瀬は立ち上がった。振り返った。

「待たせたな」

濃紺のダブルスーツに身を包む屈強なふたりの男を従えた、ソファと同系のモスグリーンのシングルスーツを着た小柄な男――蒲生が、ノーフレイムの眼鏡越しに柔和《にゅうわ》に瞼を細めた。

「今回は、私のためにお力添えをくださり、ありがとうございます」

若瀬は、両手を太腿の横に当て、深々と頭《こうべ》を垂れた。

世羅とは違い、目的達成のために必要とあらば自分は、僕《しもべ》を演じることを厭わない。

重要なのは、過程ではなく結果だ。過程がどうであれ、最終的に蒲生が自分の足もとに跪《ひざまず》けば、それでいい。

「礼は、まだはやい。私の情報が、役に立つかどうかわからんからね。ま、取り敢えず座ってくれ」

蒲生が、自分の正面のソファに腰を下ろしながら言った。軽く一礼し、若瀬も腰を下ろした。

「どうだ？　商売のほうは？」

焦茶《こげちゃ》色の細長い煙草――モアをくわえた蒲生が、柔和な笑みを湛えつつ訊ねた。

蒲生の背後に立ち尽くす、ふたりのうち若いほうの男がライターの火を差し出した。ふたりとも、その隙《すき》のない物腰と剣呑な光を放つ眼つきから察して矢切組の組員だと思われるが、周囲の眼を考えた蒲生が地味な身なりをさせたのだろう。

周囲の眼――隣室で仕事に追われる明星企画の社員達は、経営者がヤクザであることを知らない。

警察《てき》を欺《あざむ》くなら、まずは社員《みうち》から、というやつだ。

蒲生とは、先月、矢切組の息がかかったこのビルの一階のクラブで酒を飲んで以来だった。

七三にわけた髪、華奢な体軀、生白い顔――眼前の柔弱な男が、殺戮集団と同業者から恐れられる矢切組の若頭とは思えない。

へたをすれば酒の席などで、堅気に絡まれることもあるだろう。

だが、若瀬は知っている。羊の皮を被った蒲生の凶暴な素顔を。

半年前。関西の広域組織の二次団体、暁会の若頭を相手にした掛け合いの席。蒲生は、軽はずみに絡んできた暁会の若い衆の言葉尻を捉えて、それまでの紳士顔を修羅の面相に変貌させて逆襲に転じた。

結局、蒲生の勢いに圧倒された暁会は、楽勝だったはずの掛け合いをひっくり返され、すごすごと退散した。

「しこしこと、小銭を稼いでますよ」

「謙遜することはない。レディサポートの回収率は、ほぼ百パーセントに近いらしいじゃないか？　七十パーセントの回収率を保てれば御《おん》の字の高利貸しの世界で、この数字はたいしたもんだ。しかも、君のところは一番回収が難しい風俗嬢を相手にしての数字だからね」

「ありがとうございます」

そんな話はどうだっていい。お前と、のんびりと語らっている暇《ひま》はない。

若瀬は心で毒づき、腕時計の文字盤を盗みみた──午後三時十分。

蒲生とわかれたあとも、自分にはやらなければならないことが山積している。ただでさえ蒲生に三十分近く待たされ、時間が押しているのだ。

「おい、平木《ひらき》」

若瀬の念が通じたのか、蒲生が顔を正面に向けたまま背後の男のどちらかに声をかけた。

年嵩のほう──平木と呼ばれた男が一歩踏み出し、書類封筒を差し出した。

「君の希望に添えるかどうかわからんが、取り敢えず、眼を通してくれ」

マル秘、というスタンプが押された封筒を自分に手渡しつつ、蒲生が言った。

「失礼します」

言いながら、若瀬は封筒から書類の束を抜いた。

書類は、土地の登記簿謄本だった。

敷地面積は二百坪。所在地は代官山《だいかんやま》。所有者は、株式会社、大東亜《だいとうあ》観光。第四抵当まで打たれており、一番抵当は大帝銀行赤坂支店になっていた。抵当権が打たれたのは去年の十二月二日。因みに、ローンの残金は一億五千万。

謄本を持つ手に、思わず力が入った。若瀬の口角が、ゆっくりと吊《つ》り上がった。

「使えそうか?」

蒲生の問いに、若瀬は頷いた。

自分が、蒲生に依頼したこと――大帝銀行赤坂支店の不良債権に関する情報を集めてもらうこと。

大帝銀行の不良債務者を使って、若瀬はなんらかのシナリオを描くつもりだった。

「大東亜観光はパチンコ店やラブホテルをやっていたんだが、不況の煽《あお》りを受けて経営が傾いてしまってな。オーナーは宮下《みやした》という男で、彼の職業柄、いろいろと相談を受けていたんだよ。今回も、競売《けいばい》にかけられそうだって彼に泣きつかれてしまってね」

ノック。言葉を切る蒲生。トレイを片手にした濃紺のスーツ姿の女性社員が一礼し、控え目な微笑とともに自分に新しいコーヒーを、蒲生に紅茶を置いて退室した。

己が紅茶を出した男が、広域組織のヤクザだと知ったらあの女性社員はどんな顔をするのだろうか？

「本来なら、競売絡みのシノギはウチの得意としている分野だ。競売物件に短期賃貸借権でも打って、建物に若い衆を泳がせておけばいいわけだからな」

蒲生が、口もとに冷たい笑みを浮かべた。

競売物件に短期賃貸借権を打って、建物に若い衆を泳がす――つまり、占有だ。

競売とは、平たく言えば所有者が住宅ローンを始めとする借金を払えなくなり、抵当権を打っていた業者に物件を差し押さえられ、オークションにかけられることだ。

競売物件を一番の高値で競落《けいらく》した落札者は、我が物となった土地や建物に使用目的に合わせて手を入れる。

自らが住むのもよし、居住用、または事務所として貸し出すのもよし、テナントを募るのもよし――その土地、建物の立地条件や面積によって、使い途は様々だ。

だが、競落したからといって、すんなりと落札者の手に物件が渡るとはかぎらない。

占有屋――そのほとんどがヤクザや質《たち》の悪い金融業者であり、彼らは、競売物件の所有者と結託してあらゆる妨害工作を仕かけてくる。

最もポピュラーな手口は、蒲生が口にした短期賃貸借権を競売物件に打つというものだ。

短期賃貸借権とは、所有者と占有屋の間で賃貸借契約を結ぶこと。つまり、占有屋が物件の住人になる、という契約だ。

本来、短期賃貸借権というのは、純粋な居住者を救済保護する目的で作られたものだ。たとえば、居住者が住んでいるアパートやマンションの所有者が代わったとする。新しい所有者から、建物を取り壊して駐車場にしたいから出て行ってくれと迫られたとする。こんなときに、居住者の権利を守るために短期賃貸借権という伝家の宝刀があるのだ。だが、短期賃貸借権を行使しているのはか弱い居住者ではなく、ほぼ百パーセントが占有屋と呼ばれるヤクザか金融業者だというのが現状だ。

占有屋の手口は、競売開始以前の日付で所有者と契約書を交わし、居住者を装い狙った物件に居座る。この場合、競売開始後であっても、遡《さかのぼ》った日付を記入することもある。

所有者さえ口を割らなければバレないことであり、また、幾許《いくばく》かの金を摑まされているので口を割ることはありえない。

物件を占有されたら、焦るのは債権者であり、落札者だ。下見の際には誰もいなかった建物に、風体の悪い男達がたむろしているのだから無理もない。

短期賃貸借権は、すべての債権に先んじて保護される権利であり、売買されようが競売されようが建物で三年間、土地に五年間は居住し続けることができるのだ。

そうなると、物件を競売しようとしている債権者及び、物件を競落した落札者は非常に困ることになる。

前者は落札者が退《ひ》いてしまい競売が行えないという、後者はせっかく手に入れた物件を活用できないということになるからだ。

占有屋を立ち退《の》かせる法律があるにはあるが、司法の裁きを待っているうちに雪だるま式に膨れ上がった金利に利益を食い潰されるのが落ちだ。

故に、たいていは、占有屋に立退料《たちのき》を払って出て行ってもらう、という結果になる。債権者が体力のある大手都市銀行などの場合は、塩漬け覚悟で立退料を払わないケースもある。

が、そうなれば、まともに契約すれば十数万、場合によっては数十万の家賃を払わなければ住めない物件に、タダ同然で居座り、その気になれば商売を始めることもできる。

ようするに、どちらに転んでも占有屋が儲《もう》かる仕組みになっているのだ。

「しかし、困ったことに、大帝銀行が抵当権を打ってるこの物件は、箱じゃないんだよ」

蒲生が、苦々《にがにが》しい表情で言った。

蒲生の表情の意味——いくら頼まれたとはいえ、なぜにこれほどうまみのある物件を自分に回したのか理由がわかった。

債権者は国内一位の預金残高を誇る大帝銀行、しかも、競売にかけられそうな土地の敷地面積は二百坪。

占有をかけて高額な立退料を引き出すのに、これ以上の相手はいない。

だが……。

短期賃貸借権はたしかに強力な権利ではあるが、箱——建物にしか打てないという弱点がある。

いや、その気になれば土地にも打てるが、それは無意味なことだ。

理由は単純なこと。土地に短期賃貸借権を打っても、占有する場所がないからだ。場合によっては一年以上の長期戦になることも考えられ、まさかテント暮らしをするわけにはいかない。

できたとしても、立退料目当ての占有屋だというのがみえみえで、裁判になれば一発で負けてしまう。

つまり、現状では代官山の土地に占有をかけても経費と労力の無駄だということ。金の生《な》る木なら、蒲生自らが乗り出していただろう。

しかし、自分の手にかかれば、この土地を使って大帝銀行から高額な立退料を引き出すことができる。

「私にお任せ頂ければ、低く見積もっても三千万を若頭《かしら》にお持ちすることができます」

若瀬は、自信たっぷりの表情で言った。

「ほう。それはまた、嬉しいことを言ってくれるじゃないか。わかった。ウチのシノギを、君に任せよう」

蒲生が、ソーサごと運んだティーカップに口をつけ、柔和に目尻を下げた。

ウチのシノギが、聞いて呆れる――若瀬は、心で嘲笑した。

自分に任せなければ、この情報は一円にもなりはしない。経済ヤクザを気取っても、しょせんはこの程度。既に自分は、シノギの腕にかけては蒲生を超えていた。

だが、蒲生の武力と矢切組の看板は、まだまだ利用価値がある。

少なくとも、世羅との戦いが終わるまでは……。

「すいません。若頭《かしら》には、恩を受ける一方で……」

肚の内からは想像もつかない忠実な瞳で蒲生をみつめ、若瀬はテーブルに両手をついた――深々と、頭を下げた。

「おいおい、若瀬君、顔を上げてくれ。私と君の仲じゃないか」

笑顔同様に柔らかな声で、蒲生が言った。

自分と蒲生の仲――さらなる金と権力《ちから》を得るために、互いを利用し合う仲。

そう。ふたりの繋がりは、師弟愛などではなく金。自嘲しているわけではない。その逆だ。

師弟、友人、家族――金での結びつきは、いかなる愛の力をも凌駕《りょうが》する。

「ありがとうございます。早速、お言葉に甘えるようですが、オーナーの宮下さんという方に会わせてもらえますか？　短期賃貸借権の契約を結びたいんです」

「ああ。それは構わんが、土地に短期賃貸借権を打ってどうしようというんだ？」

「まず、あの土地に……」

若瀬は、大帝銀行赤坂支店が差し押さえた土地の料理法を説明した。話が進むほどに、身を乗り出し、ぐいぐいと引き込まれる蒲生。

若瀬の説明が終わるまで、蒲生はひと口も紅茶に口をつけず、火のついたモアを吸わなかった。

「わかった。棚橋《たなはし》土建にすぐに連絡を入れてみようじゃないか。しかし、そういう手があったとはな……」

蒲生がフィルターだけになったモアを灰皿に放り込み、感心したように言った。

「この手でいけば、大帝銀行は少なくとも七千万の立退料を払わなくてはならないでしょう」

嘘ではない。

立退料の相場は、借地価格の二割前後。借地価格とは、更地《さらち》価格のおよそ六割。

大帝銀行赤坂支店が、競売にかけようとしている代官山の土地は二百坪の一等地。坪当たり三百万と計算して、更地価格は六億——借地価格は六掛けの三億六千万。

立退料は借地価格の約二割が相場だから、七千二百万という計算になる。

若瀬の狙いは、赤星の退職金——三千万を横取りすること。

たとえ七千万の立退料が入っても、赤星の手に三千万が渡れば意味がない。大帝銀行赤坂支店から引っ張る金に、赤星の退職金が含まれていなければならない。

立退料の約半額が赤星の退職金で賄《まかな》えるのであれば、銀行側にとって願ってもない話だ。問題は、退職金の支払いを反古《ほご》にする正当な理由。

が、これも、既にシナリオはできあがっている。

若瀬の読み通りに事が運べば、赤星の退職金は蒲生に流れる。赤星の手に三千万が渡らないということは、当然、世羅の手にも渡らない。

世羅の鼻を明かし、三千万を手に入れ、蒲生に恩を売れる——一石三鳥のシナリオだ。

「そうか。ところで、話は変わるが、シノぐのに大帝銀行赤坂支店に拘《こだわ》るのは、なぜだね？　大銀行を相手にしたほうが多額の金を引っ張ることができる、という狙いならわかる。が、支店まで指定してきたところをみると、どうやら別の狙いがあるようだな」

蒲生が、窺うように言った。

故意に蒲生から眼を逸《そ》らし、若瀬は俯いた——考え込む素振りをみせた。

むろん演技。蒲生に協力を仰ぐと決めた時点で、世羅との経緯を話すつもりだった。

「世羅を潰すためです」

若瀬の言葉に、蒲生が微かに瞼を見開き、口もとに運びかけたモアを持つ手を宙で止めた。

「世羅君を潰す？　どういうことか、話してみたまえ」

訊ねながら、蒲生がモアをくわえた。彫像さながらに動きのなかった背後の若いほうの男が、すかさず火をつけた。

赤星の一件から始まった世羅とのトラブルの一切を、若瀬は苦痛に満ちた表情で語った。

むろん、蒲生の視線を意識しての芝居。

自分と世羅の関係は、一週間前——マディソンホテルの喫茶ラウンジで、盟友《とも》から宿敵《てき》へと変わった。

感傷に浸るほど、自分は暇でも愚かでもない。いったん敵になった以上、たとえ学生時代からの親友であっても叩き潰すだけだ。

「赤星という銀行マンと女を拉致《らち》した上に、君に一銭のわけまえも与えずに三千万を独り占めにする。それで、チャラか。世羅君は、相変わらずだな」

若瀬から経緯を聞いた蒲生が、鷹揚《おうよう》に笑った。

「ええ。昔から、怖い物知らずの奴でした」

若瀬は、さりげなく言った。柔和に細められていた蒲生の下がった目尻が、微かに吊り上がったのを見逃さなかった。

してやったり――若瀬は、心でほくそ笑んだ。

若瀬は知っている。その落ち着き払った物腰とは対照的に、蒲生が世羅に劣らないほどの激情家であり、異常に負けず嫌いであることを。己の名の前に恐れをなさぬ者を、力ずくでも屈伏させようとする独裁者であることを。

「なんなら、私が彼に本物の怖さを教えてやってもいいんだが。どうするね？　若瀬君」

唇が弧《こ》を描いてはいるが、蒲生の瞳は笑っていなかった。

「世羅如きを相手にするのに、若頭《かしら》の力をお借りするまでもありません。もしものときには、まっ先にご相談致しますので」

「そうか。そのときは、遠慮しないで言ってくれ」

蒲生への種蒔《ま》きはうまくいった。あと少し空気を入れたら、自分が頼まずとも蒲生は世羅を潰しにかかるだろう。

「しかし、なんだな。君を売女《ばいた》相手の金貸しにしておくのはもったいない。どうだ、若瀬君。ウチにこないか？　君なら、幹部候補として迎え入れてもいい」

蒲生が身を乗り出し、熱っぽい口調で言った。

「身に余る光栄です。ですが、私には、ちまちまと利息を稼ぐ高利貸しが似合っています。天下の矢切組の看板を背負うなど、私には荷が重過ぎます。せっかく若頭《かしら》から声をかけて頂いたというのに、申し訳ありません」

真摯な瞳。恐縮した面持《おもも》ち。誠実な口調——若瀬は、テーブルに両手をつき頭を下げた。

すらすらと口を吐くでたらめ——光栄どころか、一億積まれても矢切組に札を入れる気はない。

堅気だからこそ、自由気ままに金を稼げる。五日で五割という荒っぽい貸しつけも、不良債務者をタコ部屋の処理婦にして返済させるという強引な回収法も、堅気だからこそできることだ。

暴対法が施行されて以来、取り立ての際に名刺を切っただけでお縄になるヤクザが、自分と同じようなことをやったら間違いなく一、二年は刑務所《なか》にぶち込まれてしまう。

ひと昔前は務めに行けば箔がついたかもしれないが、猛スピードで時間《とき》が駆け抜ける情報化社会においては、浦島太郎になるだけだ。

自分の野望は、矢切組の幹部になるというちっぽけなものではない。

闇社会を支配するにはヤクザである必要はなく、いや、ヤクザでないほうがいい。

各国共通の普遍の法則——唸るほどの金と人脈を操る者が、天下人《フィクサー》となる。

「まあ、気が変わったら言ってくれ。君をいきなり幹部候補として迎え入れても、私には誰も文句は言えん」

モアの紫煙をうまそうに肺奥に送り込みつつ、余裕たっぷりに蒲生が言った。

「愉しみにしております」

若瀬は顔を上げ、蒲生に控え目の微笑を投げた。

嘘ではない。

ただし、自分が愉しみにしているのは、別のこと——世羅の、恐怖と飢えに痩せ細った惨めな醜態を見届けることだった。

そう、自分は、赤星の退職金を奪うだけで事を済ませるつもりはない。

世羅を、殺すつもりだった。むろん、犯罪者になるつもりはない。自分に劣らぬ金の亡者を殺すのに、刃物も拳銃もいらない。

世羅にとっての死は、有り金をすべて引っ剝《ば》がされ、無一文になること。

ボロ屋に身を隠しビクビクと震えながら、世羅は自分を敵に回したことを後悔するだろう。

［8］

下腹を震わすエンジン音。安普請のプレハブを軋ませる地響き——スチールデスクの上の紙コップのコーヒーが、激しく波打った。

若瀬は紙コップを片手にデスクチェアから立ち上がり、窓辺に歩み寄った。

窓の外。七台、八台、九台……。棚橋土建の社名が入ったダンプが次々と敷地内に乗り込み、大量の砂利を落としてゆく。

旧山手《やまて》通りに面した大帝銀行赤坂支店が管理する二百坪の土地は、ほぼ九割方は砂利で埋め尽くされていた。

「あと小一時間もあれば、駐車場の出来上がりっすね」

若瀬の横に並び立つ竜田が、キツネ眼を細めて破顔した。

「奴ら、これみたらびっくりすんだろうな」

眉なしの小菅が、悪戯《いたずら》っ子のようにクスクスと笑った。

若瀬は、ふたりの弾む声を聞きながらラークをくわえた。すかさず、ライターの火を差し出す竜田。

若瀬のシナリオは、順調に進んでいた。

四日前、明星企画の応接室で蒲生から譲り受けた情報――大帝銀行赤坂支店が一番抵当を打っている代官山の一等地に広がる二百坪の土地を使ってのシナリオ。

若瀬はまず、その日のうちに土地の所有者であった宮下と会い、賃貸借契約を結んだ。

貸し主は宮下が経営する大東亜観光、借り主はレディサポート。契約日は、約半年前の二月十二日。

むろん、本当の契約日は四日前の八月十六日。つまり、競売云々《うんぬん》の話が出る以前から、レディサポートは駐車場予定地としてこの土地を借りていましたよ、ということだ。

四日前でも半年前でも短期賃貸借権を主張できることに変わりはないが、契約日が浅ければ立退料目的の即席占有を疑われてしまう。

二百坪の土地の占有。通常なら、不可能だ。家を建てるには金と時間がかかり過ぎるし、キャンピングカーやテントでの占有は金も時間もかからない代わりに、賃貸借契約を主張するには説得力に欠ける。

しかし、使用目的が駐車場ならば、広大な敷地に砂利を埋めるだけで格好はつくし、プレハブで寝起きしても管理人という大義名分が立つ。

金と時間がかからず、なおかつ、堂々と賃借権を主張できるというわけだ。

宮下と賃貸借契約を結んだ若瀬が、矢切組のフロント企業である棚橋土建を紹介してもらい、砂利の運搬とプレハブの設置を依頼したのが昨日。

蒲生の口添えは絶大であり、社長の棚橋は、先約の仕事を後回しにしてまで、明け方の四時から十台のダンプと十五人の作業員を動員し、即席駐車場の建設に当たってくれた。

若瀬は、腕時計に眼をやった。午後四時二分。作業が始まって、既に十二時間が経過していた。

「おい、竜田。そろそろ、電話を入れておけ」

若瀬は、入れ代わり立ち代わり砂利を運び込むダンプに視線を向けたまま命じた。竜田が携帯電話を取り出した。プッシュ音が十一回。しばしの沈黙。

「あ、もしもし？　支店長に代わってくれる？　そんなのいいから。代官山の土地の件で耳に入れたいことがあるって伝えてくれたら、すぐにわかるからさ」

ニヤつきながら、右足の踵《かかと》で貧乏揺すりのリズムを取る竜田。

恐らく、電話を取った行員が支店長を呼びに行っているのだろう。

「支店長さん？　大変なことになってるぜ。代官山の二百坪の土地、おたくの銀行が管理してんだろう？　なんだか知らねえが、何台ものダンプが砂利を運んでるぜ。え？　俺？　俺は、通りすがりの善意の男さ。んなことより、はやくなんとかしたほうがいいんじゃねえのか？　んじゃ、そういうことで」

人を食ったような口調で言い残し、竜田が終了ボタンを押した。

「野郎、鶏《にわとり》が首絞められたような声出して、パニくってましたよ」

竜田が、脇腹を押さえながらおかしそうに言った。

「そうか。いまのうちに、飯を食っておけ」

竜田と小菅は、朝食を摂ったきりだった。

それは自分も同じだが、若瀬には、もうすぐ、極上の食事が現れる――あと一時間もすれば、血相を変えた支店長が飛んでくるに違いない。

「竜田さん、この扇風機、全然役に立たないっすね」

コンビニエンスストアの弁当を応接テーブルに並べる小菅のワイシャツの背中が、汗で貼りつき透けていた。

「ああ、まったくだ。サウナみてえだな。脳みそが、溶け出してしまいそうだぜ」

ソファで両足を投げ出しペットボトルの麦茶をガブ飲みする竜田が、うんざりとした口調で言った。

たしかに、エアコンのないプレハブ内はうだるような暑さだった。しかも、スペースが五坪ほどしかなく、灼熱地獄に拍車をかけていた。

万が一長期戦になったことを考えて、小型液晶テレビ、ワンドアタイプの冷蔵庫、パイプ製の二段ベッド、外には仮設トイレを用意していたが、この暑さだけはどうにもならない。

エアコンの取りつけを業者に依頼してはあるが、異常な猛暑の影響でどこの業者も一週間先まで予約が一杯だった。

エアコンの冷風を浴びることができるまで、ここにいる気はない――長くても、二、三日で勝負を決めるつもりだった。

「いまはいいが、奴らがきたらなんでもないって顔をしてろ。これは、我慢比べだ。つらそうな姿をみせたら、奴らも色気を出してもう少し待ってみようって気になる。はやくここから抜け出したいなら、なおさら、平然としてるんだ」

若瀬の言葉に、竜田が弾かれたように姿勢を正した。

竜田と小菅のふたりは、この駐車場の管理人ということになっている。

支店長が折れるまで――自分の出した条件を呑むまでは、うだるような灼熱地獄に居座り続けなければならない。

「しかし、社長は上着も脱がないで、よく平気っすね？」

竜田が、感心半分、驚き半分の口調で言った。

若瀬は、竜田と向かい合うソファに腰を下ろし、ラークの紫煙を天井に向かって噴き上げた――顔を正面に戻した。

「金のためなら、たとえ地獄の釜《かま》に放り込まれても、俺は平気だ」

☆

七三にわけた髪の生え際からひっきりなしに垂れ落ちる汗を、四つ折りに畳んだハンカチで拭う安村《やすむら》。安村の逆三角形の生白い顔を濡らす汗は、この暑さばかりが理由ではない。

「支店長さん。入り口の看板、みなかったんですか？　ここはね、私らが管理する駐車場でしてね」

「こ、この土地は、当行が大東亜観光さんに融資した際の担保物件で、まもなく競売にかける予定なんですよ？」

若瀬のソファの対面。三人掛けのソファに座る、大帝銀行赤坂支店の支店長――安村の顔から血の気が引いた。

安村は、隣に座る西池《にしいけ》という課長を伴い、竜田の電話から一時間もしないうちに死人のような青褪めた顔で飛んできた。

「ああ。私、その大東亜観光さんと賃貸借契約を結んでるんですよ。おい、支店長さんに、契約書をおみせしなさい」

若瀬は、首を横に巡らせ言った。竜田が、膝上に乗せたオーストリッチのアタッシェケースから四枚綴《つづ》りの賃貸借契約書を取り出し、安村に手渡した。

契約書の印字を貪るように追っていた安村の薄い唇が白っぽく変色し、小刻みにわなないた。

「そ、そんな馬鹿な……」

表情を失う安村の横から契約書を覗き込んでいた西池の下駄顔も強張っていた。

「私らは、法に則《のっと》ってこの土地で商売を始めるだけです。事情が呑み込めたのなら、お引き取り願えますか？　やることが、山とありましてね」

若瀬は、突き放すように言うとソファから腰を上げかけた。

立退料などまったく眼中にないといった態度――足もとを、みられるわけにはいかない。

「ちょ、ちょっとお待ちください。この土地は、競売前から既に引く手数多《あまた》の状態なんです。こんなこと、困ります」

「困るとはどういうことだっ!?　お!?　こっちはちゃんと、オーナーから借りてんだよっ！」

竜田がテーブルに拳を叩きつけ、怒声を飛ばした――腰を浮かし、ひきつる安村の鼻先に顔を近づけた。

竜田の背後からは小菅が、ポケットに両手を突っ込み肩を揺すりながらガンを飛ばしていた。

自分と違い、ふたりは駆け引きではなく本当に逆上していた。

獣さながらの馬鹿丸出しだが、その馬鹿さ加減が、こういった場面では役に立つ。

交渉事に、暴力は否定しない。暴力は、なにも世羅だけのツールではない。

が、暴力だけではだめだ。そこに知力がなければ、はした金ならいざ知らず、数千万の金を手にすることはできない。

大魚を釣るのに、プロレスラーが力任せに竿を引けば獲物が逃げてしまうのと同じ――駆け引きに長《た》けていれば、十人並みの腕力でも大物は釣れる。

「やめろっ、竜田」

若瀬の一喝に、狂犬さながらに吠え立てていた竜田がソファに腰を戻した。

「申し訳ございませんでした。しかし、こいつが怒るのも無理はありませんよ。ウチは半年前から、大東亜観光さんと賃貸借契約を結んでいるんですから。短期賃貸借権は土地の場合、五年間は保障されていますからね」

若瀬は、穏やかな口調ながらもやんわりと釘を刺すことを忘れなかった。

「失礼を承知でお訊ねしますが、半年前から契約なさっているのに、どうしていまになって急に駐車場をお始めになるんでしょうか？」

奥歯に物が挟まったような安村の物言い。

「そんなこたぁ、俺らの勝手だろうがっ！」

小菅の怒声に、安村の躰が硬直した。

「安村さん。私ら、ほかに本業がありましてね。駐車場経営は、言わば副業です。これでもいろいろと忙しい身でして、予定が大幅にずれ込んだってわけです。それが、なにか？」

「いいえ……ただ、月々の地代も高額でしょうし、半年も土地を遊ばせているのは大変だろうと思いまして……」

相変わらずの、核心をオブラートに包んだ言い回し——鬚の剃りあとが青々とした顎に滴る汗をハンカチで拭いつつ、安村が上目遣いで自分の様子を窺った。

「ええ。たしかに、無駄ですね、ですが、副業を優先して本業が傾いてしまったら、地代ぶんのマイナスどころの話ではなくなりますからね。それに、無駄をして困るのは私らであって、そちらにはなんの関係もないでしょう？」

若瀬は、言葉こそ丁寧に、しかし、有無を言わせない口調で言った。

「ま、まあ、それはそうですね……」

「支店長っ」

力なく頷く安村に弾かれたように顔を向けた西池が、咎める視線を投げた。

「なんだ、てめえ!? 文句でもあんのか!? うらっ！」

額に十字型の血管を浮かせた竜田が、西池を睨《ね》めつけた。

「お言葉ですが、無関係ではありません」

西池が、竜田の尖った視線を受け流し、自分にきっぱりと言った。

濃紺のシングルスーツに包まれたガッチリとした体軀、意志の強さを感じさせる大きく張ったえら、頑《かたくな》な光を宿す正義感に燃える瞳――元体育会系丸出しの直線的な性格が故に、この手のタイプは厄介だ。

長い物に巻かれる典型的なサラリーマンタイプの安村みたいな男であれば、脅《おど》しや取り引きが効果的だが西池には逆効果だ。

「民事執行法の改正をご存じでしょう? 改正前は、差し押さえの効力発生前の短期賃貸借権を持つ賃借人にたいしての引渡命令を発することはできませんでしたが、改正後は、差し押さえの効力発生時に現実に目的不動産を占有し、用益している賃借人にかぎり民法三九五条……短期賃貸借の保護を受ける権利が与えられるとなったわけです。競売を妨害して不正な利益を得る目的で設定された用益権は、短期賃貸借であるか否かにかかわりなしに無効であり、賃貸借契約は存在しないと認定されるんです」

小鼻を膨らませた西池が、六法全書を丸暗記したような台詞《せりふ》を自慢げに並べ立てた。

西池の言わんとしていること——つまり、民事執行法の改正後は、土地建物を占拠している占有屋を追い払えることになった、ということ。

そんなことは、百も承知だった。

「じゃあ、引渡命令とやらを裁判所に申請すればいい」

若瀬は、片頬に酷薄な笑みを浮かべつつ言った。

ハッタリではない。そうなったらなったで、切り札がふたつある。

「ええ。引き払って頂けないというのなら、言われるまでもなく、そうさせて頂きます」

毅然とした表情で、西池が言った。

「て、てめ——」

西池に摑みかかろうとする竜田を、若瀬は制した。

「好きにしろ。ただし、おたくらが裁判で争う相手は、私らじゃない」

「え……？」

西池が、まぬけヅラで絶句した。

「知り合いに、駐車場をやりたがっている男がいてね。この土地を、転貸ししようと思っている。もちろん、大東亜観光さんも承知の上だ」

言って、若瀬は口角を吊り上げた。転貸し、という言葉を聞いて、安村が顔色を失った。

第一の切り札――転貸し。

第三者が賃借人になってしまえば、大帝銀行赤坂支店にとって厄介なことになる。西池の言うとおり、民事執行法の改正後の判例を辿れば、裁判になった場合に最終的に引渡命令が出されるのは確実だ。

が、賃借人が代われば、そのぶん裁判が長引いてしまう。

安村達の目的は、この極上の土地を競売にかけること。裁判が長引くほど――揉めるほど、土地の評価は急落する。

当然だ。競売に参加しようとする者がなにより気にするのは、競落後に速やかに土地を手にできるかどうかだ。

数億もの大金を出して買おうとしている土地が、ヤクザ絡みの相手と裁判で揉めた曰《いわ》くつきだと知ったら、まともな神経の持ち主なら腰を引くだろう。

国は、短期賃貸借権を悪用する占有屋を追い出すことはできても、競落者の心に巣くう恐怖心まで追い出すことはできない、ということだ。

「そんなみえみえの手で、司法を騙せはしませんよ」

相変わらず、強気な姿勢を崩さない西池。対照的に、虚《うつ》ろな視線を宙に漂《ただよ》わせる安村。

課長と支店長の差が――物事を見通す眼力の差が、ふたりの反応に如実に現れていた。

沈鬱な空気を切り裂く電子音――若瀬は、上着のポケットから携帯電話を抜き、開始ボタンを押した。

『奈川です。連れてきましたが、どうしますか？』

「俺が電話を入れるまで、そこで待機してろ」

若瀬はそれだけ告げると、終了ボタンを押した。

奈川には、第二の切り札を迎えに行かせていた。因みに、レディサポートは矢吹と柴井に任せてあった。

「わかってないな」

携帯電話をポケットに戻し、若瀬は西池に冷眼を投げた。

「司法を騙そうだなんて、誰も思ってはいない。裁判で負けても、引渡命令が出るのが長引けばこっちの勝ちだ。駐車場を経営したいっていうその男は飽きっぽい性格でね。すぐに、投げ出すかもしれない。そうなったら、新しい経営者を捜すことになる。幸いなことに、賃借人候補は山といる。ここまで言えば、わかるだろう？」

転貸しの繰り返し――西池が、表情を失った。ようやく、事情を呑み込んだらしい。

「わかったんなら、ちょっと席を外してくれないか？　支店長さんに、話があるんでね」

なにか言いかけた西池を制する安村。

「車で、待ってなさい」

た。

「しかし――」

「いいから、ここは私に任せなさい」

渋々と席を立つ西池が外に出るのを見送った安村が、不安げな視線を自分に移した。

「おい、支店長さんに、なにか冷たい物をお出ししろ」

若瀬に命じられた小菅が、冷蔵庫から取り出したペットボトルの麦茶を安村に放り投げた。

「ど、どうも……」

もどかしげな手つきでキャップを開けた安村が、むしゃぶりつくようにペットボトルの麦茶を飲み干し、ひとつ大きな息を吐いた。

「あの……単刀直入にお伺い致しますが、おいくらで、立ち退いて頂けるのでしょうか？」

両手で空のペットボトルを握り締める安村が、震える声音で訊ねた。

「支店長さん、人聞きの悪いことを言わないでくださいよ。私らは、なにもそんなつもりで駐車場を始めたわけじゃありませんから」

心外だ、という表情とは裏腹に、若瀬は心でほくそ笑んだ。

茶番もいいところだが、これは重要なプロセスだ。自分から立退料を要求すれば、話がこじれたときに恐喝に問われる恐れがある。

「わかっております。ただ、当行と致しましては、一刻もはやくこの土地を競売にかけたく思っていまして。お願いします。おいくらお支払いすれば立ち退いて頂けるのかを教えてください」

「そうですか。立退料を払ってまで、この土地を活用したいと支店長さんはおっしゃるんですね？」

若瀬は、テーブルの片隅に置かれたハンカチの包みにチラリと視線を投げ、念を押した。

「はい」

若瀬は、ハンカチの包みを掌に乗せた――ハンカチを取り去った。

露《あらわ》になるマイクロレコーダー。下唇を噛む安村。若瀬は録音のスイッチを切り、片頰に冷笑を貼りつけた。

「そこまでおっしゃるのなら……。立地条件や坪数を考えると、七千万は頂かないと割に合いませんね」

若瀬は、仕方なしに、というふうに言った。

「七千万……。いくらなんでも、それは……」

「支店長さん。短期賃貸借権で保護された五年間で見込めたはずの駐車場経営の収益から計算すれば、七千万でも足りないくらいですよ。それに、これだけの土地なら競落額も数億は下らないでしょうし、大東亜観光の一億五千万の残債を相殺《そうさい》してもろもろの諸経費を支払っても、かなりの金が残るはずです。まあ、どうしても納得できないというのなら、予定通り駐車場経営を続けさせてもらうまでの話ですよ」

若瀬は、突き放すように言った。が、不安はなかった。

必ず、安村は自分の出した条件を呑む——呑まざるを得ない。

安村に言ったとおり、この土地は宝の山だ。銀行側としては、大東亜観光がパンクしてくれて、感謝さえしているだろう。

当然だ。速やかに競売に持ち込めれば、海老《えび》で鯛《たい》を釣るような利益が転がり込むのだから。

「わかりました。では、七千万をお支払いすれば、本当に立ち退いて頂けるのですね？」

絞り出すような声音——予想通り、安村は折れた。

が、まだ、喜ぶのははやい。これまでは序章。ここからが本編だ。

若瀬の目的は、大帝銀行赤坂支店から七千万を引っ張ることではなく、赤星の退職金を凍結させること。

それには、安村に犯罪の片棒を担いでもらわなければならない。

「もうひとつ、条件があります」

若瀬の言葉に、安村の顔が強張った。

「これ以上の額はちょっと……」

「ご安心を。金額を吊り上げようというんじゃありませんから。その逆です。支店長さんのご負担を、軽くしてあげようと思いましてね」

「どういうことです?」

小さな期待と大きな不安——恐る恐る訊ねる安村。

「支店長さんの部下に、赤星さんという方がいらっしゃいますよね?」

「ええ。ですが、赤星君は退職しました。彼が、なにか?」

怪訝《けげん》そうな声音。安村が身を乗り出した。

知っている。赤星に退職を勧めたのは、ほかならぬ自分なのだから。

「赤星さんの退職金を、立退料に充当するんですよ」

「えっ、なんですって!? 赤星君の退職金を立退料に!?」

目尻を裂き頓狂な声を張り上げる安村に、若瀬は頷いた。

「赤星さんの退職金は、たしか三千万ほどありましたよね? ということは、赤坂支店さんとしては実質四千万の持ち出しで済むってわけです。悪い話では、ないと思いますがね」

「そ、それはそうでしょうけど、赤星君の退職金を立退料に回すだなんて、できるわけないじゃないですか!?」

「彼の不正が発覚したとすれば？」

若瀬は、興奮する安村と対照的な冷静な口調で言った。

「彼は、お世辞にも仕事ができるタイプではなかったですけど、不正を働くような男じゃありません」

「だったら、不正を働いたことにすればいいだけの話ですよ」

あくまでも冷静に、淡々と、若瀬は言葉を継《つ》いだ。まるで、子供に宿題をやらせるとでもいうように。

「不正を働いたことにすればって……」

絶句する安村に代わって、両手で握り締められたペットボトルが耳障りな悲鳴を上げた。

「ある行員……因みにＡとしましょう。Ａは、担当の取引会社の預金を自分の作った架空名義の口座に送金していた。ときを同じくしてＡは、ある金融会社の口座に大金を振り込んだ。Ａは、その金融会社の債務者だった。突然の一括返済に、金融業者はＡの勤務先……銀行に連絡を入れた。応対した支店長は、Ａは銀行を辞めたという。金融業者は、Ａが退職金で支払ったのだと思った。が、支店長が言うには、まだ、Ａに退職金は支払われていないという。不審に思った支店長は、Ａの受け持っていた取引先すべてのデータを調べた。そのうちの一件の口座から、大金が動かされていた。支店長は、送金先の口座をチェックした。結果、その口座が架空だということが判明した。ここまで言えば、おわかりでしょう？　Aは赤星さん、支店長は安村さん、金融業者は私です。赤星さんが金融業者に振り込んだ金は、私が用意します。支店長さんは、赤星さんの担当していた取引先の口座をちょっといじってくれるだけでいいんです。支店長さんの立場なら、それくらいの絵を描くのはどうってことないでしょう？」

借金苦に喘ぐ行員が顧客の金に手をつける、というのは、別に珍しいことではなかった。

「あ、あなたは私に、犯罪を犯せというのですか!?」

モノクロ写真で撮影したように、安村が顔色を失った。

「犯罪を犯したのは赤星さんです。支店長さんじゃありません」

言って、若瀬は薄い唇を捩じ曲げた。

「じょ、冗談じゃありませんよっ。これで、失礼します。立退料の七千万は、近日中に用意致しますので。また、ご連絡します」

憤然と立ち上がる安村。予想通りの展開。若瀬は竜田と小菅にアイコンタクトを送り、携帯電話を取り出した――リダイヤルボタンを押した。二回目のコール音の途中で奈川が出た。

「まあまあ、座ってなよ、おっさん」

安村の行く手を遮る竜田と小菅を横目に、若瀬は切り札を連れてくるよう奈川に命じた。

「通してくださいよ。いったい、なんのまねですか？」

安村が自分に抗議した。

「支店長さんに、会って頂きたい人物がいるんです。あと一、二分だけ、お待ちください」

「私に会わせたい人物って、誰ですか？」

「直《じき》に、わかりますよ」

含みを持たせた口調――若瀬は、ラークをくわえソファに深く背を預けた。

「あまり時間が……」

背後でドアが開く音。渋々と腰を下ろした安村が、言葉尻を呑み込んだ。

自分の後方に視線を投げた安村の顔――眼を見開き、ぽっかりと口を開けた埴輪《はにわ》顔。

安村の心臓が氷結する音が、聞こえてくるようだった。

「お連れしました」

自慢の金髪を汗でびっしょりと濡らした奈川の横――目の覚めるようなピンクのタンクトップと白のホットパンツを穿いたエリカが、ストレートロングの茶髪を気怠《けだる》げに搔き上げた。

「ヤスちゃ～ん、おひさ！　そろそろ、このおっぱいが懐かしくなってきたでしょ？」

エリカが、さっきまで竜田が座っていたソファ——自分の横に腰を下ろしつつ、タンクトップから零れんばかりに突き出た乳房を両手で揺らした。

「すげえ」

小菅が鼻の下を伸ばし、エリカの胸に舐め回すような視線を這わせた。

「き、君……どうして……ここに？」

動揺、動転、狼狽の三重奏に、安村の声音はうわずり、下瞼と頰の筋肉が痙攣していた。

「ヤスちゃんが最近指名してくんないからぁ、エリカから会いにきたのぉ。な～んてのは嘘で、本当は、若瀬さんに呼ばれたんだ。ね？」

エリカが、舌足らずな口調で言うと若瀬の煙草に火をつけながら同意を求めた。

角田由美子《つのだゆみこ》——エリカの本名。西麻布《にしあざぶ》のデートクラブ、ハニー・ヒップのデート嬢。樹理の友人。

——赤星の銀行の支店長ってさ、変態なんだよ。エリカ……エリカっていうのは、昔、同じ店で働いていたコなんだけど、彼女が言ってたわ。指名するたびにキュウリとかナスビを持参して、それを自分のお尻の穴に入れてくれって頼むんだって。でさ、この前なんてうんこを顔にかけてくれって駄々をこねたらしくて、断ったら、別に五万円払うからって。で、エリカはホテルのベッドを汚すわけにはいかないから、バスルームで仰向けになった支店長の顔に跨《また》がって、用を足しちゃったんだって。エリートって言われてる人にかぎって、アブノーマルなプレイを好むんだよね。で、肝心のあっちのほうは三十秒もたないらしいの。ま、考えようによったら、楽かも知れないけどね。

赤星を嵌める絵図を描いていたときに、樹理から聞かされた寝物語。

そのときは、まさか役に立つとは思わずに聞き流していた。

大帝銀行赤坂支店の管理する土地の占有と、支店長個人のスキャンダル——赤星の退職金を奪うために、若瀬は両面作戦で行くことに決めた。

幸いにも、エリカの働く店を聞いていたので、切り札との接触に時間はかからなかった。

早速若瀬はホテルを取り、エリカを指名した。

エリカは、脳みその養分がすべて肉体に吸収されたような、換言すれば、男好きする肉感的な女だった。

若瀬は、屈託のない笑顔で衣服を脱ごうとするエリカを制して五万円を渡した。同じ額で、安村の顔に汚物をかけた女だ。変態客を売るくらい平気でやるだろうという確信があった。

若瀬の読み通り、エリカは簡単に転んだ。安村との秘め事を、プレイタイムの間中べらべらと喋り続けた。さらに渡した五万で、若瀬のシナリオに参加することを約束した。

「社長さん……エリカとは、どういう関係なんですか？」

血の気を失った蒼白顔を自分に向けた安村が、震え声で訊ねた。

「彼女は、私の友人の知り合いでしてね。それより、支店長さん。エリカさんの大便のお味は、いかがでした？」

若瀬の言葉に、安村の全身が固結した。竜田、小菅、奈川が狂ったように爆笑した。

「な、なに馬鹿なことをおっしゃるんですか？」

我を取り戻した安村が懸命に平静を装い、ひきつり笑いを浮かべた。

「あ～、嘘つきぃ。ヤスちゃん、エリカがうんちかけたら、イッちゃったじゃん」

エリカが頬を膨らませ、安村を睨みつけた。竜田達の爆笑が音量を増した。

「君こそ、でたらめを言うんじゃないっ」

安村がヒステリックな金切り声を上げ、エリカを睨み返した。

「ひっどぉ～い。ヤスちゃん、忘れたの？　前から一度、女のコのうんちを躰中に浴びるのが夢だったって、言ってたじゃない？」

からかうといったふうではなく、本気になって訴えるエリカ。

「き、君は、なにを根拠にそんなでたらめを⁉　証拠でもあるって言うのか！」

七三髪を振り乱し、大声を張り上げる安村の唾の飛沫《しぶき》がテーブルに斑模様《まだらもよう》を作った。

なにもなければ、笑って済まされること——核心をつかれたときほど、人間はムキになる生き物だ。

「証拠って、こんなものでいいですか？」

若瀬は、人を食ったような口調で言うと上着の内ポケットから一枚の写真を抜き出しテーブルに置いた。

「なっ……これは……」

安村の眼球が、テーブル上の写真に吸い込まれた。

写真の中。エリカのものらしき陰毛と両の太腿。上から下へのアングル。太腿の間から覗く茶褐色の恍惚顔——こんな写真を突きつけられたならば、安村でなくとも言葉を失うに違いない。

尤《もっと》も、こんな行為《わり》をする者は少ないだろうが。

「うえっ……気持ち悪い……」、「マジで吐きそう、俺……」。

竜田と小菅が、大袈裟《おおげさ》に身を捩《よ》じりながら言った。

「これでもまだ、身に覚えがないと言い張りますか？」

若瀬は剝製のように固まる安村に、ラークの紫煙を吹きかけた。

「い、いつ、こんなものを……」

写真に視線を張りつけたまま、臨終目前の重篤《じゅうとく》患者のような薄く掠れた声で呟く安村。

「へへ。私、お客さんとのプレイを撮るの趣味なんだ」

悪戯っぽく舌を出したエリカが、ピンクの携帯電話を翳してみせた。

「携帯カメラってやつ。パソコンでダウンロードして、若瀬さんにあげちゃった」

視線を写真からエリカの右手に移した安村が、能面さながらに表情を失った。

「支店長さん。こんなものが行内にバラ撒かれたら、信用失墜もいいとこですね?」

若瀬の言葉に安村の躰が、ビクン、と反応した。

「わ、私にどうしろと?」

勝負はあった。いまの安村と同じ言葉を、過去に数えきれないほど若瀬は耳にしてきた。

初めから、わかっていたこと――本気になった自分と、渡り合える者はいない。

「だから、さっきから申し上げてるでしょう? 赤星さんの担当していた取引先の口座を、ちょっといじってくれるだけでいいんですよ。そうしたら、彼女の携帯カメラの画像を削除することをお約束致します」

「で、ですが、そんなすぐにバレるようなことを赤星君はしませんよ」

「じっさいに赤星さんが不正を働くかどうかは問題ではないし、興味もありません。私がほしいのは、彼が不正を働いたという事実です」

「しかしですね、赤星君が警察に訴えて捜査が入った場合に――」

「もしそうなった場合でも、高利の闇金融を十何件も借りている男の言うことと、天下の大帝銀行の支店長さんの言うことの、どちらを信用すると思いますか？　厳しい取り立ての連続でわけがわからなくなった債務者が、サラ金のオフィスに放火したり銀行に押し入る事件が相次いでいることを考えれば、顧客の預金に手をつける銀行員がいても不思議ではありません」

若瀬は、安村の言葉を遮るとひと息に喋った。

安村を、安心させてやろうというわけではない。

現実問題、赤星は借金塗《まみ》れであり、世羅に乗り込まれ拉致されている。しかも、家族を捨てて蒸発する計画を企てていた。警察が捜査に乗り出した場合、その辺の事情は赤星の妻が証言してくれる。

赤星がなにを喚いても――ましてや、五日で五割の暴利を貪る闇金業者の世羅がなにを喚いても、警察が耳を貸すはずがない。

「支店長さん。早速今夜にでも、行員が帰ったら実行してください。私の言うとおりにして実質四千万の持ち出しで土地を取り戻すか、それとも拒否して、七千万の持ち出しになった上に糞塗れのマゾ顔を職場にバラ撒かれるか。選ぶのは、支店長さんのご自由に」

若瀬の冷笑の先で、安村がガックリと首をうなだれた。

［9］

「しかし、野郎の顔、写真におさめときたかったたっすね？」

社長室。デスクチェアに深く身を預け、ラークの紫煙をくゆらせる若瀬の正面——応接ソファで札束を数える竜田が、おかしそうに言った。

「くれぐれも、例の件はご内密に……。とか言っちゃって、笑っちゃいますよ」

竜田の横では、小菅が安村の声音をまねしながら、やはり札束を数えていた。その小菅の対面のソファでは、奈川が黙々と紙幣を指で弾いていた。

野郎の顔——昨夜、午後八時頃に、大帝銀行赤坂支店の支店長の安村は、逆三角形のカマキリ顔を屈辱と恥辱に歪め、いま竜田が座っているソファで深々と頭を下げ、大型のアタッシェケースを自分に差し出した。

アタッシェケースの中には、七千万が詰まっていた。

一週間前。若瀬は、大帝銀行赤坂支店が第一抵当を打っている代官山の土地に砂利を運び込み、即席駐車場を作った。設置したプレハブに、竜田と小菅を管理人として占有させた。

血相を変え飛んできた安村だったが、立退料を支払わねば事はおさまらないと観念し、若瀬の言うがままに七千万を支払うことを約束した。

が、若瀬の目的は赤星の三千万の退職金を凍結するという別のところにあった。

――社長さんがおっしゃるように、彼が担当していた顧客のデータに手を加えました。

昨日、青紫に変色した唇をわななかせ、安村は言った。

若瀬は、三千万の退職金を凍結するための理由として、赤星を犯罪者にするという策を練った。

画策――赤星の顧客の預金を操作し、架空名義に振り込ませるというもの。つまり、横領《おうりょう》。

赤星を犯罪者にするには、安村の協力が必要だった。

しかし、じっさいの犯罪者は安村――元部下を嵌める行為を頑《かたく》なに拒否する上司に、若瀬は切り札を使った。

──くれぐれも、例の件はご内密に……。

安村は、震える両手でアタッシェケースを差し出しながら、小菅の物まねどおりのセリフを口にした。

例の件──エリカなるデート嬢の糞に塗れた恍惚顔の写真。

安村は、己のアブノーマルな性癖が仇《あだ》になった、というわけだ。

「社長。樹理さんは、どうするんすか？」

数え終わった札束を輪ゴムで括りつつ、竜田が訊ねた。

テーブルには、百万の札束が四十束以上──四千万以上積まれていた。

安村が用意してきたときには銀行の帯封が巻いてあったが、疑り深い自分は、もう一度数え直さなければ気が済まなかった。それも、機械ではなく人間の手で。

何千万単位の取り引きでは、故意ではなく数万の、場合によっては十万単位の間違いがあるものだ。

間違いが多いぶんには構わないが、不足があった場合……それが一万でも若瀬は赦せない。

「放っておけばいい」

若瀬の言葉に、竜田が絶句した。

無理もない。樹理は一応、自分の女だと思われている。恋人が世羅に何週間も拉致監禁されているというのに、平然としている自分の気持ちがわからないのだろう。

赤星の退職金を押さえた以上、樹理がソープに沈められようが関係ない。気になることがあるとすれば、樹理を売り飛ばすことによって世羅がいくら手にしたか、ということだけ。

「でも、それじゃあ樹理さんが……」

なにかを言いかけた竜田が、言葉を濁《にご》した。竜田が樹理に気があることは、薄々感づいてはいた。

「竜田、覚えておけ。女という花は、長くは咲かない。だが、金は違う。金という花は、何十年経《た》ってもその魅力は一向に衰えはしない。いいか？　お前が数えている金の魅力で、多くの人間を従わせることができる。しかし、樹理の魅力で従わせることができるのは、せいぜい鼻の下を伸ばしたヒヒおやじだけだ。樹理のことなど気にせずに、三千万を蒲生に届けてこい。樹理程度の女が百人いても落とせない矢切組の大幹部の心も、そいつをみせたらガッチリと掴むことができる。その眼で、女と金のどっちが自分にとってためになるかをたしかめてくるんだな」

竜田が神妙な顔で頷き、百万の束を次々と黒革のボストンバッグに詰め始めた。

蒲生には、二時間前——午前十一時の段階で、竜田達に金を持たせることを伝えてあった。

指をくわえてみているほかなかった更地《さらち》から三千万を作ったことで、蒲生の自分にたいする評価はさらに上がった。

蒲生には、大仕事をやってもらわねばならない。世羅から全財産を引っ剝《ば》がし、この闇金世界から、いや、日本から永久追放する大仕事を。

ノックに続いて、ドアが開いた。

「社長……ちょっと、いいですか？」

半開きのドアから上半身を出した格好で、矢吹が言った。いつもはクールフェイスを崩さない男が、困惑の表情を浮かべていた。

「どうした？」

「渋谷のキャバクラ嬢が融資の申し込みにきてるんですが、話を聞いてやってもらえますか？」

「女を相手にするのは、お前の得意分野だろう？」

「いや……それが、一千万を融資してほしいって言うんですよ」

「一千万!?」、「まじかよ！」、「馬鹿じゃねえの」。

矢吹の言葉にたいする竜田、小菅、奈川の反応も無理はない。

レディサポートの融資の上限は、七福ローンの五万ほど低くはないが、それでも、せいぜい三、四十万というところだ。一千万はおろか、百万貸した客もこの五年間で数えるほどしかいない。

「矢吹さん、そんな客、社長に伺い立てるまでもないっしょ。ここは金を貸す場で、女をクドくホストクラブじゃないんすよ？　なにか、勘違いしてんじゃないっすか？」

竜田が、元ホストの矢吹への皮肉を交えた挑発的な口調で言った。

矢吹が二十五歳で入社四年。竜田は二十三歳で入社三年。先輩が故に敬語を使っているが、竜田は矢吹を忌み嫌っていた。矢吹も、それは同じ。

甘いマスクで客をコントロールする軟派な矢吹と、コワモテで客を従わせる硬派な竜田——対照的なふたりの反りは、まったくといっていいほど合わない。

「山猿並みの知能しかないお前に、そんなことは言われたくないね」

「なんだとっ、こらぁっ！」

矢吹の言葉に、竜田がまさに山猿のように顔を紅潮させソファを蹴った——矢吹の胸ぐらを摑んだ。

「竜田、やめろっ」

若瀬の一喝に、竜田が渋々と矢吹の上着の襟から両手を離した。ヴェルサーチの襟もとを手ではたき、こめかみに青筋を立てガンを飛ばす竜田に冷めた視線を投げる矢吹。

「会ってみよう」

言って、若瀬はデスクチェアから立ち上がった。矢吹が、勝ち誇ったような笑みを口角に浮かべた。

矢吹の肩を持ったわけではない。一千万を申し込むキャバクラ嬢に、興味があるだけの話。

よほどの馬鹿か、それとも……。

思考を止め、若瀬はドアを開けた。

☆

接客フロア。ソファで足を組み、メンソール煙草の紫煙を窄《すぼ》めた唇から糸のように吐き出す女が自分に濡れた瞳を向けた。

プラチナブロンドのロングヘア、切れ長のきつい眼、気の強そうな尖った鼻、肉厚な唇、キャミソールタイプのワンピースに包まれた肉感的なボディ——女は、風俗嬢となるために生まれてきたような卑猥なフェロモンのオーラを全身から発していた。

若瀬は、ソファに腰を下ろしつつ、女の隣——四十絡みの仕立てのいいスーツを着た男に視線を移した。

整髪料で撫でつけた長髪、黄色いフレイムの丸眼鏡、きれいに切り揃えられた葉巻髭
──女のパトロン。

若瀬は、瞬時に見当をつけた。同時に、矢吹の困惑が単に常識外れの申込金額だけが理由ではないことがわかった。

「ここの社長をやっている若瀬だ」

「杏《あんず》です。よろしくぅ」

女が、頭の悪そうな舌足らずの口調で名刺を差し出した。

キュートハウス　杏

店は渋谷区道玄坂《どうげんざか》。杏とは、女の源氏名なのだろう。

若瀬は、名刺から申込用紙に眼をやった。
＊氏名　嘉山広子　＊生年月日　昭和五十三年十一月十七日　＊年齢　二十三歳　＊自宅住所　港区白金二丁目×番地×号　＊住居形態　父所有　＊自宅電話番号　三二八〇─××××　＊携帯電話番号　〇九〇─二四四二─××××　＊勤務先　キュートハウス　＊業種　飲食業　＊勤務先住所　渋谷区道玄坂一丁目×番地×号　アルフ

ァビルＢ１　＊他社借入件数　〇件　＊家族構成　父と母と同居　＊未婚・既婚　未婚

視線を下──家族欄の父親のデータに移した。

＊氏名　嘉山義輝　＊生年月日　昭和二十六年九月二日　＊年齢　五十歳　＊自宅住所　同上　＊携帯電話　無し　＊勤務先　富士見証券高輪支店　＊役職　支店長

若瀬は、嘉山広子の父の勤務先で眼を留めた。

富士見証券といえば、業界最大手だ。しかも、支店長ときている。うまく父親を絡ませれば、代官山の土地に続いてビッグビジネスになる可能性があった。

「照会と自宅に確認の電話を入れろ」

若瀬は、申込用紙とともに添えてあった広子の健康保険証を矢吹に渡し命じた。照会といっても、大手のサラ金業者のようにコンピュータを弾くわけではない。コンピュータを弾いたところで、闇金業者からの借り入れは出てこない。

若瀬のいう照会とは、闇金業者のネットワークに広子のデータを流すということだ。サラ金など、いざとなれば踏み倒させればいい。重要なことは、レディサポートの同業者にこのケバい女が何件借りているか、だ。

「で、お宅は？」

若瀬は、矢吹から男に視線を移して言った。

「私は、広子さんのつき添いです。申し遅れました、野々村と申します」

男——野々村が歯切れのいい口調で言うと、名刺を差し出した。

株式会社　ドリーム出版　代表取締役　野々村辰夫……。

野々村は、出版会社の社長のようだった。

力強い光の宿る瞳、引き締まった口もと、ピンと伸びた背筋、糊《のり》の利《き》いたワイシャツ、モヘア生地のバーバリーの濃紺のスーツ、オーデマ・ピゲの腕時計——野々村の言動、容姿、出で立《いた》ちから察すると、ドリーム出版なる会社の経営状態が良好であることが窺えた。

「出版会社の社長さんが、なぜ、高利貸しに申し込みにきたキャバクラ嬢のつき添いなんかに？」

若瀬は、名刺を宙に翳しながら野々村に言った。

「私の保証人になってくれるの。ね？　ののちゃん」

広子が、野々村の腕に両手でしがみつき、座敷犬さながらの甘えた鼻声を出した。

「まだ、そうすると決めたわけじゃない」

「ひっどぉ〜い。ののちゃん、なにかあったら杏の力になるって言ってくれたじゃなぁ〜い」

広子が頬を膨らませ、野々村を睨《ね》めつけた。

「だから、なにかあったら、だよ。それに、こちらの利息もなにも聞いてないのに、軽はずみに保証人になるなんて言えないよ」

若瀬は、ふたりのやり取りをじっくりと観察した。

野々村は、広子とは店で知り合い、パトロンとなったのだろう。一見、赤星と樹理の関係に似ているが、野々村は赤星と違って慎重な男だ。

「ウチのことは、どうやって知った？」

若瀬は、相変わらずの膨れっ面《つら》で野々村を睨《にら》む広子に、レディサポートを訪れる申込客全員にする質問を投げた。

その申込客に、紹介屋が絡んでいる恐れがあるからだ。

紹介屋は、繋がりもない金融業者とあたかも通じているふうを装い、申し込んできた客を適当なサラ金や闇金に申し込ませ、融資を受けることができたら三割や四割の手数料を請求する——つまり、他人《ひと》のふんどしで相撲《すもう》を取る寄生虫のような奴らだ。

「スポーツ新聞の三行広告でみたの」

「なに新聞だ？」

「関東スポーツよ」

ここで、レディサポートが広告を掲載していない丸日スポーツや東都スポーツの名前を出すようならば、紹介屋が絡んでいるとみて間違いない。

尤も、紹介屋の中には、なになにスポーツ新聞をみて申し込んだと言え、と指示している業者も多く、広子が関東スポーツの名を出したからといって疑いが晴れたわけではない。

が、恐らく広子には紹介屋は絡んでいない。なぜなら、紹介屋は、風俗嬢が一千万もの金を申し込んだ瞬間に、サラ金や闇金から門前払いを食うことを知っている。

「ここが、短期の高利貸しだと知って申し込んできたのか？」

「うん。知ってるよ。ここじゃないけど、店のコが同じようなとこで借りてるもん」

臆することなく、広子があっけらかんとした口調で言った。

「ところで、一千万もの金を、なにに使うんだ？」

「お金の使い途？　あのね、杏、御徒町《おかちまち》ですっごいかわいいダイヤをみつけたの！　五カラットのピンクダイヤを使って一千万よ!?　普通なら、そんな金額じゃ買えないんだから」

広子が胸前で掌を重ね合わせ、興奮口調で言った。

彼女にかぎったことではないが、風俗嬢は全般的に金銭感覚がＯＬなどに比べてズレている。その風俗嬢の中でも、高利貸しに一千万もの申し込みをするという広子の常識は桁外れにズレていた。

が、広子は単なる非常識女だと割り切ればなんとか理解できるが、解《げ》せないのは野々村の行動。

そうすると決めたわけじゃないと言いながら、野々村は広子の保証人になろうとしている。レディサポートの利息は五日で五割。一千万を借りた場合は、五日後に一千五百万を返さなければならない。

一介のキャバクラ嬢に、そんな金額を払えるはずはなく、広子の保証人となった時点で野々村が債務を背負ったようなものだ。

若瀬が解せないのは、保証人になるくらいならば、なぜ野々村はダイヤを買ってやらないのかということ。保証人になれば広子の一千五百万の債務を被《こうむ》るのは決定的であり、ダイヤを買ってやる場合よりも五百万を損する計算になる。

「たしかにそのダイヤは掘り出し物かもしれないが、金をどうやって返済するつもりだ？　ウチは五日で五割の利息がつく。つまり、八月三十一日に一千五百万を耳を揃えて返してもらわなければならない」

若瀬は、舞い上がる広子に冷眼を投げた。

「ご、五百万も利息がつくんですか⁉」

野々村が、頓狂な声を上げた。

「ののちゃん、心配しなくても大丈夫。お金の返済は、パパに頼むから」

「頼むからって……杏、お父さんは、君が借金することを知らないのかい？」

野々村が、訝しげな表情で訊ねた。

「うん、知らない」

「じゃあ、保証人は僕だけか⁉」

顔色を失う野々村と、無邪気に頷く広子。

「冗談じゃない。話が違うじゃないか⁉　君のお父さんも保証人になるっていうから、僕は……。それじゃあ、僕が一千五百万を払うって決まったようなものじゃないか⁉」

口髭を震わせ、憤然とする野々村。若瀬の野々村にたいしての疑問は、彼が憤然とすればするほどに氷解した。

ようするに、野々村は広子の父も保証人になると聞かされ、第二保証人になることを引き受けた。ところが、広子は端《はな》から父に保証人を頼むつもりはなかった、というわけだ。

「大丈夫だってば。こんなところでお金を借りたと知ったら、パパはまっ青になって払ってくれるわ。だって、怖いお兄さん達に会社に乗り込まれちゃったら、出世に響くもん」

広子が、屈託のない顔で笑った。

若瀬には、広子の目論見《もくろみ》がわかった。

父に一千万のダイヤを買ってくれとせがんでも、恐らく断られてしまう。かといって、馬鹿正直に高利の借金の保証人になってくれと頼んでも結果は同じ。ならば、事後承諾しかない。

　事後承諾といっても無闇な行動ではなく、広子は周到に計算している。父は大手証券会社の支店長。本人も言っていたとおり、闇金融の取立人などに会社で騒がれでもしたならば、彼のキャリアに傷がつく。娘は、父の体裁と立場を見透かし、必ず代理弁済をするという確信のもとで事後承諾という手段を取ったのだ。

　頭の悪そうなみかけと違い、広子という女はなかなかしたたかな女だ。

「杏、それじゃあ、お父さんに申し訳ないよ」

「ののちゃんは、パパが保証人になることを望んでたんでしょう？　パパにお金を払わせるってことだから、同じことじゃない」

「いや、しかしね、ちゃんと事情を説明した上で払ってもらうのと、承諾なしに勝手に物事を進めるのとはわけが違うよ」

「だったら、ののちゃんが払ってくれるの？　私の信用だけじゃ一千万も借りられないから、ののちゃんが保証人になってくれないと困るんだよ？　私はそんな大金返せないかね。そしたら、パパに払わせないと、ののちゃんが請求されるんだよ？　それでもいいの？」

メンソール煙草の紫煙をくゆらせながら、広子が矢継ぎ早に野々村を質問責めにあわせた。

まったく、たいした女だ。若瀬は、これまでに軽く千人を超える風俗嬢に応対してきたが、申し込みの段階で、借りた金を返せない、と宣言した女は初めてだった。

そんなことを言ったら融資を受けられるはずはなく、内心でそう思っていても絶対に口にはしないものだ。

普通の金融業者なら、間違いなく退《ひ》くだろう。が、自分は違う。逆の見方をすれば、広子ほど正直な申込客はいない。この女を利用すれば、野々村から五百万の利息は当然のこと、うまくいけば広子の父からもまとまった金を引っ張れるかもしれない。

「わかった。でも、僕が君の保証人だということは、内緒にしておいてくれよ。お父さんに知れたら、信用を失っちゃうからね」

野々村がため息を吐き、念を押した。

惚《ほ》れた弱み――結局は、野々村と広子では勝負にならなかった。しかし、野々村如きを手玉に取っていい気になっている女狐も、自分にかかれば単なるカモに過ぎない。

「社長。自宅のほうで、父親に確認が取れました。照会のほうは、あと小一時間もすれば上がってくると思います」

保険証を片手に戻ってきた矢吹が、自分の隣の席に腰を下ろしつつ言った。

「会社の謄本を、みせてくれ」

野々村が、ルイ・ヴィトンの書類鞄から取り出した謄本を、不安げな表情で差し出した。

商号　株式会社ドリーム出版　本店　港区西新橋一丁目×番地×号　会社成立の年月日　昭和52年5月1日　目的　1　著作権、出版権、翻訳権等の管理、売買及び出版に関する業務。2　小説家のマネジメント及びプロモート業。3　放送番組、映画、ビデオソフト等の放映権の取得、買付け、輸出入及び出版に関する業務。4　興行権、レコード化権、ビデオ化権の取得と販売及び人物、動物、脚本、台本のキャラクター版権取得と販売並びに管理、輸出入……。

若瀬は、9条まで連なる目的事項を読み飛ばした――次に進んだ。

たいそうな文言が並んでいるが、ようするに、己の会社の出版物から派生する可能性のある一切の権利に関して、首を突っ込めるということを書き連ねているだけの話。

資本の額　金2000万円　役員に関する事項　代表取締役　野々村辰夫　東京都世

田谷区経堂二丁目×番地×号　平成14年8月16日就任　取締役　原久紀《はらひさのり》　平成14年8月16日就任　取締役　間中良子《まなかよしこ》　平成14年8月16日就任

若瀬は、視線を留めた。会社の設立年数は二十五年と申しぶんないが、気になるのは、野々村を始めとする役員の就任年月日だ。三人揃って、約十日前に就任したことになる。視線を、就任年月日から登記記録に関する事項に移した。

平成14年8月15日東京都中央区日本橋二丁目×番地×号から本店移転。


野々村が代表取締役になった一日前に、日本橋から西新橋へと本店が移されていた。

「野々村さん。この謄本によれば、あんたは代表取締役に就任してまだ十日ほどしか経っていない。会社も設立年数こそ二十五年と古いが、現在の所在地に移ってからはやはり十日ほどしか経っていない。どういうことか、説明してもらえるかな?」

若瀬は、ラークに火をつけソファに深く背を預けると足を組んだ。

漆黒の脳細胞に浮かぶ四文字。休眠会社。間違いない。野々村は、休眠会社を買い取り、ドリーム出版の代表取締役に就任した。つまり、会社を興したばかり、ということになる。

が、だからといって、野々村が詐欺師と決まったわけではない。単に費用を安く上げるために、休眠会社を買い取った可能性も十分に考えられるからだ。

株式会社を一から設立するには、なにかと金がかかる。その点、休眠会社を買い取れば、新規で会社を興すのに比べて費用も十分の一ほどでおさまる。

だが、たとえ野々村になんの企みがないにしても、保証人としての資格はなくなる。船出したばかりの会社の社長に、五日後に一千五百万の金は作れまい。

「その会社は、以前に私の父の友人が経営していた会社を寝かせていたものを安く譲り受けたのです。たしかに、会社を設立してからは十日しか経っていませんが、五年前から個人で出版会社は経営していました。収入は、年に二千万ほどあります」

野々村は悪びれたふうもなく、ドリーム出版の前身が休眠会社だったことを告白した。

「なにか、提供できる担保は？」

「これで、いかがでしょう？」

言って、野々村が長方形の台帳をテーブルに置いた。

「手形帳か」

「ええ。万が一、彼女の父が支払ってくれないときは、私が責任を持って肩代わり致します。ただし、五日後が期日とお聞きしましたが、十日後に延ばして頂けませんか？　取次店からの入金が九月二日に五千万ほどあるので、本当は一週間後でも大丈夫なのですが、余裕を持って十日後にしたいのです。それと、利息も、五割ではなく二割にしてほしいのです。五千万の入金があるといっても、著者に支払う印税と広告代の持ち出しぶんを差し引くと、手もとには二千万弱しか残りません。次の出版のためにある程度の資金をプールしておかなければなりませんし……」

支払期日の延長と利息のディスカウントを申し出る野々村。彼の綿密な計画性、誠実な語り口と合わせて考えれば、返済の意思があるからこその申し出だということがわかる。金融業者は、どんな悪条件でもふたつ返事で呑む客よりも、ある程度の難色を示す客を信用する。端から踏み倒そうとしている輩ならば、五割が八割の利息でも関係ないからだ。

その点、野々村の申し出は信頼に値する、ということになる。

だが、例外はある。赤星を使って闇金融から二百万を引っ張る際に、若瀬は、彼に利息のディスカウントを申し出るように命じた。

金融業者の心理を逆手《さかて》に取った自分のように、野々村を使って誰かが背後で糸を引いている可能性がないとはいえない。

もちろん、きちんと債務を履行《りこう》しようとする野々村のストレートな申し出だという可能性もある。が、ほんの僅かでも不審な点があれば、歩を踏み出さないのが自分——その慎重な性格だからこそ、九十五パーセントという驚異的な回収率を誇っているのだった。

「野々村さん。支払期日の延長や利息ダウンをどうこう言う前に、あんたが保証人では一千万は貸せない」

「えっ、どうして!?」、「手形をお渡ししたじゃないですか!?」。広子と野々村が、同時に大声を張り上げた。

「実績のない会社の手形は、尻拭《ふ》き紙にもならないからね」

「そうですか……。杏、諦めよう。そのうち、僕が買ってあげるから」

野々村が、ひとつ大きな息を吐き、広子を宥《なだ》めるように言った。

あっさりと退く野々村。彼が詐欺師であれば、あれやこれやと食い下がったはず。これが自分を欺《あざむ》くための演技なら、たいしたものだ。

正直、現段階では野々村が、白か黒かの判断がつかなかった。

「そのうちじゃ遅いのよっ。ののちゃん、お金持ってるんでしょ？　この人に、みせてあげれば？」

「いや、これは、広告代理店におさめるお金だから……」

「みせるだけでいいのよ！　ののちゃんの会社が、ちゃんとお金を儲けてるんだってっ」

広子の勢いに押された野々村が、書類鞄とお揃いのルイ・ヴィトンのボストンバッグから渋々と札束を取り出した。

テーブルの上に並べられた札束は十二。恐らくひと束が百万——一千二百万。

「ほう。その金で、彼女にダイヤを買ってあげたらどうだ?」

若瀬は、探りを入れる目的で軽口を飛ばした。

「社長さん、いいこと言うじゃん。ねぇ〜、ののちゃん、そうしよぅ? そしたら、面倒臭い思いしなくて済むよ? ねぇってばぁ、そうしようよぉ?」

鼻声を連発し、野々村の腕にしがみつき、乳房を押しつけ甘える広子。

ふたりの言動に共通しているのは、できるものなら金を借りたくないということ。それが会話の、態度の端々に窺えるのだった。

「無理だよ。さっきも言ったけど、このお金は広告費なんだから」

野々村が広子から眼を逸らし、力なく言った。

「ねえ、社長さぁん。ののちゃんがお金持ってるのはこれで証明されたんだからぁ、手形を担保にお金を貸してくれなぁい?」

広子が身を乗り出し、自分の膝に手を置いた。大きく弛《ゆる》んだワンピースの胸もとから、尻のような胸の谷間が覗いていた。

むろん、それが計算ずくな行為だろうことは言うまでもない。

「悪いが、それはできない。野々村さんが言っていたように、この千二百万は広告屋へと消える。ウチにとっては、なんのプラス材料にもなりはしない」

若瀬は広子の手を膝から払い除《の》け、抑揚のない口調で言った。

「杏。もう、帰ろう。僕の信用では無理だと言われたんだから、これ以上粘っても時間の無駄さ」

野々村が、膨れっ面で唇を尖らせる広子に、聞き分けのない幼子に接する父親のように諭し聞かせた。

瞬間、野々村の口もとが微かながら嬉しそうに綻んだのを見逃さなかった。

本当に融資を受けたいのであれば、笑うはずはない。

苦虫を嚙み潰したような顔、茫然自失とした顔、いろを失った顔、絶望にうちひしがれた顔、ひきつり笑いを浮かべた顔、憤怒、もしくは羞恥に紅潮した顔――若瀬はこれまでに、融資を断られたときにみせた数多くの申込客達の顔を脳裏に焼きつけてきた。

誰ひとりとして、眼前の野々村のような笑みを浮かべた者はいない。

そう、野々村の笑顔は安堵の微笑――彼は、融資を断られてホッとしている。

「ただし、方法がないわけじゃない」

「え!? なになに!? 教えて教えて!?」

野々村に促され腰を上げかけた広子が、瞳を輝かせ訊ねてきた。

「この千二百万のうち五百万を預けてくれたら、一千万を融資しようじゃないか」

若瀬の言葉に、野々村の眼がまるくなった。

「でも、それじゃあ、私の手もとに七百万しか残らないじゃないですか?」

「いいから、話を最後まで聞くんだ。広告屋のほうには、取り敢えず七百万を内金として入れれば少しくらいは待ってくれるはずだ。どうせ尻《ケツ》は彼女の親父さんに拭かせようとしてたんだろうが？　支払期日に一千五百万の入金があったら、五百万はすぐに返してやる。結果的に、広告屋が五百万の残金を手にするのが遅れただけで、あんたの腹はなにも痛まない。違うか？」

若瀬は、揺らめくラークの紫煙越しの野々村の困惑顔をじっと見据え、クエスチョンを投げた。

本来の自分なら、野々村を帰すところだった。たとえ五百万を保険として押さえても、野々村に支払能力がなければ五百万が焦げついてしまう。

融資を断ろうとしている姿勢は、彼は詐欺師ではないかという疑心を軽減してはくれるが、支払能力があるという証明にはならない。

だが、それでよかった。野々村は、残り五百万を返せなくてもいい。いや、返せないほうがいい。

若瀬の画策。野々村に一千万を貸す。支払期日の延長と利息のディスカウントを認める代わりに、手形は白地で貰う。手形の裏書き保証は広子。債務者と保証人が逆転するというわけだ。

どの道、支払うのは広子の父――嘉山義輝なので、野々村に異存はないはずだ。

若瀬の目的は、野々村に返済をさせるのではなく、ましてや、広子でもない。恐らく嘉山義輝は、娘から聞かされた債務額——元金一千万と利息を用意することだろう。それで、バカ娘の尻拭いは終わったと胸を撫で下ろすに違いない。

が、若瀬が嘉山義輝に差し出す手形に打ち込まれた数字は３０、０００、０００。白地手形なので四千万でも五千万でも好きな額を打ち込めるが、大手証券会社とはいえ、支店長クラスなら退職金は三千万が妥当だ。

三千万の内訳は、元金が二千九百九十四万に利息が六万。利率は〇・二パーセント。利息制限法にも出資法にもひっかからない利率。

当然、嘉山義輝、広子、野々村の三人は話が違うと騒ぎ立てることだろう。だが、三人がいくら喚き立てたところで、手形に三千万の金額が打ち込まれている以上、借りたのは一千万だと証明する手立てはない。

警察に駆け込み、白地手形に借りてもいない金額を打ち込まれた、と訴えるのも無意味。警察は、もともと民事には腰が重い。その上、手形を白地で渡したと訴えるのが振出人と裏書人——金を借りた当事者では、証人として成立はしない。

警察も頼れないとなると、嘉山義輝に残された道は三千万を支払うか破産しかない。

が、破産となると免責が下りるまでに一年近くかかる。その間、入れ代わり立ち代わり富士見証券高輪支店に取立人が押しかければ、嘉山義輝は会社を解雇される可能性が高い。

プライベートな揉め事で解雇となれば、退職金は出ない。必然的に、嘉山義輝は破産もできないということ——つまり、三千万を支払うしかないということだ。

若瀬の画策どおりに事が運べば、実質五百万の融資で三千万が入ることになる。そして若瀬には、画策をうまく運ぶ自信があった。

「そ、それはそうでしょうけど、五百万を預けるというのはちょっと……」

「ののちゃん。社長さんの言うとおりだよ。どっちにしてもパパが払ってくれるんだから、いいじゃない。それとも、そんなに私にダイヤを買わせたくないわけ？」

煮え切らない野々村を、広子が咎《とが》めるような口調で問い詰めた。

「そういう意味じゃないよ。ちょっと、ふたりで話したいんですけど……いいですか？」

野々村が、広子から自分に視線を移してドアの外を指差した。若瀬は頷き、ラークの吸差しを灰皿に押しつけた。

「とんでもない女ですね？」

ふたりがドアの外に出たのを見計らい、矢吹が肩を竦めて言った。

ホスト時代まで溯《さかのぼ》ると、軽く千や二千を超える女を手玉に取ってきただろう矢吹が呆れ果てるのだから、広子も相当な玉だ。

「ひと言も女に声をかけないなんて、お前らしくもないな」

いつもなら、自分が接客している横で、申込客の煙草に火をつけるふりをして手を握ったり、さりげなく洋服やアクセサリーを褒《ほ》めるなどをして己の虜《とりこ》にしようとする矢吹が、こと広子にかぎっては、まったくなんのアクションも起こさなかった。

過去に、同じように矢吹がおとなしくしていたのは、樹理のときだけだった。

「あの女は、どうやっても落とすことはできませんよ。この俺の口説《くど》きのテクニックを以《もっ》てしてもね」

「ほう。なぜだ？」

「嘉山広子には、惚れて惚れ抜いた男がいますね。もちろん、野々村なんて野郎は金蔓《かねづる》ですよ。あの女の瞳には、惚れた男の姿しか映っちゃいない。樹理さんのときも、そうだったでしょう？　俺がなにを言おうが、社長しか眼に入ってませんでしたからね」

「なるほどな」

結局、野々村は体《てい》よく広子に使われているに過ぎない、ということ。どこの世界にも、必ずいる。野々村のような、いい人止まりのまぬけなパトロン気取りが。

「矢吹、野々村のデータも照会しておいてくれ。それと、夕方、広子と一緒に勤め先のキャバクラに寄ってくれ。ドリーム出版には、柴井達を向かわせる」

「わかりました。でも、野々村って野郎も馬鹿な男――」

ドアが開いた。矢吹が、口を噤《つぐ》んだ。広子がすっきりとした顔で、野々村が不安げな顔で現れた——ソファに座った。

どうやら、ここでも広子に寄りきられたらしい。

「じゃあ、社長さんの言うとおり、五百万をお預けしますので融資をお願い致します。それで、さっき私が申し上げた件なんですが、支払期日の延長と利息のディスカウントをお願いできますでしょうか？」

野々村が、怖々と切り出した。

「支払期日は、今日から十日後だったよな？　利息のほうは、いくらにしてほしかったのかな？」

「二割で、お願い致します。もし、彼女のお父さんが払えなかったときのことを考えると、一千二百万が私の限度ですから」

絞り出すような野々村の声を聞いて、若瀬は悟った。

野々村は、十日後の嘉山義輝からの入金が確認できるまでは、広告屋に一円の金も入れないだろうことを。万が一の場合は、広告費用にプールしていた一千二百万を返済に充てようとしているだろうことを。

焼け石に水——十日後に若瀬が要求する額は三千万。一千二百万を支払っても、一千八百万の不足が出る。

むろん、いまは、口に出す気はなかった。

「わかった。ただし、いくつか条件がある。まず、この矢吹がキュートハウスに、ほかの社員がドリーム出版に行く。次に、借用書は使わずに手形契約にする。裏書人は広子さん、あんたになってもらう」

「つ、つまり……私が債務者になるということですか？」

「ああ。借用書での契約であっても、連帯保証人になるつもりだったんだろう？　知ってるだろうが、連帯保証人は債務者と一心同体だ」

「たしかに、社長さんの言うとおりです。わかりました」

言って、野々村が手形帳を引き寄せ、振出日と支払日の記入を始めた。

「そこまででいい」

若瀬は、金額欄にボールペンを運ぶ野々村を制した。

「え？」

疑問符の貼りつく惚《ほ》け顔を、自分に向ける野々村。

「そこは書き込まなくてもいいと言ってるんだ」

「ど、どういうことですか？　それじゃあ、もし社長さんが……その、あの……」

「俺が、一千二百万以上の金額を書き込み請求するとでも言いたいのか？　俺が、そんなあくどいことをするとでも言いたいのか？」

若瀬は、一切を凍りつかせる氷の瞳で野々村を見据え、瞳に負けない冷たい声音で訊ねた。

「え、いや、そんなわけでは……」

「いいか？　利息を三百万もディスカウントするということは、俺の一存で決めたことだ。レディサポートにはオーナーがいる。一千二百万なんて金額をみられたら、オーナーになんて説明する？　つまり、あんたのためにこっちもいろいろと骨を折ってるというわけだ。それをあんたは……」

「も、申し訳ございませんでしたっ」

弾かれたように野々村が、両手と額をテーブルにつけた。

「その行為は、俺を信用する返事だと受け取ってもいいんだな？」

「も、もちろんです」

顔を上げた野々村が、愛想笑いとひきつり笑いのブレンドされた笑顔で、何度も頷いた。

「おい、柴井に連絡を入れて呼び戻せ」

若瀬に命じられた矢吹が、携帯電話を取り出した。

「さあ、裏書き欄に署名してもらおうか？」

若瀬は金額欄が空白の手形を手形帳から引きちぎり、裏返して広子の眼前《まえ》に差し出した。

ほんの僅かな不安も抵抗もなく、あっけらかんとした感じで広子が裏書き欄に署名を始めた。

またひとり、愚かな獲物《カモ》が若瀬の張り巡らせた蜘蛛の巣《トラップ》へとかかった。

込み上げる笑いを噛み殺し、若瀬は新しい煙草に火をつけた。

［10］

午後十一時三十五分。港区芝の高層マンションの十三階――二十畳のリビング。U字型のソファで、ルイ・ヴィトンのボストンバッグを膝上に抱え、緊張した面持ちで座る及川。及川の隣で、買い込んできたタコ焼きを肴《さかな》に缶ビールを呷《あお》るまりえ。

十六日前――八月十日からふたりは、連日のように世羅の自宅を訪れていた。十六日間で、世羅、及川、まりえの三人で、若瀬から一千万を引っ張るためのリハーサルを繰り返し行った。

及川は中堅出版会社の社長。まりえは渋谷のキャバクラ嬢。ふたりは、パトロンと愛人。

まりえは地のままでキャバクラ嬢を演じることができたが、及川は、出版会社の社長という難しい役どころだったにもかかわらず、さすがに劇団員だけあり飲み込みがはやかった。

　実行日前夜──昨夜は、明けがたまで最終的な打ち合わせを行った。

　そのときには既に及川は、見事に髭を生《は》え揃わせ、ボサボサの寝癖頭もオールバックに撫《な》でつけ、インテリ眼鏡をかけ、バーバリーのスーツを着こなし、自分の貸したオーデマ・ピゲを腕に巻いていた。

　ドリーム出版代表取締役の野々村辰夫は、世羅の知っている野暮《やぼ》ったくおどおどしている及川とは見違えるようだった。

　だが、すべてが順調にきたわけではなかった。

　十日前のリハーサル中に、突然及川が役を下りたいと申し出てきた──臆病風に吹かれた。

　そのときのために、手は打ってあった。転ばぬ先の杖《つえ》──世羅は、まりえに及川を誘惑するように仕向けていた。

　及川は、まんまと世羅の罠に嵌まった。

　──色目を使っても最初は、世羅ちゃんにバレたら大変だって抵抗してたけど、おっぱい触らせて首筋舐めてやったら、獣みたいに襲いかかってきたわ。三十秒で、フィニッシュしちゃったけどね。

まりえは、任務の報酬——自分の巨砲に五時間以上も責め続けられたあと、ぐったりとベッドに横たわりながら言った。


——ぬしがまりえとボボばしとるとは知っとっとばいっ！　ぬしゃっ、俺の女に手ば出してからっ、ただで済むと思っとっとや!!

自分の怒声に、及川はツンドラ地帯に裸で放り出されたように血の気を失い震えた。

——ばってん、若瀬から予定通りに一千万ば引っ張ったら、特別に赦してやるけん。

闇金融から金を騙し取るよりも怖い状況に追い込まれた及川は、頷くしかなかった。

その後の及川は、それまで以上に役作りに没頭した。当然だった。もし任務に失敗したら、自分にどんな目にあわされるかわからないのだから。

結果的には、あとがなくなった及川の迫真の演技が、世羅に勝利の美酒をもたらした。

夕方かかってきた及川からの電話で、順調にシナリオが運んでいることを世羅は知った。

その時点では、及川扮する野々村辰夫が経営するドリーム出版への会社訪問は終わっており、午後七時から開店するまりえ扮する嘉山広子が勤める渋谷のキャバクラ、キュートハウスの訪問を残すだけとなっていた。

レディサポートで、まりえとともにキュートハウスに向かった矢吹からの連絡を待っていた及川は、適当な理由をつけ事務所を抜け出し、途中経過の報告を入れてきたのだった。

知り合いの不動産業者から借りた、西新橋の競売物件のビルの一室をドリーム出版のオフィスとした世羅は、及川の所属する劇団の役者の卵をエキストラとして十人ほど雇い、働き者の編集者に仕立て上げた。

及川に同行したレディサポートの柴井は、原稿の山に埋もれるデスクで慌ただしく電話を取り、また、パソコンのキーを叩く偽編集者達を目《ま》の当たりにして、微塵の疑いも抱かずに若瀬に、問題なし、の電話を入れたらしい。

もちろん、デスクに山積みにされた原稿用紙に連なる文章はエキストラ達が適当に書き殴ったものであり、競うようにかけまくっていた電話の相手は、己の知人関係であるのは言うまでもなかった。

まりえのほうはといえば、自分が七福ローンの債務者である桂木――キュートハウスのマネージャーに臨時雇用の承諾を取ってあり、同伴という形で探りを入れた矢吹の眼をまんまと欺いた。

若瀬の失敗は、若い衆に任せたこと――己の眼でたしかめなかったこと。

だが、若瀬が自ら乗り出したところで結果は同じ。石橋を叩いた上に、何人かを渡らせ無事を確認しなければ歩を踏み出さないような疑り深い若瀬の眼力を以てしても、綻びが出ないだけの絵を描いた自信があった。

策士の称号は、若瀬の専売特許ではない。暴力しか能がないと自分を侮《あなど》る若瀬を、彼が得意とするフィールドで嵌めてやったことがなにより嬉しい。

世羅は、ヘネシー・XOのボトルを口もとに運んだ――ミネラルウォーターをそうするようにラッパ飲みした。

いつも飲んでいる銘柄だが、今夜の酒は格別にうまかった。

「さ、はやく、金ばこっちに寄越さんね」

及川が相変わらずの硬い表情で腰を上げ、ボストンバッグを自分のもとに運んだ。闇金融から大金を騙し取るという大仕事の、緊張の余韻が抜けきっていないのだろう。

ボストンバッグには、レディサポートからかっ剝いだ一千万と、若瀬への見せ金として及川に持たせた一千二百万の計二千二百万が入っているはずだった。

ファスナーを開けた。ボストンバッグの中でひしめく札束。

「ふたりとも、よう頑張ったばい。ぬしも、酒でん飲め」

満面に笑みを湛え、世羅は飲みかけのブランデーのボトルを及川に差し出した。

「あ、あの、お話があるんですが……」

「話はあとたい。とりあえずは酒ば飲め。今夜は祝い酒たい」

「は、はあ……」

及川がボトルを受け取った。世羅は、鼻唄交じりにボストンバッグに右手を突っ込み、輪ゴムで括られた札束を取り出しテーブルに積んだ。

テーブル上に積み上げられた十の札束……一千万。

「これが、若瀬の金たい。よか気味たい。なあ、及川」

「え、ええ……」

ひきつり笑いを浮かべる及川。

「ぬしゃ、若瀬の取り立てば心配しとっとだろが？　気にせんでもよか。完璧なシナリオだけん、ぬしの素姓《すじよう》がバレるこつはなか。髪ば元のボサボサ頭に戻して、眼鏡ば取って髭ば剃れば、野々村辰夫がぬしとは、だぁ〜れも気づかんけん。ぬしも、まりえば少しは見習わんね。さっきからビールばガブガブ呷って、タコ焼きばひとりで十個は食うとるばい」

世羅は及川の肩を叩き、まりえを指差した。

「もぉ〜、やだぁ、世羅ちゃん。十個も食べてないわよ」

頰を膨らませたまりえが、自分を軽く睨《ね》めつけた。

「悪かったばい。九個の間違いだったばい」

世羅はスキンヘッドを掌でピシャリと叩き、軽口を飛ばし朗《ほが》らかに笑った。つられるように、まりえも笑った。

一千万を手にした上に、四日後——八月三十日には、赤星の退職金が入る。

赤星には、井原ビルの地下室に監禁してすぐに大帝銀行に電話を入れさせ、退職金の振込日を確認させていた。

都合四千万が、自分の懐に入る計算になる。世羅を上機嫌にさせているのは、大金を手にできるのはもちろんのこと、その大金に若瀬が絡んでいたということが大きかった。

これがボクシングならばKO、もしくは3－0の判定で自分の圧勝だ。

ふたたび、鼻唄を再開し、ボストンバッグの中から札束を取り出し始めた。

札束がひとつ、ふたつ、三つ、四つ……。

鼻唄が止まった。ボストンバッグの中に残る札束は三つ。あと、五束は残ってなければならない。

「ぬしがさっきから地蔵んごつ固まっとるとは、これが理由や？　五百万は、どぎゃんしたとや？」

世羅は、唇まで白っぽく変色させた及川の蒼白顔を据わった眼で見据え、低く押し殺した声音で訊ねた。

「と、途中まではうまくいってたんですが、私が代表取締役に就任してからと、ドリーム出版が西新橋に移転してからの日にちが十日しか経っていないことを指摘されまして……。それで、社長との打ち合わせ通りに、手形と見せ金を出したんですが、融資はできないと言われて……」

怖々と、及川が言った。

「それで、千二百万の中から五百万ば担保として預ければ、一千万ば融資するって言われたとや？」

及川が、小さく顎を引いた。

なんという疑り深い男……。世羅は、爆竹のように舌打ちを連発した。

たしかに、野々村辰夫の代表取締役の就任日と、ドリーム出版の本店移転日の日付が浅いことは気になっていた。

だが、債務者の父は大手証券会社の支店長、彼氏の会社の手形保証、見せ金の一千二百万という条件が揃っていれば、若瀬は一千万を出すだろうという確信があった。

じっさい、ほかの業者なら、世羅の思惑通りに運んだはずだ。若瀬は違った。ほんの些細な綻びを見逃さず、こともあろうに、金を担保として要求してきた。

給与や年金が振り込まれる通帳を預かる闇金業者は珍しくもないが、現金を担保に要求する者など聞いたことがなかった。

「ぬしゃ、五百万ば要求されて、馬鹿正直に差し出したとや？」

「私は、やめたほうがいいって言ったのよ」

まりえが、タコ焼きを頬張りながら口を挟んだ。

「なっ……。話し合いで事務所の外に出たときに、まりえさんがそうしたほうがいいって言ったんじゃないですか!?」

口角沫を飛ばし、及川が白目を剝《む》いた。

「嘘よ! あんたが、五百万を担保にして一千万の融資を受けようって言ったんじゃないっ!」

まりえが立ち上がり、激しく応戦した。

「あなたは、ひどい女性《ひと》だ! よくも、そんな嘘をしゃあしゃあと——」

「うるさかったいっ!」

世羅の一喝に、及川とまりえが口を噤んだ。

「おいっ、ぬしのせいで損ばした五百万の責任を、どう取るつもりやっ!?」

世羅はソファから腰を上げ、及川に詰め寄った。

「お、お言葉を返すようですが、一千万の融資を受けられたので、五百万の得だと思うんですが……」

強張った声で言いながら、及川がじりじりと後退した。

及川の言うことは、一理も二理もある。単純な引き算ならば、自分は五百万を儲けたことになる。

だが、自分は、若瀬から一千万を引き出すつもりだった。五百万を担保に押さえられたということは、世羅の中では負けも同然。どんなに贔屓目《ひいきめ》にみても、引き分けがいいところだ。

世羅は、及川に手を出した。

「な、なんです?」

「酒ば返せ」

及川が、ほっとした表情でボトルを世羅の手に渡した。

「え……?」

ふたたび手を差し出す世羅に、及川が疑問符の貼りついた顔を向けた。

「金たい。前金の五十万ば、返さんや?」

「そ、そんな……。成功報酬の五十万を貰えないのは仕方がないにしても、あ、あのお金のぶんの仕事はやったつもりです」

「なんば言いよっとか? ぬしは、しくじったったい。へたば打った奴に、なんで五十万も払わんといかんとや!」

世羅は及川の胸ぐらを摑み、怒声を浴びせた。及川の足が爪先立ちになった。

「そうよっ。あんたのせいで五百万を儲け損ねたんだから、五十万を返しなさいよっ」

まりえが腕を組み自分と及川に歩み寄ると、強い口調で命じた。

「く、苦しい……は、離してくだ……さい」

「だったら、はやく金ば返さんかっ！」

世羅は、両腕を前後に激しく揺さぶった。

「そ、そのバッグの……財布……に、入ってます……」

及川の目線が、ソファの上の小汚ないリュックに注がれた。世羅は及川を突き飛ばし、まりえに目顔で合図した。リュックを手に取りファスナーを開けたまりえが、手垢で黒ずみ布の破れた安物のふたつ折りの財布を取り出し、札束を抜いた。

「四十二万しかないわよ」

札束を数え終わったまりえが言った。

「おい、八万はどうしたっや？」

「や……家賃や光熱費が溜まっていましたもので……」

床にへたり込み喉を擦る及川が、掠れ声で言った。

「あ!? いま、なんて言ったとね!?」

世羅はこめかみに十字の血管を浮かせ、及川を見下ろした。

「で、ですから、家賃や光熱費——」

最後まで、言わせなかった。振り上げた右手。ボトルを、及川の横っ面に叩きつけた。飛散する琥珀色の液体、砕け散るガラス片——及川のインテリ眼鏡が吹き飛んだ。絨毯の上でのたうち回る及川の顔を、世羅は蹴りまくった。

「ぬしゃっ、五百万ば取られた上に、八万ば使い込んだってか⁉」

爪先で鼻を蹴り上げた。足指に伝わる鼻骨の折れる感触。グレイの靴下が鼻血で赤黒く染まった。

「ゆ、ゆるひて……ゆるひ……」

今度は、口を踵《かかと》で踏みつけた。全損する前歯。踵に激痛。歯のかけらが刺さったに違いない。構わず、及川の血塗れの唇に踵を落とした。

脳内で飛び立つ五百人の福沢諭吉――口角を吊り上げる若瀬の勝ち誇った顔。

視界が、赤く染まった。頭蓋の奥で、なにかがプチリと切れる音が聞こえた。全身の血が、筋肉と内臓と骨を溶かさんばかりに沸騰した。

「こん糞たれがっ！　こんゴミ虫がっ！　こん役立たずがっ！　こん泥棒がっ！　こん腐れボンクラがっ！」

及川の顔面を、蹴った、蹴った、蹴った、蹴った。瞼《まぶた》が、鼻が、唇が、餅《もち》のように膨れた。対照的に、ボトルで殴りつけた頬はべっこりと凹《へこ》んでいた。

もう及川は、声を出すこともできなかった。集中攻撃を受けた顔だけが、「ペコちゃん」のように膨張していた。

「世羅ちゃんっ」

肩を摑まれた。蹴り下ろそうとした足を宙で止め、振り返った。潤《うる》む瞳で自分をみつめるまりえが、くるりと背を向けソファの背凭れに摑まり尻を突き出した。片手でミニのスカートをたくしあげ、シミを作ったTバックを太腿までずり下げた。

「してっ」

うわずった声で叫び、むっちりとした桃尻をくねらせるまりえ。

昔からまりえは、血をみると欲情する性癖があった。

「邪魔ばすんなっ！　俺はいま、そぎゃん気分じゃなかったいっ！」

世羅は、まりえの尻を思いきり蹴りつけた。まりえがソファの背凭れを飛び越え、テーブルにダイビングした——つまみの皿とグラスが音を立てて床に砕け散った。

世羅は、尻を丸出しにテーブルに俯せになるまりえを視界から消し、及川の髪の毛を鷲摑みにして引き摺り起こした。

まだまだ、殴り足りなかった。まだまだ、蹴り足りなかった。

五百万を若瀬に持って行かれた怒りの炎は、この程度では鎮火できなかった。

「なによっ。五百万を担保にしなきゃ、融資を断られたんだからね！　それでも五百万儲けたんだから、いいじゃないっ。私のおかげなんだからね！」

振り上げた拳を頭上で止め、世羅は振り返った。テーブルから下り立ったまりえが、眼を吊り上げ言った。

「私のおかげ？　まりえ、ぬし、いま、そう言うたな？」

「そうよっ。私が五百万を担保に……」

まりえが言葉尻を呑み込み、唇を掌で押さえた。

「つまり、若瀬のくそ野郎に五百万ば預けるって提案したとは、及川じゃなくてぬしだったとか？」

世羅は、及川を投げ捨て、まりえに向き直った。

「え……いや、それは、その……。ほら、だってそうしなきゃ、若瀬は融資を断ったわけだし、一円も入らなかったんだよ？　ゼロで終わるより、差し引き五百万が手に入ったわけだから……。ね？　そう思わない？」

しどろもどろになり、ひきつり笑いを浮かべるまりえ。

「ぬしは、何年闇金ばやっとっとや？　七福ローンで五万ば貸したら、利息は五日後でいくらになるか言うてみい」

「二万五千円でしょ？」

まりえが、訝しげに答えた。

「客が十回ジャンプばしたら、利息はいくらになるや？」

「二十五万円になるわ」

「そん客が飛んだとする。俺が諦めると思うや？」

「諦めるわけないじゃない」

「なんでや？」

「なんでって……決まってるでしょ？　貸し金を踏み倒されたわけだから。ねえ、世羅ちゃん。この話とさっきの話のなにが関係あるの――」

「黙って続きば聞かんね！」

　まりえの言葉を、世羅は怒声で遮った。

「ぬしの言うとおり、俺はそん客ば沖縄でん北海道でん追いかける。二十五万の利息ば入れて、差し引き二十万の利益は出とるばってん、それでん追いかける。それが、俺ら高利貸しの金勘定たい。二十万の利益が出とるけんって、五万ば踏み倒されたら負けも同然って言うこつたいっ！」

　ここで初めて自分の質問の意味を理解したまりえが、表情を失った。

「今回の仕事《ヤマ》で俺は、五百万ば持ち出す結果となった。たしかに別に一千万は入った。ばってん、そん一千万は、五百万にたいしての四回ぶんの利息と同じたい。俺が言いたかこつは、四回ぶんの利息ば払った客に、元金の五百万ば踏み倒されたってこつたいっ。俺の五百万ば踏み倒した奴が若瀬ってことが二重に赦せんとたいっ！」

　世羅はまりえに詰め寄り、プラチナブロンドのロングヘアをひっ掴み、怒鳴り声を浴びせた。

「い、痛いよ……世羅ちゃん、離して……」

まりえが、苦痛に眉根を寄せて訴えた。

「わかるか？　こん屈辱が⁉　相手は若瀬ばい？　奴から一千万ば引っ剝がして鼻ば明かしてやるつもりが、赤星の件に続いて二度もしてやられた、こん屈辱がっ」

まりえの髪を摑む手に力を込めた。小さく悲鳴を上げるまりえ。

「で、でも……若瀬は一千万を踏み倒されたんだから……。それに……赤星だって若瀬から奪って、三千万の退職金を手にできるじゃない……。屈辱を受けてるのは、世羅ちゃんじゃなくて若瀬のほうよ……」

「まぁだわからんとかっ、ぬしゃっ！」

右の拳をまりえの顔面に叩き込んだ。グキッ、という不快な音が鼓膜を舐めた。鼻血を噴き出し、悲鳴とともに仰向けに倒れるまりえ。

世羅はまりえに馬乗りになり、容赦なく拳を左右の頰に打ちつけた。

及川同様に、あっという間にまりえの顔が真紅に染まり、「ペコちゃん」状態に腫れ上がった。

「俺はな、一発のパンチも受けんで、相手ばKOしたかったいっ。一個の歩《ふ》も取られんで、相手ば詰ませたかったいっ」

燃える視界の先で泣き喚くまりえの崩壊顔に、父——太の懇願顔が重なった。

短く刈り上げた髪、鷹のような鋭い眼光、ゴリラさながらのいかつい肉体……。

幼き自分の眼前《まえ》に、圧倒的な暴力《ちから》で高く高く聳《そび》え立っていた太は——無敵だと思っていた太は、己より勝る暴力《ちから》の持ち主に完膚《かんぷ》なきまでに叩きのめされた。これ以上ない無様な姿で、情けない顔で、小便を漏らし涙ながらに赦しを乞《こ》うていた。

「俺は、あぎゃん負け犬になりたくなかったいっ！」

世羅は絶叫し立ち上がると、まりえの背中を蹴り飛ばした。

「出て行けっ。ぬしんごたる役立たずは、もう用済みたいっ」

世羅は、両肩を荒い息で弾ませ吐き捨てると、まりえに背を向けた。

興奮と激憤と怒声の連続で、喉がからからに渇いていた。

床に転がる缶ビールを拾い上げ、握力を込めた。前腕に浮き上がる血管。スチールにめり込む五指。プルタブが弾けた。白泡が噴出した。飲み口に唇を押しつけた。ひと息にビールを飲み干した世羅は、空き缶を壁に投げつけた。

誰かが足に縋りついた。視線を落とした。瞼が塞がり、鼻筋が曲がり、唇がズタズタに裂けたまりえが自分を見上げていた。

「おねがひ……ふてなひで……。なんでも、いふこときくから……。なんでも、へらちゃんのためにふるから……」

欠けた前歯から漏れる空気――聞き取りづらい言葉で赦しを乞うまりえ。

「ほんなこつや？　ほんなこつ、なんでもするや？」

まりえが、糸のように細い目尻から涙を零しつつ頷いた。

「赤星の退職金の件が終わったら、返済日がくる前に、もういっぺん若瀬んとこに行ってこい。そして、私は嘉山広子でなく、世羅の女だと、あの一千万は騙し取ったと宣言してこいっ」

まりえの嗚咽が止まった――塞がった瞼を精一杯広げ、驚愕していた。

世羅の煮え立つ脳内に浮かぶシナリオの最終章。ただし、今度は、若瀬の土俵で勝負する気はない。

最終章の舞台は、自分のホームグラウンド――暴力で、雌雄を決するつもりだった。

そうすることに、迷いも躊躇《ためら》いも不安もなかった。このまま指をくわえて黙っていれば、自分は太と同じ。

負け犬になりたくなければ、若瀬を叩き潰すだけの話だ。

［11］

「長かった。本当に、長かった」

赤坂通り沿いの喫茶室――ヌーヴェルバーグのボックスソファに座る赤星が、窓の外に眩しそうな眼を投げながら感慨深げに呟いた。

井原ビルの地下――監禁室に閉じ込められて約三週間振りに、赤星は外界へと出た。世羅は、朝陽を受けていやらしいほどにきらめく全面ダイヤ貼りのロレックスに視線を落とした。午前八時四十五分。あと十五分で、ここから目と鼻の先の大帝銀行赤坂支店の営業が始まる。

尤も、赤星は客としてではなく、退職金が振り込まれた通帳を受け取りに行くので、無理に九時の開店時間を待つ必要はない。

喫茶室に寄ったのは、最後の打ち合わせのため――四日前の失敗を繰り返すわけにはいかない。

四日前、世羅は及川とまりえを出版会社社長とキャバクラ嬢に仕立て上げ、レディサポートに向かわせた——一千万の融資を申し込ませた。

競売物件、休眠会社を使っての取り込み詐欺。うまく、いくはずだった。

が、取締役の就任の年数と本店移転の年数の浅さを若瀬に衝かれ、見せ金として持たせた一千二百万のうち、五百万を担保として押さえられてしまった。

一千万の融資は引き出せたものの、利益は五百万。世羅にとっては、完封勝利でなければ意味はない。百点取っても、失点が一でもあればその勝負は負けに等しい。

世羅は、怒りに任せて及川とまりえに鉄拳制裁を加えた。及川が眼窩底骨《がんかていこつ》、鼻骨、頬骨の骨折と前歯を全損し、まりえは鼻骨の骨折と、やはり前歯を全損した。

比較的怪我の程度が浅かったまりえは自力で病院へと向かわせたが、及川は立ち上がることさえできなかった。

世羅は、加茂に命じて及川を歌舞伎町に放り出させた。泥酔状態での喧嘩など、歌舞伎町では日常茶飯事だ。もちろん、加茂に引き渡す以前《まえ》に、意識を失っている及川の口をこじ開け、ボトル一本のブランデーを流し込んだのは言うまでもない。

自分のお礼参りを恐れて、及川が口を割ることはありえない。万が一謳ったときにも心配はない。

は、自分の婚約者を犯す際に、ひどい暴力を振るった。婚約者から事実を聞かされた自分まりえには、及川に制裁を与えた。

まりえには、口裏を合わせるように言ってあった。

及川がなにを訴えても、風船のように腫れ上がったまりえの崩壊顔を目《ま》の当たりにした警察が、どちらの言葉を信用するかは明白だ。

ふたりが肉体関係を持ったのは事実であり、及川が自分を傷害罪で訴えようものならば、逆に強姦罪で返り討ちにするつもりだった。

「社長さん。三百万をお返しすれば、本当に解放してくれるんですよね?」

怖々と訊ねる赤星を、周囲のサラリーマンらしき客がびっくりしたような顔でみていた。

無理もない。内出血でパンダさながらに黒紫に染まった瞼、打撲で赤く充血した白目、歪《いびつ》に曲がった鼻、鮫《さめ》のえらのように切れ目の入った唇――腫れこそ引いていたが、監禁当初に与えた世羅の暴行の痕跡は、日にちが経《た》つことによりかえって派手派手しくなっていた。

「あたりまえたい。金ば回収したら、ぬしん顔なんかみたくなかたい」

世羅は、朝っぱらから注文したビールを呷りつつ言った。

嘘ではない。赤星は解放する。ただし、無一文で。三千万は、そっくり頂くつもりだった。

「ばってん、おかしなまねばしたら、女の身は保証せんばい。おい。こいつが俺らば裏切ったら、女がどぎゃんなるかば教えてやれ」

世羅は、視線を赤星から隣席――咳止液を啜る志村に移して言った。

「おじさぁん、よぉ～くみてて。警察を呼んだり逃げたりしたら、ジュジュちゃん、こうだからね？」

志村が、飲みかけの咳止液の瓶に卑猥な手つきでストローをゆっくりと抜き差しした。

「う、裏切ったりしませんから、やめてください」

赤星が、不快に顔を歪ませ言った。

「俺のピストンの動きはこれくらいはやいから、そしたら、ジュジュちゃんは、あん！あん！あん！ってよがり声を上げて、おまんこが洪水状態になるよ」

ストローを抜き差しする志村の手の動きが激しくなった――咳止液の瓶から、茶褐色の液体が飛び散った。

周囲の客が、眉をひそめて志村をみた。

「うわっ、きったねえな！」

志村の正面の席、赤星の隣席――加茂が叫び、掌に付着した樹理のよがり汁をおしぼりで拭った。

った。

「もう、やめてくださいったら!」

赤星が、激憤に顔を紅潮させ、志村に言った。突然、志村が物凄い形相で席を立ち上がった。

「ひっ……ごめんなさいっ」

両手で頭を覆い、首を竦める赤星。

「あんた達、なにみてんだよ!? 俺を、イカれた男だと思ってんのか!?」

周囲の客を威嚇する志村。標的が己ではないことがわかり、ほっと安堵の表情を浮かべる赤星。

サラリーマンふうのふたり連れが、初老の男が、朝帰りの水商売ふうの女が、弾かれたように眼を逸らした。

「俺の頭が正常だってことを証明してやるから、よぉ～く聞けよっ。ににんがろくっ、にさんがはちっ、にしがじゅうっ、にごじゅうにっ、にろくじゅうしっ、にしち――」

「馬鹿っ、やめねえかっ」

加茂が志村の手を引き、着席を促した。

「先輩……もしかして、いま、俺のこと馬鹿って言いました?」

志村が据わった眼で、加茂を見据えながら訊ねた。加茂が、まずい、という表情で舌を鳴らした。

加茂の表情の意味――禁句を口走ったことへの後悔。

志村は、馬鹿だのイカれてるだのの言葉を浴びせられると、我を失って暴走してしまう。

「言ってねえよ」

加茂が、面倒臭そうに吐き捨てた。

「いいや。たしかに、馬鹿って、聞こえましたよ？　ねえ、馬鹿って言ったでしょう？　本当のことを、言ってくださいよ？　ねえ？　ねぇぇ？　ねぇぇーっ？」

震える声音、大きく剝《む》いた白目の中で不規則に泳ぐ瞳――志村の眼は、完全にイッていた。

「てめえ、調子こくのもいい加減にしとけよっ」

加茂が眉尻を吊り上げ、志村を睨《にら》み返した。こめかみには、くっきりとした青筋の十字が浮いていた。

青褪め、ふたりの顔色を窺う赤星。いままでの流れを考えると、志村が赤星に八つ当たりすることは十分に考えられる。

加茂も、自分ほどではないにしろ気が長いほうではない。このままでは、喫茶室内が修羅場になるのは火をみるより明らかだった。

潰すのは若瀬。いまは、仲間割れしている場合ではない。

「先輩、話を逸らさないでくださいよ。俺のこと、馬鹿って言ったでしょ？　ねえ？　言った――」

「おい、やめんか」

世羅は、志村の言葉を遮った。

「でも、ボス、先輩は俺のことを馬鹿だって言ったんですよ？　ボスも、聞いてたでしょう？」

「ああ、聞いとったばい。ばってん、加茂が言うたとは馬鹿じゃなくて、馬場《ばば》たい。なあ、加茂、そうだろ？」

加茂が、わけがわからないといった表情ながらも頷いた。

「ババ……ですか？　ババって、どういう意味ですか？」

「馬場っていうとは、加茂の生まれの高知県の方言で、おい、とか、こら、とかいう意味たい」

もちろん嘘。馬鹿を納得させるには、馬鹿な作り話で十分だ。

「なんだ、そうだったんですか！」

破顔一笑――志村の顔が、パッと輝いた。

こんなみえみえのでたらめを信じるなど、やはり志村はイカれている。

が、だからこそ、使い途があるというもの。もしここで自分が、加茂はお前を馬鹿だと言ったと認めれば、志村は歯止めが利かなくなる。

加茂が本当に馬鹿と言ったか言わないかは問題ではない。加茂がなにも言ってなくても、自分がそう聞いたと焚《た》きつければ、志村はなんの疑いもなく行動を起こすだろう。それは、相手が加茂でなくても同じ。ほかの者にとっての志村は薄気味の悪いスクラップであっても、自分にとっては貴重な秘密兵器——志村は、必ず大仕事を成し遂げる。

「おじさんが、悪いんだぞ！」

腰を下ろしつつ、志村が赤星の頭を平手で思いきり叩いた。口もとに運んだコーヒーカップに、前歯をぶつける赤星。

「な、なんでいつも私に当たるんですか！」

「な、なんでいつも私に当たるんですか！」

志村が、赤星の言葉だけでなく、スーツに零れたコーヒーをおしぼりで拭う仕草《しぐさ》までまねながら言った。

因みに、赤星のスーツは今日のために新宿の古着屋で買い与えた三千八百円の安物だった。

もちろん、退職金の三千万とは別に、あとから赤星にスーツ代を請求するのは言うまでもなかった。スーツだけではなく、監禁生活中のカップ麺やコンビニ弁当などの食費、井原ビルの家賃、赤星のために使った電話代も、請求するつもりだった。

「とにかく、ぬしの大事な大事な樹理の身ば護りたかなら、おかしなまねはせんこったい。わかったや!?」

志村にいいように弄《もてあそ》ばれ顔を朱《しゅ》に染めた赤星が、弾かれたように頷いた。

「あの……ジュジュのお兄さんには、ひどいことしないでくださいね？」

赤星が、上目遣《うわめづか》いに怖々と言った。

ジュジュのお兄さん――赤星は、いまだに若瀬を樹理の兄だと信じて疑わない。いまだに、退職金が入れば樹理と結婚できると信じて疑わない。

樹理もまた、監禁生活から解放されるには、赤星が七福ローンの債務を完済するしか道はないと悟り、おめでたい馬鹿相手に、あなたに首ったけの若瀬の妹、を演じている。

むろん、樹理に、七福ローンの債務を差し引いた赤星の退職金をせしめてやろうというしたたかな魂胆があるのはみえみえだった。

が、浅ましい女狐が眼にする現実は、一文無しになり、家族にも捨てられた憐れな無職男の末路――笑いが、止まらなかった。

「心配せんでもよか。俺は貸し金が回収できれば、女の兄貴になんか用はなか」

嘘――若瀬には、五百万を踏み倒された礼をたっぷりとするつもりだった。

明日、まりえはレディサポートへ行く――一切を暴露する。

私は嘉山広子ではない、世羅武雄の女だと。野々村辰夫も出版会社の社長ではなく、世羅武雄に雇われた及川という貧乏劇団員だと。すべては、あなたから一千万を騙し取るためのシナリオだと。

　そして、こう続ける。あなたに五百万を押さえられたことで、世羅は怒り狂い、私をめちゃめちゃに殴りつけたと。あいつになんとか復讐をしたい。及川の潜《ひそ》んでいる隠れ家《が》を教える代わりに、一千万を取り戻したら、押さえている五百万を情報料としてほしいと。

　まりえが自分を裏切るということ以外は、本当のことばかり。まりえの崩壊顔を眼にしたら、さすがの若瀬も疑いはしない。

　加茂と七福ローンの非常勤社員――半グレ達には、既に指令は出してあった。

　己を嵌《は》めたのが自分と知った若瀬は、必ず自らが乗り込んでくる。策士の面ばかりが強調される若瀬だが、他人《ひと》の手ばかりを汚させる臆病者でないことは、国士無双に立ち向かう自分にただひとりついてきた中学時代の彼が証明している。

　若瀬はきっと、自らの手でケジメを取ろうとするだろう。むろん、竜田を始めとするやんちゃなチンピラ達もボスと行動を共にするのは間違いない。

　だが、力と力のぶつかり合いになれば、負ける要素はなにもない。

　まりえにチクらせた及川の隠れ家は井原ビルの地下一階。そう、赤星と樹理を拘束していた監禁室だ。当然、どこかの病室のベッドで呻いているだろう及川は監禁室にはいない。

今回のシナリオは、至って単純なものだ。

監禁室で待ち伏せ、血相を変えて乗り込んできた若瀬達を一網打尽《いちもうだじん》にする。そのまま身柄を拘束し、徹底的に暴力の雨霰《あめあられ》を降らせ、貯め込んできた金の在処を吐《は》かせる。

九州から上京して五年。少なく見積もっても、若瀬は三億は貯め込んでいるはずだ。

若瀬は、自分と同じく信用しているのは己だけ。銀行ではなく、どこかの秘密部屋に金を隠しているに違いない。

自分とどっこいの守銭奴《しゅせんど》の若瀬が、そう簡単に金の在処を吐くとは思えない。

が、半年だろうが一年だろうが、自分にはいくらでも時間がある。赤星や樹理をそうしてきたように、犬畜生並みの餌を与えて閉じ込めておけばいい。

その間、毎日のように暴力が繰り返され、仕事はもちろん、一歩も地下室から出ることができない。さすがの若瀬も、音《ね》を上げるしかない──金の在処を吐くしかない。

どんなに精神力の強い人間でも、終わりなき暴力の前では無力だ。いつか終わりがあると思うからこそ、誰かが救出してくれると思うからこそ、厳しい責め苦にも耐えられるのだ。

しかし、人間という生き物は、いくら頑張ったところで状況は変わらないと悟った瞬間に、呆気ないほど簡単に降伏するものだ。

中には、精神的にイカれるまで、また、命を落とすまで耐え続ける馬鹿もいるが、若瀬はそんな愚か者ではない。三億を護らんがために人生を放棄するよりも、ダメージが浅いうちに白旗を上げ、巻き返しのチャンスを窺う男だ。

先の先まで読んで動く周到な男だからこそ、無意味な抵抗を続けない。

だが、自分は、若瀬に巻き返しの機会を与えるほど甘くはない。過去の友情に免じて命まで取ることはしないが、金を巻き上げたあとに、心を壊すつもりだった——金勘定や自分への復讐どころか、己がどこの誰かさえわからない廃人にするつもりだった。

——ふたり合わせて五十億貯めたら、また、一緒にやろうや。それだけの金があれば、取り敢えず闇金業界は牛耳れるだろう。その次は、闇世界の覇権だ。闇金業界のように簡単にはいかないだろうが、俺らふたりが手を組めば不可能なことはない。九州の族上がりの俺らが、闇世界の頂点に立つ。ドラマチックだと、思わないか？

五年前。東京へと向かう飛行機の中で、若瀬にしては珍しく饒舌《じょうぜつ》に夢を語った。

闇世界の頂点に立つ——夢が、現実になることはない。いや、現実になる。ただし、叶うのは若瀬の夢ではない。

闇世界の覇権を握るのは、自分ひとりだけだ。

「そろそろ行くばい」

世羅は回想の旅を中断し、腰を上げた。緊張した面持ちの赤星、なぜかへらへらと笑う志村、厳しい表情の加茂が、あとに続いた。

若瀬潰しの第一歩――まずは手堅く、赤星の退職金を頂こう。

☆

ニヤけた栄養失調のような犬を抱いた中年女、有名チェーン店のファミリーレストランの制服を着た若い女、アタッシェケースを膝上に乗せた営業マンらしき男、背凭れに深く身を預けるいまにも死にそうな爺《じい》さん、場に不似合いな学生ふうのカップル、肥満体を仕立てのいいスーツに包む実業家ふうの中年男――大帝銀行赤坂支店の待ち合いフロアは、様々な目的の客で溢れ返っていた。

にもかかわらず、自分と加茂が座る周辺の椅子だけは空席だった。

スキンヘッドにパンチパーマ、光沢を放つシルク地のシルバースーツにチョークストライプ柄のスーツ、百九十センチ、百二十キロに百八十センチ、八十キロ。

ヤクザがサラリーマンにみえるようなコワモテの自分と加茂が大股を開き、おまけに揃って貧乏揺すりをしているというシチュエーションでは、まともな神経の持ち主なら近づきたくはないだろう。

貧乏揺すりの原因――腕時計の針は、まもなく十時を差そうとしていた。赤星が行員フロア最奥の支店長室に入って、一時間が経とうとしている。

「赤星の野郎、遅くないですか？　俺達のことチクって、泣きついてるんじゃないでしょうね？」

膝上に開いた週刊誌のページを乱暴に捲《めく》りつつ、加茂が言った。

赤星とは、無関係を装い大帝銀行には別々に入った。因みに志村は、ひと足先に井原ビル——監禁室へと向かわせた。

挙動不審の男は、銀行ではなにかと警戒されてしまうからだ。

赤星をガードするために連れてきた非常勤社員たちも、近くの喫茶店に待たせてある。コワモテ二人に極悪フェイスの半グレども——銀行でなくとも門前払いにされるのがオチだろう。

「心配せんでもよか。奴は樹理に首ったけばい。俺らば裏切ったらどぎゃんなるかは、奴がよくわかっとるたい」

加茂を諭してはいるものの、世羅の貧乏揺すりは激しさを増していた。

「ですよね。ま、銀行なんてところは、なにやるにしてもいちいち七面倒臭《しちめんどうくさ》い手続きがありますからね。それに、昔話に花を咲かせているのかもしれないし」

己に言い聞かせるように、加茂が呟いた。

だといいが……。

とてつもなく、いやな予感がした。根拠はない。ただの勘《かん》だ。が、金に関することにたいしての自分の勘は、よく当たる。

「社長、若瀬は現れますかね?」

加茂が、暇潰しとばかりに話題を変えた。

「間違いなか。若瀬の性格は、俺が一番知っとるけんね」

加茂の暇潰しに乗った。支店長室でどんな会話が交わされているのかを邪推《じゃすい》したら、脳みそが爆発してしまいそうだった。

「しかし、矢切組のほうは、大丈夫ですかね?」

加茂が、ガラにもなく不安げな声で訊ねた。

「なんでや?」

「だって、若瀬と蒲生さんのつき合いを考えれば、ヤバくないですか?」

「どぎゃんヤバかこつがあるとや? ウチも、矢切組には尻《ケツ》持ち料ば入れとろうが」

世羅は、ギロリと加茂を睨《ね》めつけた。

「それはそうですけど……」

言葉を濁し、眼を伏せる加茂。本当は、加茂の言いたいことはわかっていた。

自分が蒲生におさめている金は月に十万。たいする若瀬は月に百万。しかも、若瀬は月々の百万以外にも、義理事や蒲生と家族の誕生日のたびに大枚を包んでいる。

自分と若瀬の上納額の開きはおよそ数十倍……即ち、蒲生の自分と若瀬にたいする肩入れ度も数十倍の開きがある、ということだ。

「それに、監禁室に足ば踏み入れた奴は全員返さんとだけん、誰が蒲生に報告ば入れるとや？」

「若瀬が、社長とうまくいっていないことを蒲生さんに話していたら、まっ先に疑われますよ」

「疑われても、証拠がなかろうもん？　蒲生は、監禁室の存在ば知らんとばい？　どぎゃんやって、突き止めるとや？」

世羅は、おどけた口調で肩を竦めてみせた。

「女が、いるじゃないですか。赤星の退職金を手にしたら、樹理を解放するんですよね？　樹理は若瀬の女です。若瀬がいなくなったら、大騒ぎするのが眼にみえてますよ」

「だけん、樹理が大騒ぎして蒲生に泣きついたところで、井原ビルの場所ばどうやって教えるとや？　連れてきたときも解放するときも、目隠しばしとっとばい」

「し、しかし、社長、若瀬達はまりえさんから聞いて、井原ビルの場所を知ってます。金の在処を吐いたら、奴らを解放するんでしょう？　矢切組の連中に、すぐに割れてしまいますよ」

執拗に食い下がる加茂。よほど、蒲生が怖いとみえる。当然といえば当然だ。広域組織の川柳会をバックに持つ、武闘派中の武闘派の矢切組を敵に回そうというのだから。

「ぬしも、心配性ばいね。ちゃんと保険はかけてあるけん、心配はいらん」

「え？　本当ですか⁉」

加茂が、頓狂な声を上げた。

万が一のときのために保険をかける。無頼漢《ぶらいかん》の自分のイメージからは、想像もできないことだった。

「ああ、本当たい。ぬし、鷹城会《たかしろ》ば知っとるだろう？」

加茂が頷いた。

鷹城会は、川柳会に次ぐ構成員数を有する広域組織だ。両組織は親戚づき合いをしており、枝同士で喧嘩《マチガイ》が起こった場合には、トップ同士で迅速に手打ちが行われる。

二年前に、川柳会の三次団体と鷹城会の二次団体が、土地の利権を巡っていざこざを起こした。川柳会の二次団体の組長が殺され、抗争拡大は必至と思われた。が、川柳会会長と鷹城会会長の素早い頂上会談により、奇跡的に手打ちが行われた。

手打ちの条件として、鷹城会の二次団体の組長は引退、実行犯のふたりは絶縁となったが、これが関西の組織同士の揉め事ならば絶対にありえない結末だった。

一方のトップの命《タマ》が取られるという全面抗争必至の状況の中で、無血戦争で事がおさまったのは、両組織の会長同士の結束の固さを証明する結果となった。

「鷹城会の会長に金ば包んで、話はつけてある。矢切組が出てきても、なぁんも恐れる必要もなかってこつたい」

「鷹城会長が？　じゃあ、安心ですね！」

加茂が声を弾ませ、瞳を輝かせた。

嘘。鷹城に話をつけるどころか、会ったことさえなかった。鷹城がどれだけの大物かは知らないが、世羅は、他人に縋るつもりはなかった。鷹城の力で矢切組とのトラブルが解決したところで、今度は、鷹城会に借りができる。

若瀬とは違い、自分は、成り上がるためとはいえ、たとえ一分たりとも誰かに服従するのは我慢ならなかった。

服従は即ち、その者の下につくことを――負けを意味する。

自分は、誰の下にもつきはしない。誰にも、負けはしない。

矢切組が畏怖《いふ》されているのは、同業者《ヤクザ》でさえ恐れる圧倒的な暴力。蒲生の名を聞いただけで、みな、勝手に恐怖心を膨らませ、戦意を喪失する。

だが、自分は違う。蒲生とて同じ人間。殴れば顔は腫れるし、切りつければ赤い血も流れる。プロレスラー並みの肉体を持つ自分からすれば、あんな痩せっぽちのひょろ男など片手で十分だ。

問題はヤクザが恐れられる所以《ゆえん》――勝つまで続く報復だ。

その場かぎりの差しの勝負で終わるのなら、腕に覚えのある堅気がヤクザに勝つこともあるだろう。が、ヤクザの喧嘩はそれからだ。

勝つためには、相手を殺すことも厭《いと》わない。そこが、堅気との決定的な違い。堅気が、喧嘩で絶対にヤクザに勝てないのはそれが理由だ。

が、逆を言えば、ヤクザに勝つには彼ら以上の暴力で対抗すればいいだけの話——彼らが殺す気で向かってくるのなら、こっちも殺す気で向かうだけの話だ。

肉体が死ぬことと誇りが死ぬことのどちらかひとつを選べと言われれば、自分は迷うことなく前者を選ぶ。

加茂に嘘を吐《つ》いたのは、腰を引かせないため——中途半端な気持ちでは、蒲生を後ろ楯に持つ若瀬とやり合えはしない。

「だけん、ぬしは、よけいなこつば考えんと、俺の言うとおりにしとけば……」

世羅は言葉を切り、視線を行員フロアへと泳がせた。加茂も、自分の視線を追った。

ふたりの視線の先。支店長室から現れる赤星。遠目にも、赤星の顔から血の気が失せているのがわかった。

「どうしたんでしょうね？　赤星の野郎、まっ青な顔しやがって……」

「とりあえず、行くばい」

首を捻る加茂を促し、世羅は腰を上げた。

行員の眼がある前で、赤星から通帳と印鑑を受け取るわけにはいかない。

外へ出た。ほどなくして、自動ドアが開き、赤星が現れた。

「おう、どぎゃんだったや？」

世羅の問いに、赤星が泣き出しそうな顔を向けた。

「し……支店長に……嵌められました……」

掠れる涙声――赤星の瞳に、みるみる水滴が盛り上がった。

「嵌められたって、どういうこつや!?」

世羅は、赤星に詰め寄り問い詰めた。

「わ……私が、顧客の預金を横領したと……だから……退職金は払えないと……」

「なっ……なんて、ぬしゃっ、いまなんて言ったとやっ!!」

世羅は大声を張り上げ、赤星の胸ぐらを摑んだ。通行人と銀行から出てくる客が凍《い》てついた視線を投げてきた。

「で、ですから……私が顧客の預金を横領したから、退職金は払えないと……」

「ぬしゃっ、嘘ば吐いとろうがっ！　そぎゃんでたらめば並べてから、俺ば騙くらかそうとしとるとだろうがっ！」

世羅は、赤星の胸ぐらを摑んだまま両手を宙に上げた。赤星の爪先が、世羅の膝頭《ひざがしら》の位置まで浮いた。

「ぞ……ぞんなごど……あり……ま……ぜん……」

両足をバタつかせながら、赤星が苦悶に喘いだ。

「うるさかったいっ！」

世羅は、赤星を地面に投げ捨てた。あうっ、と呻き、アスファルトで身悶《みもだ》える赤星の上着のボタンをちぎった。上着を引き剥がすように脱がし、すべてのポケットを探った。通帳はなかった。

「うらっ、ぬしゃっ、どこに隠しとっとや⁉」

巻き舌を飛ばしながら、今度はワイシャツに手をかけた。脱がすというより、下着もろとも引き裂いた。

「や、やめてください……隠してなんか……いませんよ」

「黙らんやっ」

ベルトを外した。スラックスを毟《むし》り取った。ポケットというポケットに、グローブのような掌を捩じ込んだ。どこにも、通帳はない。

「どこや⁉　どこに隠しとっとや⁉」

世羅は、充血した眼を赤星の下半身にやった。

「こ、こんなところに……通帳があるわけ……ないじゃないですか……」

ブリーフ一枚になった赤星が、自分の視線に気づき、尻で路面を後退《あとじさ》った。

路上ストリップに、野次馬《やじうま》達がひとだかりを作り始めた。

「おらおらおらっ、てめえらっ、みせもんじゃねえんだよっ！」

加茂の野太い怒声に、野次馬達が蜘蛛《くも》の子を散らしたように逃げ出した。

「通帳は、尻の割れ目に縦に挟んどるかもしれん。印鑑は、肛門に突っ込んどるかもしれん。俺ば一度は騙くらかした男だけん、そんくらいは平気でやるだろうもん。潔白ば証明したかなら、パンツば脱いでみせんや？　ぬしが言うこと聞かんなら、力ずくでも脱がしてやるばい」

世羅は、怒りに鱈子唇をわななかせつつ言った。

「そ、そんな……」

赤星が、己の裸体に両腕を回し半べそをかいた。

「そんなもこんなもなかったいっ！」

世羅は怒声を上げ、右手を伸ばした。四つん這いで逃げようとする赤星のブリーフの尻の部分を鷲摑みにした。四つん這いのままずるずると後退する赤星。破れるブリーフ。剝き出しになる生白い尻。振り子のように揺れる皺々の陰嚢《いんのう》。

「だ、だから、隠してないって、言ったじゃないですか！」

ついに全裸になった赤星が、両手で股間部を覆い隠しつつ路上にへたり込み、涙声で喚いた。

ひとつの疑いが晴れたと同時に、世羅の脳内を新たな疑いが支配した。

「ぬしゃっ、本当に、銀行の金ばちょろまかしたりしとらんとだろうな?」

「そんなこと、してませんったら!」

世羅は、目尻を裂き口角沫を飛ばす赤星をじっと見据えた。

嘘ではない。確信した。ということは……。

「一緒にこんかっ!」

世羅は、赤星の右腕を掴み行内へと踏み込んだ。

「ちょちょ、ちょっと……どこへ……まさか……お願い、ねえ、やめて……」

赤星が左手で粗末なペニスを押さえ、情けない声で哀願した。

待ち合いフロアの女性客と行員フロアの女子行員の悲鳴のデュエット。ジャケットの色同様に青褪める案内係の中年男。女の眼に手を当てる、カップルの片割れ。悲鳴を上げながらも、赤星の股間を凝視《ぎょうし》する中年女。中年女の腕の中で鼻に皺を寄せ、キャンキャンといきがるチワワ。

「うざらしかったいっ!」

世羅はチワワの鳥ガラのような首根っこを掴み、床に投げ捨てた。

「チロルちゃんっ! チロルちゃんに、なにするのっ!」

「どかんかっ!」

世羅は、飼い犬同様にヒステリックに喚き立てる中年女を突き飛ばし、カウンターデス

ク の端——腰の高さの扉から行員フロアへと踏み入った。

ボリュームアップする女子行員の悲鳴。頭頂の禿げ上がった小太りの男子行員のひとりが、強張った顔で駆け寄ってきた。

「お、お客様……どちらへ？」

「邪魔くさかったい！」

左手を横に払った。スチールデスクの上に仰向《あおむ》けに吹き飛ぶ男子行員。凍てつく行員達を尻目に、世羅は赤星を引き摺りながらフロアの奥へと進んだ。

支店長室、のプレイトがかかったドア。蹴り飛ばした。室内へと踏み込んだ。あとに続いた加茂が、素早くドアを締めた。

「はい、いま、帰りました。さあ、まだ……」

窓際のデスクで、受話器片手に誰かと電話をしていたカマキリ顔の男——赤星から聞いていた支店長……安村の躰が硬直した。

「ま、また、あとでかけ直します。あ、あなた達……な、なんの用ですか？」

安村が電話を切り、狼狽に泳ぐ黒目を自分と加茂、そしてあられもない格好で立ち尽くす赤星に投げ、裏返った声で訊ねた。

「なんの用じゃなかっ！　こんっ、泥棒猫がっ。こいつの退職金ば出さんとは、いったい、どういうこつや！」

世羅は、安村のデスクにずかずかと歩み寄り、両手を思いきり叩きつけた――デスク上の灰皿がひっくり返り、灰が宙に舞った。

「き、君……だ、誰なんだね、この人達は……？　どうして、そ、そんな格好を？」

安村が、驚愕の表情を赤星に向けた。

「七福ローンって金融会社の者《もん》だっ。ウチらはな、赤星に貸しつけた金を退職金から回収する予定だったんだ！」

口を開きかけた赤星を押し退《の》けた加茂が、自分の横に立ち並び、安村に詰め寄った。

「き、金融会社!?」

安村が素頓狂な声を上げ、額に浮いた冷や汗をハンカチで拭った。

「ああ、そうだっ。てめえっ、退職金が出せねえとは、どういう了見《りょうけん》だっ、おおっ!?」

加茂が安村のネクタイを摑んだ腕を、手前に引いた。

「い、いまご説明しますから……乱暴は、やめてください……」

吸い殻が散乱したデスクに前のめりになった安村が、首筋とこめかみに野太い血管を怒張させて懇願した。

加茂が伺いを立てるように自分をみた。世羅は頷いた。

「おらっ、説明してみろっ」

安村のネクタイから手を離した加茂が、巻き舌を飛ばした。

「赤星君は、彼が担当していた奈良池《ならいけ》板金工場の当座預金を操作し、架空会社の口座に送金していたのです。赤星君の不正を知ったのは、ある金融会社の人間からの電話でした。赤星君は退職したと告げる私に、退職金で払ったんだ、とその金融業者は呟きました。彼の退職金は、まだ支給されていない。私は、彼からいくらの振り込みがあったのかを訊ねました。そしたら、八百万だというじゃないですか？　不審に思った私は、彼の担当していた顧客のデータすべてにチェックを入れました。その結果、赤星君が顧客の預金を操作し、架空会社を通して、その金融会社の口座にお金を送金してた事実が発覚したのです。これは、立派な犯罪です。当行としましては、彼を警察に引き渡してもよかったのですが、せめてもの情けで懲戒解雇、という形で事をおさめることにしたのです。当行の就業規則の規定で、懲戒解雇となった行員にたいしては退職金は支給されないことになっておりますので」

「う、嘘だ……嘘だ嘘だ嘘だーっ！」

涙声の絶叫。赤星が、萎《しな》びたペニスをぶらつかせ、安村のデスクへと突進した――ネクタイを摑んだ。

ふたたび、安村の上体がデスクへと突っ伏す格好になった。

「や、やめたまえ……赤星……君……」

赤く怒張した顔を灰塗れにした安村が、息も絶え絶えに訴えた。

「僕は横領なんかしていないいっ！　僕とジュジュのお金を返せっ、返せっ、返すんだっ！」

デスクに片足をかけ、狂ったように安村のネクタイを引きまくる赤星。せり出す眼球、口角に溢れる白泡——安村の顔は既に赤を通り越し、どす黒く変色していた。

世羅は、百キロをゆうに超える握力で赤星の首根っこを掴み、安村から引き離した。床に、仰向けに倒れた赤星が泣き喚き、虫のようにもがいた。手足をバタつかせるたびに、陰嚢の上でペニスがバウンドした。

ついこないだまで、大手都市銀行の課長職を務めていたエリートサラリーマンは、いまや見る影もなく、どこからみてもただの変人だった。

安村が椅子の背に深く凭れかかり、救出された溺水者のように空気を貪った。

「おいっ、カマキリっ。ぬしゃっ、そぎゃんでたらめが、俺に通用するとでん思っとるとか⁉」

「で、でたらめじゃ……ありません」

ヒューヒューという音を喉笛から漏《も》らしながら、否定する安村。

「だったら、赤星から八百万ば受け取った金融業者に、俺の目の前で電話ばかけてみんや！」

世羅は受話器を摑み上げ、安村の七三分けの頭を殴りつけた。

「痛っ……」

安村が頭を抱え、身を捩った。

「ほらっ、どぎゃんしたっ!? はよっ、かけんかっ！」

二発、三発、四発――ゴッッ、ゴッッ、ゴッッ、と鈍い音が室内に鳴り響く。安村の頭頂に餅のような瘤ができた。

「勘弁……して……ください」

泣き出しそうな顔で、自分を見上げる安村。安村の半べそ顔は、殴られた痛みばかりが理由ではない。

そう、安村は、なにかを隠している。重大な、なにかを……。

不意に、ある光景が脳裏に蘇る。支店長室に踏み込んだ瞬間。安村は、誰かに電話をしていた。

いま帰りました。また、あとでかけ直します。

たしか、そんなふうなことを言っていた。

世羅は、受話器を持ったまま、リダイヤルボタンを押した。

「あっ、なにを……」

「すっこんでろっ」

慌ててフックに手を伸ばす安村を、加茂が遮った。

コール音が一回、二回……。

『はいっ、レディサポートっす』

頭の悪そうながなり声……恐らく竜田。

受話器を持つ手が、ぶるぶると震えた。全身の血液が、ふつふつと煮え立った。世羅は、思いきり受話器をフックに叩きつけた。

破損し、砕け散る送話口のかけら——鼓膜《こまく》を裂く衝撃音に、安村が弾かれたように椅子から立ち上がった。

「ぬしゃ……若瀬に、どぎゃん弱みば摑まれとっとや？」

世羅は、怒りを押し殺した低音で、安村に訊ねた。

「は……？　な、なんのことでしょうか？」

必死に平静を装ってはいるが、安村のうわずった声音に、不規則に泳ぐ黒目に、何度も唇を舐める仕草に、動揺が現れていた。

世羅は百二十キロの巨体を躍らせ、デスクを飛び越えた。安村の顔面を左手で鷲摑みにし、壁に押さえつけた。

「もう一度訊く。若瀬に、どぎゃん弱みば摑まれとっとや？」

自分でも、気味の悪いほどの物静かな声。世羅は、初めて気づいた。怒りが最高潮に達したときに人間は、驚くほどに冷静になることを——沸点と氷点が、紙一重《ひとえ》であることを。

「ほ、本当に私はなにも——」

ドスン、という衝撃音が安村の声を掻《か》き消した。右の拳が、安村の頬から一、二センチ横の壁にめり込んだ。

悲鳴を上げ、眼を閉じる安村。鼻孔に忍び込むアンモニア臭。落下し、砕け散る壁かけ時計。まっ赤に染まる拳の周囲の壁紙。

「これ以上、惚《とぼ》けんほうがよか。頼むけん、俺ば人殺しにせんでくれ。次に砕けるとは、コンクリートじゃなかばい」

世羅は安村の耳もとで囁き、血塗れの拳を鼻先に近づけた。自分の拳に視線を投げた加茂が、息を呑んだ。無理もない。肉が抉《えぐ》れ、指骨が剝き出しになっていた。

さすがの石の拳も、コンクリートと正面衝突では骨折は免《まぬが》れないだろう。痛みは、感じなかった。若瀬にたいしての激憤に放出されたアドレナリンが、一切の神経を麻痺させた。

「と、土地を……占有されたんですっ!」

安村が、金切り声で絶叫した。

「占有? どういうこつか、詳しく話してみろ」

世羅は、骨が露出した拳を安村につきつけたまま、話の続きを促した。

大帝銀行が一番抵当をつけていた代官山の二百坪の土地が、ある日突然駐車場となっていた。占有者は若瀬。若瀬は、土地の所有者と短期賃貸借契約を結んでいた。慌てて現地に飛んだ安村は、若瀬との交渉に入った。

立ち退きの条件は七千万を支払うこと。安村は、渋々と若瀬の出した条件を呑んだ。ただし、その七千万のうちの三千万は、赤星の退職金から充当すること。若瀬の言葉に、安村は耳を疑った。

行員の退職金を立退料に充てることなど、できるはずがない。拒絶する安村に、若瀬はある提案をしてきた。

ある提案とは、赤星を犯罪者に仕立て上げること。若瀬は、安村の支店長という立場を利用して、赤星の顧客の預金を操作することを命じた。

堰《せき》を切ったように、安村は己の罪を告白した。

「で、ぬしは、赤星に罪ば被《き》せた、ちゅうわけね？」

世羅の言葉に、安村が咽《むせ》び泣きながら頷いた。

「き、きさまっ、よくもそんなことをっ！」

跳ね起きた赤星が白目を剝き、安村に突進した。

「ぬしは引っ込んどれっ！」

血塗れの拳——右の裏拳を、赤星の鼻っ柱に打ちつけた。鼻血を噴き出し、ふたたび仰向けに転がる赤星。

「おい、帰るばい」

世羅は安村の顔面から手を離し、加茂に言った。

「へ？」

肩透かしを食ったように、まぬけヅラで立ち尽くす加茂。当然のリアクション。いつもの自分なら、最低でも安村を半殺しにしていたはずだから。

「ぬしゃ、耳がなかとか？　帰る、言うとるとばい」

「し、しかし、社長……。こいつに、赤星の退職金を払わせなくてもいいんですか!?」

加茂の驚きは、よくわかる。

安村は、物件を取り戻すために、若瀬と手を組み犯罪の片棒を担いだ。そこを突けば退職金の三千万どころか、うまくいけばひと桁は違う口止め料を搾《しぼ》り取ることができるだろう。

が、安村からどれだけ多額な金を引っ張ろうが、赤星の退職金が若瀬の手に渡った以上は、意味がない。

そう、自分は、ここでも若瀬にしてやられた。約一ヵ月間、赤星と樹理を監禁して迎えた決戦の日に、またしても裏をかかれてしまった。

この屈辱は、若瀬以外の人間から金を引っ張っても消えるものではない。たとえるならば、喧嘩に負けた相手以外を何十人ぶちのめそうとも、屈辱が消えないのと同じ。屈辱を受けた本人に雪辱しないかぎり、負け犬のままだ。

そして、世羅の受けた屈辱は、もう、若瀬の全財産を奪うことくらいでは相殺《そうさい》できないほどに深く、大きなものとなっていた。

「わ、私はどうすればいいんですか?」

赤星が、自分の足に縋りつき、情けない声で言った。

「勝手にせい」

世羅は冷たく言い残し、赤星を蹴り飛ばした。

「しゃ、社長……」

世羅は、あんぐりと口を開き立ち尽くす加茂を置き去りにし、支店長室を出た。集まる行員達の氷結した視線を無視し、待ち合いフロアへと向かった。

「社長、待ってくださいっ。社長らしくないですよ!? どうしたんですか!? 安村を……三千万を、みすみす見逃すんですか!?」

加茂が、メルセデスに乗り込もうとする自分の前に回り込み、両手を広げて訴えた。暴走する自分を止めることはあっても、焚きつけるようなことは初めてだ。

加茂からすれば自分の行動は、あと一発でノックアウト確実のチャンピオンに背を向け、リングを下りるような信じ難《がた》さがあるのだろう。

「喫茶店にいる半グレどもば全員監禁室に向かわせろ。それから、出刃包丁と木刀ば集められるだけ集めとけ」

「社長……いったい、なにを……」

血の気を失う加茂が、干涸び声を呑み込んだ。

「ぬしは、黙って言うとおりにすればよかったい。わかったら、そこばどけ。俺の行く道ば邪魔する奴は、たとえぬしでん赦さんばい」

世羅の、淡々とした口調とは裏腹の燃え盛る瞳に、加茂が弾かれたように道を譲った。

「ぼうっとしとらんと、車ば出さんや」

世羅は言い残し、リアシートへと乗り込んだ。

［12］

「嘉山広子が？」

若瀬は、強張った表情で社長室に現れた竜田に訊ねた。

野々村辰夫が振出人で嘉山広子が裏書人の手形——一千二百万の返済期日は、九月五日。五日もはやい来店に、若瀬は首を傾げた。

「ええ。なんでも、社長に、ぜひお話ししたいことがあると……」

「社長」

若瀬は吸いかけのラークを灰皿で捻り消し、デスクチェアから腰を上げた。

「なんだ？」

竜田が、接客フロアに向かおうとする自分を呼び止めた。

「女の顔、ひどいんすよ」

「どういう意味だ？」

「誰かに殴られたみたいで、ボコボコなんすよ。あれじゃあ、客が逃げちゃいますよ」

若瀬は、眉をひそめる竜田を残し、フロアへと出た。パーティションの隙間から、柴井、奈川、小菅が出歯亀のように広子を覗いていた。

「俺に話っていうのは？」

ソファで俯く広子に声をかけ、若瀬は対面の席に腰を下ろした。広子が、弾かれたように顔を上げた。

若瀬は、息を呑んだ。

うさぎのように赤く染まった白目、黒紫に鬱血《うっけつ》した両の瞼、歪に曲がった鼻梁《びりょう》、ズタズタに裂けた唇、変形した頬——数日前に同じ席に座っていた、男好きのする嘉山広子はどこにもいなかった。

たしかに、これでは竜田の言うとおり客が逃げ出してしまう。

「ずいぶん、ひどくやられたもんだな。まさか、俺に仇《かたき》を討ってくれと頼みにきたんじゃないだろうな？」

若瀬は、珍しく軽口を飛ばした。今日は、気分がよかった。

——裏で糸を引いていたのがあなただとわかって、かなり怒っていましたが、結局、諦めて帰りました。でも、困りますよ。闇金融の人間が絡んでいるのなら、最初から教えて頂かないと。殺されるかと思いましたよ。本当に大丈夫でしょうね？　あの男、警察に訴えたりしないでしょうね？

昨日、安村から入った電話で、世羅が加茂と赤星を引き連れ大帝銀行赤坂支店に乗り込んだという報告を受けた。

世羅は、赤星が帰った時点でレディサポートにかけてきた安村の一回目の電話をリダイヤルで追い、今回の一件の黒幕が自分であることに気づいた。

安村は世羅に締め上げられ、顧客の預金を操作したことを含めた自分との一切のシナリオを吐いた。

若瀬は、安村を責める気はなかった。すべては、計算のうち。赤星の退職金が出ないと知った世羅が、大帝銀行に怒鳴り込むだろうことは火をみるより明らかなことだった。

そして、逆上した世羅に問い詰められた安村があっさりと口を割るだろうことも。

構わなかった。叩けば埃《ほこり》が出る世羅が警察に訴えるわけがないし、また、司法の手を借りるような男でもない。

ありうるのは、直接行動——自分への報復。

が、これも計算のうち。昨日のうちに、手は打ってあった。

――本当に、四人でいいのか？

矢切組のフロント企業である明星企画を訪れた自分に、蒲生は念を押すように訊ねた。

自分が蒲生に依頼したのは、ボディガードとして四人の組員を貸してもらうこと。身を護る目的はもちろん、若瀬には、もうひとつ別の目的があった。むしろ、もうひとつの目的のほうが若瀬にとっては重要だった。

もうひとつの目的――世羅と矢切組の組員の接触。

世羅の性格からすれば、自分への報復を考えるのは間違いない。組員は自分を護ろうと盾になる。世羅にしても、ヤクザが相手だからと退《ひ》くタマではない。世羅と組員がぶつかり合うのは必至だ。

世羅が組員をぶちのめせば、自分が依頼せずとも蒲生が動く――世羅と自分の問題から、世羅と矢切組の問題へと移行する。

さすがの世羅も、矢切組を敵に回せば勝ち目はない。

世羅を潰すのが目的ならば、こんな回りくどい方法を取るよりも直接蒲生に頼んだほうがはやいのはわかっている。

が、それでは、蒲生に大きな借りができてしまう。世羅を潰しても、蒲生が障害となっては意味がない。その点、世羅と蒲生の揉め事にすれば、それは自分の借りにはならない。

逆に、世羅がやられる場合は死しかない。世羅は、片腕一本でも動くかぎり、絶対に負けを認めない男だ。

つまり、どちらに結果が転んでも、世羅は自分の目の前から消える、というわけだ。

できれば、前者で決着がつくのが理想だ。袂《たもと》を分かったとはいえ、命まで奪うのはかわいそうな気もする。かつての盟友《とも》への、せめてもの情けだった。


「あの男を、めちゃめちゃにしてっ」

憎悪に潤む瞳――広子が、自分の手を取り訴えた。

軽口のつもりだったが、どうやら、図星《ずぼし》だったようだ。

「おいおい、気持ちはわからないでもないが、お門《かど》違いだ。返済の件じゃなければ、悪いがこれで失礼するよ」

若瀬は広子の手を冷たく振りほどき、席を立った。痴話喧嘩の仲裁に入るほど、自分は暇ではない。

「私を殴ったのが世羅でも、力を貸してくれないの!?」

広子の金切り声に、若瀬の足が止まった。背後で、覗き見しているだろう竜田達の息をた。

呑む気配が伝わった。

「なんだと？　いま、なんて言った？」

若瀬は広子に冷眼を投げ、低く押し殺した声で言った。

「私は嘉山広子じゃなくて、高樹《たかぎ》まりえ。世羅の女よ」

瞬間、思考が停止した。世羅の女よ。まりえの声が、白く染まった脳内に激しく渦巻い

☆

「お前が、世羅の女？　どういうことか、説明してみろ」

我を取り戻した若瀬は、内心の動揺を押し隠し、平静を装いソファに腰を下ろした。

「嘉山広子は、世羅の客の娘よ。あいつは、赤星の件であなたを恨んでいた。それで、あなたから一千万のお金を騙し取ろうと考えた。あいつは、嘉山義輝って客に協力を持ちかけた。娘の名前を貸してくれれば、借金はチャラにするって。あいつが考えたシナリオは、金銭感覚の麻痺したキャバクラ嬢の借金の保証人に、そのキャバクラ嬢に入れ揚げた神経質な青年実業家が渋々《しぶしぶ》なるというもの。青年実業家を演じた彼は、野々村なんて名前じゃなくて、及川という売れない劇団員。及川も、キュートハウスのマネージャーも、本物の野々村も、すべて七福ローンでお金を借りたことのある人達ばかり。ドリーム出版の

建物は競売物件を使い、野々村……いいえ、及川の自宅は他人のマンションに住民登録をしただけ。出版会社で働いていた社員達は及川の劇団仲間。全部、あなたを嵌めるための嘘だったの」

まりえの声が、若瀬の鼓膜を素通りした。

信じられなかった……。嘉山広子のしたたかな女狐ぶりも、野々村辰夫の煮え切らない態度も、その一切が演技だったというのか？

この自分が、腕力だけの単細胞の絵図に、まんまと乗せられたというのか？

全身の表皮が、沸騰したように熱を持つ。対照的に、躰の芯は凍《こご》えるほどに冷えきっていた。

「なぜ、それを俺に？」

ゆったりとした仕草で煙草をくわえた若瀬は、相変わらずの無表情で、抑揚《よくよう》のない口調で、まりえに訊ねた。

取り乱したり、声を荒らげたりするのは、負けを認めること――自分のプライドが、赦さなかった。

「この顔を、みてよ！　これ以上、あいつを裏切る理由がほかに必要なの⁉」

まりえが、身を乗り出しヒステリックに叫んだ。

「あなたが担保として預かった五百万は、世羅が見せ金として及川に渡したものだったのよっ。あいつは、五百万をあなたに取られたって逆上して……それで、私を……こんなひどい顔に……」

唇を嚙み、俯くまりえ。小刻みに震える両肩。ミニから出た太腿に食い込む爪。

たしかに、顔を売り物にしているまりえのような女からすれば、これ以上の屈辱はないだろう。本人の言うとおり、世羅を裏切るに十分な理由だ。

それにしても、相変わらず世羅の金への執着ぶりは凄まじい。

実質五百万を儲けているにもかかわらず、へたを打ったとして、己の女の顔が崩壊するまで殴りつけるとは……鬼のような男だ。

しかし、金への執着心なら自分も負けてはいない。自分から金を騙し取る者は、たとえ鬼だろうと赦しはしない。

「で、お前はどんな情報を俺に提供してくれるんだ？」

「監禁室の住所を、教えるわっ」

顔を上げたまりえの眼は、般若《はんにゃ》の如く吊り上がっていた。

「監禁室？」

「あいつが、不良債務者を閉じ込めるために借りている秘密の地下室のことよ。そこに、及川と世羅はいるわ。樹理さんだっけ？　彼女もいるはずよ」

「世羅の若い衆は？」

樹理のことなど、どうでもよかった。重要なことは、世羅がどれだけの兵を抱えているかだ。

「さっき言った三人しかいないわ。あいつは疑り深いから、加茂君や志村君にも監禁室の存在を教えていないの」

若瀬の勘に、なにかが触れた。眼を閉じ、内なる囁きに耳を傾けた。

「ねえ？　どうしたのよ!?　あいつを、痛めつけてくれるの？」

「その、監禁室ってやつの住所は？」

眼を開け、若瀬は訊ねた。まりえが告げる渋谷の住所を携帯電話のメモ機能に入力し、腰を上げた。踵《きびす》を返した。パーティションの裏へと回り、十一桁の番号ボタンをプッシュした。若瀬が電話の相手に告げる指示を耳にした竜田達四人の顔色が、さっと変わった。

終了ボタンを押し、若瀬はまりえの待つソファへと戻った。

「それで、お前への見返りは？」

「世羅から一千万を取り立てたら、担保に預かってる五百万を私にくれない？　もともと、私が情報を教えなきゃ、五百万を損するところだったでしょう？」

まりえが、醜く腫れ上がった顔を卑しく歪め、声を潜めた。

若瀬は、大声を上げて笑った。

「な、なにがおかしいのよ?」

訝しげな表情で、まりえが自分をみた。構わず、若瀬は声を張り上げ笑い続けた。

「笑うの、やめなさいよっ。聞こえないの⁉ やめなさいった——」

若瀬の笑い声に代わって、まりえの悲鳴が接客フロアの空気を切り裂いた。まりえの黒紫に変色した瞼に、ラークの穂先を押しつけた。

「二度も同じ手が通用すると思ってるのか⁉」

右目を押さえ狂ったように泣き叫ぶまりえの髪の毛を鷲摑みにし、若瀬は顔を近づけた。

「なにすんのよっ!」

喚き散らし、爪を立てようとするまりえ。躱《かわ》し、裏拳で頬を張り飛ばした。ソファから転げ落ちるまりえ。勢いよく開くドア。事務所内に雪崩《なだ》れ込む派手なスーツを着た四人の男達。

「奥に連れて行って、全部吐かせろ」

まりえを引き摺り起こす四人のうちのひとり——リーダー格の阿東《あとう》という、世羅に引けを取らないガタイのいい体軀の組員に若瀬は命じた。

舌を鳴らしながら、頷く阿東。

組員でもなんでもない自分だが、蒲生の寵愛を受けている男の言葉に逆《さか》らえはしない。

――あいつは疑り深いから、加茂君や志村君にも監禁室の存在を教えていないの。

まりえのその言葉で、若瀬は一切を見抜いた。

たしかに、世羅は他人《ひと》を信じない。それは本当だ。だからこそ、まりえの言葉には矛盾が生じる。若い衆を信じない男が、女を信じるはずがない。

四人の屈強な男達――矢切組からレンタルしたボディガードに御輿《みこし》のように担ぎ上げられ、奥へと運ばれるまりえ。まりえのガラスに爪を立てたような悲鳴と組員達の怒号が、鼓膜からフェードアウトした。

拳を、きつく握り締めた。爪が掌を抉った。

一千万を騙し取ろうとした上に、今度は同じ女を使って、自分を罠にかけようとした。ナメられているにも、ほどがある。同時に、世羅が自分を殺す気であることを悟った。

世羅がそこまで肚を括《くく》っているのなら、仕方がない。待つのはやめだ。望み通りに、誘いに乗ってやるつもりだった――ただし、誘いに乗るのは自分ではない。

若瀬は、携帯電話を取り出した。メモリボタンを押し、ある番号を呼び出した。

三回目のコール音が途切れた。

「若瀬です。朝はやくに申し訳ありません。私は、大変なミスを犯《おか》してしまいました」

若瀬は拳を開き、どこまでも冷たい氷の瞳でうっすらと血が滲《にじ》む掌をみつめた。

赤く染まった掌に、血塗れの世羅の顔が重なった。

☆

壁にかけられたドラクロワの絵、ロココ様式の猫足のチェスト、王朝ふうの応接ソファ——軽く三十畳はありそうな、日比谷《ひびや》プレジデントホテルのロイヤルスイートの客室。

ジャック・ダニエルのミニチュアボトル二本をロックグラスに空けた蒲生が、眼を閉じた。

蒲生の背後で風神と雷神さながらに立ち尽くす阿東と勝目《かつめ》の矢切組一、二を争う武闘派も、若瀬同様に蒲生の言葉を待っていた。

ドアの外には矢切組のふたりの若い衆が、ホテルの前の車内には竜田、柴井が待機している。

因みに、小菅と奈川のふたりにはレディサポートの事務所でまりえを見張ることを、矢吹にはあるシナリオのために姿を消すことを命じていた。

蒲生が口を噤んで、まもなく十分が経とうとしていた。

蒲生の掌で揺れるロックグラスに氷が触れる甲高い音が、重苦しい空気に絡みつく。眼を閉じたまま、蒲生がモアをくわえた。すかさず、阿東が蒲生に真鍮《しんちゆう》仕様のデュポンを差し出し上蓋《うわぶた》を跳ね上げた。張り詰めた神経を耳障りな金属音が逆撫《さかな》でする。薄目を開けた蒲生が炎に穂先を炙り、ふたたび眼を閉じた。

「もう一度訊く。世羅君は、その四千万が私の金だと知っていながら、返却に応じなかったんだね？」

蒲生が、おもむろに口を開いた。

「ええ。電話でお話ししたとおりです」

若瀬は、蒲生の顔色を窺いつつ記憶を巻き戻した――約三時間前にかけた蒲生との電話のやり取りを鼓膜に再生した。

――藪《やぶ》から棒にどうした？　大変なミスを犯したって、どういうことだね？

――若頭《かしら》から情報を頂いた大帝銀行の安村から引っ張った七千万のうち四千万を、昨日、ウチの若い衆……矢吹という奴なんですが、奴がそちらへ金を運ぶ途中に世羅達に襲われまして……。

――しかし、その四千万は君の取りぶんだろう？

――そのつもりだったんですが、やはり、この七千万は若頭《かしら》の情報があったからこそ手にできたのだと思い直しまして。でも、そんなことはどうだっていいんです。私が赦せないのは、金を奪われたことではありません。

――というと？

――問題なのは、世羅が、若頭《かしら》の金だと知っても返却に応じないってことなんです。

――どういうことか、話を聞かせてもらおうか。

すぐに世羅に連絡を取った。お前が奪った四千万は蒲生さんのものだから速《すみ》やかに返却しろと伝えた。世羅は、それがどうした？　と耳を貸さなかった。矢切組の金を横取りするなど命を捨てるようなものだ、思い直せ、と訴えた。矢切組がなんぼのもんだ、と世羅は開き直った。後悔するぞ、と世羅を恫喝した。その言葉をそっくり返してやる、と世羅は一歩も退かなかった。

若瀬は、思いつくかぎりのでたらめを蒲生に吹き込んだ。

――わかった。取り敢えず、話の続きはホテルで聞こう。

平静を装っていたが、蒲生のはらわたが煮え繰り返っている気配が、受話口越しにも伝わってきた。

日比谷プレジデントホテルのロイヤルスイートに、若瀬が到着したのが午後二時頃。

若瀬は、電話でのでたらめに続けて、偽《にせ》野々村辰夫と偽嘉山広子がレディサポートから一千万を騙し取った一件――そしてまりえがふたたび自分を罠に嵌めようとした一件、阿東達がまりえから世羅の画策を吐かせた一件をつけ加えた。

蒲生が口を噤んだのは、その直後だった。

「君にボディガードとしてつけた、この阿東と勝目は、荒くれ者が揃うウチの組の中でも飛び抜けた暴れん坊でね」

蒲生が、独り言のようにぽつりと呟いた。

若瀬は、ふたりに眼をやった。

百九十センチはありそうな上背、鉄板を埋め込んだような胸板、鷹のように鋭い眼、青々とした坊主頭の阿東。背は阿東より低いが、体重だけならば百二十キロの世羅がスリムにみえるほど肥えた力士さながらの勝目。恐らく、百五十キロ前後はあるに違いない。

蒲生の言うように、外見といい醸《かも》し出す雰囲気といい、ふたりがかなりの修羅場を潜《くぐ》り抜けているだろうことはよくわかる。

が、十分ではない。世羅の人間離れした圧倒的暴力の凄さは、自分が一番よく知っている。その世羅に正面からぶつかる場合、並の武闘派では完全に仕留めきれるとは言い難い。

世羅を確実に潰すには、飛び道具を使うか、兵隊の数で勝負するしかない。

まりえに吐かせた情報によれば、世羅は総勢二十人弱の兵を揃えて自分を待ち構えているらしい。まりえの知るかぎりでは、拳銃などは携行《けいこう》していないという。

「君は、ふたりをどう思うかね？」

蒲生が眼を開け、自分に訊ねた。

「大変、心強く思っております。しかしながら、世羅は侮《あなど》れません。逆にお訊ねしたいのですが、彼らと行動をともにする組員さんは何人くらいになるんでしょうか？」

「たしか君は、世羅君が従えている人数は二十人程度だと言っていたね？」

「はい」

「拳銃《チャカ》も持っていない。そうだったね？」

「恐らく」

「ならば、ウチは十人だな。それも、飛び道具はなしでね」

若瀬は、耳を疑った。

世羅サイドの人数の半分で、拳銃はなし。矢切組の威光が通じる相手ならば、十人でも、いや、五人でも大丈夫だろう。

だが、世羅という男には、こけおどしやハッタリは通用しない。そこらのヤクザなら震え上がる矢切組の金看板も、世羅にとってはなんの意味も持たない。

「若頭《かしら》。大変申し上げづらいのですが、世羅を甘くみては痛い目にあいます」

「甘くみてるのは、あんたのほうじゃねえのか？」

阿東が、ドスの利いた声音で言うと、三白気味の眼で自分を睨《ね》めつけた。

「若頭《かしら》の大事なお客さんだからと思って、堅気のあんたの言うことでも従ってりゃ図に乗りやがって……」

勝目が、土佐犬のようなひしゃげた顔を朱に染め唇をわななかせた。

「お前達、やめなさい。若瀬君も、悪気があって言ったことじゃない」

蒲生が声音は物静かに、しかし、有無を言わせない口調で言った。阿東と勝目が、弾かれたように蒲生の背中に頭を下げた。

若瀬は、内心でふたりに嘲笑を浴びせた。この時点で、奴らは世羅に負けている。飼い慣らされた犬に、野生の獣は倒せはしない。

「若瀬君。悪かったね。だが、彼らが怒るのも無理はない。自分達では、世羅君に勝てないと言われたようなものだからね。まあ、君と違って我々にはいろいろと面倒なことがあってな。世羅君がいくら腕が立つと言っても、しょせんは堅気だ。堅気相手に、しかも木刀や刃物しか持ってない相手に、動員かけて拳銃《チャカ》で武装して乗り込んだら、彼らの懲役《つとめ》が長くなる。ただでさえ、ヤクザというだけで堅気と同じことをしても割増の懲役《つとめ》を食らってしまうのだからね。なにより、同業者の笑い者になってしまうよ。が、その素人に足を掬《すく》われたら、もっと笑い者になる。安心したまえ。十人は十人でも、とっておきの隠し玉を用意しているから」

意味ありげな含み笑い――蒲生が、ロックグラスを傾けた。

「隠し玉、ですか？」

言いながら、若瀬も手もとのブランデーグラス——レミー・マルタンを舐めるように口に含んだ。

「そう。隠し玉は、以前、ウチの組で絶縁処分になった男だ」

「若頭《かしら》っ、まさか花島《はなしま》を⁉」

血相を変えた阿東が、大声を張り上げた。

「なにか問題でも？」

蒲生が、ノーフレイムの奥の眼に冷たい光を宿して訊ねた。

「い、いいえ……問題というわけじゃありませんが、花島を使うのは、ちょっと、まずいんじゃないでしょうか？」

しどろもどろになりながらも、必死に翻意《ほんい》を促す阿東。

「俺も、そう思います。組長《おやじ》が、いいえ、本家も黙っちゃいませんよ」

阿東の言葉尻を受け継ぎ、進言する勝目。勝目の言葉に、若瀬の耳がピクリと反応した。

花島なる男は、相当な爆弾を背負《しょ》い込んでいるらしい。うまく事を運べば、蒲生失脚の強力な切り札になるかもしれない。

「組長《おやじ》？　あんな老いぼれのことを気にすることはない。本家にしたって、花島のことを

「それはそうですけども……。若頭《かしら》。お言葉ですが、なぜ若頭《かしら》がそこまでこいつの話に乗るのかが理解できません。もともとはこいつの若い衆がへたを打ったわけですから、尻《ケツ》もてめえで拭くべきですっ。若頭《かしら》の顔に泥が塗られたっていうのなら、俺ら喜んで世羅って野郎の命《タマ》を取りに行きますよ。しかし、部外者の喧嘩《マチガイ》で懲役《つとめ》を振られる若い衆が、かわいそうですよっ」

鬱積した不満を一気にぶちまけるように、勝目が激しい口調で訴えた。

ふたりのやりきれない気持ちは、よくわかる。

堅気の自分のボディガードを命じられた揚げ句に、今度は、ヒットマンの指令。いくら若い衆が身代わりで自首するとはいえ、堅気の、しかもまったくの他人の尻拭いのために危ない橋を渡るなど冗談じゃない、というのが本音に違いない。

が、阿東も勝目も、蒲生の性格をまるっきりわかっていない。

「言いたいことは、それだけか？」

蒲生が立ち上がり、ふたりに向き直ると冷々とした口調で言った。蒲生の倍はありそうな阿東と勝目が、小さく身を竦めた。

「阿東。若瀬君が世羅君の罠に気づかず乗り込んでいたら、どうなっていたと思う？」

「え……襲われていたと思いますが……」

誰が喋る？」

阿東が、怪訝そうな表情で答えた。

「そう、へたをしたら殺されていただろうな。そこで、勝目。お前がもし世羅君の立場で、若瀬君とやり合うことになったら、まずまっ先になにを考える?」

冷眼を勝目に移し、蒲生が質問を続けた。

「そりゃ、矢切組の存在を……」

当然といった顔で答えようとした勝目が、言葉の続きを呑み込んだ。阿東も、蒲生の言わんとしていることをようやく察知し、表情を強張らせた。

「だよな? 私と若瀬君の関係を知っている者なら、なにより先にそのことを思い浮かべるはずだ。もちろん、世羅君は私が若瀬君に目をかけていることを知っている。にもかかわらず、彼は若瀬君をおびき出し、刃物と木刀で武装した二十人での襲撃を企てていた。しかも、世羅君が若瀬君の若い衆から奪った四千万が私の金だと知っていながら、詫《わ》びを入れてくるどころか、挑発までしてきた。この行為がなにを意味するか、わかるか? え? 阿東、勝目、言ってみろ!?」

淡々とした口調が徐々に熱を帯びるのと比例するように、蒲生の顔が赤みを増した。

容姿、物腰、言葉遣い――一見、紳士然としている蒲生の本性は、世羅に負けない究極の負けず嫌いであり、凶暴な獣だ。

「その……矢切組を、ナメているのだと――」

「それは即ち、私をナメていることに繋がるんだよっ！」阿東の言葉を、蒲生の怒声が切り裂いた。続いて、甲高い破損音——蒲生が壁に投げたロックグラスが、粉々に砕け散った。

阿東と勝目が、でかい図体を凍てつかせ、声と顔色を失った。

「世羅の命《タマ》を取るのは、誰のためでもないっ。私を甘くみたらどうなるかを、奴に思い知らせるためだっ。わかったかっ！」

実業家を気取った七三髪を振り乱し、蒲生がふたりを怒鳴りつけた。弾かれたように、阿東と勝目が頷いた。

さすがは、数々の武勇伝を持つだけの男だ。その小柄な躰から発せられるオーラに、コワモテふたりは完全に萎縮していた。

が、世羅なら、萎縮するどころか、怒声とともに蒲生の眼鏡を叩き割り、顔の判別がつかなくなるほどに殴り続けたことだろう。

彼の頭の中には、矢切組の報復への恐怖は一切ない。世羅が最も恐れるのは、ヤクザでも警察でもなく、己が誰かに背を向けたという事実——己の心が折れたという事実だけ。

「すいませんでした、若頭《かしら》。ですから、ご安心ください。きっちりと、世羅って野郎の命《タマ》を取って四千万を回収しますんで。花島と関係するのは——」

ノック音が、勝目の声を遮った。

「自分の口で、説得してみろ」

蒲生が、口角を吊り上げ言った。

「え……」

ドアと蒲生に交互に視線を投げる勝目――明らかに、動揺していた。

「入れ」

「失礼しますっ。若頭《かしら》。花島さんという方が、おみえになってますが？」

蒲生の声に、ドアが開いた――角刈り頭の若い組員が伺いを立てた。蒲生が小さく顎を引いた。組員の背後から現れた男に、若瀬の視線が吸い寄せられた。

「若頭《かしら》、ご無沙汰しています」

百八十近い長身をまっ白なダブルスーツに包んだハーフのような顔立ちをした男が、アル・カポネの時代を彷彿《ほうふつ》とさせるスーツと揃いの純白のソフトハットを斜めに被り、軽く頭を下げた。

胸には黄色のポケットチーフ。エナメルの白シューズ。歳の頃は二十五、六。恐らく、この時代錯誤した気障《きざ》な男が花島に違いない。

一見、ただの風変わりな優男にしかみえないが、若瀬はすぐに花島の異様さに気づいた。花島には右耳がなく、その端整な顔には無数の刃傷が縦横に白く浮き出ていた。

なにより、若瀬の視線を釘づけにするのは花島の瞳。長い睫《まつげ》に囲まれた瞳には、鳥肌が立つような狂気のいろが宿っていた。

敢えて誰かを引き合いに出すならば、世羅の若い衆の志村が同じような眼をしていた。

だが、薬物使用が原因の志村の狂気と花島の狂気は質が違う。

その違いをうまく説明することはできないが、とにかく、花島という男が醸し出す狂気のオーラは、若瀬がいままで感じたことのない異質なものだった。

「花島。勝目が、なにか話があるそうだ」

「か、若頭《かしら》……」

勝目が、心細そうな顔で蒲生をみた。勝目は、体格はもちろん、立場でも下回る花島を明らかに恐れていた。

「アニキ。話って、なんです？」

花島が、両手をスラックスのポケットに突っ込んだ格好で、勝目に歩み寄った。

「い、いや、その、なんだ。今回のケジメは俺らが取るから、お前は、若頭《かしら》から聞いた話を忘れてくれ」

額に汗の玉をびっしりと浮かせた勝目が、怖々と言った。

「それって……若頭《かしら》の考えですか？」

花島が振り返り、蒲生に訊ねた。

「いいや。勝目の判断だ」

花島が、微笑んだ。凄惨《せいさん》な事故現場で浮かべるような、ぞっとする微笑みだった。

「アニキ？」

花島が、唇に弧を描いたまま勝目に問いかけた。

「な、なんだ？」

「俺の邪魔、しないでもらえます？」

言い終わらないうちに、花島がポケットから抜いた右手を勝目の顔面に飛ばした。濁音交じりの絶叫。瞬間、なにが起こったのかわからなかったが、目を押さえて身悶える勝目をみて、若瀬は花島が眼球を指で突いたことを知った。

ふたたびの絶叫――花島の爪先が、勝目の股間に食い込んだ。でっぷりとした上体がくの字に折れた。勝目の延髄《えんずい》に、花島が肘《ひじ》を叩き込む。麻酔銃を撃たれた巨象のように、俯せに倒れる勝目。靴先で勝目を裏返した花島が馬乗りになる。上着の内ポケットから取り出した革手袋を嵌め、勝目の血塗れの瞼に躊躇なく左右の拳を振り下ろす花島。

一発、二発、三発、四発、五発、六発、七発……。勝目を殴り続ける花島の彫りの深い顔は、能面のように無表情だった。しかし、赤ペンキをぶちまけたような勝目の崩壊顔を見下ろすその双眼だけは、いきいきとしていた。

一メートルにも満たない距離にいながら、仲間を救出することもできずに、ただ、凍てつくだけの阿東。

若瀬が口内で呟く花島の拳の数が、三十を超えた。ひと言も声を発さず、眉をピクリとも動かさず、瞳だけを爛々《らんらん》と輝かせ、黙々と勝目の顔面を殴り続ける花島。

もう既に、勝目は意識を失っていた。

血みどろの顔は腫れ上がった瞼が裂けて黄白色の脂肪組織が食み《は》出し、鼻孔からは鼻骨が飛び出し、風船のように膨張した両頬は無数の裂傷がパックリと赤い口を開いていた。

なおも、花島の拳の暴走は止まらない。拳が勝目の顔面を抉るたびに、霧のような血飛沫が花島の白いスーツに、ベージュの絨毯に緋色のグラデーションを作った。

「ホテルというのは、ヤクザ絡みの揉め事が多くてね。ウチらみたいな後ろ楯がいると、なにかと便利なんだよ。このホテルの支配人とは、実の兄弟のようにつき合わせてもらっているよ」

自分の心を見透かしたように、蒲生が口を開いた。

つまり、絨毯のクリーニング代くらいはサービスしてくれるつき合い、ということだ。

プログラムが壊れた機械のように、花島は無表情にひたすら勝目を殴る、殴る、殴る。

もう数えてはいないが、恐らく五十発以上は殴りつけているだろう。ときおり、拳に交えて肘を落とすあたりに、花島のず抜けた残酷さが窺えた。

数多くの喧嘩を眼にし、体験してきた自分でさえも、戦意喪失した相手を、これほど冷静かつ執拗に殴り続ける男をみたことがない。

花島は、世羅と同等の、いや、もしかしたならば世羅以上の暴力マシーンかもしれない。

「か、若頭《かしら》……。勝目が、死んでしまいますよ……」

阿東が、縋るような眼を蒲生に向けた。そう思うのなら、己で止めればいいものだが、花島の凄まじい狂気の前に阿東は完全に竦み上がっていた。

「そうだな。死なれちゃ、ちょいとばかり面倒だな」

まるで他人事《ひとごと》のように、蒲生が言った。

若瀬は悟った。勝目の公開リンチの理由を。

第一に、己の命令に不満げな表情をみせた勝目への制裁。第二に、己の命令は絶対だという阿東への間接的な恫喝。そして第三に、自分への牽制。

己の実力を誇示するためには身内をも生け贄《にえ》にする男――いまさらながら、蒲生という男は恐ろしい。

「おい、そのへんでやめておけっ」

蒲生の一喝に、花島の腕がピタリと止まった。ゆっくりと腰を上げた花島は、涼しい顔でポケットチーフを取り出すと、血の付着した頰や首筋を入念に拭い始めた。

驚くべきことは、あれだけの拳を勝目に浴びせ続けたというのに、花島の息が少しも上がっていないということ。

花島が、勝目の返り血で赤く染まったスーツ、ワイシャツ、ソフトハットを脱ぎ、最後に手袋を外して凝然と立ち尽くす阿東に放った。

「クリーニングに、出してもらえます？」

飄々とした口調。阿東に微笑みかける花島。

元弟分であるはずの花島に汚物塗れの衣服を投げつけられるという、この上ない屈辱にも文句ひとつ言えない阿東——この瞬間、ふたりの立場は完全に逆転した。

若瀬は、花島の一切の贅肉《ぜいにく》が削ぎ落とされた筋肉質の躰をみて、息を呑んだ。

右肩からみぞおちまで走るミミズの化け物のような刃傷、右の大胸筋と腹筋を抉る丸い傷痕……恐らく銃創、そのほかにも、花島の上半身には大小様々な無数の傷が刻み込まれていた。

「五歳のときに、花島の両親は殺された」

言って、蒲生がミニ・バーから取り出したジャック・ダニエルのボトルに直接口をつけながら、ソファに腰を下ろした。

「押し込み強盗に、目の前で父親は滅多《めった》刺しにされ、母親は強姦されたのちに殺された。幼い花島は、母親が犯されている隙に逃げ出し、命を拾った。その後親戚に引き取られるが、十二歳で家出。街で五人のチンピラに袋叩きにされているところを助けてやったのが、私とこいつの出会いだ」

「若頭《かしら》、ちゃんとこの人に言ってくださいよ。最初は八人いて、そのうちの三人は勝目のアニキみたいな顔になっていたってことを」

花島が蒲生の隣に腰を下ろし、無邪気に破顔した。阿東にみせた薄気味の悪い微笑と違って、子供のような無垢な笑顔だった。勝目を殴りつけていた冷血鬼然とした男と同一人物とは、とても思えない。

花島が蒲生にだけは素直な理由――父親代わりと、思っているのだろう。

「そうだったな。で、その後私の家で部屋住み修行をさせながら矢切組に出入りさせたんだが、それが間違いのもとでね」

珍しく、おどけた口調の蒲生。隣で腹を抱えて爆笑する花島。半死半生の体《てい》で背後の床に転がる勝目と、呆然と立ち尽くす阿東がいる状況の中で、ふたりの周囲の空気だけは異質だった。

「十三歳で煙草屋の店番をしていた七十過ぎの老婆をスパナで撲殺し売上金を盗み、十六歳で当時矢切組と敵対していた組織の幹部を拳銃で撃ち殺し、二十一歳でふたたび別の敵対組織に日本刀を片手に単身で乗り込み、腕を切り落とした五人を含めた十四人に重傷を負わせた。こいつの躰の刃傷や銃創は、そのときのものだ。よくぞ、死なずに生還したものだよ」

蒲生が、柔和に細めた眼で花島をみつめた。

蒲生もまた、花島を息子のように思っていることが言動の端々《はしばし》から窺えた。

「その、右の耳もそのときに？」

若瀬は、蒲生に訊ねた。

「いいや。これは、自分でやった」

「自分で？」

思わず、若瀬は訊ね返した。

「そう、自分でだ。自首する前に、花島は本家の会長のもとへケジメをつけに赴《おもむ》いた。五年前のときと違って相手を殺さなかったとはいえ、己の無鉄砲な行動が本家に迷惑をかけたと、花島なりに反省した。そうだったよな？」

蒲生が、花島に話を振った。

「はい。指じゃ足りないと思ったんで、耳を落としちゃいました」

屈託なく、花島が言った。

「だが、さすがに今回は、本家の会長も赦してはくれなかった。花島のケジメのつけかたが、逆効果になったとも言えよう。ようするに、本家としてはいつ暴発するかわからない危険分子を抱えてはおけないということだ。たしかに、本家の会長の言わんとしていることもわかる。こいつはほんの些細なことで火がつき、燃え上がったら制止できるのは私しかいない。勝目だって、私が止めなければ頭がもげるまで殴られていたことだろう。が、花島のやったことは組のためでもある。だから私は、矢切組の功労者であるこいつが出所するまでの四年間、足繁く面会や差し入れに通った。きれいごとじゃないんだよ。しょせんヤクザは、暴力が物を言う世界だ。花島のような男は、暴対法だなんだとヤクザの弱体化が進んでいるいまこそ、必要な人材だ」

「若瀬さん……でしたっけ？」

蒲生が口を噤むのを待ち、花島が自分に問いかけた。若瀬は頷いた。

「若頭《かしら》から、話は聞いてます。若頭《かしら》は、俺の恩人です。俺、なんの取り柄もないけど、命《タマ》の取り合いだけなら誰にも負けません。若頭《かしら》の顔に泥を塗った世羅って男を、必ず殺すことを約束します」

花島が、声音は物静かに、しかし、押さえ切れないほどの怒りに燃え立つ瞳で自分をみつめた。

「ひと言だけ、忠告しておく。世羅も、お前と同じように一度燃え上がれば止まらない炎のような男だ。どちらかが死ななければ、決着はつきはしない」

「ご心配なく。死ぬのは、世羅ですよ」

自信に満ちた声で言うと、花島が片頬だけで笑った。蒲生にみせた無邪気な笑顔とは対照的な、不敵な微笑。

蒲生のためなら、まるで空き缶をそうするように命を捨てられる男。若瀬は、確信した。この男なら世羅を倒せる、と。

「若瀬君。こいつの言うとおりだよ。花島はゴロ巻きの天才だ。こいつと向かい合ったあとに五体満足だった者はいない。今夜、きっちりと片をつける。私は現場には行かない。即ち、花島の暴走を制止する者がいない、ということだ。世羅君は、初めて知るだろう。上には上がいる、ということをな」

言って、蒲生がミニチュアボトルを突き出した。

「前祝いと、いこうか？」

若瀬は頷き、蒲生のミニチュアボトルにブランデーグラスを軽く触れ合わせた。

「ところで、若瀬君。今回の一件なんだが……。ウチも十人からの若い衆を動員することになる。一本は貰わなければ割に合わないが、そっちのほうは大丈夫かね？」

卑しく口もとを歪める蒲生。オブラートに包んだ言い回し。

一本――一億。面子《メンツ》だなんだといっても、結局のところは金。

「明日一番に、お届けします」

若瀬の言葉に、満足そうに頷く蒲生。

一億が十億でも、構わなかった。なぜなら、死人は金を受け取れないのだから。

若瀬は、心でほくそ笑んだ。

［13］

鉄粉を含んだような重苦しい空気が井原ビルの地下一階――監禁室内に沈殿していた。

アロハシャツ、スエットの上下、繋ぎ服、開襟シャツ、ダブルスーツ――パイプ椅子を逆にして座り背凭《せもた》れに両腕を乗せた世羅は、剝《む》き出しのコンクリート床に腰を下ろす十五四の獣……七福ローンの非常勤社員の半グレどもを見渡した。

赤黒く染まった包帯――昨日、大帝銀行赤坂支店の支店長室で、安村が背にするコンクリート壁を殴りつけた右手が、ズキズキと痛んだ。包帯の中は、指根部の肉が抉《えぐ》れ骨が剝き出しになっていた。

痛みを、顔に出すことはしなかった。これから命を懸けようとする兵達の士気を、これくらいの掠《かす》り傷で乱したくはなかった。

半グレどもの傍《かたわ》らには、木刀、出刃包丁、チェーン、鉄パイプなどの原始的な武器の数々が置かれていた。世羅の膝上にも、三本の木刀が横たわっていた。

どいつもこいつも、興奮と睡眠不足で白目を赤く罅割《ひびわ》れさせ、全身から殺気を漲《みなぎ》らせていた。

世羅の正面。半グレどもの背後の壁際に立つ加茂は、ただひとりだけ不安そうな眼を宙に泳がせていた。

無理もない。加茂は、大帝銀行赤坂支店で起こった一切の出来事を眼にしている——赤星の退職金に手を回した若瀬にたいしての自分の殺意を、肌で感じ取っていた。

半グレどもは、真実を知らない。あと数時間後、もしくは十数時間後に血相を変えて乗り込んでくるだろう男達に矢切組の組員が交じっていることを。

安村から若瀬の画策を聞いて、世羅は確信した。若瀬は、及川をさらうだけではなく、必ず自分を潰しにかかる。赤星の退職金を自分の手に渡さないために、あれだけ周到な絵図を描く男だ。

今日、まりえから己が一千万を騙し取られたと聞かされた若瀬が、矢切組に援軍を頼み、自分を殺そうとするのは間違いない。

構わなかった。何十人のヤクザが乗り込んでこようとも、そこに若瀬がいればいい。

世羅は、左斜め前方——室内の片隅に眼をやった。

壁に向かい、なにやらぶつぶつと呟く志村。足もとに散乱する軽く二十本は超える咳止液の空き瓶《びん》。頭には大きなバスタオル。

確信はないが、出番を待つボクサーを気取っているのだろう。

そう、志村の頭《なか》のリングに立つ相手は、ひとりしかいない。レディサポートのチンピラも矢切組の若い衆も、彼のリングには存在しない。

志村の憎悪に燃え立つ瞳に映る敵は……若瀬だけだ。

——ほ、本当ですか!?　ボスっ。本当に、若瀬は俺のことをそんなふうに言ったんですか!?

昨晩。監禁室に向かう前に、世羅は志村を自宅マンションに呼びつけ、ある真実《でたらめ》を吹き込んだ。

——ああ、ほんなこつたい。若瀬はぬしんこつば、あぎゃん馬鹿で脳みそが溶けとるイカれ男は、クビにしたほうがよかって言うとったばい。

志村は自分の真実《でたらめ》を真実として受け取り、ざくろ色に染まった唇をわななかせながら、自棄《やけ》咳止液を浴びるように飲み続けた。

志村が、若瀬抹殺の自分の指令に首を縦に振ったのは言うまでもない。万が一、自分の気が変わっても、もう、志村を止めることはできない。

パリン、という甲高い衝撃音。背を向け立ち尽くす志村の右手から落ちて砕ける茶褐色の空き瓶。世羅のマンションからトータルして、既に三十本を超える咳止液を浴び続ける志村。

志村なりに、大仕事を目前《まえ》にテンションを高めているのだろう。

「若瀬は、ここに俺と及川だけがおると思っとる。奴らが乗り込んでくるとは一時間後かも知れんし、十時間後かも知れん」

――うまくいったわ。若瀬は、井原ビルの地下室に、あなたと及川しかいないと信じてる。

世羅は、三十分ほど前――午前十一時頃にかかってきたまりえからの電話を鼓膜に呼び起こしつつ、口を開いた。

世羅の読み通り、事は運んだ。若瀬に寝返ったまりえ。あの崩壊顔は、自分を裏切るに十分な説得力を与えたことだろう。

「おい、橋本《はしもと》」

「はいっ」

世羅に呼ばれた、青地に黄色の花柄模様がプリントされたアロハシャツを着た貧弱な体《たい》軀《く》の男――橋本が、弾かれたように返事をした。

「ぬしは、修徳《しゅうとく》ビルのエントランスに行って、奴らが現れたら連絡ば入れろ」

「わかりましたっ」

すっくと立ち上がった橋本が、出入り口へと駆けた。

修徳ビルは井原ビルの対面に建つビルで、監禁室へと雪崩《なだ》れ込む獣達を見張るのに絶好の場所だ。

橋本を監視員に選んだのは、半グレどもの中で一番気弱で腕力に劣《おと》る、というのが理由だった。

「ぬしらは、なんも難しかこつは考えんでもよか。こんドアから入ってきた奴らば、ひとりずつ叩きのめせばよかったい」

世羅は、背後でドアが閉まるのを見計らい、ひとりひとりの眼を見据えつつ念を押した。

同じようなセリフを、昨晩から百回は繰り返していた。

ひとつの洗脳。ボクサーの耳もとでセコンドが、ぶちのめせ、ぶちのめせ、と呪文のように囁《ささや》くのと同じ。

半グレどもは、昨晩から一睡もしていない。というより、眠らせなかった。

睡眠不足にして思考力を奪い、同じセリフを疲弊しきった脳みそに叩き込む。

いわゆる、悪徳宗教団体の教祖が信者をコントロールするときに使う、刷《す》り込み、という手法だ。

いまや彼らの頭の中には、目の前に現れた外敵を打ちのめすことしかない。出刃包丁で刺したら、木刀で頭蓋骨を叩き割ったら、己が殺人者になるかもしれないという恐怖心や不安心が、完全に麻痺していた。

洗脳――マインドコントロールは、中途半端な知識を持ち、そこそこに世間の辛酸《しんさん》を舐めているような極平均的なサラリーマンのようなタイプが一番かかりにくい。

過去に様々なカルトに溺れた信者の中で圧倒的多数を占めているのは、飛び抜けた天才か飛び抜けた馬鹿のどちらかだ。

一見、対極的な位置にいるようにみえる彼らに共通しているのは、常識の欠如。つまり、よくも悪くも彼らは平均的ではないのだ。

だからこそ、平均的市民が絶対に受け入れることのない、何年後に地球は滅亡する、地獄の大王が空から降ってくる、などの荒唐無稽《こうとうむけい》なでたらめ話をあっさりと信じてしまう。

が、それだけ人と違った視点を持っている究極の天才や馬鹿から、歴史上に名を残す偉人が多く生み出されているのも事実だ。

平均的市民は歴史的犯罪を起こさない代わりに、歴史的大事もなしえない。

天才の代名詞のアインシュタインも視点を変えれば狂人、変人であり、幼児期に脳みそが腐っていると宣告されたエジソンもまた、視点を変えれば天才と言えよう。

ようするに、天才も馬鹿も紙一重《ひとえ》、ということだ。

世羅の話を、一言一句聞き逃すまいとする眼前の半グレどもは、アインシュタインとフランケンシュタインの区別もつかないような馬鹿ばかり。

が、それでよかった。馬鹿は馬鹿なりに、スカスカの脳みそに自分の言葉だけを叩き込んでいれば、それでいい。

世羅は、膝上の木刀を床に放り出し、トイレへと向かった。ドアを開けた瞬間、生臭《ぐさ》いにおいが鼻孔を衝いた。

両手足と口をガムテープで拘束され、くの字に躰を折り曲げ横たわる樹理。

ホットパンツとパンティは膝もとまでずり下げられ、陰毛と内腿には大量の精子の残滓《ざんし》が付着していた。

自分が到着するまでの間に、半グレどもが代わる代わる犯したのだろうことは明らかだったが、敢えて、世羅は黙認した。

うまくいっても懲役、へたをすれば命を落とすという大勝負に挑む彼らにとってのささやかな愉しみに目くじらを立てるほど、自分は狭量な男ではない。

世羅はファスナーを下げ、片手に余る巨根を引っ張り出し放尿を始めた。首を擡《もた》げた樹理が、キッと自分を睨《ね》めつけた。

削《そ》げ落ちた頬、色濃く貼りつく隈、青白く艶《つや》のない肌——一ヵ月近い監禁生活に、樹理は別人のようにやつれ果てていた。

が、世羅に向ける瞳は、力を失っていなかった。

愛しの男《ひと》——若瀬がきっと助けにくる。その思いだけが、樹理の支えになっているだろうことは間違いない。

「なんや？　そん眼は？」

世羅は腰を横に捻り、樹理の頭上に小便をひっかけた。激しく顔を振る樹理の悲鳴が、ガムテープに吸収された。

「馬鹿が。よかザマたい」

世羅は放尿を終えると、樹理の髪の毛で濡れそぼる尿道口を拭い、トイレをあとにした。

「ちょっと、いいっすか？」

世羅がパイプ椅子に座るなり、列の最前列の中央に座る、黒の特攻服姿のパンチパーマの男——守谷《もりや》が右手を上げた。

守谷は、自分と同じ二十八歳。半グレどもの中では最年長であり、リーダー格だ。

三十近くにもなって、額の生え際をM字に青々と剃り込み、喧嘩上等の金刺繍と日の丸の刺繍が両袖に縫いつけられた特攻服を誇らしげに着る、極めつけの馬鹿だ。

「なんや?」

「俺らがボコって、奴らが死んだらどうするんすか?」

ボコるという言葉遣いといい、意味もなく首を気怠《けだる》げに回す仕草といい、まるで十五、六のいきがったガキそのままだ。

「奴らが乗り込んできたところば迎え撃った結果だけん、立派な正当防衛たい」

世羅の言葉に、加茂が眉をひそめた。

でたらめ――出刃包丁や木刀を用意して待ち構えておきながら、正当防衛は通用しない。

「正当防衛って、なんすか? すんません。俺、難しい言葉わからないもんで」

医学用語でもあるまいし、守谷の低知能ぶりは世羅の予想を遥かに上回っていた。

「そそそ、そんな、こっ、こっ、ことも、わわ、わからないのか?」

最後方の片隅で壁に向かってぶつぶつ話しかけていた志村が、振り返り、自分と守谷の会話に割って入った。

昨日からぶっ通しで咳止液を浴び続けている志村の黒目はいつも以上に焦点が定まらず、呂律は縺《もつ》れ、吃《ども》りまくっていた。

「ほんじゃよ、あんたは、わかんのかよ?」

立場は下だが歳は上の守谷は、志村にたいしてタメ語を使う。

「あっ、あっ、あたりままま、まえじゃん。せせっ、せいこう防衛ってのはな、ぼぼぼ防衛を、せっ、せっ、成功するって、こ、ことだよ」

「じゃあ、つまり、成功するから、奴らが死んじまってもいいってことかよ？」

「そっ、そそ、そういう、こっ、こっ、ことだ」

ぐびりと咳止液を呷り、自慢げに胸を張る志村。首を傾《かし》げながらも、なんとか納得しようとする守谷。

無能男とイカれ男の別世界の会話に、世羅は頭痛に襲われた。

「ぬしら、適当なこつば言うとるとじゃなかばい。俺が言うとるとは、成功防衛じゃなくて正当防衛たい。身の危険ば感じて、仕方なしに反撃した結果に相手ば殺しても罪に問われん、ちゅうこつたい。とにかく、ぬしらは余計な心配ばせんと、モグラ叩きんごて敵ば打ちのめせばよかったい」

「社長……お話が」

加茂が最前列に歩み寄り、遠慮がちにドアを指差した。

「ぬしら、ちょっと待っとれ」

世羅はパイプ椅子から腰を上げ、耐火金庫並みに分厚い防音仕様のドアを抜けた。

「話って、なんや？　時間がなかとだけん、手短に頼むばい」

言いながら、世羅は煙草をくわえた。加茂が差し出すダンヒルの火を揺らす階上から吹き込む風を掌で遮り、穂先を近づけた。

「社長、本当に、鷹城会は動いてくれるんでしょうね？」

「昨日、会長と話はついとるって言うたろうもん」

「しかし、この様子じゃ、殺し合いになりますよ。いくら鷹城会がバックについてるっていっても、組員を殺されたら、矢切組だって黙っちゃいませんよ」

「誰が、相手ば殺せと言うたっゃ？　俺は、奴らば叩きのめせ、言うとるだけたい。ぬしは、ちょっと心配性過ぎるばい」

世羅は加茂の顔に向けて、まるく窄めた鱈子唇から噴き出した紫煙を浴びせかけた。

「でも、一晩中あいつらを焚きつけるようなことばっかり言ってるじゃないですか？　殺してもいいって、言ってるのと同じですよっ。それに、守谷に言った正当防衛って、あれ、なんですか？　こんだけ武器揃えて、正当防衛になんてなりませんよっ」

加茂が、思春期の少年さながらに鬱積した不満を自分にぶつけてきた。

「そうや？　俺は、てっきり正当防衛になると思っとったばい」

世羅は飄々とした口調で言うと、顔を天に向け紫煙の輪っかを作った。輪っかはすぐに、風に吹かれて宙に溶け込んだ。

「社長、真剣に聞いてくださいっ。俺、正直、社長の気持ちがわかりません。赤星の退職金もそのままだし、せっかく安村の弱みを摑んだのに知らんふりだし。いつもの社長なら、退職金の三千万を手にするのはもちろん、安村にひと桁は違う口止め料を要求するでしょう？　天下の大帝銀行の支店長が、闇金と手を組んで犯罪の片棒を担いだんですよ？　こんな涎が垂れそうな話は、そうそうないですよ？　いったい、どうしたっていうんですか⁉　なによりも金が最優先、っていうのが社長の信念じゃないんですか⁉」

安っぽい二時間ドラマの主役のように、独り善《よ》がりの熱っぽさで訴える加茂。

「たしかに、ぬしの言うとおりたい。加茂。なんで俺が金に執着するかわかるや？　それは、金ば持っとるもんが一番強かけんたい。金ば持っとれば、人に頭ば下げんでよか。人に使われるこつもなか。こっちが、相手ば従わせるこつができるけんたい。ばってん、自分と同じくらいに金ば持っとる奴、自分以上に金ば持っとる奴ば従わせるには？　金では従わせるこつばできん相手ば屈伏させるには、暴力しかなかったい。若瀬や蒲生ば、金で従わせるこつができるか？　できんだろうもん。だけん俺は、奴らば力で叩き潰すこつに決めたったい」

世羅は加茂に向き直り、淡々と言った。こんなところで、無駄なエネルギーを使いたくはなかった。

「で、でも、もし相手を殺したら懲役ですよ？　務めを終えて出てきても、奴らに命を狙われますよ？　そんなリスクを背負うより、ここはうまく受け流しましょうよ。そしていままでのように、ギャンブル狂の阿呆どもから金をふんだくってやりましょう」

加茂の独り善がりは続く。加茂は、ちっともわかってはいない。

「自分より強かもんから逃げ回ってしこしこと金ば貯めて、それでどぎゃんなるとや？　ライオンから逃げ回っとるハイエナが、鹿やシマウマん前でだけ威張るごて、俺にそぎゃん生きかたばしろって言うとや？」

世羅は、怒りを押し殺した声で言うと、加茂の泳ぎまくる黒目を睨めつけた。

「い、いえ……そういうわけでは……」

「そぎゃんわけじゃなかったら、どぎゃんわけや!?　お!?　ぬしゃ、俺に何年ついとっとや!?　よう考えてみんしゃい。一万歩譲って、ぬしの言うとおりに若瀬との衝突ば避けるとする。つまり、若瀬に背ば向けるってこつたい。ぬしは、いままでんごつ七福ローンで金ば儲ければよかって言うたな？　じゃあ、訊くばってん、レディサポートの業種はなんや!?」

世羅は、加茂に詰め寄り指先に摘んだ煙草を顔前に突きつけた。

「や、闇金融です……」

「だろうもんっ。じゃあ、七福ローンの業種はなんや!?」

「や、闇金融です……」

「だろうもんっ！　闇金業界が狭か世界っていうとは、ぬしも知っとろうがっ！　若瀬や蒲生の前から尻尾ば巻いて逃げ出した負け犬が、どぎゃんやって奴らと同じ業界で商売ばすっとや!?」

　自分の怒声がアドレナリンを撒き散らし、世羅のテンションは右肩上がりに上昇した。突きつけた煙草の穂先が、加茂の睫をチリチリと焼いた。

「すみません……深くを考えないで……勝手なことばかり言いまして……」

　霊安室の遺体さながらに蒼白になった加茂が、恐怖に顔を強張らせながら後退りした。

「いや、ぬしは、深くば考え過ぎたいっ。だいたいぬしは、臆病過ぎるばいっ。ぬしのそんパンチパーマはなんや？　そん口髭はなんや？　そんガラの悪かスーツはなんや？　そんごつか金ブレスはなんや？　全部、みかけ倒しのハッタリか？　マムシのまねばしとるヤマカガシか？　ヤクザ映画ば観て映画館からいきがって出てくるサラリーマンか？　弱かもんの前でしか牙ば剝けんとなら、そぎゃん貧弱な牙は抜けっ。毒ば持っとるふりはやめろっ。臆病者は臆病者らしく、七三髪にして、口髭も剃って、地味かスーツば着て、光り物も外せっ。いますぐ、俺の前から消えろっ。それがいやなら、グダグダ言わんで俺の言うとおりにせいっ。俺の前から消えるや!?　それとも俺と一緒に戦うや!?　ぬしゃっ、どっちにすっとや！」

　世羅は加茂の首を左手で監禁室のドアに押しつけ、右手で摘んだ煙草の穂先を眼球に近づけ、究極の二者択一を迫った。

　大決戦を目前《まえ》にエネルギーの浪費は避けたかったが、加茂の弱腰な態度をみていると、惨めな負け犬――父……太を思い出してしまう。

「お……俺……七福ローンを――」

悲鳴に呑み込まれる言葉尻――最後まで、言わせなかった。

加茂の頬に押しつけた赤々と燃え盛る穂先が、肉を焦《こ》がした。爛《ただ》れた火傷部に指を突っ込み、傷口を広げるように掻き毟った。

声量を増す悲鳴。加茂の胸ポケットから万年筆を抜き取り、口でキャップを開けた。脂汗の浮く加茂の額を鷲掴みにしドアに固定すると、イソギンチャク状に開いた傷口に万年筆を突き刺し、渾身の力で顎に向けて縦に引き裂いた。

濁音交じりの絶叫――ざっくりと割れた加茂の頬から鮮血が噴き出し、白桃色の脂肪と赤々とした肉が食《は》み出した。

世羅の右手に巻かれた包帯が、新たな血を吸い込んだ。

「もう一度訊く！　俺ば裏切るか⁉　俺と一緒に戦うか⁉　ぬしゃ、どっちば選ぶとや⁉」

「しゃ、社長と……戦いますっ」

加茂が泣き喚き、前言を撤回した。

そこに、加茂の心はない。あるのは、自分にたいしての恐怖だけ。それでよかった。

愛情やコミュニケーションで走る競走馬も、恐怖で走る競走馬も、よりはやく走るという目的においてはなにも変わらない。

ようは、一着になればいいだけの話——尻肉が抉れるほどに鞭を打っても、他馬より先着すればいいだけの話。

そして、世羅には確信があった。愛から生まれる力より、恐怖に駆られた人間が生み出す力のほうが、遥かに強大であることを。

「ほんなこつだろうな⁉　俺ば裏切ったら、どぎゃんなるかわかっとるとだろうな⁉　あっ！」

世羅は、口角のあたりで止めた万年筆を持つ手を、円を描くように動かした——加茂の絶叫が激しさを増した。

「う……裏切りません……裏切りませんからっ」

情けない涙声で訴える加茂。

「万が一若瀬に寝返ったら、ぬしば殺すけんっ。約束するけんっ。ほかの一切ば犠牲にしてでん、ぬしのこつは必ず殺すけんっ！」

世羅は、渾身の力を右手に込めた——万年筆の先端が頬肉を突き破り口腔内へと貫通した。

目尻を大きく裂き絶叫する加茂の唇を掌で塞ぎ、パンチパーマを鷲掴みにした——ドアを開け、監禁室内へと投げ飛ばした。

揃いも揃って馬鹿みたいに体育座りで待つ半グレどもが、コンクリート床で身悶える加茂に凍てついた視線を投げた。

「加茂のほっぺたから、万年筆ば抜いてやれっ」

世羅に命じられた守谷が弾かれたように立ち上がり、加茂の頰を貫く万年筆を引き抜いた。

どいつもこいつも、変わり果てた加茂の姿に声を失っていた。ただひとり、志村だけは壁沿いの端から端にダッシュを繰り返していた。

経緯はわからないまでも、伝わったはず。敵に背を向けた者の成れの果てを。

「いつまでも大袈裟に痛がっとらんで、さっさと立たんね！」

世羅は、赤い手で頰を押さえて身をくねらす加茂の尻を蹴りつけた。ノックアウト寸前の老いぼれボクサーのようにのろのろと立ち上がった加茂が、鮮血の道標《みちしるべ》を残しつつ室内の最奥へと向かった。

「よかやっ。腰ば引く奴は、俺が赦さんっ。若瀬がハブなら俺はコブラ、若瀬がろくでなしなら俺はひとでなしたいっ。ぬしらのうしろには、俺がおる。前進して奴らと戦うか？　後退して俺に殺されるか？　選ぶとは、ぬしらたい」

世羅は、半グレどもの氷結顔を、ひとりひとり睨めつけつつ言った。

ハッタリではない。この世羅武雄の行く手を遮る者は、たとえ神であっても赦しはしない。

［14］

「おもしろい若者だね、君は」

嗄れ声で言うと、徳川《とくがわ》が高笑いをした。

宴会場と見紛《みまが》うほどの広大なスペース――軽く五十畳はあるだろう和室の畳に正座して平伏した若瀬は、上蓋を開けたふたつのアタッシェケースを恭《うやうや》しく差し出した。

若瀬の正面。赤富士の掛け絵を背に、黒紫の和服姿で腕組みをし胡座《あぐら》を搔く初老の男。白髪《しらが》交じりのオールバック、みる者の瞳孔を貫くような鋭利な眼光、酷薄な印象を与える薄い唇。

徳川善五郎《ぜんごろう》――関東最大手の広域組織である川柳会の四代目会長。蒲生が唯一頭の上がらない悪のカリスマ。

徳川の周囲には、自分を取り囲むように十人を超える暗色系のスーツを纏った組員達が正座していた。

誰も彼もが、唐突なる訪問者にたいして、剣呑なオーラを隠そうともしなかった。

午後四時頃に、蒲生との密談場所の日比谷プレジデントホテルを出た若瀬はその足で、池袋に建つ川柳会本家に向かった。

本家の敷地内に足を踏み入れるまでに、一時間を要した。徳川と一度の面識もない男を、門番であるボディガードが簡単に招き入れるはずがなかった。


——用件は？

——会長に、大事なお話があります。

——だから、なんの話だ？

——会長に、直《じか》にお話しします。


押し問答は延々と続いたが、ふたつのアタッシェケースの中身——二億の現生《ゲンナマ》をみせた途端に、ボディガードの態度が明らかに変わった。

それだけの大金を持つ男を門前払いにしたら……と、ボディガードが不安に苛まれたのは言うまでもない。

ボディガードから本部長を経由して、二億を持った男が面会を求めている、という話が徳川の耳に入った。

好奇心と欲望――もちろん、徳川が断るはずはなかった。

徳川だけではない。日本中のどこを捜しても、二億を手に己に会いにきた者を帰す奇特なヤクザはいない。

「蒲生のシマを二億で買いたい、君はたしかにそう言ったね？」

穏やかな口調で、自分の言葉を繰り返す徳川。

微かな警戒と大きな好奇――鷹のように鋭い眼差しが、得体の知れない男を値踏みしていた。

そう、若瀬は、故意に蒲生の企業舎弟であることを伏せて徳川に接触した。

まったく無関係な男が二億を差し出すほうが、企業舎弟が同じことをするよりもインパクトを与えられる。

そして、徳川の興味が自分に向いたところで、蒲生について真実と嘘をブレンドした情報を伝える。

徳川は、当然、どこの馬の骨かわからない自分の言葉に懐疑的になる。

そこで初めて、蒲生の企業舎弟であることを打ち明けることによって、自分の言葉に説得力が増す、というわけだ。

「はい」

若瀬は頷いた。

「君は自分が口にしていることがどれだけ大それたことか、私にそれを頼むことがどれだけ危険なことかをわかっているのかね？」

「わかっています。しかし、それがわかった上でも、お伝えしなければならないことがあるのです」

「ほう。その伝えなければならないというのは、蒲生のことかね？」

若瀬は、ふたたび頷いた。

「矢切組の組員の方は、今夜、ある男を襲撃します」

若瀬の言葉に、徳川の眉尻が微かに吊り上がった。

「いきなり、物騒な話だな。矢切組の若い衆が、いったい、誰を襲撃するというんだ？」

「世羅という闇金業者です。世羅は、五日で五割の利息を取る七福ローンという競馬金融をやっている男です」

「その闇金業者と、蒲生のところでなにか揉め事でも？」

「私は、あるシノギで手にした四千万を若い衆に持たせて、蒲生さんのところへ運ぶように命じました。しかし、道中で、ウチの若い衆が世羅の若い衆に襲われまして、四千万を奪われたのです」

若瀬は、蒲生に話したのと同じでたらめを徳川に語って聞かせた。

「おいおい、ちょっと待ちたまえ。四千万を蒲生のところにって……。君は、奴とどういう関係だね？」

身を乗り出す徳川。若瀬の投げた撒き餌《まえ》に、予想通り食いついた。

「企業舎弟というやつですか。私も、世羅と同じ五日で五割の闇金融をやっております。彼とは、学生時代からのつき合いでした」

「なんだ、そうだったのか。しかし、余計に話の筋が読めなくなってきたな。君は、蒲生に届けるはずだった四千万を旧友に奪われた。そこで、蒲生に泣きついた。蒲生の性格を考えると、当然、世羅という男を放ってはおかないだろう。そこまではわかる。が、そこでなぜ君が、蒲生を裏切るような行為を？　四千万を奪った旧友の肩を持つ、というわけではあるまい」

徳川が、シガーボックスから葉巻を取り出しながら訊ねた。

「私としましても、会長にこのようなお話をするのは本意じゃありません。私は、蒲生さんを尊敬していました。蒲生さんのように、人望と権力《ちから》を持つ存在になりたいと思っていました。ですが、今日、世羅の一件についてホテルで蒲生さんと話していたときに、私は彼の恐ろしい一面を知りました」

「というと？」

「花島という男を、ご存じですか？」

花島の名を聞いて、組員達がざわめいた。

花島は、徳川が矢切組に絶縁を命じた男――若瀬は、そ知らぬ振りをして訊ねた。

「花島だと？　君は、花島に会ったのか？」

徳川の柔和な仮面に亀裂が入った。

してやったり――若瀬は顎を引きながら、心でほくそ笑んだ。

「私がホテルに到着してからしばらくして、花島は現れました」

「つまり、世羅という男を襲撃する矢切組の組員の中に花島がいるってことだな？」

徳川が、葉巻の吸い口を乱暴に嚙みちぎりくわえると、マッチで火をつけた。

花島の名を聞いてからの徳川は、明らかに余裕を失い、イラつき始めた。

「花島を使うのは問題があると、勝目さんが蒲生さんに進言したのですが……」

「どうした？」

「蒲生さんに命じられた花島に、勝目さんは半殺しの目にあわされました」

「あいつめ、勝手なまねをしおって……」

徳川が葉巻をきつく嚙み締め、口角から霧のような紫煙を撒き散らした。

「話はわかった。花島のイカれぶりは、私もよく知っておる。さぞかし勝目は、ひどい目にあわされたのだろう。堅気の君が、恐ろしくなるのも無理はない。花島はいろいろと問題を起こして、矢切組を絶縁になった男だ。絶縁になった組員を私の承諾もなしに復帰させるのは、赦されることではない。蒲生には、なんらかのケジメをつけさせなければならん。だがな、それだけの理由で、蒲生のシマをどうこうという話にはならん。フライングはあったにせよ、彼のいままでの功績を考えると、絶縁というわけにはいかんよ。さ、今日のところは、この金を持って帰りたまえ。もちろん花島の件は君から聞いたなどと言わないから安心しなさい。なにかあったら、こっちから連絡をする。君は、おもしろい男だからな」

言うと、徳川が葉巻をくわえ腰を上げた。

「花島が呼び寄せられた理由があなたの暗殺にあっても、蒲生さんは必要な人間ですか？」

「なんだと？」

徳川が、踵《きびす》を返しかけた足を止めた。

「おいっ、貴様っ、四代目になんてこと言うんだっ」

組員のひとり——濃い口髭を蓄えた五十絡みの男が血相を変えて詰め寄ってきた。

「朝見《あさみ》、お前は黙ってろっ」

徳川に一喝された組員——朝見が、頭を下げてもとの位置へと戻った。

「若瀬君。君はいま、なんて言ったんだね？」

口調こそ穏やかなものの、徳川の眉間には険しい縦皺が刻まれていた。

「花島の絶縁を勝手に解《と》いてしまえば四代目が黙っていないと進言する阿東さんに、蒲生さんは言いました。四代目の口を塞ぐために花島の絶縁を解いたのだ、と。蒲生さんはかなり酔っていたので、本気かどうかはわかりませんが。あの人は、酒が入ると洒落《しゃれ》にならない冗談をよく口にするので……」

若瀬は、さりげなく蒲生をフォローした。フォローすることによって、でたらめに信《しん》憑《ぴょう》性を持たせた。

仁王立ちする徳川の両手はぶるぶると震え、鬼面のように吊り上がった眼の縁が朱に染まっていた。

「ひとつだけ、訊きたいことがある」

徳川が、怒りの残滓を吐き出すようにひとつ大きく深呼吸をすると、絞り出すような声で訊ねた。

「組員でもない君が、私の耳にこんなことを入れる狙いはなんだ？　矢切組の若頭の椅子か？　それとも蒲生の死か？　言っておくが、良心の呵責《かしゃく》に苛まれて、などとつまらん答えは聞きたくない」

徳川がしゃがみ、自分に顔を近づけて言った。

「その、どちらでもありません。もちろん、良心の呵責でもありません」

若瀬は、徳川の双眼をしっかりと直視しつつ言った。

「ならば、君の望みはなんだ？」

「実権です。私は、矢切組の代紋がほしいとは思いません。私がほしいのは、矢切組の抱えているシノギ。蒲生さんの後釜は、阿東さんでも誰でも構いません。ただ、シノギの実権を私に与えてほしいのです」

「実権だと!?　てめえ、なに調子づいたこと言ってやがるっ」、「代紋背負わないで、シノギだけ欲しいだと!?」、「ヤクザを舐めてんのか？　おおっ!?」。

組員達が、口々に吠え立てた。若瀬は、雑魚《ざこ》どもには一切眼をくれず、徳川の瞳を直視し続けた。

「お前ら、黙らんかっ」

ふたたび、徳川の一喝──狂犬どもを見渡した鋭い視線が、最後に自分で止まった。

「若瀬君。こいつらが熱《いき》り立つのも無理はない。君の願いを実現するには、相当に説得力のあるなにかがなければ周囲が納得しないからね。君に、私らを説得するなにがある？　言っておくが、川柳会四代目であるこの私を納得させるには、この程度のはした金では話にならんぞ」

徳川が、アタッシェケースの中の札束に冷眼を投げながら言った。

自分が上京してからの五年間で貯めた全財産の半分以上に当たる金がはした金……。

込み上げる屈辱──若瀬は誓った。この高い山を、いつしか見下ろすことを。

「一年頂ければ、そのはした金を最低でも二桁は違う金額にしてみせます。一年経って結果が出なければ、一組員として電話番でも便所掃除でも、この若瀬をご自由にお使いくださって結構です」

若瀬の言葉に、徳川の眼光が鋭く光った。

ハッタリではない。土建、不動産、風俗、賭博——蒲生のシノギがあれば……自分の才覚があれば、年商二百億を稼ぎ出すのは難しいことではない。

「ほぉう。ずいぶんと、大きく出たな。蒲生は武闘派としてはもちろんのこと、実業家としても優《すぐ》れた手腕を持っていた。その奴でさえ、年間にして五十億が限界だった。君に、蒲生の四倍の才覚があるのかな？」

「武力、統率力に関しては、蒲生さんの足もとにも及びません。ですが、金を生み出すことにかけては、私と蒲生さんでは大人と子供ほどの開きがあります。なにより私は、会長の命を狙うような愚か者ではありません」

平板な口調で、しかし、きっぱりと若瀬は断言した。

そう、自分には、蒲生にはない画策《ちえ》がある。天下の川柳会四代目を意のままに操るだけの金を得るには——闇世界の覇権を手にするには、矢切組のシマが必要だった。

「半年だ。半年で成果を出せ。たとえ暫定期間といえども、組員でもない者に一年もシマを預けるわけにはいかん。半年で二百億。実業家として蒲生の八倍の才覚が君にあれば、ぽっと出の堅気がシマを仕切っても誰も文句は言わないはずだ。いや、私が言わせない。自信がないのなら、この金を持っていますぐ出て行くことだな」

したたかかつ狡猾《こうかつ》な瞳——徳川が、値踏みするような眼で自分をみた。

さすがに、半年で二百億は楽なノルマではなかった。が、ヤクザとしての実績が皆無である堅気が、兵《つわもの》揃いの矢切組の面々を従わせるには、それくらいのインパクトは必要なのかもしれない。

「その条件、喜んで受けさせて頂きます」

若瀬は、深々と頭を下げた。

「よし、決まりだ。ところで話は変わるが、花島達は何時にその世羅という男のもとへカチ込むのかね？」

「十時頃と、聞いております」

嘘——本当は九時。

一時間繰り下げて伝えた理由。徳川に命じられた兵隊が井原ビルに乗り込むまでに、花島が世羅を仕留める時間を稼ぐため。

死ぬのは、世羅だけではない。花島はもちろんのこと、恐らく蒲生も消される。

ヤクザと闇金業者の利権を巡った殺し合い。珍しくもない内輪同士の揉め事として、事件は処理されるだろう。

一切の障害物は、共食いという形で闇へと葬り去られる。

そして、半年後。徳川の信頼を勝ち得た自分は、川柳会の要《かなめ》である矢切組を実質的に牛耳ることになる。矢切組の支配は川柳会の支配への第一歩——漆黒の頂《いただき》は、そう遠くないところにある。

「お前ら、若い衆に緊急招集をかけるんだ」

徳川に命じられた十数人の組員が、一斉に立ち上がった。

それなりに、愉しかったぜ。

若瀬は、獲物を追う猟犬のように座敷を飛び出す組員達の背中を見送りながら、心で世羅に別れの言葉を投げかけた。

〔15〕

木刀でコンクリート床を叩く者、檻の中の獣のように室内を行ったりきたりする者、コンビニエンスストアの握り飯に食らいつく者、チェーンを振り回す者、修行僧のようにひたすら黙想する者、ペットボトルの麦茶をガブ飲みする者——井原ビルの地下室では、十四人の半グレどもが決戦に備えていた。

半グレどものうちのひとり、橋本が、監視員として井原ビルの対面に建つ修徳ビルのエントランスに行って、もう既に九時間が経つ。

右手に木刀、左手に鉄パイプを持った世羅は、フロアの最奥でパイプ椅子にどっかりと座り、ドアをじっと睨《にら》みつけていた。

「世羅さん。奴ら、遅いっすね？　ビビったんじゃないすか？」

黒い特攻服に身を包んだ半グレどものリーダー格の守谷が、木刀でバシバシと床を叩きながら嘲るように言った。

「そうっすよ、絶対、そうっすよっ。奴ら、イモ引いてるんすよっ」

白地にまっ赤なハイビスカスがプリントされたアロハ姿に青々とした坊主頭の鹿戸《しかと》が、守谷に同調した。

鹿戸は守谷の片腕的存在であり、リーダー同様に脳みそはスカスカだが荒事には滅法強い。

守谷や鹿戸だけではなく、ここにいる半グレどもから暴力を取ったらなにも残らない。たとえるならば、牙が抜けた狂犬病の犬みたいなものだ。

が、それでも戦う前から尻尾を巻いている誰かさんよりはましだ。

世羅は、首を左に巡らせた。フロアの片隅――トイレのドアに右頬を押さえ寄りかかり、虚ろな視線を宙に漂わせる加茂。

世羅が万年筆を突き刺した右頬が痛むのはわかるが、それ以上に、加茂は臆病風に吹かれていた。

「奴らは必ずくるけん。気ば抜くとじゃなかばい」

世羅は、加茂の蒼白顔から守谷と鹿戸に視線を戻して言った。

「しかし、もう八時を過ぎてるっすよ？　いくらなんでも、遅過ぎませんかね？」

パンチパーマに額に角《つの》が生えたような剃り込み――言動も容姿も十五、六のヤンキーにしかみえない守谷が、意味もなく肩を揺すりながら言った。

「そそ、それは、お、お、俺らを、じじじっ、焦《じ》らそうってのが、ね、ね、狙いなの、の、のさ」

世羅の右手。フロアの端。浴びるように飲み続けた咳止液は五十本を超え、よりいっそう呂律が回らなくなった志村が、横から口を挟んだ。

「焦らす？　なんでだよ？」

守谷が、陰毛みたいに細い眉をひそめた。

「ししし、知らないの、の、か？　とと、徳川《とくがわ》、い、い、家康《いえやす》が、おおお、織田信長《おだのぶなが》とたた、戦ったときに、わ、わ、わ、わ、わざと、お、遅れて、けっ、けっ、決戦の場に、む、向かった、の、のを？　し、し、心理、さささ、作戦って、や、やつだ」

また、イカれ男と無能男の掛け合いが始まった。

「じゃあよ、若瀬は、その、なんだ。徳川なんとかって野郎を気取って俺らをイラつかせようって魂胆なんだな？」

「そそ、そういう、ここ、ことだ」

恐らく、志村は宮本武蔵《みやもとむさし》の巌流島《がんりゅうじま》の決闘のことを言っているのだろう。

本当に、志村の脳みそはドロドロのビーフシチューのように溶けている。小学生レベルの学力もない守谷も守谷だ。

あまりに馬鹿らしくて、訂正する気にもなれなかった。

世羅は、椅子に深く背を預け、眼を閉じた。

小学生の頃から、友と呼べる者などひとりもいなかった世羅にとって、若瀬は特別な存在だった。

自分とは正反対の男――一切の感情を氷の仮面に封印し、なにごとにも冷静に対処し、先の先までを計算して行動する男。

たいする自分は、一分先の未来も見据えずに、感情の赴くままに行動し、目の前に立ちはだかる敵を叩き潰し、ほしいものはなんでも手に入れてきた。

が、対照的なタイプだからこそ、うまくやってこられたのも事実。もし若瀬が、自分と同じような性格だったなら、一ヵ月と持たずに潰し合っていたことだろう。

それは、若瀬も同じ。ふたりは、互いにない能力《ちから》を補い合い、ここまで大きくなった。

究極の自己中心的思考――究極の傍若無人《ぼうじゃくぶじん》の自分が、他人と十数年も友好関係を続けられたことは奇跡と言っても過言ではない。

理由はわかっている。若瀬が常に一歩退《ひ》いていたからこそ、ふたりは良好な関係を保つことができた。

まったく異なる手段を用いて独自の道を歩んできた自分と若瀬だったが、闇世界の頂上が視界に入った瞬間に悟った。

その魅力的な頂に至る道は、一本しかないと。

競走馬にたとえれば、若瀬は死んだふりの追い込み馬。若瀬には、自分と同着でゴールを切る気など端《はな》からなかったのだ。

世羅には、闇世界の頂などどうでもよかった。覇権に興味がない、というのとは違う。ただ、自分は若瀬のように地位への執着心がないだけの話――一介の闇金業者であっても、誰にも屈しない暴力さえあれば、それでいい。

負けるわけにはいかない。それが若瀬であっても、いや、若瀬だからこそ、決して退くわけにはいかない。

今夜、自分は殺人者となるだろう。借金の取り立てで債務者を自殺に追い込んだ意味の殺人なら、片手では数え切れない。だが、自らの手で人を殺すのは初めてだ。

当然、懲役は免《まぬが》れない。構わなかった。世羅にとっては、十数年を檻の中で過ごすことよりも、或いは絞首台に乗ることよりも、負け犬の人生を送ることのほうが耐え難い。

誰かの軍門に下ること即ち、世羅武雄の死を意味する。

けたたましいベルの音が、世羅を現実へと引き戻した。ゆっくりと、眼を開けた。室内の空気が瞬時に張り詰め、半グレどもの血相が変わった。

世羅は腰を上げ、コンクリート床に直に置かれた電話機に歩み寄ると受話器を手に取った。

『二台のバンが、井原ビルの前に止まりましたっ！　多分、奴らですっ。暗くてよくみえませんが、車の中に十人はいると思いますっ』

興奮し、ソリストのように高い声で喚き立てる橋本。

「わかったばい」

世羅は電話を切り、フロアの中央に仁王立ちした。

半グレどもの眼が、志村の眼が、加茂の眼が、一斉に自分に注がれた。

「奴らが到着したばいっ。あとの責任は俺が持つけんっ、片端から叩き潰しんしゃいっ！」

世羅の号令を、半グレどもの雄叫びが掻き消した。次の瞬間、監禁室の分厚いドアが勢いよく開き、怒声とともにスーツ姿の男達が雪崩れ込んできた。

「くぉらぁっ、チンピラどもがっ」、「ぶっ殺されてえのかっ！」、「うらららぁーっ！」、「堅気がナメてんじゃねえぞっ！」。

どいつもこいつも修羅の如き面相で、木刀を振り上げ突っ込んできた。半グレどもも、怯まず巻き舌を返しつつ迎え撃つ。

世羅は、素早く視線を巡らせた。若瀬がいない。どこだ？　どこにいる？

「おらぁっ！」

単一電池のようにずんぐりむっくりとしたスキンヘッドの男が木刀で殴りかかってくる。思考を止めた。左手の鉄パイプで木刀を受け止め、右手の木刀を脳天に振り下ろした。電池男の禿頭《はげあたま》がヴァギナのようにパックリと裂け、血飛沫《しぶき》が噴出した。

「くそだらが……」

電池男は片膝をつき顔をまっ赤に染めながらも、自分を睨みつけ、木刀を構えていた。さすがは、矢切組の武闘派だけのことはある。

「くそはぬしたいっ！」

世羅は叫びつつ、電池男の咽頭《いんとう》を目がけて木刀を横殴りにフルスイングした。木刀が喉仏に食い込み、首がくの字に折れる。ヒューヒューという空気の漏れる音をさせつつ、電池男が前のめりに倒れる。

怒声、悲鳴、絶叫、巻き舌が地下室に渦巻いた。電池男の背中に誰かが仰向けに倒れた。半グレのひとり……玉置《たまき》。玉置の前歯は粉々になり、鼻の下が血塗《まみ》れだった。

世羅と遜色のない巨漢男が、玉置の顔面に木刀を叩きつけた。玉置の鼻がぐにゃりと曲がった。

世羅は、巨漢男の背中に木刀を浴びせた。しかし、巨漢男はビクともせず、振り向き様に裏拳を飛ばしてきた。裏拳が世羅の顎を直撃した。脳みそが揺れ、二、三歩よろめいた。喧嘩でこんな醜態をさらしたのは、初めてのことだった。

カッと、頭に血が昇った。鼓膜の奥で、プチリと音がした。巨漢男の横っ面を鉄パイプで殴りつける。赤い唾液の糸を引きながら白いかけらが飛んだ。確かな手応え。木刀を捨て、鉄パイプを両手で握り締めた。横倒しになる巨漢男を跨《また》ぎ、後頭部を鉄パイプで滅多打ちにした。

ゴン、ゴン、という鈍い感触が前腕から肩へと這い上がる。鉄パイプから伝わる感触が剛から柔に――ゴンからヌチャに変わった。

砕け散りギザギザに口を開けた頭蓋骨から溢れ出す、マンゴープリンにケチャップをぶちまけたような脳液。白目を剝《む》き、手足を痙攣させる巨漢男。

世羅の脳内でシンバルが打ち鳴らされる。ゴルフクラブのように振り上げた鉄パイプを、ギザギザの割れ目を狙って渾身の力で振り抜いた――シンバルのリズムに合わせて、何度も、何度も振り抜いた。

世羅の革靴の先に、明太子のようなぬるりとした塊が付着した。鉄パイプで頭蓋を痛打するたびに、そこここに明太子が飛び散った。

巨漢男は、もう、ピクリともしなかった。

「阿東さんっ！　てめえっ！」

右横。パンチパーマが、ドスを抜き出し突進してくる。世羅は赤く濡れた鉄パイプを、横に薙いだ——側頭部にヒットした。もんどりうって昏倒するパンチパーマ。視界の隅で蠢《うごめ》く影。頭を抱え蹲《うずくま》る加茂の背中を、木刀で滅多無尽に打ちつける眉なし男。

「しっかりせんかっ、ぬしゃっ！」

世羅は加茂の顔面を蹴り上げながら、眉なし男の脇腹に体重を乗せた拳を打ち込んだ。拳に、肋骨《ろっこつ》が砕ける感触が広がった。くの字に躰を折り曲げる眉なし男の首筋を両手で押さえ込み、膝を突き上げた。二度、三度、四度、五度と、突き上げた。

膝頭に押し潰され豚のようにひしゃげる鼻尖——眉なし男の鼻が、粘土さながらにぐにゃぐにゃになった。

腰から崩れ落ちる眉なし男の脇腹に百二十キロの体重をかけた踵《かかと》を落としつつ、世羅は周囲に視線を巡らせた。

俯せになった組員の首をチェーンで絞め上げる守谷。木刀で殴り合う組員と鹿戸——そこここから、半グレどもと矢切組の組員の肉を打つ音が、骨の軋む音が聞こえてきた。そこここから、悲鳴と怒声が聞こえてきた。

フロアの中央でひとりだけ、乱闘の輪から外れてキョロキョロと首を振る男……志村は、混乱していた。

無理もない。志村がリング上で対峙するはずだった若瀬の姿が、どこにもないのだから。

世羅は悟った。若瀬が高みの見物を決め込んだことを。己の手を汚さず邪魔者を葬り去る。若瀬らしいやりかただ。

が、若瀬の目論見《もくろみ》も今回ばかりは外れることだろう。殺し合いを優位に進めているのはこっちだ。自分ひとりで四人を潰し、守谷の相手も直《じき》に潰れる。たいして、世羅サイドは加茂と半グレひとりが血の海に喘いでいるだけ。

十四人対六人——既に勝負はみえていた。

世羅は、蹴り足を止めた。眉なし男の脇腹周辺は血に染まり、折れた肋骨の先端が赤く濡れたワイシャツを突き破り顔を覗かせていた。

眉なし男の顔に痰絡《たんがら》みの青唾を吐き、次の獲物に向かいかけたそのとき、眉間に青白い火花が散った——睾丸にめり込む靴先。

「ボケが……ヤクザ者を、ナメんじゃねえ……」

仰向けの格好で首だけ擡《もた》げた眉なし男が、崩壊した鼻から鼻血を垂らしながら、息も絶え絶えに捨てゼリフを吐いた。

下腹部に鉛弾を撃ち込まれたような激痛——世羅は額に数珠《じゅず》のような脂汗《あぶらあせ》を浮かせ、股間を押さえて跪《ひざまず》いた。

赤々と染まる視界——世羅は這いずるように眉なし男の上に覆い被《かぶ》さり、脇腹から突出する肋骨の先端を握り締めた。

「痛《いで》でっ……」

「どこが痛かっや!? おおっ! どこが痛かとかっ、言うてみんやっ!」

世羅は叫びつつ、眉なし男の脇腹から飛び出した肋骨を、ゲーム機のレバーのように十字型にこねくり回した。

濁音交じりの絶叫。傷口からドクドクと血が溢れ、肉と脂肪が食み出した。

飛び去る理性——霧散する平常心。

世羅は肋骨を引き抜いた右腕を高々と掲げ、躰ごと覆い被さるように眉なし男の左目に突き刺し、抉った。ずるりと抜け出す眼球。その凄まじいばかりの悲鳴は、地下室に谺《こだま》する多くの悲鳴の中でも群を抜いていた。

世羅は立ち上がり、ぽっかりと穴の開いた眼窩《がんか》を押さえのたうち回る眉なし男を充血した眼で見下ろした。

右腕を振った。肋骨の先端に串刺しになった蛙《かえる》の卵のお化けみたいな眼球がすっぽりと抜け、眉なし男のパグ犬並みにひしゃげた鼻に貼りついた。

サーチライトのように視線を巡らせ、次なる獲物を物色した。

「ぼぼぼボスっ、ぼ、ぼ、ボスっ! わ、わ、若瀬は、どどど、どこっすか!? わっ、わっ、わっ、若瀬は、どっ、どこっすか!?」

フロアの中央で取り乱す志村。無視した。いまは若瀬よりもまず、ここにいるくそガキどもを皆殺しにすることが先決だ。

そう、皆殺し。たとえひとりでも、地下室から生きては帰さない。

視線を、右斜め前方で停めた。床にへたり込み、頭から噴水のような血飛沫を上げる半グレ――中田《なかた》……中村《なかむら》……名前は思い出せないが、とにかく、頭を叩き割られていた。

奇声を上げ、振り翳《かざ》した木刀で止《と》どめを刺そうとするでっぷりと太った男に鉄パイプで殴りかかろうとした世羅の足もとに、左からなにかが回転しながら滑ってきた。

なにか……腕！

ワンテンポ遅れて、轢《ひ》き殺された豚のような悲鳴が血腥《なまぐさ》い空気を切り裂いた。視線を、左に流した。

悲鳴の主――半グレどものナンバー2の鹿戸。鹿戸が右腕で左腕を……いや、左腕の切断面を押さえて泣き喚いていた。

消防車の放水さながらの夥《おびただ》しい量の鮮血が噴き出し、鹿戸の足もとに真紅の水溜まりを作った。

矢切組の組員と半グレどもの動きが、一時停止されたビデオのようにピタリと止まった。志村だけは、相変わらず金髪を振り乱し、若瀬の姿を追い求めていた。

志村以外のみなの視線が、出入り口へと流れた。世羅も、みなの視線を追った。

日本刀を片手に佇む、白のダブルスーツにソフトハットを斜に被る男。スラリとした長身、ハーフっぽい彫りの深い顔立ちに長い睫……。

一見、男はモデル然とした優男タイプだったが、イタリア人のようなくっきりとした二重瞼の奥の瞳には、ぞっとするような狂気のいろが宿っていた。

男の存在が別格であるのは、味方であるはずの矢切組の組員達の凍《い》てつき、氷結した表情が物語っていた。

「阿東のアニキは、どこですか？」

誰にともなく問いかけながら組員達の顔を見渡していた男の視線が、足もとで横たわる巨漢男の屍《しかばね》で止まった。

「あ〜あ〜あ〜、頭から脳みそ垂らしちゃって」

男が腰を屈《かが》め、巨漢男の後頭部から零れ出る脳漿《のうしょう》を指先で掬《すく》い上げ、ため息を吐いた。

「阿東のアニキだけじゃねえ。鈴井《すずい》のアニキも、田部《たべ》のアニキも、久保崎《くぼざき》のアニキも……。関尾《せきお》のアニキは、いますか？」

コーヒー豆を煮詰めたような色黒の男──関尾が、強張った顔で男に歩み寄った。

「なんだよ？」

「堅気相手に、何人も殺《や》られて恥ずかしくないんすか？」

「あ、あとからひょっこり出てきて、勝手なことを言うじゃ──」

「能書きはいらないっすよ」

男が立ち上がり、振り向き様に日本刀を水平に薙いだ。男の純白のスーツに打ち上げ花火のような赤い飛沫が散った。

瞬間、なにが起こったのかわからなかった。

コンクリート床に小さくバウンドしながら転がる関尾の生首をみて、ようやくなにが起きたのかを悟った。取り残された関尾の躰が自身の血でずぶ濡れになり、俯せに倒れた。

無声映画のように、地下室からあらゆる音が消え去った。

束の間、世羅は放心した。凝然と立ち尽くし、関尾の生首に凍てついた視線を投げた。

信じられなかった。身内の首をなんの前触れも躊躇いもなしに刎《は》ねる男の存在が。

信じられなかった。恐らく自分より年下だろう男が発する圧倒的な狂気と存在感が。

信じられなかった。誰かにたいして呆気《あっけ》に取られ、固まっている自分が。

「は、花島……てめえ、なんてことを！」

組員のひとりが、青紫に変色した唇をわななかせながら叫んだ。

「君達に、チャンスをやろう」

男――花島が組員の声を無視し、日本刀を片手でひと振りして関尾の血を払うと、半グレどもを冷眼で見渡した。

「いまこの瞬間に矢切組につくならば、君達の暴挙は忘れてやろう」

胸ポケットから抜いた黄色のチーフで頬を濡らす血を拭いつつ、花島が平板な口調で言った。

「おい、アル・カポネもどき。ぬしゃ、なんば勝手なこつば言うとっとや？　残っとる人数からいうても、ぬしらの負けは決まっとろうが？」

世羅は、初めて経験する得体の知れない恐怖心を打ち消すように、押し殺した声で言った。

「あんたか？　噂の、井の中の蛙《かわず》は？　いや、御山《おやま》の大将だったかな？」

花島の吊り上がった薄い唇の端に嘲りが貼りついた。

「なんてや!?　ぬしゃっ、俺ば誰だと思うとるとか！」

「大声を出さなくても、知ってるよ。世羅さんだろう？　あんたの武勇伝は聞いてるさ。だがな、俺に言わせりゃ、あんたが潜《くぐ》ってきた修羅場なんて、小学生の騎馬戦と同じだ」

ふたたび、口角を吊り上げる花島。眼も、笑っていた。あの蒲生でさえ、口もとに微笑を湛えていても、眼だけは笑っていない。

不敵、というのとは違う。命知らず、というのとも違う。

自信……そう、花島には、己の暴力にたいしての絶対的な自信が窺える。己が負けるはずがない。己を超える暴力の持ち主がいるはずがない。

たとえるならば、花島にとってのこの状況は、女、子供、老人を相手にする程度の喧嘩。だからこそ、眼が笑っていられるのだ。

が、それは自分も同じ。暴力では絶対に負けはしない——負けるわけにはいかない。

土下座し赦しを乞う父。父を足蹴にするヤクザ達。失禁する父。嘲笑うヤクザ達——あのときの勝者は間違いなくヤクザ達であり、敗者は間違いなく父……太だった。

あの日以来、世羅は、一生涯勝者であり続けることを誓った。

花島がどれだけの喧嘩の天才であろうと、殺人マシーンであろうと、ここで退いてしまえば自分が自分でなくなってしまう。

「どぎゃん修羅場ば潜っとるかは知らんばってん、ぬしより強か奴がおるってこつば、上には上がおるってこつば、思いしらしてやるけん」

「その言葉、そっくり返させてもらうよ」

「そそそ、そ、その言葉、そ、そ、そっくり、かか、返させて、も、もらうよ」

十八番の鸚鵡《おうむ》返し——志村が、花島をまねて口角を吊り上げた。

この男のイカれ具合も、ここまで徹底しているなら立派なものだ。目の前でこれだけ凄惨な場面を目撃しているというのに、微塵の恐怖心をも感じないのは、ある意味賞賛に値する。

室内の空気が張り詰めた。志村は既に花島に興味をなくし、シャドーボクシングを始めた。

花島が、首を傾《かし》げて志村の動きをみつめた。半グレどもと組員達が、固唾を呑んで事の成り行きを見守った。

みなの脳裏には、コンクリート床に転がる志村の生首が浮かんでいるに違いない。

が、予想を裏切り、花島は志村から切った視線を自分に戻した。

「この御山の大将について命を落とすか？　俺について生き延びるか？　いまから十を数えるうちに決めるんだ」

弛緩しかけた空気が、ふたたび硬直した。

「いくぞ。十、九、八、七、六、五……」

「ま、待ってくれ」

床で蹲っていた加茂が、花島のもとへと這いずった。加茂を皮切りに、次々と半グレどもが寝返った。花島の数えるカウントが三になったときには、世羅サイドに残ったのは守谷と志村のふたりだけだった。

不思議と、怒りはなかった。

わかっていた。

恐怖で繋がれた絆は、それ以上の恐怖を感じた瞬間にあっさりと断ち切られることを。

加茂も半グレどもも、自分より花島に恐怖心を覚えただけの話。

昔から、そうだった。相手の力がどれだけ強大であろうと、ひとりで立ち向かってきた。決して、背を向けることはなかった。

中学のときに、国士無双を敵に回したときもひとり……いや、あのときは、若瀬だけが自分と行動をともにした。

「て、てめえら、イモ引いて恥ずかしくねえのかっ！」

守谷が、花島の背後に回った謀反者に罵声を浴びせた。

「死ねやっ！」

木刀を振り上げ、守谷が花島に殴りかかる。花島が片頬に冷笑を貼りつけつつ、身を屈めた。中腰の格好で、刀身を真横に振り抜いた。

いきなり、守谷がバランスを崩し横向きに倒れた。まるで、レース中に骨折した競走馬のように。

床を滑る右足――膝から下を切断された守谷が狂ったように絶叫し、のたうち回った。

すかさず守谷に馬乗りになった花島が、日本刀の柄を両手で握り締めると頭上に振り翳した。切先を守谷の胸を目がけて、垂直に振り下ろす、振り下ろす、振り下ろす。

ぬちゃっ、ぬちゃっ、ぬちゃっ、という湿った音と合わせるように、守谷の躰がバウンドした。

腐敗したトマトを踏みつけたようにぐちゃぐちゃになった守谷の胸を、眉ひとつ動かさずに切先で抉る花島の端整な顔が、純白のスーツが緋色に染まった。

「おい、金髪の君。俺につくか？　こいつみたいになるか？　どうするんだ？」

花島がゆっくりと立ち上がりつつ、志村に冷眼を投げた。伺いを立てるように、志村が自分に顔を向けた。

世羅は、無言で志村の眼を見据え、顎を花島のほうへしゃくった。

「おおお、お、俺は、ぼ、ぼ、ボスと……ぼぼぼボスと……い、一緒に、いま、いま、います」

志村が、泣き出しそうな顔で言った。世羅は、軽い驚きを覚えた。咳止液で脳みそが溶けたイカれ男に、忠誠心などというまともな感情があるとは思わなかった。

「俺ばボスと思っとるなら、言うとおりにせんや」

「でで で、で、でも、ぼぼ、ボス――」

「言うとおりにせいって言うとるだろうが！」

志村の声を遮り、世羅は怒声を浴びせた。志村が子供のように泣きじゃくりながら、花島のほうへと歩を進めた。

「おい」

世羅の呼びかけに、志村が振り返る。

「ありがとうな」

志村が泣きやみ、世羅の瞳をみつめると、小さく頷いた。

自分の言葉に、世羅は驚いた。誰かにたいして礼を言ったのは、生まれて初めてのことだった。

みなが花島へと寝返っていく中で、最後まで自分のもとに残ろうとした志村の純粋な想いが、世羅にも幼年時代はあったはずの汚れなき心に訴えかけた。

こんな気持ちになったのは……もう、思い出すことができないほどに昔のことだった。

「アニキ。こいつらを、若頭《かしら》のところへ連れてってもらえますか？」

「事務所に連れてって、どうする気なんだよ？」

花島に声をかけられた小太りの組員が、怖々《こわごわ》と訊ね返した。

「アニキは、言われたとおりにしてりゃいいんですよ」

小太りの組員が弾かれたように頷き、加茂、志村、半グレどもを従え、地下室から出て行った。

「さあ、世羅さん、どうする？　こっちは、俺を含めて五人。あんたはひとりぼっち。五対一だ。俺の足もとに跪いて、命乞いでもしてみせたら、少しは考えてやってもいい」

花島が、勝ち誇ったように言った。

「さすがばいね。凄か男たい」

「あたりまえだ。いま頃、わかったか？」

「馬鹿が。ぬしんこつじゃなか。若瀬のこつば言うとったい」

「なに？」

花島の細く整った眉毛が、ピクリと動いた。

「ぬしはしょせん、若瀬の駒たい。若瀬に使われとるだけの男だろうもん？」

「俺が若瀬の駒だと？　笑わせるな。俺が動くのは、若頭《かしら》のためだけだ」

「そん若頭《かしら》……蒲生も含めて、若瀬の掌で踊らされとるとが、わからんとや？」

花島を、怒らせようというわけじゃない。本当のこと。どんな策を弄《ろう》したかは知らないが、天下の矢切組を抱き込み、意のままに動かす若瀬――敵ながら、あっぱれな男だ。

「ま、好きなだけほざいてろ。直に、呻き声しか出せなくなるんだからな」

花島が冷笑を片頬に浮かべ、パイプ椅子に腰を下ろし足組みをした。

「アニキ達。少しは根性のあるところを、みせてもらいましょうか？」

四人の組員が、申し合わせたように懐からドスを抜いた。退けば花島の制裁が待つ組員どもの眼は、さっきまでとは打って変わり、完全に据わっていた。

世羅は眼前の敵の眼を見据えながら、腰を屈めた――床に転がる出刃包丁を拾い、素早く後退した。壁を背にし、左手に鉄パイプ、右手に出刃包丁を構えた。

これで、四人は正面からしか攻めてはこられない。壁を背にするのは、多人数を相手にしたときの喧嘩の鉄則だ。

ふたりの組員が、腹のあたりでドスを構えて突っ込んでくる。左手の男の頭を鉄パイプで殴り倒し、右手の男の首筋に出刃包丁を突き刺した。悲鳴と絶叫のデュエット。噴き上げる血飛沫。頬を濡らす生温い液体。眼が染みた。口内に生臭い鉄の味が広がった。裏返った怒声を上げつつ、残るふたりが切りかかる。ひとりの組員のドスが左腕に突き立った。構わず世羅は、その組員の喉を出刃包丁で抉った。

赤い霧が目の前を覆う。残るひとりの組員の刃先が脇腹を狙う――間一髪で躱し、振り向き様に出刃包丁を薙いだ。組員の頬がパックリと裂けた。追い討ちをかけるように鉄パイプを後頭部に叩きつけた。

両肩で激しく息を吐き、足もとに転がる四人を見渡した。ドスで突かれた左の上腕三頭筋からは、夥しい量の血が垂れ落ちていた。荒らぐ呼吸に、拍手の音が交錯した。

「お見事。さすが、噂だけのことはある。だが、俺の敵じゃない」

花島が手を叩きながらソフトハットをフリスビーのように投げると、日本刀を片手にゆっくりと立ち上がった。

ソフトハットを被っているときはわからなかったが、花島の右耳は欠損していた。

「そろそろ、始めようか？」

花島が、日本刀を持つ右腕を高々と掲げた。世羅は、鉄パイプを持つ左手を前面に突き出し、半身に構えた。

不意に、花島の躰が回転した――バックハンドで刀身が飛んでくる。横に飛んだ。誰かの屍に足を取られた。尻餅をついた。

嬉々とした顔で、花島が頭上から日本刀を振り下ろす。横転した。代わりに、屍の肘から先が飛んだ。今度は、空を水平に切り取るように横に薙いでくる。鼻先を掠める刃風。仰向けに転がり躱した。

激痛——右の太腿を、切先が垂直に貫《つらぬ》いた。世羅は仰向けのまま、怒声を上げて鉄パイプを花島のこめかみ目がけて振り抜いた。涼しい顔で上半身をスウェーさせて躱す花島。空を切る鉄パイプが掌から滑り宙を飛んだ。

日本刀を世羅の太腿に串刺しにしたまま立ち上がった花島が、滅多無尽に顔面を蹴りつけてくる。右目、鼻、唇を、踵が踏み潰す。瞼が膨張し、視界が塞がれた。鼻骨が折れ、大量の鼻血が噴き出した。前歯が折れ、唇をズタズタに引き裂いた。

左足を、花島の腹に飛ばした。日本刀を持ったまま、仰向けに吹き飛ぶ花島。しっぽりと血を吸うスラックス。恐らく、動脈が切れたに違いない。立ち上がろうとしたが、足が言うことを聞かなかった。

片膝立ちの世羅の視界にいきなり現れた拳が、右のこめかみを痛打した。右目が塞がっているので、気づくのにワンテンポ遅れた。脳みそが頭蓋内でバウンドした。

今度は花島の額が迫る。ぐしゃっ、という鈍い音。鼻に広がる激痛。眉間に散る火花。流れる視界。

天井がうねっていた。うねりに白い光が入り交じる。反射的に身を捩《よ》じる。世羅の横。事切れた守谷の顔に切先が突き立つ。

花島が切先を守谷の屍に取られている隙――世羅は懸命に上半身を起こした。右手の出刃包丁を花島の腹を目がけて突き出した。柄から手を離し、ステップバックする花島。恐るべき反射神経。

床に転がる鉄パイプを素早く拾い上げ振り翳す花島。出刃包丁の刃先が届かない位置から、渾身の力で振り下ろす。右肩に衝撃。枯れ枝の折れるような乾いた音。鎖骨がイカれた。右腕が痺れ、遂に握力を喪失した掌から出刃包丁が滑り落ちる。

ほとんどの攻撃を躱され、ほとんどの攻撃を受けてしまう。こんな男は、初めてだった。

花島の動きは、すべてが計算済み。自分の動きを読んでいる……というより、躰が覚えている。

殺し合いのために生まれてきたような男――悔しいが、次元が違う。

花島が、脳天に鉄パイプを叩きつけてくる。二発、三発、四発……頭蓋が軋んだ、視界が揺れた、血飛沫が舞った。

だが、負けるわけにはいかない。花島が殺しのプロだろうが次元が違おうが……。

何発目かの鉄パイプを、左手で受け止めた。衝撃で親指の骨が砕けたのがわかったが、離さなかった。

唸り声を上げ、左足一本で立ち上がった。ふくらはぎと太腿の筋肉がミシミシと音を立てた。頭頂から滝のように滴る鮮血が、足もとに血溜まりを作った。

「躰だけは頑丈だな。だが、もう、終わりだ」

花島が、空いている左手で守谷の顔面に突き立つ日本刀を引き抜いた——白い光が、世羅の下腹に吸い込まれた。

瞬間、これまでに経験したことのない種類の不快な感触が体内に広がった。

折れそうになる膝。堪えた。口をついて出そうな悲鳴。堪えた。

世羅は、鉄パイプから左手を離し、両手で刀身を摑んだ。瞬時に血塗れになる掌。

花島が、鉄パイプを捨てた。口角を吊り上げ、柄を摑んだ両腕を上下左右に動かした。

下腹が、焼けるように熱かった。裂けた腹から溢れ出した腸が太腿に絡みつきながらコンクリート床にとぐろを巻いた。刀身を摑んでいた指の何本かが、バラバラと腸の上に落ちた。

世羅は天を仰ぎ、歯を食い縛った。悲鳴を上げたら負け。奥歯が砕け散る。構わず、歯を食い縛り続けた。内臓が食いちぎられるような痛みに、意識が薄れゆく。痛みさえも、薄れゆく。

「痛いだろう？　苦しいだろう？　痩せ我慢しないで、叫べよ？　喚けよ？」

花島の嘲りが、世羅の最後の炎を燃え上がらせた。

顔を正面に戻し、瞼をカッと見開いた。

「うぉおりゃーっ！」

花島を見据えながら、雄叫びを上げ、自ら、切先で下腹を抉った、抉った、抉った――

飛散しようとする意識を激痛で呼び戻した。

「あんた……気でも狂ったか？」

花島の顔から薄ら笑いが消え、強張った。自分の腹を抉りつつ、自分の腸を踏みつけつつ、世羅は前へ、前へと踏み出した。

茶褐色の液体が大量に撒き散らされ、地下室に悪臭が立ち籠めた。後退する花島の顔は青褪め、純白のスーツは赤茶に変色していた。

「あ……頭おかしいんじゃねえか……ひ、ひとりでやってろ……」

花島が吐き捨て、柄から手を離し踵を返した。

世羅は刀身から柄に両手を移動させ、引き抜こうと試みた。世羅の腹部を貫く日本刀は、ビクともしなかった。

あと少し……ほんの少し力が残っていたならば……。

霞む視界で遠のく花島の背中。ドアが開いた。複数の男が雪崩れ込む。鼓膜を聾《ろう》する銃声と怒声が交錯する。

花島が両腕を上げて踊った。白い背中に無数の赤いシミが広がった。仰向けに倒れる花島。見知らぬ男達が目の前に現れた。自分を指差し口々になにかを言っていたが、踵を返してドアの向こうへと消えた。

静寂が広がった。

あの男達は……矢切組ではない。世羅は一切のからくりを悟った。

結局、若瀬は、自分にも、矢切組にも勝った。

そう、世羅武雄は――「炎」は、最後の最後に「氷」の前に燃え尽きた。

――正面きってやり合うばかりが、喧嘩じゃない。

不意に、中学時代に若瀬が自分にかけた忠告が鼓膜に蘇った。

あのとき、校庭に乗り込んできた暴走族――国士無双にひとりで立ち向かおうとする自分を、地回りを動かし手助けしてくれたのは若瀬だった。

皮肉にも、若瀬は忠告通りに自分を仕留めてみせた。

「ぬしなら……赦せるばい……」

両膝が、コンクリートを舐めた。世羅は、ゆっくりと座った。

［16］

新調してから一度も袖を通していなかったスーツを着込んだ若瀬は、アームチェアに揺られつつ、腕時計に視線をやった。

午後十時二十一分。視線を、腕時計から左手に握り締めた携帯電話に移した。

もうそろそろ、川柳会若頭補佐の有藤《ありとう》――四代目会長の使いから連絡が入るはずだった。

ここ六本木通り沿いに建つマンションの十階――自室のリビングで若瀬は、三時間以上同じ格好で座り、眼前に広がる夜景を、腕時計を、携帯電話を交互に眺めていた。

窓ガラスに映る若瀬の瞳は、いつになく虚ろだった。打算と画策、非情と冷徹がすべての氷の瞳を持つ男は、どこにもいなかった。

つい数時間前までは、みている自分でさえ凍りつくような眼をした男が、たしかに窓ガラスに存在した。

しかし、時間《とき》が経つほどに……あいつの炎が小さくなるほどに、若瀬の瞳には虚無が広がっていった。

窓ガラスに映る自分が、十四歳の自分になった。

若瀬は、ゆっくりと、ゆっくりと、記憶の糸を手繰り寄せた。


十四年前の冬。東京から熊本の中学に転入してすぐに、若瀬は、上級生の不良グループと些細なことで喧嘩になり、ブロック片でひとりの頭を叩き割った。

頭を叩き割られた上級生は、国士無双という暴走族の幹部候補生の仲間だった。

幹部候補生の名は宇和島。その日の放課後、若瀬は、下校途中に宇和島達十数人に公園に引き摺り込まれ、袋叩きにあった。

意識朦朧としている若瀬の前に、七、八人のグループが現れた。そのグループの中で突出して大きな躰の少年が、宇和島目がけて襲いかかった。

少年は呆気なく宇和島を組み伏せ、ひたすら、頭突きと拳を浴びせ続けた。一方的にやられるボスを目の前に、不良グループは戦意を喪失していた。

やがて、少年は、ボロ雑巾《ぞうきん》のようになった宇和島を残し、同じくボロ雑巾のようになった若瀬をその大きな背中に担ぎ、家へと連れ帰った。

少年は、無言で若瀬の傷口を消毒し、中でも一番深い傷――右頬の三日月《みかづき》型に抉れた傷から溢れ出す血を、ふた箱ぶんの脱脂綿を使い、三時間かけて止血してくれた。

結局、若瀬が少年の家を出るまでの三時間の間に、ふたりは一度も言葉を交わさなかった。

それが、若瀬と少年――世羅の出会いだった。

ふたりは、語らずとも通じ合っていた。そして、認め合っていた。

若瀬は、幼心にも、世の中にはこんなに凄い男がいるものだ、と驚愕した。

この男とならうまくやってゆける……氷の頭脳に炎の力――ふたりが力を合わせればなんだってできる……そう確信した。

どこでどう、歯車が狂ってしまったのだろうか？

わかっていた。赤星の一件は、決裂の理由づけに過ぎなかったことを。

知らず知らずのうちに、互いの心を結んでいた純粋なる友情《きずな》は、野望という魅力的な毒に冒《おか》されていた。

知らず知らずのうちに、互いの存在が障害となっていた。

そう、赤星などいなくても、遅かれはやかれこうなる運命だった。

氷が炎を消せば、炎が氷を溶かせば唯一の存在になれると、信じて疑わなかった。

いまさらながら気づいた。あいつの存在があったから、自分は存在できた。

氷の凍えるような冷たさは、火傷《やけど》するように熱い炎が存在するからこそ引き立つのだ。

窓ガラスに映る自分――十四歳の自分は、いつの間にか消えていた。

若瀬は、右頬の三日月形の傷跡を、そっと手でなぞった。

「もう遅い……」

若瀬は、はっとするような冥《くら》い声で呟いた。

どれだけ人数を揃えても、どれだけ世羅の腕が立っても、ヤクザには勝てない。ヤクザに勝つには、戦いを挑むのではなく利用すること――ヤクザを使う立場になること。が、それができる男なら、世羅ではない。そんな世羅だからこそ若瀬は、手を組んだのだ。

掌の中で、携帯電話が震える。若瀬は微かな期待を胸に抱き、開始ボタンを押して耳に当てた。

『有藤だ。世羅も矢切組も片づいた。矢切組の若い衆が連れていたチンピラどもは、ひとまずウチで預かった。いま、蒲生のもとに人が向かっている。しかし、世羅って奴は、たいした男だな。井原ビルに乗り込んだ若い衆が言ってたんだが、日本刀で串刺しになって仁王立ちしていたそうだ。あの花島が、腰引いて逃げようとしていたらしい』

若瀬は、眼を閉じた。想像通りの最期《けつまつ》。恐らく世羅は、花島に一方的にやられながらも、最後まで背をみせることなく立ち向かって行ったのだろう。

『四代目がお呼びだ。今後の対策もあるから、すぐに本家へきてくれ』

「わかりました」

ようやく、声を絞り出した。終了ボタンを押した。携帯電話を握り締める手が、ぶるぶると震えた。

「馬鹿野郎……正面きってやり合うばかりが喧嘩じゃないって、教えたろうが……」

思考を止めた。止めどなく膨張を続けようとする想いを断ち切った。

これ以上、考えても仕方のないこと——世羅を殺したのは、ほかでもない自分なのだから。

眼を開けた。車のキーを手に取り、部屋を出た。エレベータに乗った。一階ボタンを押す。下降する階数表示ランプを虚ろな視線で追った。

感傷を引き摺るのはここまで。エレベータを下りた瞬間から氷の男へと戻り、必ず、闇世界の覇権をこの手に握ってみせる。

世羅も、頂点に立つ男に葬られたのなら本望だろう。

階数表示のオレンジのランプが1を灯した。音もなく、スーッと扉が開く。

「しししし、死ねっ！」

異常に顔色の悪い男が、金髪を振り乱しながら刺身包丁を手に突っ込んでくる。

「お前……志村っ」

躱せなかった。腹に衝撃。若瀬は志村に抱きついた。志村の肩越し。エントランス前に横づけされた濃紺のメルセデス。半開きのサイドウインドウから携帯電話を耳に当てつつ様子を窺っていた男が、自分を認めた瞬間に窓を閉めた。

男の顔に、見覚えがあった。たしか、今日の夕方、川柳会本家にいた男のうちのひとり……。

メルセデスが揺れた——視界が揺れた。

絶叫し、狂ったように若瀬の腹に刺身包丁を突き刺す志村。若瀬はエレベータの壁に背中をしたたかに打ちつけた。

「死ねっ！　死ねっ！」

絶叫に合わせて志村が包丁を突き刺すたびに、若瀬の躰が跳ね上がった。志村の顔もスーツも、エレベータの壁も床も、そして若瀬の視界も、まっ赤に染まった。

「死ねっ！　死ねっ！　死ねっ！　死ねっ！　死ねっ！　死ねっ！　死ねっ！　死ねっ！　死ねっ！　死ねっ！　死ねっ！　死ねっ！　死ねっ！　死ねっ！　死ねっ！」

もう、どこを刺されているのかさえわからなかった。ただ、躰がだるかった。ひたすら、だるかった。

若瀬は、志村の血に濡れたスーツの襟を摑み、ずるずると座り込んだ。志村はなおも、絶叫しながら腹を刺し続けている。

「おい……もう……気が済んだろう……。ひとつだけ、訊かせてくれ……」

若瀬は、焦点の定まらぬ瞳で志村の眼を見据えながら言った。途中、何度も吐血したが、いまさら、スーツのシミを心配する必要もない。

志村が腕の動きを止め、赤い顔を近づけた。

「お前は……誰の……ために……俺を殺《や》ったんだ……?」

「ぼぼぼ……ボスのため……に、き、き、き、決まってててん……だろっ」

喘ぎと吃りで聞き取りづらかったが、ボスのために、の部分がわかれば十分だった。

「なら……いいさ」

若瀬は、志村に向かって微笑みかけた。

闇に塗り潰されゆく視界で、志村が首を傾げた。

ミステリーと社会性を備《そな》えた秀逸《しゅういつ》な作品

文芸評論家　末國善己《すえくによしみ》

非合法な高利で金を貸すヤミ金融が、社会問題になって久《ひさ》しい。二〇〇三年七月には、取り締まりを強化するため貸金業規制法なども改正されたが、いまだにヤミ金融がらみの事件は連日のように報道されている。

『闇の貴族』や『無間地獄《むげん》』などで、ヤミ金融を舞台に人間の暗部を暴いてきた著者が、その決定版ともいえる作品を発表した。それが本書『炎《ひ》と氷』である。

一レースの掛け金を利息五割で貸し、過激な暴力で取り立てる競馬金融を経営する世羅《せら》の前に、顧客の預金に穴をあけた銀行マン赤星《あかほし》が現れる。赤星は債務を一本化するため二百万円を貸して欲しいと言う。だが赤星の知らないところでは、世羅に申し込んだ借金を踏み倒し、さらに退職金三千万円を奪う計画が進められていた。

赤星を騙《だま》していたのは世羅の親友・若瀬《わかせ》。完璧な根回しと計算で、風俗嬢専門の闇金を経営する男である。赤星が世羅の店を訪ねたのは、若瀬の計算ミスだった。だが世羅は若瀬の謝罪を拒絶。ここから袂《たもと》を分かった親友同士の壮絶な闘いが始まる。

タイトルは、激しい暴力を武器にする世羅を〈炎〉に、冷徹な頭脳でヤミ社会の頂点を目指す若瀬を〈氷〉になぞらえたものである。中学時代に知り合い、お互いの手の内を知り尽くしている二人が騙しのゲームを仕掛けるだけに、どちらが勝利を収めるか、最後の最後まで分からないスリリングな展開が続く。

物語は、ほぼ全編がヤミ金融同士の抗争なので、まずは純粋にコンゲームをテーマにしたミステリーとして楽しむことができる。ただ注意しなければならないのは、徹底したエンターテインメントの裏に、日本の現状をさりげなく描いていることである。

元本を超える返金をしたのに、返済を続ける債務者がいる。借金の経験がないと疑問に思える行為だが、本書を読めば、債務者がどれだけ悲惨な状況に追い込まれているかが分かるはずだ。しかも強者に思われるヤミ金も暴力団の支配下にあり、組織の一部だからこそ、強引な取り立てに走らざるを得ない実態までも明らかにしているのだ。

ヤミ金融には近づくべきではない。ただ、その魔の手は決して他人事ではない。堅気《かたぎ》とは無縁な世界を描きながら、誰もが知らなければならない重要な情報をフィードバックした意味で、本書はミステリーと社会性の双方を兼ね備えた、秀逸な作品といえるだろう。

「小説宝石」（光文社発行）二〇〇三年十二月号より

闇金融と男たちの闘いを描いたとんでもなく恐ろしい小説

フリーライター　永江《ながえ》　朗《あきら》

すごい。すべてのページが血と脂《あぶら》と精液と淫水と吐瀉《としゃ》物と大小便で埋めつくされているようだ。ページをめくる指までが、ネトネトしてきそうではないか。とんでもなく恐ろしい小説だ。

主人公は二人の男。巨魁《きょかい》で巨根の世羅は、競馬にはまった男たち相手に闇金融をしている。少しでも返済が遅れようものなら鉄拳の嵐だ。顔面が変形するほど殴《なぐ》る蹴《け》る。もう一人の男、若瀬もまた闇金融の世界に生きる。こちらは風俗嬢相手だ。ホスト出身の優男《やさ》で女たちを引き付け、返済できない女は飯場《はんば》に叩き売ってしまう。

ともに金のためなら親でも売るような情け容赦ない男たちだが、性格は正反対。〈一分先の未来も見据えずに、感情の赴《おもむ》くままに行動〉する世羅、炎の男。〈一切の感情を氷の仮面に封印し、なにごとにも冷静に対処し、先の先まで計算して行動する〉若瀬、氷の男。幼なじみの彼らは、それぞれ別の道を歩んでいるはずだった。ところが運命のいたずらにより、その道が交差してしまう。大手都市銀行のエリート行員が、借金を申し入れてきたところから、運命が屈折し始める。

旧約聖書に出てくるカインとアベルの昔から、兄弟や兄弟同様の男たちが、壮絶な闘いを行なうのは、いわば定番。しかし、それがこんなにも暴力に彩《いろど》られた物語はこれまでなかった。とくに猛《たけ》ったヒグマのような世羅の凶暴ぶりがすごい。たぶんボブ・サップよりも強いだろう。

もっと恐ろしいのは闇金融のシステムだ。闇金融はもともと非合法なものである。だから取り立ての方法も非合法なのは当たり前だ。利用者の権利だの安全だのなんてクソ食らえ。一度はまると、永久に抜け出せないアリ地獄だ。

はたしてこれは小説の中だけの虚構だろうか。いや、そうではないに違いない。この小説を読んでも闇金融から借金しようという人は、いっそ死んでしまったほうがいい。

読破所要時間4時間43分。

「アサヒ芸能」(徳間書店発行)二〇〇三年十二月四日号より

（この作品は、平成十五年十月、
小社から四六判で刊行されたものです）

一〇〇字書評

切り取り線

購買動機（新聞、雑誌名を記入するか、あるいは○をつけてください）	
□（　　　　）の広告を見て	
□（　　　　）の書評を見て	
□ 知人のすすめで	□ タイトルに惹かれて
□ カバーがよかったから	□ 内容が面白そうだから
□ 好きな作家だから	□ 好きな分野の本だから

●最近、最も感銘を受けた作品名をお書きください

●あなたのお好きな作家名をお書きください

●その他、ご要望がありましたらお書きください

住所	〒				
氏名		職業		年齢	
Eメール	※携帯には配信できません	新刊情報等のメール配信を 希望する・しない			

あなたにお願い

この本の感想を、編集部までお寄せいただけたらありがたく存じます。今後の企画の参考にさせていただきます。Eメールでも結構です。

いただいた「一〇〇字書評」は、新聞・雑誌等に紹介させていただくことがあります。その場合はお礼として特製図書カードを差し上げます。

前ページの原稿用紙に書評をお書きの上、切り取り、左記までお送り下さい。宛先の住所は不要です。

なお、ご記入いただいたお名前、ご住所等は、書評紹介の事前了解、謝礼のお届けのためだけに利用し、そのほかの目的のために利用することはありません。またそのデータを六カ月を超えて保管することもありませんので、ご安心ください。

〒一〇一―八七〇一
祥伝社文庫編集長　加藤　淳
☎〇三（三二六五）二〇八〇
bunko@shodensha.co.jp

炎《ひ》と氷《こおり》　長編小説

平成18年3月20日　初版第1刷発行

著者　新《しん》堂《どう》冬《ふゆ》樹《き》

発行者　深澤健一

発行所　祥《しょう》伝《でん》社《しゃ》

東京都千代田区神田神保町3-6-5
九段尚学ビル　〒101-8701
☎03（3265）2081（販売部）
☎03（3265）2080（編集部）
☎03（3265）3622（業務部）

印刷所　萩原印刷

製本所　ナショナル製本

ISBN4-396-33276-9　C0193

祥伝社のホームページ・http://www.shodensha.co.jp/